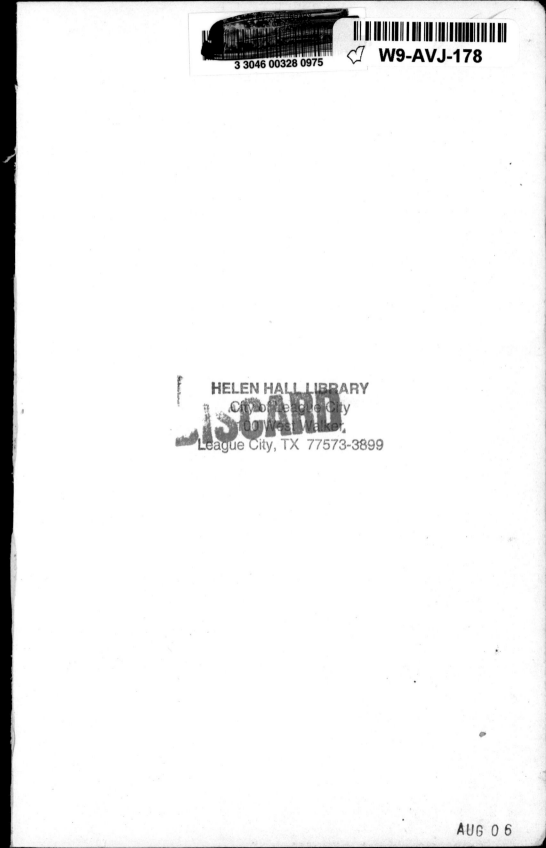

3 3046 00328 0975

W9-AVJ-178

AUG 0 6

Un beso en la oscuridad

Linda Howard

Un beso en la oscuridad

Titania
ARGENTINA - CHILE - COLOMBIA - ESPAÑA
ESTADOS UNIDOS - MÉXICO - URUGUAY - VENEZUELA

Título original: *Kiss Me While I Sleep*
Editor original: Ballantine Books, Nueva York
  This translation published by arrangement with Ballantine Books,
  an imprint of Random House Publishing Group, a division
  of Random House, Inc.
Traducción: Alicia Sánchez Millet

© Copyright 2004 *by* Linda Howington
© de la traducción: 2006 *by* Alicia Sánchez Millet
© 2006 *by* Ediciones Urano, S. A.
  Aribau, 142, pral. - 08036 Barcelona
  www.titania.org
  atencion@titania.org

ISBN: 84-95752-86-7
Depósito legal: B - 7.678 - 2006

Fotocomposición: Ediciones Urano, S. A.
Impreso por Romanyà Valls, S. A. - Verdaguer, 1 - 08786 Capellades
(Barcelona)

Impreso en España - *Printed in Spain*

Capítulo 1

París

Lily inclinó la cabeza y sonrió a su compañero, Salvatore Nervi, mientras el *maître* la acomodaba en silencio y con elegancia en la mejor mesa del restaurante, al menos su sonrisa era genuina, aunque prácticamente era lo único auténtico en ella. El azul claro de sus ojos tenía el tono cálido del marrón castaño de las lentes de contacto, su rubia cabellera era ahora de color castaño visón, con algunos reflejos algo más pálidos. Cada día se retocaba un poco las raíces para que no se pudiera adivinar su verdadero tono. Para Salvatore Nervi ella era Denise Morel, que era un apellido bastante común en Francia, pero no tanto como para despertar sospechas en el subconsciente. Salvatore Nervi era receloso por naturaleza, cualidad que le había salvado la vida tantas veces que ni siquiera podía recordarlas. Pero si esa noche todo iba bien, su polla le llevaría a una trampa mortal. ¡Qué ironía!

Su pasado prefabricado no era muy meticuloso, no había tenido tiempo de preparárselo mejor. Esperaba que no mandara indagar mucho a su gente, que se le agotara la paciencia para escuchar todas las respuestas antes de hacer nada contra ella. Normalmente, si requería un pasado, en Langley se lo preparaban, pero está vez iba por cuenta propia. Había hecho lo que había podido con el tiempo del que había dispuesto. Probablemente, Rodrigo, el hijo mayor de Salvatore y el número dos de la organización Nervi, todavía estaría indagando, no tenía mucho tiempo antes de que descubrieran que Denise Morel había aparecido de la nada tan sólo unos meses atrás.

—¡Ah! —Salvatore se sentó en la silla con un suspiro de satisfacción y devolviéndole la sonrisa. Era un hombre atractivo de cincuenta y pocos años, con facciones típicamente italianas, pelo negro brillante, ojos totalmente negros y una boca sensual. Le gustaba mantenerse en forma y su pelo todavía no había empezado a aclararse o también era tan cuidadoso como ella con los retoques. Estás especialmente atractiva esta noche, ¿todavía no te lo había dicho?

Tenía el típico encanto italiano. Era una lástima que fuera un despiadado asesino. Bueno, también lo era ella. En ese aspecto, hacían buena pareja, aunque esperaba que no estuvieran igualados. Ella necesitaba tener algo de ventaja, aunque fuera pequeña.

—Sí, lo has hecho —respondió Lily, con una mirada dulce. Tenía un acento parisino, que había estado ensayando durante mucho tiempo—. Gracias, de nuevo.

El gerente del restaurante, *monsieur* Durand, se acercó a la mesa y se inclinó con una reverencia.

—Estamos encantados de tenerle de nuevo con nosotros, *monsieur*. Tengo buenas noticias: hemos conseguido una botella de Château Maximilien del ochenta y dos. Nos llegó ayer y cuando vi su nombre enseguida la reservé para usted.

—¡Excelente! —dijo Salvatore sonriendo. La cosecha de Burdeos del ochenta y dos había sido excepcional y quedaban muy pocas botellas. Las que había eran muy caras. Salvatore era un gran conocedor y estaba dispuesto a pagar cualquier precio por un vino especial. Más que eso, adoraba el vino. No adquiría las botellas sólo para coleccionarlas, sino para bebérselas, disfrutarlas y deshacerse en elogios sobre sus sabores y aromas. Dirigió esa brillante sonrisa a Lily—. Este vino es ambrosía, ya lo verás.

—Lo dudo —respondió ella con calma—. Nunca me ha gustado el vino. Había dejado claro desde el principio que era una francesa poco corriente a la que no le gustaba el vino. Sus gustos eran deplorablemente plebeyos. En realidad a Lily le gustaba el vino, pero para Salvatore no era Lily, sino Denise Morel y Denise sólo bebía café o agua embotellada.

Salvatore se rió entre dientes.

—Ya lo veremos —dijo. No obstante, pidió café para ella.

Era su tercera cita con Salvatore, desde el principio ella había sido demasiado fría para su gusto y las dos primeras veces que él la había invitado a salir, había rechazado su oferta. Eso había sido un riesgo calculado, pensado para no levantar sospechas. Salvatore estaba acostumbrado a que la gente reclamara su atención, su favor, no conocía el rechazo. La aparente falta de interés de Denise había despertado el suyo, ésa era la clave con la gente poderosa: siempre esperan que les vayan detrás. También se negó a ceder a sus gustos, como era el caso del vino. En sus dos citas anteriores, había intentado engatusarla para que probara su vino y ella se había negado tajantemente. Nunca había estado con una mujer que no hubiera intentado complacerle desde el principio y le intrigaba su actitud distante.

Odiaba estar con él, tener que sonreírle, hablarle, soportar el más mínimo roce. Casi siempre podía controlar su dolor y concentrarse en lo que tenía que hacer, pero a veces la ira y el sufrimiento la embargaban de tal modo que tenía que hacer un gran esfuerzo para no matarle con sus propias manos.

Ya le habría disparado si hubiera podido, pero estaba muy bien protegido. Antes de acercarse a él siempre la cacheaban, incluso en sus dos primeras citas que fueron en eventos sociales, también habían registrado a todos los invitados. Salvatore jamás subía a un coche en un espacio abierto, su chofer siempre le llevaba a lugares donde hubiera un pórtico para entrar y nunca iba a un sitio donde no pudiera salir del vehículo a cubierto. Si el lugar no reunía las condiciones adecuadas, no iba. Lily pensaba que debía tener una salida secreta y segura en su casa de París, a través de la cual podía entrar y salir sin que nadie lo supiera, pero si era así, todavía no la había descubierto.

Ese restaurante era su favorito, porque tenía una entrada privada cubierta que utilizaban la mayoría de los clientes. Era un establecimiento exclusivo, la lista de espera era larga y la mayor parte de las veces se hacía caso omiso de la misma. Los clientes pagaban bien por estar en un lugar familiar y seguro y el gerente ponía todos los medios para garantizar dicha seguridad. No había mesas cerca de las ventanas frontales, en su lugar había grandes macetas con flores. Columnas de ladrillo repartidas por todo el comedor impedían toda visión directa desde las ventanas. El resultado era un lugar acogedor y lujoso. Un ejército de camareros vestidos de negro servía las mesas, retirando copas de vino, vaciando ceniceros, sacando migas y, en general, satisfaciendo todos los deseos de los clientes muchas veces antes de que éstos los manifestaran. En la calle había vehículos con las puertas reforzadas, cristales a prueba de bala y bajos blindados. En los coches había guardaespaldas que vigilaban celosamente la calle y las ventanas de los edificios colindantes de posibles amenazas, reales o no.

La única forma de eliminar ese restaurante y a todos los clientes mafiosos sería con un misil teledirigido. Cualquier otra cosa dependería de la suerte y en el mejor de los casos sería impredecible. Por desgracia, no tenía un misil teledirigido.

El veneno estaba en el Burdeos que le servirían en breve y era tan potente que incluso medio vaso bastaría para terminar con él. El gerente se había esforzado mucho para conseguir ese vino para Salvatore, pero Lily se había esforzado mucho más para que cayera primero en sus manos y que después *monsieur* Durand se enterara de la existencia de la botella. Cuando supo que iban a ir a cenar a ese restaurante, permitió que se realizara la entrega de la misma.

Salvatore intentaría convencerla para que probara el vino, pero en realidad no esperaría que lo hiciera.

Lo que probablemente sí esperaba era compartir su cama con ella esa noche, pero estaba destinado a tener una nueva decepción. Su odio hacia él era tal que tuvo que realizar un soberbio esfuerzo de autocontrol para permitir que la besara y aceptar su proximidad con cierta calidez. Nada en el mundo podría conseguir que él consiguiera más que eso. Además, no quería estar con él cuando el veneno empezara a actuar, que sería a las cuatro u ocho horas de su ingestión si el doctor Speer estaba en lo cierto respecto a sus cálculos, para entonces ella estaría saliendo del país.

Cuando Salvatore se percatara de que algo iba mal, sería demasiado tarde, el veneno ya habría hecho la mayor parte de su trabajo, le habría afectado a los riñones, al hígado y al corazón. Padecería una insuficiencia masiva de todos los órganos. Tras la misma podría sobrevivir unas horas más o quizás un día entero hasta que su cuerpo perdiera la batalla. Rodrigo removería toda Francia para encontrar a Denise Morel, pero ella se habría vuelto a esfumar, al menos durante un tiempo. No tenía intención de permanecer desaparecida.

El veneno no era el arma que normalmente habría elegido, era la única que le quedaba debido a la obsesión de Salvatore por la seguridad. Ella prefería la pistola y la habría utilizado aún sabiendo que la habrían abatido en el acto, pero no había encontrado el modo de disimular un arma al acercarse a él. Si no estuviera trabajando por su cuenta, quizás... o quizás no. Salvatore había sobrevivido a varios intentos de asesinato y de todos ellos había aprendido. Ni un francotirador podría alcanzarle. Matar a Salvatore Nervi implicaba utilizar veneno o un arma de destrucción masiva que también acabaría con quienes tuviera alrededor. A Lily no le hubiera importado matar a Rodrigo o a alguien más de su clan, pero Salvatore era lo bastante listo como para asegurarse de que siempre hubiera inocentes cerca de él. Ella era incapaz de matar de ese modo tan indiscriminado, en eso, no se parecía a Salvatore. Quizás ésa fuera la única diferencia, pero por su propia cordura, era algo que debía conservar.

Ahora tenía treinta y siete años. Hacía ese trabajo desde los dieciocho, durante algo más de la mitad de su vida había sido una asesina y además de las buenas, de ahí que llevara tanto tiempo en ese negocio. Al principio su edad había sido una ventaja, era tan joven y con un rostro tan inocente que casi nadie la había visto como una amenaza. Ya no contaba con esa ventaja, pero la experiencia le había proporcionado otras. No obstante, esa misma experiencia también la había marcado, a veces hasta el punto de sentirse tan frágil como una cáscara de huevo agrietada: un poco más de presión y se rompería.

Quizás ya estaba rota y todavía no se había dado cuenta. Sentía que ya no le quedaba nada, que su vida era una desolada tierra yerma. Sólo podía ver su meta delante de ella: Salvatore Nervi iba a desaparecer y también el resto de su organización. Pero él era el primero, el más importante, porque había sido él quien había dado la orden de asesinar a las personas que más amaba. Después de este objetivo ya no podía ver nada más, ninguna esperanza, ni risa, ni amanecer. No le importaba nada la probabilidad de que quizás no sobreviviera a la misión que se había propuesto.

Eso en modo alguno la haría desistir de la misma. No era una suicida, sino una cuestión de orgullo profesional, se trataba de hacer el trabajo y salir limpia. Su corazón todavía albergaba la pequeña esperanza humana de que si podía resistir, un día ese terrible sufrimiento disminuiría y volvería a ser feliz. Esa esperanza era como una llama pequeña, pero brillante. Suponía que la esperanza era lo que mantenía vivas a la mayoría de las personas incluso en las situaciones más duras, la razón por la que tan pocas se rendían.

Dicho esto, no se engañaba respecto a la dificultad de su misión ni de sus oportunidades durante y después de la misma. Cuando hubiera finalizado el trabajo, desparecería para siempre, suponiendo que siguiera viva. Los superiores de Washington no estarían contentos con ella por eliminar a Nervi. No sólo la buscaría Rodrigo, sino también su propia gente, y no pensaba que el resultado fuera muy distinto si caía en manos de unos o de otros. Había desaparecido de la base, por así decirlo, lo que significaba que no sólo era prescindible —siempre había sido así— sino que su desaparición sería deseable. En resumen, no estaba en una situación demasiado prometedora.

No podía ir a su casa, en realidad ya no tenía casa. Podía poner en peligro la vida de su madre y de su hermana, por no hablar ya de la familia de su hermana. De todos modos hacía un par de años que no hablaba con ninguna de ellas... no, hacía más de cuatro años que no llamaba a su madre. Quizás cinco. Sabía que estaban bien, porque había estado velando por ellas, pero la dura realidad era que ya no pertenecía a su mundo, ni ellas podrían comprender el suyo. Lo cierto era que hacía casi una década que no veía a su familia. Eran parte del «antes» y ella se encontraba irremediablemente en el «después». Sus compañeros de trabajo se habían convertido en su familia y les habían asesinado.

Desde el día en que salió a la luz que Salvatore Nervi estaba detrás de las muertes de sus amigos, sólo se había centrado en una cosa: en acercarse lo suficiente a él para asesinarle. Él ni siquiera había intentado ocultar que había dado la orden de matarlos, los había utilizado como castigo ejemplar para demostrar que acercarse a él no era una buena idea. No temía a la policía, con sus contactos era intocable por esa parte. Salvatore había hecho tantos favores a gente importante, no sólo en Francia sino en toda Europa, que podía actuar y, de hecho lo hacía, como le daba la gana.

De pronto se dio cuenta de que Salvatore le estaba hablando y que la miraba un tanto molesto al ver que ella no le prestaba atención.

—Lo siento —dijo Lily disculpándose—. Estoy preocupada por mi madre. Me ha llamado hoy y me ha dicho que se había caído por la escalera de su casa. Me ha querido tranquilizar diciéndome que no se había hecho daño, pero creo que es mejor que vaya a verla mañana para asegurarme. Ya tiene los setenta y la gente mayor se rompe los huesos con facilidad.

Fue una mentira ágil y no porque estuviera pensando en su verdadera madre. Salvatore era italiano hasta la médula, había adorado a su madre y comprendía la devoción familiar. Su expresión cambió al momento y se mostró preocupado.

—Sí, por supuesto, has de ir. ¿Dónde vive?

—En Toulouse —respondió, nombrando la ciudad más alejada posible de París que se le ocurrió, aunque todavía en Francia. Si le mencionaba Toulouse a Rodrigo, eso le proporcionaría unas horas mientras éste buscaba por el sur. Por supuesto, Rodrigo también podría pensar que había dicho esa ciudad para distraerlo, era cuestión de suerte que la treta funcionara. No podía preocuparse de lo que pensara el segundo de a bordo. Tenía que seguir su plan y esperar que funcionase.

—¿Cuándo regresarás?

—Pasado mañana, si todo va bien. Si no... —Se encogió de hombros.

—Entonces, tenemos que aprovechar bien esta noche. —La pasión que desprendían sus oscuros ojos reflejaba claramente sus intenciones.

Lily no disimuló. Más bien se retiró un poco y levantó las cejas.

—Quizás sí —dijo fríamente—, quizás no. —Su tono le estaba transmitiendo que no ardía en deseos de acostarse con él.

Su frialdad no hizo más que aumentar su interés e intensificó el ardor en sus ojos. Lily pensaba que quizás su rechazo le recordara a sus días de juventud cuando había cortejado a su fallecida esposa, a la madre de sus hijos. Por lo que ella sabía, las jóvenes italianas de su generación guardaban celosamente su virginidad, quizás todavía lo hicieran. No había tenido oportunidad de relacionarse con chicas jóvenes de ningún país.

Se acercaron dos camareros, uno de ellos llevaba la preciada botella de vino como si de un valioso tesoro se tratara y el otro su café. Ella sonrió dando las gracias cuando le sirvieron el café y empezó a ponerse crema de leche pasando claramente de Salvatore mientras el camarero descorchaba la botella y le presentaba el tapón para que lo oliera. En realidad, su atención estaba totalmente puesta en la botella y en el ritual que estaba teniendo lugar. A los grandes catadores les encantaban estos rituales, que ella no entendía. Para Lily, el único ritual era verter el vino en la copa y bebérselo. No tenía el menor interés en oler el corcho.

Cuando Salvatore hizo el gesto de aprobación, el camarero, solemnemente y muy consciente de su audiencia, vertió el vino tinto en la copa. Lily contuvo la respiración en el momento en que Salvatore movió la copa, olió su *bouquet* y dio un primer sorbo para catarlo.

—¡Ah! —dijo cerrando los ojos en un gesto de placer—. ¡Maravilloso!

El camarero se inclinó como si fuera personalmente responsable de esa exquisitez, dejó la botella sobre la mesa y se marchó.

—Tienes que probarlo —le dijo a Lily.

—Sería un desperdicio —respondió ella bebiéndose su café—. Para mí esto es un sabor agradable —dijo señalando la taza—. El vino... ¡Ug!

—Este vino te hará cambiar de parecer, te lo prometo.

—Eso mismo me han dicho otras veces y se han equivocado.

—Sólo un sorbo, para el sabor —estaba intentando convencerla y por primera vez vio la llama de su temperamento en sus ojos. Era Salvatore Nervi y no estaba acostumbrado a que nadie le dijera que no, sobre todo una mujer a la que había honrado fijándose en ella.

—No me gusta el vino.

—No has probado *éste* —dijo él, tomando la botella, vertiendo un poco en otra copa y ofreciéndosela—. Si no consideras que es un manjar de los dioses, jamás volveré a pedirte que pruebes otro vino. Te doy mi palabra.

Eso era cierto, puesto que estaría muerto. Igual que ella si probaba el vino.

Cuando se negó con la cabeza, salió su genio y puso bruscamente la copa sobre la mesa.

—No harás nada de lo que te pido —le dijo mirándola—. Me pregunto por qué estás aquí. Quizás debería liberarte de mi compañía y poner fin a esta velada ¿no crees?

Nada le habría gustado más si él hubiera bebido más vino. No pensaba que un sorbo bastara para hacer todo el trabajo. Se suponía que el veneno era supertóxico y ella había inyectado suficiente cantidad a través del corcho para liquidar a varios hombres de su constitución. Si le abandonaba en plena discusión, ¿qué pasaría con esa botella de vino descorchada? ¿Se la llevaría o la dejaría en la mesa? Con lo caro que era ese vino, sabía que no se tiraría. O se lo bebería otro cliente o bien se lo tomarían los empleados.

—Muy bien —dijo ella tomando la copa. Sin dudarlo se la llevó a la boca y dejó que le mojara los labios, pero no se lo tragó. ¿Podía el veneno ser absorbido a través de la piel? Estaba casi segura de que así era, el doctor Speer le había dicho que llevara guantes de látex cuando lo manipulara. Ahora temía que su noche fuera más interesante si cabe, pero de un modo que no había planeado, aunque no podía hacer otra cosa. Ni siquiera podía tirar la botella al suelo porque los camareros entrarían inevitablemente en contacto con el vino mientras lo limpiaran.

No se molestó en disimular el estremecimiento que recorrió su cuerpo ante ese pensamiento y se apresuró a dejar de nuevo la copa sobre la mesa antes de secarse los labios con la servilleta, que luego dobló cuidadosamente para no tocar la zona manchada.

—¿Bien? —preguntó Salvatore con impaciencia, aunque había visto su gesto de desagrado.

—Uvas podridas —respondió ella encogiéndose de nuevo de hombros.

Se quedó atónito.

—¿Podridas? —No podía creer que no le gustara su exquisito vino.

—Sí. Pero lo que yo saboreo es su procedencia, que por desgracia son uvas podridas. ¿Estás satisfecho? —Ella también dejó ver parte de su temperamento—. No me gusta que me intimiden.

—No ha sido ésa mi intención.

—Sí lo ha sido. Me has amenazado con no volver a verme.

Salvatore tomó otro sorbo de vino tomándose un tiempo para responder.

—Te pido disculpas —le dijo con delicadeza—. No estoy acostumbrado a que...

—¿Te digan que no? —preguntó ella, imitándole bebiendo café. ¿Aceleraría la cafeína el efecto del veneno? ¿Lo ralentizaría la crema de leche?

Habría estado dispuesta a sacrificarse para asestarle un buen disparo en la cabeza, ¿por qué esto era diferente? Había reducido el riesgo todo lo que había podido, pero seguía habiendo un riesgo y el envenenamiento era una desagradable forma de morir.

Él encogió sus corpulentos hombros y la miró compungido.

—Justamente —dijo él, mostrando algo de su legendario encanto.

Cuando quería podía ser un hombre tremendamente encantador. Si no hubiera sabido quién era, posiblemente la hubiera seducido; de no haber estado al lado de tres tumbas ocupadas por los cuerpos de sus dos mejores amigos y de su hija adoptiva, puede que hubiera asumido que en su trabajo la muerte era algo bastante normal. Averill y Tina conocían los riesgos cuando entraron en el juego, igual que ella, pero su hija Zia de trece años era inocente. Lily no podía olvidar a Zia, ni tampoco perdonar. No podía tomárselo con filosofía.

Tres horas más tarde, cuando ya habían consumido la deliciosa comida y toda la botella de vino recorría ahora el estómago de Salvatore, se levantaron para marcharse. Era justo después de media noche y el cielo de noviembre escupía volutas de nieve que se fundían inmediatamente al entrar en contacto con el suelo mojado. Lily sintió náuseas, pero bien podía deberse a la tensión a la que había estado sometida durante la cena más que al veneno, que se suponía que debía empezar a actuar más tarde, no al cabo de tres horas.

—Creo que he comido algo que no me ha sentado bien —dijo ella al entrar al coche.

—No tienes que fingir encontrarte mal para no venir a casa conmigo.

—No estoy fingiendo —respondió ella ágilmente. Él giró la cabeza para contemplar la iluminación parisina mientras recorrían las calles en coche. Afortunadamente se había bebido toda la botella, estaba segura de que de todos modos la habría dejado por imposible.

Apoyó la cabeza en el cojín y cerró los ojos. No, no era tensión. Las náuseas aumentaban por momentos. Sentía una presión en la parte posterior de la garganta.

—¡Para el coche! Creo que voy a vomitar.

El chofer frenó —era curioso cómo esa amenaza en particular le había hecho instintivamente ir en contra de su entrenamiento— y ella abrió la puerta del vehículo antes de que las ruedas se hubieran detenido por completo, sacó la parte superior de su cuerpo y vomitó en la alcantarilla. Notó una mano de Salvatore en su espalda y otra en su brazo sujetándola, aunque se mantenía a una distancia de seguridad para no exponerse a la línea de fuego.

Cuando los espasmos hubieron vaciado su estómago, se dejó caer de nuevo en el interior del vehículo y se secó la boca con el pañuelo que silenciosamente le había pasado Salvatore.

—Te pido disculpas —dijo ella, escuchando con sorpresa lo débil y temblorosa que sonaba su voz.

—Soy yo quien ha de pedírtelas a ti —respondió él—. No creía que realmente te encontraras mal. ¿Quieres que te lleve a ver a un médico? Puedo llamar al mío.

—No, creo que ahora me encuentro mejor —mintió ella—. Por favor, llévame a casa.

Así lo hizo, con muchas preguntas solícitas y la promesa de llamarla a primera hora de la mañana. Cuando por fin el conductor se detuvo delante del edificio donde tenía su apartamento de alquiler, tomó a Salvatore de la mano.

—Sí, por favor, llámame mañana, pero no me beses, puede que tenga algún virus. —Con esa conveniente excusa, se puso el abrigo y se apresuró a través de la nieve que empezaba a cuajar, sin mirar hacia atrás mientras se alejaba del coche.

Llegó a su apartamento y cayó en la primera silla que encontró. No podía recoger sus cosas y dirigirse al aeropuerto como había planeado en un principio. Quizás, después de todo eso fuera lo mejor. Ponerse en peligro era la mejor coartada. Si también estaba enferma debido al veneno, Rodrigo no sospecharía de ella, ni se preocuparía por lo que le había sucedido cuando se hubiera recuperado. En el supuesto de que sobreviviera.

Estaba muy tranquila mientras esperaba a que sucediera lo que tuviera que suceder.

Capítulo 2

La puerta de su apartamento se abrió de golpe poco después de las nueve en punto de la mañana. Entraron tres hombres armados. Lily intentó levantar la cabeza pero, con un leve gemido, la dejó caer de nuevo sobre la alfombra que cubría el oscuro y pulido parqué.

Los rostros de los tres hombres flotaban delante de ella y uno se arrodilló girándole bruscamente la cara hacia él. Parpadeó e intentó enfocar. Rodrigo. Lily tragó saliva y le extendió la mano, pidiéndole ayuda silenciosamente.

No estaba fingiendo. La noche había sido larga y dura. Había vomitado varias veces y había tenido fiebre y escalofríos. Había padecido fuertes dolores en el estómago que la habían postrado en el suelo en posición fetal, gimiendo de dolor. Durante un tiempo pensó que su dosis había sido letal, pero ahora parecía que los dolores estaban remitiendo. Todavía se encontraba demasiado débil y enferma para levantarse del suelo, estirarse en la cama y telefonear para pedir auxilio. Una vez intentó llegar hasta el teléfono, pero su esfuerzo llegó a destiempo y no pudo alcanzarlo.

Rodrigo maldijo en italiano, enfundó su arma y espetó una orden a uno de sus hombres.

Lily hizo acopio de fuerzas y pudo susurrarle.

—No... te acerques demasiado. Puedo tener algo... contagioso.

—No —dijo él con su excelente francés—. No tienes nada contagioso. Momentos después le habían puesto una suave manta por encima, con la que Rodrigo la envolvió antes de tomarla en sus brazos y levantarla con sorprendente facilidad.

Salió del apartamento y bajó por la escalera de atrás, donde estaba su coche esperando con el motor en marcha. El conductor saltó del vehículo al verle y abrió la puerta trasera.

Lily fue introducida bruscamente en el coche, con Rodrigo a un lado y los otros dos hombres al otro. Su cabeza colgó hacia atrás apoyándose sobre el respaldo del asiento y cerró los ojos, empezó a gemir otra vez al sentir de nuevo un dolor agudo en el estómago. No tenía fuerzas para sostenerse y notaba que empezaba a caerse de lado. Rodrigo emitió un sonido de exasperación, pero se acomodó de modo que ella pudiera apoyarse en él.

Su malestar físico había embargado la mayor parte de su conciencia, pero le quedaba una parte clara y fría en su cerebro que permanecía alerta. Todavía no estaba fuera de peligro, ni por el veneno ni por Rodrigo. De momento, él se estaba reservando su juicio, eso era todo. Al menos la llevaba a algún sitio para que recibiera tratamiento médico, eso esperaba ella. Probablemente no la estaba llevando a algún lugar alejado para matarla y deshacerse de su cuerpo, porque haberlo hecho en su casa habría sido mucho más fácil. Lily no sabía si alguien le habría visto sacándola de casa, pero había muchas probabilidades de que así fuera, aunque la había sacado por la puerta de atrás. Tampoco le importaba demasiado que alguien lo hubiera visto. Suponía que Salvatore estaría muerto o moribundo y que Rodrigo era ahora el jefe del clan de los Nervi; como tal habría heredado mucho poder, tanto económico como político. Salvatore había comprado a mucha gente.

Lily intentaba mantener los ojos abiertos, fijarse en el camino que tomaba el conductor, pero se le cerraban los párpados. Al final, se rindió y dejó de intentarlo. No importaba adónde la llevara Rodrigo, tampoco podía hacer nada al respecto.

Los otros hombres que había en el coche estaban en silencio, no hacían ningún comentario banal. La atmósfera era pesada y tensa, cargada de dolor, preocupación o incluso rabia. No podía adivinarlo puesto que no mediaban palabra. Hasta el ruido exterior del tráfico parecía desvanecerse y desaparecer por completo.

Al acercarse el vehículo se abrió la verja de la residencia y, Tadeo, el chófer, introdujo el Mercedes blanco a través del espacio que quedaba, de sólo unos centímetros de margen a cada lado. Rodrigo esperó hasta detenerse bajo el pórtico y Tadeo saltó del coche para abrir la puerta de los pasajeros antes de tomar a Denise Morel. Su cabeza colgó hacia atrás y se dio cuenta de que se había desmayado. Su rostro tenía un tono amarillo-blanquecino, los ojos miraban hacia arriba y desprendía el mismo olor que había notado en su padre.

El estómago de Rodrigo se encogió en un intento de contener su dolor. Todavía no se lo podía creer, Salvatore había muerto. Así de rápido. Aún no se había divulgado la noticia, pero sólo era cuestión de tiempo. Rodrigo no podría permitirse el lujo del duelo, tenía que actuar deprisa, consolidar su posición y tomar las riendas, antes de que sus rivales intentaran ganar posiciones como si de una jauría de lobos se tratase.

Cuando su médico particular dijo que la enfermedad de Salvatore parecía un envenenamiento por hongos, Rodrigo se movió con rapidez. Mandó a tres hombres al restaurante a buscar a *monsieur* Durand y llevarle a su residencia, mientras que él, con Tadeo al volante, se había llevado a Lamberto y a Cesare para ir a buscar a Denise Morel. Ella era la última persona que había visto a su padre antes de que éste cayera enfermo y el veneno era un arma de mujer, indirecta e indefinida, que dependía de la suerte y de la casualidad. Sin embargo, en este caso, había sido eficaz.

Pero si su padre había muerto por su causa, ella también se había envenenado en vez de abandonar el país. En realidad, no esperaba encontrarla en su apartamento, puesto que Salvatore le había dicho que se iba a Toulouse a visitar a su madre enferma; Rodrigo había pensado que era una buena excusa. Parecía que haberse equivocado, o al menos la posibilidad de que así fuera, era lo bastante fuerte como para no matarla *in situ*.

Salió del vehículo y colocó sus manos debajo de los brazos de Lily para sacarla. Tadeo le ayudaba a sostenerla hasta que pudo pasar la mano por debajo de sus rodillas y cogerla en brazos. Ella tenía una estatura normal, aproximadamente un metro sesenta y siete, pero estilizada; Rodrigo, a pesar de que en aquellos momentos ella era un peso muerto, la manejaba con facilidad.

—¿Todavía está Giordano? —preguntó, y recibió una respuesta afirmativa—. Dile que le necesito, por favor. —La llevó arriba a una de las habitaciones de invitados. Estaría mejor atendida en un hospital, pero Rodrigo no tenía ganas de responder a preguntas. Los funcionarios podían ser molestamente *funcionarios*. Y si moría, habría muerto, pero habría hecho todo lo que estaba dispuesto a hacer. No parecía que Vincenzo Giordano fuera médico, pues ya no practicaba la medicina y pasaba todo el tiempo en el laboratorio de las afueras de París que Salvatore había fundado. Quizás si Salvatore hubiera pedido ayuda antes y le hubieran llevado a un hospital, todavía estaría vivo. No obstante, Rodrigo no habría discutido la decisión de su padre de llamar a Giordano, ni aunque hubiera sido consciente de ello. La discreción lo era todo, cuando la vulnerabilidad estaba en juego.

Estiró a Denise en la cama y se quedó de pie mirándola, preguntándose por qué se habría encaprichado tanto de ella su padre. No es que a Salvatore no le gustaran las mujeres, pero ésta no tenía nada de particular. Hoy lucía un aspecto terrible, su pelo estaba lacio y despeinado, tenía un terrible color a muerta, pero ni siquiera cuando iba arreglada era hermosa. Su rostro era demasiado delgado, austero e incluso tenía el labio superior un poco salido. No obstante, esa mala posición dental hacía que su labio superior pareciera más grueso que el inferior y eso le proporcionaba una gracia que de otro modo no hubiera tenido.

París estaba lleno de mujeres mucho más atractivas y más elegantes que Denise Morel, pero Salvatore la deseaba a ella, hasta el extremo de no haberla investigado lo suficiente antes de abordarla. Para su sorpresa, ella había rechazado sus dos primeras invitaciones y la impaciencia de Salvatore se había convertido en obsesión. ¿Su desmesurado interés por ella le había conducido a bajar la guardia? ¿Era esa mujer indirectamente responsable de su muerte?

Tan grande eran la pena y la rabia de Rodrigo que podría haberla estrangulado tan sólo ante esa posibilidad, pero bajo esos sentimientos había una voz fría que le decía que ella podría decirle algo que le conduciría al asesino.

Tenía que encontrar al autor del crimen y eliminarlo. El clan de los Nervi no podía permitir que la muerte de su padre quedara sin vengar, de lo contrario su reputación se vería gravemente lastimada. Puesto que ahora se estaba metiendo en el papel de su padre, no podía permitirse la menor duda sobre sus capacidades o determinación. Tenía que encontrar a su enemigo. Por desgracia, las posibilidades eran infinitas. Cuando uno trata con la muerte y el dinero, el mundo entero está implicado. Puesto que Denise también se había intoxicado, debía incluso considerar si el autor o la autora podía ser alguna antigua amante celosa de su padre o algún ex amante de Denise.

El doctor Vincenzo Giordano golpeó educadamente en el marco de la puerta abierta y entró. Rodrigo le miró, el hombre tenía un aspecto demacrado, sus rizos generalmente impecables estaban desordenados, como si se los hubiera estado estirando. El buen doctor había sido amigo de su padre desde su juventud y lloró sin ocultarlo cuando Salvatore falleció dos horas antes.

—¿Por qué no está muerta? —preguntó Rodrigo, señalando a Lily que estaba en la cama.

Vincenzo le tomó el pulso a Denise y la auscultó.

—Todavía puede morir —dijo pasándose una mano por su agotado rostro—. Su ritmo cardíaco es demasiado rápido y débil. Pero quizás no ingirió tanto veneno como tu padre.

—¿Todavía cree que fueron setas?

—Dije que principalmente *parecía* una intoxicación por setas. Pero hay diferencias. Por una parte, la velocidad con la que ha actuado. Salvatore era un hombre fuerte y robusto, no se encontraba mal cuando llegó a casa, casi a la una de la madrugada. Murió seis horas más tarde. Las setas actúan más despacio, hasta las más mortíferas necesitarían al menos dos días para matar a alguien. Los síntomas eran muy similares; la velocidad no.

—¿No era cianuro o estricnina?

—Estricnina, no. Los síntomas no son iguales. Y el cianuro mata en cuestión de minutos provocando convulsiones. Salvatore no tuvo convulsiones. Los síntomas de envenenamiento por arsénico son algo parecidos, pero también lo bastante distintos para descartarlo.

—¿Existe algún modo de saber con seguridad qué se utilizó?

Vincenzo suspiró.

—Ni siquiera estoy seguro de que sea un veneno, podría tratarse de algún virus, en cuyo caso todos habríamos estado expuestos.

—Entonces, ¿por qué no ha enfermado el chófer de mi padre? Si se trata de un virus que actúa en horas, él también debería estar enfermo ahora.

—He dicho que *podría ser*, no que lo *fuera*. Puedo hacer análisis, si me permites examinar el hígado y los riñones de tu padre. Puedo comparar su sangre con la de... ¿Cómo se llama?

—Denise Morel.

—Ah, sí, ya me acuerdo. Me habló de ella. —Los oscuros ojos de Vincenzo estaban tristes—. Creo que estaba enamorado.

—¡Bah! Habría perdido el interés en ella. Siempre lo perdía. —Rodrigo movió la cabeza, como si se estuviera aclarando la mente—. Ya basta. ¿Puedes salvarla?

—No. Sobrevivirá o no. Pero yo no puedo hacer nada.

Rodrigo dejó a Vincenzo con sus pruebas y se fue a la habitación del sótano donde sus hombres tenían retenido a *monsieur* Durand. El francés tenía muy mal aspecto, hileras de sangre caían de su nariz, pero principalmente los hombres de Rodrigo se habían concentrado en golpearle en el cuerpo, que era más doloroso y no tan visible.

—¡Señor Nervi! —dijo con voz ronca el gerente del restaurante al ver a Rodrigo y empezó a llorar desconsoladamente—. Por favor, sea lo que sea lo que haya sucedido, yo no sé nada. ¡Se lo juro!

Rodrigo tomó una silla y se sentó delante de *monsieur* Durand, recostándose y cruzando sus largas piernas.

—Mi padre comió algo en su restaurante la pasada noche que no le sentó bien —lo dijo minimizando al máximo lo ocurrido.

Una expresión de total desconcierto y asombro se reflejó en el rostro del francés. Rodrigo pudo leer sus pensamientos: ¿le estaban pegando hasta destrozarlo sólo porque Salvatore Nervi había tenido una *indigestión*?

—Pero, pero —farfulló *monsieur* Durand—. Le devolveré el dinero, por supuesto, sólo tenía que decírmelo. —Luego se atrevió a decir—. Esto no era necesario.

—¿Comió setas? —preguntó Rodrigo.

Otra mirada de asombro por parte del gerente.

—Él sabe que no. Pidió pollo con espárragos en salsa de vino y *mademoiselle* Morel tomó halibut. No, no había setas.

Uno de los hombres que había en la habitación era el chófer habitual de Salvatore, Fronte, se inclinó y le susurró a Rodrigo algo al oído. Rodrigo asintió con la cabeza.

—Fronte dice que *mademoiselle* Morel se encontró mal justo después de abandonar su restaurante. —Entonces, ella se puso enferma primero, pensó él. ¿Había sido ella la primera en tomar el veneno que ingirieron o bien había actuado antes en ella, por su complexión más frágil?

—No fue mi comida, *monsieur* —Durand se sintió gravemente ofendido—. Ninguno de nuestros otros clientes se puso enfermo, ni hemos tenido ninguna queja. El halibut no estaba en mal estado y aunque lo hubiera estado, *monsieur* Nervi no lo comió.

—¿Qué comida compartieron?

—Nada —respondió rápidamente *monsieur* Durand—. Salvo, quizás a excepción del pan, aunque no vi que *mademoiselle* Morel comiera pan. El señor tomó vino, un Burdeos excepcional y la señorita bebió café como de costumbre. El señor insistió en que probara el vino, pero no era del agrado de la señorita.

—Entonces, compartieron el vino.

—Sólo un pequeño sorbo. Como ya le he dicho, a ella no le gustaba. La señorita no bebe vino. —El gesto típicamente francés de encogerse de hombros daba a entender que no comprendía esa peculiaridad de la señorita, pero que así era.

Pero aquella noche ella había bebido vino, aunque sólo hubiera sido un sorbo. ¿Era el veneno tan potente que bastaba con un sorbo para poner en peligro su vida?

—¿Quedó algo de vino?

—No, *monsieur* Nervi se lo bebió todo.

Lo cual era bastante normal. Salvatore tenía una gran capacidad para aguantar la bebida, por lo que bebía más que la mayoría de los italianos.

—La botella. ¿Todavía tiene la botella?

—Ahora estará en el contenedor de basura, estoy seguro. Se encuentra en la parte posterior del restaurante.

Rodrigo ordenó a dos de sus hombres que fueran a buscar la botella de Burdeos vacía al contenedor y que regresaran con *monsieur* Durand.

—Muy bien. Usted será mi invitado —le dijo con una fría sonrisa— hasta que esa botella y sus posos hayan sido analizados.

—Pero eso puede...

—Llevar días, sí, es cierto. Estoy seguro de que usted lo entiende. —Quizás Vincenzo pueda obtener las respuestas en su laboratorio con mayor rapidez, pero eso está por ver.

Monsieur Durand dudó.

—Su padre... ¿está muy enfermo?

—No —respondió Rodrigo, levantándose—. Está muerto. —Una vez más las palabras atravesaron su corazón como si fueran flechas.

Al día siguiente, Lily sabía que viviría; el doctor Giordano necesitó otros dos días para llegar a esa misma conclusión. Ella precisó tres días enteros para poder levantarse de la cama y darse ese baño que tanto necesitaba. Le temblaban tanto las piernas que tuvo que agarrarse a los muebles para poder llegar al baño, la cabeza le daba vueltas y su visión todavía era un poco borrosa, pero sabía que ya había pasado lo peor.

Había intentado permanecer consciente a toda costa y había rechazado los medicamentos que le había dado el doctor Giordano para aliviarle el dolor y que pudiera dormir. Aunque se hubiera desmayado durante su estancia en lo que evidentemente era la mansión de los Nervi, no quería estar drogada. A pesar de su dominio del francés, no era su lengua nativa; y si hubiera estado sedada, podía haber salido su inglés americano. Ella fingía tener miedo a morir mientras dormía, les decía que sentía que podía luchar contra el veneno si estaba despierta y aunque el doctor Giordano sabía que médicamente eso era absurdo, había cedido a sus deseos. A veces, la condición mental del paciente era más importante para su recuperación que la condición física.

Cuando poco a poco pudo salir del magnífico cuarto de baño de mármol, Rodrigo estaba sentado en la silla que había junto a la cama, esperándola. Iba vestido todo de negro, con cuello alto y pantalones, un oscuro presagio en el dormitorio blanco y crema.

Inmediatamente, todos sus instintos se pusieron en estado de máxima alerta. No podía jugar con Rodrigo como lo había hecho con Salvatore. Por una parte, por listo que fuera Salvatore, su hijo lo era más, más duro, más astuto y eso era mucho decir. Por otra, Salvatore se sentía atraído hacia ella y Rodrigo no. Para el padre ella era una mujer más joven, una conquista, pero era tres años mayor que Rodrigo y además no le faltaban mujeres.

Llevaba sus propios pijamas que Rodrigo había cogido de su apartamento el día anterior, pero se alegraba de haber encontrado el grueso albornoz que había en un colgador del cuarto de baño. Rodrigo era uno de esos hombres claramente sexuales que hacían que las mujeres se fijaran mucho en él y ella no era inmune a esa faceta de su personalidad, aunque sabía suficientes cosas desagradables de él como para enfriarse. No era inocente de la mayoría de los crímenes que había cometido su padre, aunque sí lo era de los asesinatos que la habían llevado a su venganza personal; dio la coincidencia de que Rodrigo estaba en Sudamérica en aquellos momentos.

Llegó a la cama con dificultad, se sentó y se agarró a uno de los barrotes del pie de la cama. Tragó saliva y se dirigió a él.

—Me has salvado la vida. —Su voz era fina y débil. *Ella* era delgada y estaba enferma, no estaba en forma para protegerse.

Rodrigo se encogió de hombros.

—No, según parece. Vincenzo, el doctor Giordano, dijo que no había nada que pudiéramos hacer para ayudarte. Te has recuperado sola, aunque no sin secuelas. Una válvula del corazón, creo que dijo.

Ya lo sabía porque el doctor Giordano se lo había dicho esa misma mañana. Sabía que podía sucederle eso cuando se arriesgó.

—No obstante, tu hígado se recuperará. Hoy tienes mucho mejor aspecto.

—Nadie me ha contado lo que ha pasado. ¿Cómo supiste que estaba enferma? ¿Ha enfermado también Salvatore?

—Sí —respondió él—. Pero no se recuperó.

Como no iba a reaccionar con un «¡Bien!», deliberadamente pensó en Averill, Tina y Zia, una adolescente larguirucha, con un rostro brillante y alegre y una interminable verborrea. ¡Dios mío!

¡Cuánto la echaba de menos! Sintió una punzada en el centro de su corazón. Las lágrimas inundaron sus ojos y empezaron a caer por sus mejillas.

—Fue veneno —dijo Rodrigo, con una expresión y un tono de voz tan tranquilos como si estuviera hablando del tiempo. No obstante, ella no se dejó engañar, sabía que tenía que estar furioso—. Estaba en la botella de vino. Parece ser un veneno sintético de diseño, muy potente; cuando aparecen los síntomas, ya es demasiado tarde. *Monsieur* Durand, el gerente del restaurante, nos ha dicho que probaste el vino.

—Sí, un sorbo. —Se secó las lágrimas de la cara—. No me gusta el vino, pero Salvatore insistió y se estaba enfadando porque no quería probarlo, así que lo probé... sólo un sorbito, para complacerle. Era repulsivo.

—Has tenido suerte. Según Vincenzo, el veneno es tan fuerte que si hubieras bebido algo más, si el sorbo no hubiera sido tan pequeño, estarías muerta.

Lily se estremeció recordando el dolor y los vómitos; se había puesto así de mal con tan sólo mojarse los labios, sin tragar ni un sorbo.

—¿Quién ha sido? Cualquiera podía haber bebido ese vino, ¿se trata de algún terrorista al que no le importaba quién muriera?

—Creo que mi padre era el objetivo, todo el mundo conocía su pasión por el vino. La cosecha del Château Maximilien del ochenta y dos es muy difícil de encontrar, sin embargo, la botella llegó misteriosamente a manos de *monsieur* Durand el día antes de que mi padre hiciera la reserva en su restaurante.

—Pero podía haber ofrecido ese vino a otro cliente.

—¿Y arriesgarse a que mi padre se enterara de que no se lo había ofrecido a él? No lo creo. Esto me hace pensar que el envenenador conoce muy bien a *monsieur* Durand, su restaurante y a su clientela.

—¿Cómo lo hizo? Descorcharon la botella delante de nosotros. ¿Cómo pudo alguien envenenar el vino?

—Supongo que utilizaría una aguja hipodérmica muy fina para inyectar el veneno a través del corcho. No se habría notado. También podría haber sucedido que el asesino dispusiera del equipo adecuado, hubiera descorchado la botella y la hubiera vuelto a cerrar. Para el gran consuelo de *monsieur* Durand, no creo que ni él ni el camarero que sirvió la mesa sean culpables.

Lily llevaba tanto rato fuera de la cama que las piernas le empezaban a temblar de debilidad. Rodrigo notó los temblores que ya se percibían por todo el cuerpo.

—Puedes quedarte hasta que te hayas recuperado por completo —dijo educadamente, mientras se ponía en pie—. Si necesitas algo sólo tienes que pedirlo.

—Gracias —respondió ella, acto seguido pronunció la mentira más grande de toda su vida—. Rodrigo, siento muchísimo lo de Salvatore. Era...era... —Era un asqueroso asesino hijo de puta, pero ahora era un asqueroso asesino muerto. Se las arregló para soltar alguna lágrima más, visualizando el rostro de Zia.

—Gracias por tus condolencias —dijo él sin expresar nada y salió de la habitación.

No interpretó una danza de la victoria, estaba demasiado débil y por lo que sabía había cámaras ocultas en la habitación. Se volvió a meter en la cama e intentó refugiarse en el sueño reparador, pero se sentía demasiado triunfal para quedarse dormida.

Parte de su misión había sido un éxito. Ahora lo que tenía que hacer era desaparecer antes de que Rodrigo descubriera que Denise Morel no existía.

Capítulo 3

Dos días después, Rodrigo y su hermano menor, Damone, estaban ante las tumbas de sus padres en su casa de la infancia en Italia. Su madre y su padre estaban de nuevo juntos en la muerte como lo habían estado en vida. La tumba de Salvatore estaba cubierta de flores, pero tanto Rodrigo como Damone habían cogido algunas de ellas y las habían puesto sobre la tumba de su madre.

El día era fresco, pero soleado y soplaba una ligera brisa. Damone se puso las manos en los bolsillos y miró el cielo azul, su bello rostro estaba abatido por el dolor.

—¿Qué harás ahora? —le preguntó a su hermano.

—Encontrar a quien lo hizo y acabar con él —dijo Rodrigo sin dudarlo. Ambos se dieron la vuelta y comenzaron a salir del cementerio.

—Pondré una esquela en la prensa sobre la muerte de papá, no podemos ocultarlo durante más tiempo. La noticia inquietará a algunas personas, se preguntaran sobre el estado de algunos de los acuerdos de los que ahora soy el responsable y tendré que encargarme de ellos. Puede que perdamos algunos ingresos, pero nada que no podamos afrontar. Las pérdidas serán a corto plazo, pero los beneficios de la vacuna no sólo las compensarán sino que las superarán en mucho.

—¿Ha compensado Vincenzo el tiempo perdido? —dijo Damone. Era más ejecutivo que su hermano Rodrigo y quien llevaba las finanzas desde sus oficinas en Suiza.

—No tanto como esperábamos, pero el trabajo progresa. Me ha asegurado que en verano habrá terminado.

—Entonces, va mejor de lo que pensaba, teniendo en cuenta todo lo que se perdió.

Un incidente en el laboratorio de Vincenzo había destruido la mayor parte de su actual proyecto.

—Tanto él como su equipo trabajan muchas horas.

Y más trabajarían si Rodrigo veía que se retrasaban. La vacuna era demasiado importante para permitir que Vincenzo no cumpliera con los plazos.

—Mantenme informado de la situación —dijo Damone. Por mutuo acuerdo y por razones de seguridad, no volverían a estar juntos hasta haber identificado y atrapado al asesino. Se giró y miró hacia atrás para contemplar la nueva tumba, sus ojos se llenaron con la misma pena y rabia que sentía Rodrigo—. Todavía me cuesta creerlo —dijo casi susurrando.

—Lo sé. —Los dos hermanos se abrazaron sin ocultar su emoción y se montaron en vehículos separados para regresar a su aeropuerto privado, donde cada uno tomaría un jet corporativo para volver a su hogar. Rodrigo se había sentido más consolado con la presencia de su hermano menor, al estar con lo que le quedaba de su familia inmediata. A pesar de la triste razón de su encuentro, también había sentido que no estaba solo. Ahora los dos regresaban a sus imperios separados, pero vinculados, Damone para controlar el dinero, Rodrigo para encontrar al asesino de su padre y vengarse. Sabía que su hermano Damone le respaldaría en cualquier paso que diera.

Pero el hecho era que no había realizado ningún progreso en descubrir quién había asesinado a Salvatore. Vincenzo todavía estaba analizando el veneno, lo cual podría darles una pista sobre su procedencia y Rodrigo había estado vigilando de cerca a sus rivales para ver algún indicio de que supieran lo de la muerte de su padre o algún cambio en sus patrones de conducta. Se podría pensar que sus socios menos fiables podrían ser los más sospechosos, pero Rodrigo no eliminaba a nadie por una simple sospecha. Podía tratarse incluso de alguien de su propio clan o de alguien del gobierno. Salvatore había estado metido en muchas cosas y era evidente que alguien quería llevarse todo el pastel. Rodrigo sólo tenía que averiguar quién era.

—Lleva a la señorita Morel a su casa —le dijo Rodrigo a Tadeo tras haber estado con ellos una semana. Ahora ya podía tenerse en pie y aunque rara vez salía de su habitación, no se sentía a gusto teniendo a una extraña bajo su techo. Todavía estaba ocupado consolidando su situación, por desgracia había un par de personas que creían que no era como su padre y se habían sentido impulsados a desafiar su autoridad, lo que a su vez había provocado su muerte y había cosas que una extraña no debía ver u oír. Se sentiría mejor cuando su casa volviera a ser su refugio inexpugnable.

El coche tardó sólo unos minutos en llegar y recoger a la mujer y sus pocas pertenencias. Cuando Tadeo se hubo marchado con la francesa, Rodrigo se dirigió al estudio de su padre y se sentó tras la inmensa mesa de despacho de madera tallada que tanto le gustaba a Salvatore. Tenía delante el informe de Vincenzo sobre el veneno analizado de los posos del vino. Lo había ojeado cuando se lo entregaron, pero ahora lo volvió a tomar para leerlo detenidamente y repasar todos los detalles.

Según Vincenzo, el veneno era de ingeniería química. Contenía algunas propiedades de la orelanina, el veneno de la seta venenosa galerina; ésa era la razón por la que al principio había sospechado que se trataba de una intoxicación por setas. La orelanina atacaba a varios órganos, principalmente el hígado, los riñones, el corazón y el sistema nervioso, pero también era notablemente lenta. Los síntomas no aparecían hasta transcurridas diez horas o más, luego la víctima parecía recuperarse y moría al cabo de varios meses. No existía un tratamiento o antídoto conocido para la orelanina. El veneno también había mostrado cierta relación con el minoxidil, por los efectos de la bradicardia, fallo cardíaco, hipotensión e insuficiencia respiratoria, lo cual haría que la víctima no pudiera recuperarse de la orelanina. El minoxidil actuaba deprisa, la orelanina despacio, de algún modo se habían combinado las dos propiedades de modo que se produjera un retraso, pero sólo de unas horas.

También según Vincenzo, sólo había unos pocos químicos en el mundo capaces de hacer ese trabajo y ninguno de ellos trabajaba en corporaciones farmacéuticas conocidas. Debido a la naturaleza de su trabajo, eran muy caros y difíciles de contactar. Ese veneno en concreto, de semejante potencia como para que menos de una onza pudiera acabar con un hombre o una mujer de 70 kilos, costaría una pequeña fortuna.

Rodrigo se puso los dedos en los labios y empezó a darse pequeños golpecitos. La lógica le decía que el asesino que buscaba debía ser casi con toda seguridad un rival o alguien que buscara venganza por alguna ofensa del pasado, pero el instinto le dirigía hacia Denise Morel. Había algo en ella que le disgustaba. No podía identificar la causa de su desagrado, hasta el momento sus investigaciones le habían indicado que era justo lo que decía ser. Además, ella también había sido envenenada y había estado a punto de morir, lo que para cualquier persona racional demostraría que no era la culpable. Además había llorado por la muerte de Salvatore.

Nada la señalaba a ella. El camarero que les había servido el vino era mucho más sospechoso, pero el interrogatorio exhaustivo de *monsieur* Durand y del camarero no había dado más resultados que el hecho de que *monsieur* Durand había puesto la botella en manos del camarero y había observado cómo la llevaba directamente a la mesa de Nervi. No, la persona que buscaba era la que había suministrado la botella de vino a Durand y hasta el momento no había rastro de ella. La botella había sido suministrada por una empresa que no existía.

Por lo tanto, el asesino había sido bastante sofisticado en toda su gestión, había suministrado el veneno y el vino. Él —para conveniencia de Rodrigo pensaba que era un asesino, un «hombre»— había investigado a su víctima y sus costumbres; sabía que Salvatore frecuentaba ese restaurante, que tenía una reserva y también que casi con toda seguridad *monsieur* Durand guardaría esa botella para su cliente más importante. El asesino también había podido presentar una imagen de una empresa legítima. Todo ello apuntaba a un nivel de profesionalidad que prácticamente acusaba a un «rival».

Sin embargo, todavía no podía dejar de sospechar de Denise.

No era probable, pero todavía podía ser un crimen pasional. Nadie estaba fuera de sospecha hasta que supiera con seguridad quién había matado a su padre. Lo que quiera que su padre hubiera visto en Denise, quizás también lo habría visto otro hombre y estuviera tan obsesionado como él.

En cuanto a las antiguas amantes de Salvatore... Rodrigo las recordó una a una, pero las rechazó categóricamente como sospechosas. Por una parte, Salvatore había sido como una abeja, había libado de todas las flores pero sin permanecer el tiempo suficiente con ninguna de ellas como para entablar una verdadera relación. Desde la muerte de su esposa, hacía unos veinte años, había sido un hombre asombrosamente activo en lo que a romances se refería, pero ninguna mujer había llegado a ocupar un lugar en su corazón.

Además, Rodrigo investigaba a todas las mujeres que estaban con su padre. Ninguna de ellas había dado muestras de conductas obsesivas, ni tampoco habrían podido llegar a conocer la existencia de un veneno tan sofisticado, ni haber dispuesto de los medios para conseguirlo, y mucho menos de la extraordinariamente cara botella de vino. Volvería a investigarlas, para cerciorarse, pero estaba seguro de que no encontraría nada. Sin embargo, ¿qué sabía de las personas que habían formado parte del pasado de Denise?

Le había hecho preguntas al respecto, pero no le había dado ningún nombre, simplemente le había dicho que no había nadie.

¿Significaba eso que durante toda su vida había vivido virtuosamente como una monja? No lo creía, aunque tampoco sabía con seguridad que hubiera rechazado las proposiciones de Salvatore. ¿Significaba eso que había tenido amantes pero que ninguno era capaz de hacer algo así? No le importaba lo que ella pensase, quería llegar a sus propias conclusiones.

¡Ya estaba! ¿Por qué no le contaba nada de su pasado? ¿Por qué era tan reservada? *Eso* era lo que le preocupaba de ella, no tenía ninguna razón para no darle el nombre de nadie con el que hubiera estado cuando era adolescente. ¿Estaría protegiendo a alguien? ¿Tendría alguna sospecha de quién podía haber puesto el veneno en esa botella, sabiendo que a ella no le gustaba el vino y que jamás llegaría a probarlo?

No la había investigado tan a fondo como le hubiera gustado; primero porque su padre estaba demasiado impaciente para esperar y luego porque sus citas habían sido tan intrascendentes —hasta la última— que Rodrigo había abandonado la investigación. Ahora, sin embargo, tendría que averiguar todo lo posible sobre Denise Morel, incluso se enteraría de si había pensado en acostarse alguna vez con alguien. Si alguien estaba enamorado de ella, encontraría a ese hombre.

Descolgó el teléfono y marcó un número.

—Quiero que vigilen a *mademoiselle* Morel a todas horas. Si sale un centímetro de su puerta, quiero saberlo. Si alguien la llama o si ella llama a alguien, quiero que intervengan el teléfono. ¿Me han entendido? Bien.

En la intimidad del cuarto de baño de su habitación de invitados, Lily había trabajado duro para recobrar su fortaleza. Había registrado a fondo el baño y no había descubierto ni cámaras, ni micrófonos, por lo que se sentía a salvo de ser observada en aquel espacio. Al principio sólo había sido capaz de hacer algunos estiramientos, pero se había obligado a más, a correr en el sitio aunque para ello tuviera que agarrarse al mármol del tocador para mantener el equilibrio, hizo flexiones de brazos, de piernas y abdominales. Procuraba comer todo lo posible para acelerar su recuperación. Sabía que hacer esfuerzos podía ser peligroso, con una válvula del corazón dañada, pero era un riesgo calculado, como casi todo en su vida.

Lo primero que hizo al regresar a su apartamento fue registrarlo a fondo como había hecho en el cuarto de baño de los Nervi. Puede que Rodrigo no sospechara de ella o que hubiera puesto micrófonos por todas partes desde el domingo mientras estaba enferma. No, si hubiera sospechado de ella ya la habría matado.

Eso no significaba que estuviera a salvo. Cuando le preguntó sobre sus antiguos amantes, supo que sólo le quedaban unos días para huir, porque investigaría más sobre su pasado y descubriría que éste *no* existía.

Si habían registrado su apartamento —y debía suponer que así había sido— los que lo habían hecho habían sido muy pulcros. Pero no habían encontrado el escondite donde guardaba sus cosas para huir o de lo contrario no estaría allí en esos momentos.

El antiguo edificio tenía chimeneas, que después de la segunda guerra mundial habían sido substituidas por radiadores. La chimenea de su apartamento había sido tapiada y ella había puesto un arcón delante. Una alfombra barata debajo del arcón servía para no rayar el suelo al moverlo y para desplazarlo sin hacer ruido. Tiró de la alfombra y se estiró en el suelo para comprobar el estado de los ladrillos. Su obra de reparación casi no se notaba, ensució el mortero para que pareciera tan antiguo como el resto. Tampoco había polvo de mortero en el suelo que indicara que alguien había estado hurgando en los ladrillos.

Tomó un martillo y un cincel y se volvió a echar en el suelo, empezó a picar cuidadosamente el mortero que rodeaba uno de los ladrillos. Cuando estuvo flojo lo sacó, y así sucesivamente con el resto, hasta que pudo pasar la mano por la cavidad de la chimenea y sacar unas cajas y bolsas, todos los objetos estaban meticulosamente envueltos en bolsas de plástico para que no se mancharan.

En una cajita guardaba los documentos con sus diferentes identidades: pasaportes, tarjetas de crédito, carnés de conducir, carnés de identidad, según la nacionalidad que eligiera. En una bolsa tenía tres pelucas. También tenía varias mudas de ropa, que las había ocultado porque eran más llamativas. Los zapatos ya era otra cosa, sencillamente había puesto los que necesitaba en su armario, amontonados junto a los otros. ¿Cuántos hombres prestarían atención a un montón de zapatos? También tenía dinero en efectivo, en euros, libras y dólares.

En la última bolsa había un teléfono móvil seguro. Lo conectó y comprobó el estado de la batería: bajo. Sacó el cargador y lo enchufó a un enchufe de la pared.

Estaba exhausta, el sudor cubría su frente. No se marcharía al día siguiente, todavía estaba demasiado débil. Se iría pasado mañana, tendría que moverse, hacerlo deprisa.

Hasta ahora había tenido suerte. Rodrigo había ocultado la noticia de la muerte de Salvatore durante varios días, lo cual le había proporcionado algún tiempo, pero cada minuto que pasaba aumentaba el peligro de que alguien de Langley viera una foto de Denise Morel, la escaneara y mandara por correo electrónico un informe diciendo que, aparte del color de pelo y de los ojos, los rasgos de Denise Morel coincidían con los de Liliane Mansfield, asesina a sueldo para la Agencia Central de Inteligencia de los Estados Unidos. Entonces la CIA también le seguiría el rastro y la Agencia tenía recursos con los que Rodrigo no podía ni soñar. Por cuestiones prácticas

Salvatore estaba donde estaba por bendición de la Agencia, nadie la miraría con piedad por haberlo sacado de en medio.

No se sabía quién daría primero con ella, si Rodrigo o algún otro agente de la CIA. Tendría más posibilidades con Rodrigo, porque probablemente la subestimaría. La Agencia no cometería ese error.

Puesto que resultaría extraño si no lo hiciera y porque quería comprobar si estaba siendo vigilada, se abrigó para protegerse del frío y salió a comprar al supermercado del barrio. Divisó a un vigilante nada más salir del edificio; estaba sentado en un coche gris muy común aparcado a mitad de la manzana, tan pronto como ella salió, se cubrió el rostro con un periódico. Era un aficionado. Pero si había uno al frente, también debía haber otro detrás. La buena noticia es que no había ningún hombre dentro del edificio, lo cual habría dificultado más las cosas. No quería tener que saltar desde el tercer piso con lo débil que estaba.

Llevaba una bolsa de tela para comprar donde puso algunos productos y fruta. Un hombre de aspecto italiano, de lo más común, en el que sólo te fijarías si le estuvieras buscando, seguía su estela sin perderla de vista. Bueno ya había localizado a tres. Con tres bastaba para hacer un buen trabajo, pero no eran tantos como para no poder manejarlos.

Tras pagar en caja, regresó a su apartamento, procurando que su paso fuera lento y torpe. Caminaba con la cabeza baja, dando la imagen de abatimiento, en lugar de la de una persona que está totalmente alerta. Sus observadores pensarían que ella no era en absoluto consciente de ellos y además, que su salud era todavía muy precaria para moverse demasiado. Puesto que no eran muy hábiles en el tema de la vigilancia, eso suponía que en algún momento bajarían la guardia sin darse cuenta de ello, porque ella no significaba ninguna amenaza.

Cuando su teléfono móvil estuvo completamente cargado, se lo llevó al cuarto de baño y tiró de la cadena para enmascarar el sonido, en el supuesto de que hubiera algún micrófono parabólico enfocado hacia su apartamento. Había muy pocas probabilidades, pero en su trabajo la paranoia les salvaba la vida. Reservó un billete de ida en primera para Londres, desconectó, volvió a llamar y con otra identidad, reservó un vuelo para Francia que partía a la media hora de su llegada, para regresar a París, donde absolutamente nadie esperaría encontrarla. Después de eso, ya vería, pero esa pequeña maniobra le haría ganar algún tiempo.

Langley, Virginia

A primera hora de la mañana siguiente, una analista subalterna llamada Susie Pollard se quedó atónita ante lo que el programa de reconocimiento facial le acababa de revelar. Imprimió el informe y luego se abrió paso entre el laberinto de cubículos hasta que se metió en uno de ellos.

—Esto pinta interesante —dijo entregándole el informe a una superior, Wilona Jackson.

Wilona se puso las gafas en su sitio y ojeó rápidamente el documento.

—Tienes razón —respondió—. Buen trabajo, Susie. Voy a llevar esto arriba ahora mismo. —Se puso de pie. Era una mujer negra de un metro ochenta de estatura, facciones austeras y una actitud de «nada de chorradas» que rayaba la perfección en lo que respectaba a su esposo y sus cinco bulliciosos hijos. Decía que al no haber ninguna otra mujer en su casa tenía que estar por encima de todas las cosas. Eso mismo lo trasladaba a su trabajo, donde no toleraba ninguna tontería. Cualquier cosa que ella llevara arriba, inmediatamente recibía atención o lo que fuera necesario.

A primera hora de la tarde, Franklin Vinay, el jefe de operaciones, estaba leyendo el informe. Salvatore Nervi, el jefe de la organización Nervi —a la que no podía denominar corporación— había fallecido debido a una enfermedad desconocida. No se sabía la fecha exacta de su fallecimiento, pero sus hijos le habían enterrado en su tierra natal, Italia, antes de dar a conocer la noticia. La última vez que se le vio en público fue en un restaurante parisino, y había transcurrido un lapso de cuatro días entre ese día y el del anuncio de su muerte. Aparentemente gozaba de buena salud, por lo que la enfermedad desconocida se habría producido con bastante rapidez. Por supuesto, los infartos y los accidentes vasculares cerebrales abatían a gente aparentemente sana todos los días.

Lo que hizo saltar la alarma fue el programa de reconocimiento facial, que decía que sin lugar a dudas, la nueva amiga de Nervi había sido nada más ni nada menos que una de las mejores asesinas a sueldo para la CIA. Liliane Mansfield se había teñido de oscuro su pelo rubio y se había puesto lentes de contacto para oscurecer sus distintivos ojos azul claro, pero no cabía duda de que era ella.

Pero lo más alarmante fue el hecho de que unos pocos meses antes, dos de sus mejores amigos y su hija adoptiva habían muerto a manos de Nervi. Todo apuntaba a que Lily había salido del anonimato para tomarse la justicia por su mano.

Ella sabía que la CIA no castigaría el crimen. Salvatore Nervi era un desagradable ejemplo del tipo de humano que merecía ser ajusticiado, pero había sido lo bastante listo para jugar en dos bandos y ser un comodín en zona neutral, precisamente como seguro de vida contra ese tipo de cosas. Había transmitido información de suma importancia y lo había hecho durante años. Ahora esa vía de información había desaparecido, quizás para siempre; tardarían años, en caso de que lo consiguieran, en desarrollar el mismo tipo de relación con su heredero. Rodrigo Nervi era muy suspicaz y no estaba preparado para formar ninguna sociedad. La única esperanza de Frank en esa dirección era que Rodrigo demostrara ser tan pragmático como su padre.

Frank odiaba trabajar con los Nervi. Tenían algunos negocios legales sí, pero eran como Jano: todo lo que hacían tenía dos caras, una buena y otra mala. Si sus investigadores estaban trabajando en una vacuna contra el cáncer, otro grupo en el mismo edificio trabajaba para crear un arma biológica. Donaban grandes cantidades a organizaciones benéficas que hacían muchas obras sociales, pero también financiaban grupos terroristas que asesinaban indiscriminadamente.

Jugar en el mundo de la política era como hacerlo en una alcantarilla. Tenías que ensuciarte para jugar. Personalmente, Frank se alegraba de la desaparición de Salvatore Nervi. No obstante, en su ámbito laboral, si Liliane Mansfield había tenido algo que ver en ello se vería obligado a hacer algo al respecto.

Sacó su archivo al que sólo se podía acceder con un código de seguridad y lo leyó. Su perfil psicológico decía que llevaba un par de años trabajando bajo cierta presión. Según su experiencia había dos tipos de agentes: los que hacían su trabajo sin más emoción que la que pondrían al matar una mosca y los que estaban convencidos del bien que hacían, pero a cuyo espíritu se le iba acabando la paciencia bajo la presión de los ataques constantes. Lily estaba en el segundo grupo. Era muy buena, una de las mejores, pero cada golpe le había dejado una huella.

Hacía años que ya no hablaba con su familia y eso no era bueno. Eso haría que se sintiera aislada, desconectada de ese mismo mundo al que quería proteger. Bajo tales circunstancias, sus amigos del trabajo se habían convertido en algo más que amigos; eran su familia adoptiva. Cuando fueron eliminados, quizás su atormentado espíritu tuvo la gota que colmó el vaso.

Frank sabía que algunos de sus colegas se reían de él por pensar en términos de espíritus, pero llevaba mucho tiempo en ese trabajo y no sólo sabía lo que veía, sino que lo *entendía*.

Pobre Lily. Quizás debería haberla sacado del terreno de juego cuando empezó a dar muestras de agotamiento psicológico, pero ahora era demasiado tarde. Tenía que hacer frente a la situación que se había creado.

Tomó el teléfono y le dijo a su asistente que localizara a Lucas Swain, quien, maravilla de las maravillas, estaba justamente en el edificio. Las caprichosas Parcas debían haber decidido que la suerte le sonriera a Frank.

Unos cuarenta y cinco minutos más tarde, su asistente le anunciaba que el señor Swain estaba allí.

—Hazle pasar.

La puerta se abrió y Swain entró tranquilamente. De hecho, siempre iba muy tranquilo. Caminaba como un *cowboy* sin rumbo y sin prisas por llegar a ninguna parte. Parecía que eso gustaba a las mujeres.

Swain era una de esas personas bien parecidas que siempre estaba de buen humor. Con una sonrisa inocente en la cara saludó y se sentó en la silla que Frank le indicó. Por alguna razón, la sonrisa funcionó del mismo modo que su forma de entrar: a la gente le gustaba. Era un oficial superior tremendamente eficaz porque no levantaba sospechas. Puede que fuera un hombre feliz, tenía un modo de caminar que parecía la definición de la pereza, pero siempre hacía su trabajo. Había trabajado en Sudamérica durante la mayor parte de la última década, lo cual explicaba su color bronceado y su extrema y dura delgadez.

«Se le empieza a notar la edad —pensó Frank— pero, ¿no se nos empieza a notar a todos?» Lucía canas en las sienes y en el nacimiento del pelo, que lo llevaba muy corto debido a un remolino rebelde que tenía delante. Tenía algunas patas de gallo, surcos en la frente, arrugas en las mejillas, pero con su suerte, las damas probablemente pensaran que era tan gracioso como su manera de andar. *Gracioso*. «¡Lo que son las cosas!» reflexionó Frank, estaba describiendo mentalmente a uno de sus mejores agentes como *gracioso*.

—¿Qué sucede? —preguntó Swain, estirando sus largas piernas mientras se relajaba, su espalda se curvó hasta prácticamente hundirse en la silla. La compostura no era su fuerte.

Tenemos una situación delicada en Europa. Una de nuestras agentes ha salido de la reserva y ha asesinado a un valioso colaborador. Hemos de detenerla.

—¿Ella?

Frank puso el informe sobre la mesa. Swain lo cogió y lo leyó rápidamente, luego se lo devolvió.

—Ya lo ha hecho. ¿Qué hay que detener?

—Salvatore Nervi no estaba solo en la situación que puso fin a la vida de los amigos de Lily. Si está dispuesta a acabar con todos ellos, puede echar al traste toda nuestra red. Ya nos ha hecho un daño considerable al eliminar a Nervi.

Swain hizo una mueca con la cara y se la frotó enérgicamente con las manos.

—¿No tienes ningún agente irascible y solitario, en un retiro forzoso y con alguna habilidad especial que le haga ser el único capaz de encontrar a la señorita Mansfield y detenerla en su cruzada?

Frank se mordió la mejilla por dentro para evitar reírse

—¿Te parece que esto es una película?

—No es un delito tener esperanza.

—Considera tus esperanzas rotas.

—Muy bien, ¿qué me dices de John Medina? —los ojos azules de Swain se estaban riendo mientras intentaba fastidiar a Frank.

—John está ocupado en Oriente Medio —dijo Frank con calma.

Su respuesta hizo que Swain se incorporara en su asiento, todo indicio de pereza había desaparecido.

—Espera un momento. ¿Me estás diciendo que realmente existe un Medina?

—Sí, existe un Medina.

—No hay ningún archivo sobre él —empezó a decir Swain, luego se dio cuenta, sonrió y dijo—: Vaya.

—Lo que quiere decir que lo has comprobado.

—¡Maldita sea! Todo el mundo que está en este negocio lo ha hecho.

—Ésa es la razón por la que no existen archivos informáticos. Para su protección. Como te iba diciendo, John está bien encubierto en Oriente Medio, y en cualquier caso, no le utilizaría para una recuperación.

—Lo que quiere decir que es más importante que yo. —Swain tenía de nuevo esa sonrisa burlona en su rostro que indicaba que no se sentía ofendido.

—O que tiene otros talentos. Tú eres el hombre que necesito y volarás a París esta misma noche. Esto es lo que quiero que hagas.

Capítulo 4

Tras pasar el día entero comiendo, descansando y haciendo ejercicios suaves para aumentar su resistencia, la mañana que tenía que partir, Lily ya se encontraba mucho mejor. Recogió cuidadosamente su equipaje de mano y su bolsa de viaje, asegurándose de que no se dejaba nada importante. La mayor parte de su ropa se iba a quedar colgada en su armario; también dejaba las fotografías de personas totalmente extrañas que había puesto en marcos baratos para dar la impresión de que tenía un pasado.

No sacó las sábanas de la cama ni lavó los únicos bol y cuchara que había utilizado para el desayuno, aunque sí tomó la precaución de limpiar a fondo el lugar con un disolvente desinfectante para destruir sus huellas. Eso era algo que había hecho durante diecinueve años y era una costumbre profundamente arraigada. Incluso lo había hecho en casa de los Nervi antes de marcharse, aunque no había podido usar ningún producto. También estaba acostumbrada a limpiar sus cubiertos y vasos con una servilleta antes de que se los llevaran, limpiaba el cepillo del pelo todas las mañanas y echaba los pelos que sacaba de las púas en el váter, tras lo cual tiraba de la cadena.

Era muy consciente de que no podía hacer nada respecto a la sangre que le había extraído el doctor Giordano para analizarla, pero el ADN no se utilizaba para identificación del mismo modo que se hacía con las huellas dactilares; no había una base de datos muy extensa. Sus huellas estaban en el archivo de Langley, pero en ningún otro sitio; salvo por algún que otro asesinato, era una ciudadana modelo. Ni siquiera las huellas servían para nada si no había un archivo donde compararlas y ponerles un nombre. Un descuido no significaba nada. Dos suponían un medio de identificación. Ella siempre procuraba no ofrecer nunca un punto de partida.

Probablemente el doctor Giordano encontraría bastante extraño que ella le llamara para pedirle cualquier resto de sangre que hubiera quedado del análisis. Si estuviera en California podría decir que era miembro de alguna extraña secta religiosa y que necesitaba la sangre o incluso que era un vampiro y probablemente le devolverían lo que quedara.

Ese pensamiento morboso provocó que se dibujara una tenue sonrisa en su boca y le hubiera gustado poder compartirlo con Zia, que tenía un gran sentido del humor. Con Averill y Tina, y especialmente con Zia, se había podido relajar e incluso llegar a hacer tonterías, como una persona normal. Para alguien con ese oficio, la relajación era todo un lujo y sólo se conseguía entre los suyos.

Su leve sonrisa se desvaneció. Su ausencia había dejado semejante vacío en su vida que no creía que pudiera volver a llenarlo. Con el paso de los años su círculo de relaciones se había ido reduciendo, al final sólo había cinco personas a las que tenía reservado su afecto: su madre, su hermana —a las que ya no veía por temor a ponerlas en peligro— y sus tres amigos.

Averill había sido su amante, durante un breve periodo de tiempo se consolaron mutuamente de su soledad. Luego se separaron y ella conoció a Tina durante un trabajo en el que se requerían dos agentes. Nunca se había sentido tan unida a nadie hasta conocer a Tina, eran como dos almas gemelas que se habían encontrado. Les bastaba con mirarse para saber lo que estaban pensando. Tenían el mismo sentido del humor, los mismos sueños ingenuos de que algún día, cuando ya no hicieran ese trabajo, se casarían y montarían un negocio —no necesariamente del mismo tipo— y quizás tendrían uno o dos hijos.

Ese día llegó para Tina cuando, al igual que globos de helio que flotan por una habitación, Averill se cruzó en su camino. Lily y Tina podían tener un montón de cosas en común, pero la química era otra cosa; Averill miró a la esbelta y morena Tina y se enamoró de ella, el sentimiento fue mutuo. Durante un tiempo, cuando no estaban trabajando, se veían y era todo un acontecimiento. Eran jóvenes, sanos y buenos en su trabajo; había que admitir que ser asesinos les hacía sentirse fuertes e invencibles. Como profesionales que eran, no fanfarroneaban, aunque eran lo bastante jóvenes como para sentir la euforia de la pasión.

Luego hirieron a Tina y la realidad les hizo tocar de pies en la tierra. Su trabajo era letal. La euforia se había terminado. Habían regresado a su condición de simples mortales.

Averill y Tina reaccionaron casándose, lo hicieron tan pronto como ella estuvo lo suficientemente recuperada para recorrer el pasillo. Se establecieron primero en un apartamento en París y luego se compraron una pequeña casa en las afueras. Cada vez aceptaban menos trabajos.

Lily iba a visitarles siempre que podía y un día trajo a Zia con ella. Había encontrado al bebé en Croacia, abandonado y muriéndose de hambre, justo después de su declaración de independencia de Yugoslavia, cuando el ejército serbio ya había empezado a saquear al nuevo país al comienzo de la amarga guerra. Nadie parecía conocer la identidad de la madre, o no querían desvelarla, tampoco tenían el menor interés. De modo que o se llevaba al bebé o sabía que lo abandonaba a una muerte miserable.

A los dos días quería a esa niña como si fuera suya. Salir de Croacia no fue fácil, mucho menos con un bebé. Tuvo que encontrar leche, pañales y mantas. En aquel momento no se preocupó de la ropa, sólo le importaba tener lo justo para mantenerla seca, caliente y alimentada. Le puso Zia porque le gustaba ese nombre.

Luego tuvo los problemas típicos de la documentación del bebé, pero encontró a un falsificador bastante bueno y consiguió entrar en Italia. Una vez fuera de Croacia, las cosas ya no eran tan complicadas, al menos no tenía problemas de abastecimiento. Sin embargo, cuidarla nunca fue tarea fácil. La niña daba sacudidas y se quedaba rígida cuando ella la tocaba y a menudo vomitaba toda la leche que había ingerido. En lugar de someterla a más viajes, cuando en su corta vida ya había sufrido tantos cambios, Lily decidió quedarse un tiempo en Italia con ella.

Suponía que Zia debía de tener unas pocas semanas de vida cuando la encontró, aunque la falta de comida y cuidados podía haber influido en que pareciera más pequeña. Tras permanecer en Italia durante tres meses, Zia había ganado peso y ya tenía hoyuelos en las manos y en las piernas, no dejaba de babear cuando le empezaron a salir los dientes y miraba a Lily con la boca abierta y unos ojos inmensos, que reflejaban pura dicha, de ese modo que sólo los muy pequeños pueden conseguir sin parecer idiotas.

Al final la llevó a Francia a conocer al tío Averill y a la tía Tina.

El cambio de custodia fue gradual. Cada vez que Lily tenía un trabajo, les dejaba a Zia; sus amigas la adoraban y ella también estaba a gusto con ellos, pero a Lily se le rompía el corazón cada vez que se separaba de ella y sólo vivía pensando en el regreso y en cuando Zia volviera a verla. Esa pequeña carita se iluminaba y daba gritos de alegría, para Lily no había un sonido más hermoso.

Pero sucedió lo inevitable: Zia crecía. Tenía que ir a la escuela. Lily a veces se ausentaba durante semanas. Era lógico que Zia pasara cada vez más tiempo con Averill y Tina, hasta que al final se dieron cuenta de que sería más conveniente hacer los papeles que certificaran que eran los padres de la niña. Cuando Zia tenía cuatro años, Averill y Tina ya eran papá y mamá para ella y Lily su tía Lil.

Durante trece años Zia había sido el centro emocional de Lily y ahora ya no estaba.

¿Qué puñetas habría motivado a Averill y a Tina a volver al juego cuando hacía tanto tiempo que ya estaban fuera? ¿Necesitaban dinero? Sin duda sabían que si ése era el caso bastaba con pedírselo a Lily y les hubiera dado todo lo que tenía (y tras dieciocho años de trabajo lucrativo, tenía un buen saldo en un banco suizo). Pero había algo que les había sacado de su retiro y lo pagaron con sus vidas y también con la de Zia.

Ahora Lily había utilizado la mayor parte de sus ahorros en conseguir el veneno y confeccionar su plan. Los buenos documentos cuestan dinero y cuanto mejor fuera la falsificación, más cara. Había tenido que alquilar su apartamento y conseguir un trabajo —porque no tener ninguno habría resultado sospechoso—, luego se cruzó en el camino de Salvatore Nervi y esperó a que mordiera el anzuelo. No tenía ninguna garantía de que lo hiciera. Podía arreglarse muy bien para estar atractiva, pero sabía que no era una belleza. Si eso no hubiera funcionado, habría tenido que pensar en otra cosa, siempre lo hacía. Pero había funcionado a las mil maravillas, hasta que Salvatore insistió en que probara su vino.

Ahora le quedaba una décima parte del dinero que tenía antes, una valvula dañada que según le había informado el doctor Giordano tendría que ser reemplazada, su resistencia física era irrisoria y se le acababa el tiempo.

Desde un punto de vista lógico, sabía que sus probabilidades no eran buenas. Esta vez no sólo no contaba con los recursos de Langley, sino que la Agencia iría contra ella. No podría utilizar ninguno de sus puertos seguros, no podría llamar para que la respaldaran o la sacaran de algún sitio, y además tendría que estar en guardia contra... todos. No tenía ni la menor idea de a quién enviarían; podía ser que simplemente la localizaran y un francotirador la eliminara, en tal caso no tenía por qué preocuparse, porque no había modo de que pudiera protegerse de algo que no podía ver. Ella no era Salvatore Nervi, con una flota de coches blindados y entradas protegidas. Su única esperanza era no dejar que la localizaran.

En el mejor de los casos... Bueno, no existía el mejor de los casos.

Eso no significaba que fuera por cualquier sitio siendo un blanco fácil. Puede que la apresaran, pero se lo pondría difícil. Su orgullo profesional estaba en juego. Sin sus amigos, ni Zia, el orgullo era prácticamente lo único que le quedaba.

Esperó todo lo que pudo antes de usar el teléfono móvil para llamar a un taxi que la llevara al aeropuerto. Tenía que cortar lo antes posible, para reducir el tiempo que tendría Rodrigo para enviar a sus hombres. Al principio, los hombres que la vigilaban no sabrían adónde iba, pero tan pronto como descubrieran que iba al aeropuerto, le llamarían para pedirle instrucciones. Las posibilidades de que Rodrigo ya tuviera a alguien —o a varios— en los mostradores del aeropuerto era de al menos un cincuenta por ciento, pero de Gaulle era un aeropuerto inmenso y sin saber exactamente la compañía aérea o el destino, sería muy difícil localizarla. Todo lo que podían hacer era seguirla, pero de momento sólo hasta que los agentes de seguridad los detuvieran.

Si Rodrigo conseguía la lista de pasajeros tampoco podría localizarla porque no volaba ni bajo el nombre de Denise Morel ni el suyo. Estaba segura de que lo comprobaría, sólo era cuestión de tiempo. Al principio, no sospecharía tanto como para hacer algo más que seguirla.

Al marcharse tan abiertamente y llevarse tan poco equipaje esperaba que sintiera curiosidad, no que sospechara, al menos no durante el breve período de tiempo que le costaría desaparecer.

Si la fortuna le sonreía, no empezaría a sospechar ni siquiera cuando sus hombres le perdieran el rastro en el ajetreado aeropuerto de Heathrow. Puede que se preguntara por qué había ido en avión en lugar de ir en ferry o por el túnel, pero muchas personas preferían volar para recorrer la corta distancia entre París y Londres si no disponían de mucho tiempo.

En el mejor de los casos, no volvería a pensar sobre su viaje al menos en un par de días, hasta que no regresara a su casa. En el peor de los casos, sus hombres la apresarían en el aeropuerto de Charles de Gaulle, sin importarles los testigos ni las posibles repercusiones. A Rodrigo no le importaría nada de eso. Aunque ella apostaba a que no llegaría a ese extremo, hasta ahora no había descubierto que no era quien decía ser, porque sus hombres no habían registrado su apartamento. Sin saber eso, no había razón para provocar un escándalo público.

Lily bajó las escaleras para esperar al taxi y se puso en una zona de la portería donde podía ver bien la calle sin que sus vigilantes la vieran. Había pensado andar varias manzanas hasta llegar a una parada de taxis y esperar allí, pero eso le habría dado un tiempo a Rodrigo que no quería regalarle y también la hubiera fatigado. Antes —quizás tan sólo hacía una semana— podía haber corrido esa distancia sin tan siquiera perder el aliento.

Quizás su lesión cardíaca no fuera muy grave, pero el doctor Giordano había podido detectar el soplo, además esa insidiosa debilidad acabaría desapareciendo. Había estado muy enferma durante tres días, no había comido nada y había estado en la cama. El cuerpo humano pierde fuerza mucho más deprisa que la recupera. Se concedería un mes; si en ese tiempo no volvía a estar normal, se haría algunas pruebas. No sabía dónde, ni cómo las pagaría, pero lo haría.

Por supuesto, eso suponiendo que todavía estuviera viva. Aunque pudiera escapar de Rodrigo, todavía tendría que despistar a su antiguo jefe. Aún no había calculado esas probabilidades, no quería desanimarse.

Un taxi negro se detuvo en la calle. El taxista tomó su equipaje de mano y Lily murmuró «Empieza la función» y salió tranquilamente a la calle. No se apresuró, en modo alguno parecía nerviosa. Cuando se sentó, sacó una caja de maquillaje de su bolsa y enfocó el espejo de modo que pudiera ver a sus vigilantes.

Cuando el taxi partió también lo hizo el Mercedes. Redujo la velocidad y un hombre se lanzó como una flecha, prácticamente saltando al asiento trasero, entonces el Mercedes volvió a acelerar hasta colocarse justo detrás del taxi. Lily podía ver a través del espejo que el último pasajero hablaba por el móvil.

El aeropuerto estaba a unos treinta kilómetros de la ciudad y el Mercedes seguía de cerca al taxi. Lily no sabía si debía considerarse insultada o no, ¿pensaría Rodrigo que era tan estúpida como para no darse cuenta o simplemente no le importaba que se percatara de ello? Por otra parte, la gente normal no comprobaba si alguien la seguía, por lo tanto el hecho de que sus vigilantes fueran tan lanzados podía significar que Rodrigo realmente todavía no sospechaba de ella, a pesar de tenerla vigilada y hacer que la siguieran. A juzgar por lo que sabía de él, pensaba que lo haría hasta descubrir quién había asesinado a su padre. Rodrigo no era de ese tipo de personas que dejaban cabos sueltos.

Cuando llegaron al aeropuerto, se dirigió con calma al mostrador de British Airways para el embarque. Viajaba bajo el nombre de Alexandra Wesley, ciudadana británica y la foto del carné de identidad correspondía a su color de pelo actual. Viajaba en primera, no había embarcado equipaje y había creado cuidadosamente esta identidad con el paso de los años. Tenía varias identidades, que había mantenido ocultas hasta de sus contactos de Langley, para casos de emergencias.

El embarque para su vuelo ya había sido anunciado cuando pasó por los controles de seguridad y llegó a la puerta de embarque. No miró atrás, pero inspeccionaba cuidadosamente su entorno con su visión periférica. Sí, ese hombre de allí la estaba observando y tenía un teléfono móvil en la mano.

No dio ningún paso para acercarse a ella, sólo estaba llamando. La suerte parecía estar de su parte.

Llegó a salvo al avión y ya estaba en manos de las autoridades británicas. El asiento que le había tocado era el de la ventanilla, el del pasillo ya estaba ocupado por una mujer elegantemente vestida que parecía estar cerca de los treinta. Lily murmuró una disculpa al pasar por su lado para llegar a su asiento.

A la media hora ya estaban en el aire para el trayecto de una hora de vuelo. Intercambió algunas palabras cordiales con su compañera de viaje utilizando su acento de escuela privada, cosa que agradó a la otra viajera. Le resultaba más fácil mantener el acento británico que el parisino y casi dio un suspiro de alivio cuando su mente empezó a relajarse. Se quedó medio dormida, ya que estaba cansada de haber caminado por el aeropuerto.

Cuando faltaban quince minutos para llegar a Londres, se inclinó y sacó su bolso de debajo del asiento.

—Siento molestarla —dijo con tono dubitativo a la mujer que tenía a su lado— pero tengo un pequeño problema.

—¿Sí? —dijo educadamente la viajera.

—Me llamo Alexandra Wesley, ¿quizás haya oído usted hablar de la Ingeniería Wesley? Es de mi esposo, Gerald. Lo que sucede es... —Lily miró hacia abajo como si se sintiera violenta—. Bueno, lo que pasa es que le he dejado y él no se lo ha tomado muy bien. Ha puesto hombres para que me sigan y me temo que querrán atraparme en el aeropuerto. Es un poco violento, está acostumbrado a salirse con la suya y... y realmente no puedo volver.

La mujer parecía incómoda e intrigada, como si no le gustara escuchar esos detalles tan íntimos de una extraña, pero a pesar de todo le fascinaba.

—Pobrecita. Por supuesto, que no puede volver. Pero, ¿cómo puedo ayudarla?

—Cuando abandonemos el avión ¿podría llevarme esta bolsa y dirigirse al aseo público más próximo? Yo la seguiré y una vez allí me la vuelve a dar. Llevo un disfraz en ella —dijo rápidamente, cuando el rostro de la mujer dio muestras de alarma al oír que una extraña le pedía que llevara una bolsa en la era del terrorismo.

—Mire, observe lo que hay dentro. —Se apresuró en abrir la cremallera de la bolsa—. Ropa, zapatos y pelucas. Nada más. El caso es que ellos puede que piensen que me voy a disfrazar y que se fijen en las bolsas que me llevo al aseo. Leí un libro sobre cómo burlar a un perseguidor y mencionaban este método. Tendrá hombres en Heathrow esperándome, estoy segura, y tan pronto como salga a tomar algún medio de transporte me apresarán.

Se retorció las manos esperando parecer afectada. El mal aspecto de su cara enjuta y cansada por la enfermedad y el hecho de que ella ya era delgada la ayudaban bastante a parecer aún más frágil de lo que era.

La mujer tomó la bolsa y revisó cuidadosamente todo su contenido. Se le iluminó la cara con una sonrisa cuando examinó una de las pelucas.

—¿Escondiéndose en pleno vuelo, verdad?

Lily le devolvió la sonrisa.

—Espero que funcione.

—Ya veremos. Si no es así, compartiremos el taxi. Será más seguro si somos dos. —La mujer empezaba a involucrarse en la historia.

Si su compañera de viaje no hubiera sido una mujer, Lily habría improvisado otras tácticas, pero esta estrategia aumentaba ligeramente sus posibilidades y en esos momentos estaba dispuesta a aferrarse a la menor ventaja. Los hombres de la Agencia también podían estar esperándola, así como los matones de Rodrigo y no serían tan fáciles de burlar.

Según cómo quisieran hacerlo podrían arrestarla tan pronto como saliera del avión, en cuyo caso no habría nada que hacer. Generalmente, preferían llevar a cabo ese tipo de trabajos con los de casa. Si podían evitar involucrar al gobierno británico en lo que esencialmente era un asunto interno, lo harían.

El avión aterrizó y llegó hasta la puerta sin novedad. Lily respiró profundamente y su cómplice le dio una palmadita en la mano.

—No se preocupe —le dijo alegremente—. Esto funcionará, ya lo verá. ¿Cómo sabré si la han descubierto?

—Ya le diré dónde se encuentran los hombres. Los buscaré mientras nos dirigimos al aseo. Entonces yo saldré antes que usted y cuando usted salga, si todavía están allí, sabrá que ha funcionado.

—¡Esto es excitante!

Lily esperaba que no lo fuera.

La mujer tomó la bolsa de mano de Lily y salió del avión dos personas por delante de ella. Caminó deprisa, miraba los indicadores pero no a la gente que esperaba en la puerta. «Buena chica», pensó Lily ocultando una sonrisa. Es una espía nata.

Había dos hombres que la estaban esperando y tampoco hicieron ningún esfuerzo por disfrazar su interés. La alegría la inundó. Rodrigo todavía no sospechaba nada fuera de lo normal, no pensaba que se daría cuenta de que la seguían. Podía ser que su plan realmente funcionara.

Los dos hombres la siguieron, a unos seis o nueve metros de distancia. Delante iba su cómplice, que se dirigía a los primeros aseos públicos que encontró. Lily se detuvo fuera en un surtidor de agua, dando tiempo a sus seguidores a que eligieran posiciones, luego entró.

La mujer estaba esperando dentro y le dio la bolsa.

—¿Hay alguien ahí fuera? —preguntó.

Lily asintió con la cabeza.

—Dos hombres. Uno de un metro ochenta, más bien corpulento, que lleva un traje gris. Está de pie justo delante de la puerta, apoyado contra la pared. El otro es más bajo, tiene el pelo corto y oscuro, lleva un traje azul cruzado y está situado a unos cuatro metros por delante.

—Dese prisa y cámbiese, me muero de impaciencia por verla.

Lily se metió en un aseo y empezó a cambiar rápidamente de identidad.

El sobrio traje oscuro y los tacones bajos desaparecieron, en su lugar se puso un chaleco de punto rosa, mallas de color turquesa, botas con tacón de aguja, una chaqueta con flecos también turquesa y una peluca pelirroja de pelo corto. Metió la ropa que se había sacado en la bolsa de mano y salió del aseo.

Una gran sonrisa iluminó el rostro de la mujer y le dedicó un aplauso.

—¡Maravilloso!

Lily no podía dejar de sonreír. Rápidamente se puso colorete en las mejillas, se pintó los labios de rosa y se puso unos pendientes de con una pluma colgando. Se maquilló con sombra de ojos de color rosa.

—¿Qué le parece?

—Querida, jamás la hubiera reconocido aún sabiendo lo que iba a hacer. Por cierto, me llamo Rebecca. Rebecca Scott.

Se dieron la mano, cada una encantada por distintas razones. Lily respiró profundo.

—Allá voy —dijo murmurando y salió valientemente de los aseos.

Sus dos seguidores la miraron involuntariamente, todo el mundo lo hacía. Mirando directamente detrás del hombre de pelo oscuro que prácticamente estaba delante de ella, Lily saludó con entusiasmo.

—¡Estoy aquí! —dijo a una persona en particular, aunque con todo ese gentío era difícil determinar a quién. Esta vez utilizó su distintivo acento americano y pasó al lado de sus guardianes como si fuera a reunirse con alguien.

Cuando pasaba al lado del hombre de pelo oscuro, vio como éste desviaba de nuevo su mirada hacia el cuarto de baño, como si temiera que su momento de distracción hubiera facilitado la huida de su perseguida.

Lily caminó lo más deprisa posible, perdiéndose entre la multitud. Los tacones de doce centímetros hacían que fuese un metro ochenta de alta, pero no iba a llevarlos ni un minuto más de lo necesario. Mientras se acercaba a la puerta de embarque, se metió en otro aseo público y se quitó el llamativo disfraz. Cuando abandonó el lavabo, tenía el pelo largo y negro, llevaba tejanos negros y un jersey grueso y oscuro de cuello alto, con los mismos zapatos planos que había llevado en el avión. Se había quitado el color rosa de los labios y lo había substituido por rojo brillante y la sombra rosa de los ojos por tonos grises. Su documentación de Alexandra Wesley ya estaba en su bolsa de viaje y su billete y documentación iban ahora a nombre de Mariel St. Clair.

Pronto estaba de nuevo en el avión para volver a cruzar el Canal en dirección a París, esta vez en clase turista. Se recostó en su butaca y cerró los ojos.

Todo bien de momento.

Capítulo 5

Rodrigo estaba furioso.

—¿Cómo habéis podido perderla? —dijo muy despacio.

—La seguimos desde el momento en que dejó el avión —respondió la voz británica al otro lado del teléfono—. Entró en los servicios y ya no salió de allí.

—¿Envió a alguien para que entrara a buscarla?

—Transcurrido ya un rato, sí lo hicimos.

—¿*Cuánto* rato exactamente?

—Quizás pasaron unos veinte minutos hasta que mis hombres empezaron a alarmarse. Entonces tuve que esperar hasta que pudieron traer a una mujer para que entrara a buscarla a los servicios.

Rodrigo cerró los ojos e intentó controlar sus instintos. ¡Incompetentes! Los hombres que seguían a Denise debían haberse distraído y no la habían visto salir del aseo. No había otras salidas, ni ventanas, ni conductos para tirar la basura o cualquier otra vía de escape. Sólo podía haber salido por el mismo sitio que había entrado, sin embargo, esos idiotas la habían dejado escapar.

No era un asunto demasiado importante, pero la ineficiencia le molestaba. Hasta tener las respuestas sobre el pasado de Denise, quería saber exactamente dónde estaba y lo que hacía. De hecho, esperaba haber tenido esas respuestas el día anterior, pero la burocracia era tan penosa como de costumbre.

—Hay una cosa que me intriga, señor.

—¿Qué es?

—Cuando mis hombres la perdieron, revisaron inmediatamente las listas de pasajeros, pero su nombre no aparecía en ninguna parte.

Rodrigo se incorporó, de pronto frunció el entrecejo.

—¿Qué me está queriendo decir?

—Que desapareció. Cuando revisé la lista de pasajeros del vuelo que estaba aterrizando, no había ninguna Denise Morel en la lista. Salió del avión, pero de algún modo se las arregló para desaparecer. La única explicación posible es que tomara otro avión, pero no está registrado en ninguna parte.

La señal de alarma sonó con tal fuerza en la cabeza de Rodrigo que casi le ensordeció. Se quedó helado ante la terrible sospecha.

—Vuelva a revisar las listas, señor Murray. Tiene que haber tomado otro avión.

Las he revisado dos veces, señor. No hay indicios de que entrara o saliera de Londres. Las miré detenidamente.

—Gracias —dijo Rodrigo y colgó el teléfono. Estaba tan furioso que casi iba a explotar de tanto controlar las emociones. ¡Esa perra se la había jugado!

Sólo para acabar de asegurarse, llamó a su contacto en el ministerio.

—Necesito esa información inmediatamente —dijo gritando sin tan siquiera identificarse, ni decir de qué información se trataba. No necesitaba hacerlo.

—Sí, por supuesto, pero hay un problema.

—¿Es que no existe Denise Morel? —preguntó Rodrigo sarcásticamente.

—¿Cómo se ha enterado? Estoy seguro de que puedo...

—No se preocupe. No la encontrará. —Sus sospechas se habían confirmado, Rodrigo colgó y se sentó intentando contener su ira que estaba ya estallando por todo su cuerpo. Tenía que pensar con claridad y el momento le superaba.

Ella era la envenenadora. ¡Qué astucia la suya!, envenenarse pero con una dosis mínima, sólo para estar enferma y conseguir sobrevivir. Quizás ni tan siquiera había pretendido beber nada de vino, pero su padre había insistido tanto que accidentalmente había tragado más de lo que quería. Eso no tenía importancia, lo que importaba era que había conseguido matar a su padre.

No podía creer cómo había podido engañarle. Su actuación había sido perfecta, hasta el momento. Ahora que ya era demasiado tarde podía ver con toda claridad cómo había sido. Salvatore había bajado la guardia ante su aparente indiferencia a sus proposiciones y Rodrigo también se había relajado tras las primeras citas de su padre con ella, por lo normales que habían sido. Si ella hubiera demostrado interés por estar en su compañía, habría sido mucho más enérgico al exigir las respuestas, pero ella actuó de manera impecable.

Sin duda, era una profesional a la que habría pagado alguno de sus rivales. Como tal disponía de varias identidades para desaparecer cuando lo necesitara o quizás simplemente usaba su verdadero nombre, puesto que *Denise Morel* era falso. Era evidente que había embarcado en ese avión para Londres —sus hombres la habían visto—, por lo tanto una de las pasajeras de la lista era ella. Sólo tenía que descubrir cuál y seguirle la pista desde allí. Lo que ahora tenía que hacer —o mejor dicho sus hombres— era desalentador, pero tenía un punto de partida. Tendría que investigar a todos los pasajeros del avión y la encontraría.

No importaba cuánto tiempo tardara, pero la encontraría. Entonces la haría sufrir bastante más de lo que había sufrido su padre. Antes de haber terminado con ella no sólo le habría dicho todo lo que supiera sobre quién la había contratado, sino que también maldeciría a su propia madre por haberla traído a este mundo. Juró eso por la memoria de su padre.

Lucas Swain se movía silenciosamente por el apartamento que Liliane Mansfield, alias Denise Morel, había abandonado.

Su ropa todavía estaba allí, al menos la mayor parte. Todavía había comida en la taza, un bol y una cuchara en el fregadero. Parecía como si se hubiera ido a trabajar o a comprar, pero él sabía que no era así. Sabía reconocer el trabajo de una profesional a simple vista. No había huellas, ni siquiera en la cuchara del fregadero. La limpieza había sido perfecta.

A juzgar por lo que había leído en los archivos, el tipo de ropa que había dejado en el armario no era su estilo. La ropa pertenecía a Denise Morel y ésta ya había cumplido su misión, Lily se había sacado la piel como una serpiente. Salvatore Nervi estaba muerto, ya no la necesitaba.

Lo que le sorprendía era por qué se había quedado tanto tiempo. Nervi llevaba muerto una semana o más, pero el propietario le había dicho que la señorita Morel había tomado un taxi esa misma mañana. No sabía adónde se dirigía, pero llevaba sólo equipaje de mano. Quizás se iba de viaje de fin de semana.

Horas. La había perdido sólo por cuestión de horas.

El administrador no le había dejado entrar en el apartamento, por supuesto; Swain tuvo que colarse dentro forzando silenciosamente la cerradura. El administrador le había dicho cuál era su apartamento, lo que le había ahorrado tener que irrumpir de noche en su oficina y revisar los archivos, con la consecuente pérdida de tiempo.

No obstante, lo que estaba haciendo en aquellos momentos también era una pérdida de tiempo. No estaba allí y no iba a regresar.

Había un cuenco con fruta en la mesa. Cogió una manzana, se la frotó por la camisa y le dio un bocado. ¡Mierda! tenía hambre, si ella hubiera querido esa manzana, se la habría llevado. Abrió la puerta de la nevera para ver qué más tenía para comer y la cerró de nuevo decepcionado. Comida de mujer joven: fruta, algunos productos frescos y algo que podía ser queso fresco o yogur, pero que estaba caducado. ¿Por qué las mujeres que vivían solas nunca tenían comida de verdad en casa? Se moría por una pizza, llena de salchichón o un bistec a la brasa con una gran patata cargada de mantequilla y crema ácida. Eso era *comida*.

Mientras reflexionaba sobre cuál sería el próximo paso que iba a dar para localizarla, se comió otra manzana.

Según los archivos, Lily se sentía muy a gusto en Francia y hablaba francés como una nativa. Parecía que también tenía un don para los acentos. Había vivido un tiempo en Italia y viajado por todo el mundo civilizado, pero cuando se asentaba para descansar lo hacía en Francia o en Inglaterra, donde se sentía más cómoda. El sentido común le decía que se habría largado a la otra parte, lo cual implicaría que ya no estaba en Francia. Eso indicaba que Gran Bretaña era el mejor lugar para iniciar la búsqueda.

Por supuesto, como ella era muy buena en su trabajo, podía haber pensado lo mismo y haber elegido cualquier otro lugar como Japón. Swain sonrió. No se soportaba cuando se superaba a sí mismo pensando. También podía hacer las cosas como Dios manda y empezar por el lugar más razonable, hasta dando palos de ciego a veces se acierta.

Había varias formas habituales de cruzar el Canal: ferry, tren y avión. Escogió el avión por ser más rápido y probablemente Lily también lo habría escogido para poner distancia cuanto antes entre ella y la organización Nervi. Londres no era el único destino en Gran Bretaña que podía haber escogido, claro está, pero era el más próximo y habría intentado dejar el mínimo tiempo posible a sus perseguidores para organizar una intervención. La información se podía transmitir al momento, pero trasladar seres humanos requería un tiempo. Eso hacía que Londres fuera un destino lógico, que planteaba cubrir dos grandes aeropuertos, Heathrow y Gatwick. Optó por el primero, que era el más grande y el más frecuentado.

Se sentó en la acogedora sala de estar —no había sillones abatibles, ¡Mierda!— y sacó su teléfono móvil de alta seguridad. Tras teclear una larga serie de números, apretó el botón de llamada y esperó a que se produjera la conexión. Una voz británica respondió enérgicamente.

—Aquí Murray.

—Swain. Necesito información. Una mujer llamada Denise Morel puede o puede que no...

—Sin duda esto es una coincidencia.

La adrenalina recorrió el cuerpo de Swain, de pronto sintió la intuición de un cazador que ha encontrado una pista.

—¿Alguien más ha preguntado por ella?

—Rodrigo Nervi en persona. Nos dijeron que la siguiéramos cuando desembarcara. Puse a dos hombres, la siguieron hasta los primeros aseos públicos que encontró. Entró, pero no volvió a salir. No aparece en ninguna otra lista de embarque. Es una mujer con muchos recursos.

—Más de lo que imaginas —respondió Swain—. ¿Le has dicho a Nervi todo esto?

—Sí. Tengo órdenes de cooperar con él hasta cierto punto. No pidió que la matáramos, sólo que la siguiéramos.

Pero el hecho de que hubiera desaparecido tan hábilmente debía haber puesto a Nervi bajo aviso respecto a su profesionalidad, lo que a su vez haría que la viera de un modo bien distinto. Ahora Nervi ya debía haber descubierto que no existía una Denise Morel con esa descripción en particular y habría llegado a la conclusión de que casi sin lugar a dudas era la persona que había asesinado a su padre. La temperatura debía haber subido aproximadamente unos dos mil grados.

¿Cómo había salido de Heathrow? ¿Por una puerta de seguridad? Primero tenía que haber salido del aseo público sin que la vieran, eso implicaba un disfraz. Una mujer inteligente como Lily habría hallado el modo de hacerlo, debía estar preparada para ello. Seguramente también debía tener otra identidad preparada.

—Un disfraz —dijo él.

—Yo pensé lo mismo, aunque no le dije nada a Nervi. Es un hombre inteligente y al final pensará en ello, pero la seguridad del aeropuerto no es su fuerte. Luego me pedirá que visionemos todas las grabaciones.

—¿Lo has hecho? —Si la respuesta no fuera afirmativa, es que Murray ya no era tan inteligente como antes.

—Justo después mis hombres la perdieron de vista en el lavabo. No puedo culparles, he visto dos veces la grabación y tampoco la he visto.

—Estaré allí en el próximo vuelo.

Debido al desplazamiento al aeropuerto, la disponibilidad de plazas, etcétera, eso fue unas seis horas más tarde. Swain pasó el tiempo durmiendo, aunque muy consciente de que cada minuto jugaba a favor de Lily. Ella sabía cómo trabajaban, conocía sus recursos, debía haber estado construyéndose un pequeño escondrijo, añadiendo cada vez más capas a su camuflaje. El retraso también le proporcionaba tiempo para conseguir dinero de alguna cuenta de algún banco desconocido que seguramente tenía. Si él hubiera estado en su misma línea de trabajo, sin duda tendría varias cuentas. Él también tenía dinero en efectivo en un paraíso fiscal. Nunca sabía cuándo podría necesitarlo. Y si nunca necesitaba usarlo como medida de emergencia, haría que su jubilación fuera más grata. Tenía muy en cuenta lo de su jubilación.

Tal como le había prometido, Charles Murray le estaba esperando en la puerta de embarque cuando Swain llegó a Heathrow. Murray era un hombre de estatura media, esbelto, con pelo corto de color gris hierro y ojos castaños. Su conducta indicaba que había sido militar, su porte era el de una persona tranquila y capaz. Estuvo siete años en la nómina de Nervi de manera extraoficial y en la del gobierno durante mucho más que eso. En todos esos años Swain había tratado de vez en cuando con Murray, lo suficiente como para tener una relación bastante informal. Es decir, Swain era informal; Murray británico.

—Por aquí —dijo Murray tras un breve apretón de manos.

—¿Cómo están tu esposa e hijos? —preguntó Swain, hablando al británico por la espalda mientras caminaba tranquilamente siguiendo sus pasos.

—Victoria está estupenda, como siempre. Los niños ya son adolescentes.

—Eso ya es bastante.

—Cierto. ¿Y tú?

—Chrissy ya va a la escuela universitaria; Sam está en primer año. Los dos están estupendos. Técnicamente, Sam es todavía un adolescente, pero ya ha pasado la peor parte.

De hecho los dos habían salido bastante bien, teniendo en cuenta que sus padres se habían separado hacía doce años y que su padre estaba mucho tiempo fuera del país. En gran parte eso se debía a que su madre, bendita fuera, no había querido echarle la culpa de su ruptura. Él y Amy se habían sentado con sus hijos y les habían explicado que su separación se debía a varios motivos, incluido que se habían casado muy jóvenes y bla, bla, bla. Lo cual era totalmente cierto. No obstante, la razón principal era que Amy estaba cansada de tener un marido ausente y quería estar libre para poder encontrar a otra persona. Irónicamente, no se había vuelto a casar, aunque algunas veces salía con alguien. La vida de sus hijos no había cambiado tanto desde que se separaron: seguían viviendo en la misma casa, iban a la misma escuela y veían a su padre con la misma frecuencia.

Si Amy y él hubieran sido lo bastante adultos y sabios cuando se casaron, nunca habrían tenido hijos juntos, sabiendo cómo su trabajo influiría en su matrimonio, pero por desgracia la edad y el conocimiento parecen aumentar al mismo ritmo y cuando eran lo suficientemente adultos para saber mejor lo que querían, era demasiado tarde. Aún así, no lamentaba haber tenido a sus hijos. Los quería con toda su alma, aunque sólo les viera unas pocas veces al año, y aceptaba que él no era tan importante en sus vidas como su madre.

—Sólo podemos hacerlo lo mejor que podemos y rezar por que las semillas del diablo se transformen en seres humanos lo antes posible —observó Murray al girar por un corto pasillo.

—Ya estamos.

Bloqueó la vista de un teclado y marcó un número, entonces se abrió una puerta de acero. En el otro lado había un vasto despliegue de monitores y personal que vigilaba atentamente la entrada y salida de las personas que se encontraban dentro del enorme aeropuerto.

Desde allí pasaron a una habitación más pequeña, donde también había varios monitores y equipos para revisar las imágenes que captaban el gran despliegue de cámaras. Murray se sentó en una silla azul con ruedas e invitó a Swain a que tomara otra y se sentara. Marcó un código de seguridad en el teclado y el monitor que tenían delante cobró vida. Delante tenían congelada la imagen de Lily Mansfield bajando del avión procedente de París de esa misma mañana.

Swain estudió todos los detalles, observó que no llevaba ninguna joya, ni siquiera un reloj de muñeca. Una chica lista. A veces la gente se lo cambia todo salvo el reloj de pulsera y es ese detalle el que les delata. Iba vestida con un traje oscuro liso y llevaba zapatos oscuros planos. Se la veía delgada y pálida como si le hubiera pasado algo.

No miraba ni a derecha ni a izquierda, simplemente al salir del avión caminaba con el resto del pasaje y se dirigió a los primeros servicios que encontró. De aquellos servicios salió todo un desfile de mujeres pero ninguna se parecía a Lily.

—¡Maldita sea! —dijo—. Vuelve a poner la grabación.

Murray volvió a poner la cinta desde el principio. Swain volvió a observar su salida del avión llevando una bolsa de viaje de tamaño medio de color negro, de esas que son tan comunes que pasarían desapercibidas porque las llevaban millones de mujeres todos los días. Se enfocó en la bolsa intentando hallar un modo de identificarla: una hebilla, la forma en que estaban sujetas las tiras, cualquier cosa. Después de que Lily se hubiera esfumado en el lavabo, buscó la salida de esa bolsa. Vio muchas bolsas de todos los tamaños y formas, pero sólo una se parecía a esa. La llevaba una mujer de un metro ochenta, cuya vestimenta y maquillaje eran de lo más llamativo. «¡Miradme!» pero no llevaba sólo esa bolsa, también llevaba un bolsa de mano y Lily no llevaba ninguna al salir del avión.

—¡Vaya!

—Vuelve a ponerla, desde el principio. Quiero ver a todas las personas que salen del avión.

Murray accedió con gusto. Swain estudió todos los rostros y se fijó especialmente en las bolsas que llevaban.

Entonces lo vio.

—¡Ahí está! —dijo acercándose a la pantalla.

Murray congeló la imagen.

—¿Qué? Todavía no ha aparecido en imagen.

—No, pero mira a esa mujer. —Swain puso su dedo sobre la pantalla—. Mira su bolsa de mano. Ahora, fíjate en lo que hace.

La mujer elegante que iba varios pasajeros por delante de Lily se dirigió a los servicios, lo cual era bastante común. Muchas mujeres que salían del avión hacían lo mismo. Swain observó el vídeo hasta que la mujer salió de los servicios sin la bolsa.

—¡Bingo! —dijo Swain—. Ella le llevó la bolsa donde se encontraba la ropa para disfrazarse. Retrocede un poco. Allí. Ésa es nuestra chica. Ella lleva la bolsa ahora.

Murray parpadeó ante la fantástica criatura del monitor.

—¡Por dios! ¿Estás seguro?

—¿Has visto entrar a esa mujer en los servicios?

—No, pero no la estaba buscando a ella —dijo Murray—. ¿Sería difícil perderla de vista no te parece?

—Sí, con esa vestimenta.

Sólo los pendientes de plumas bastaban para dar un aspecto totalmente distinto. Desde su pelo corto y pelirrojo hasta las botas de tacón de aguja, esa mujer era un cebo para la atención. Si Murray no la había visto entrar en los aseos era porque no lo había hecho. No era de extrañar que sus hombres no la hubieran reconocido, ¿cuántas personas que intentan ocultarse invitarían a dirigir las miradas hacia ellas de ese modo?

—Mira la nariz y la boca. Es ella.

La nariz de Lily no era del todo aguileña, pero tenía un toque, sin por ello dejar de ser femenina. Era delgada pero fuerte y extrañamente atractiva al hacer juego con esa boca de labio superior un poco salido.

—Allí está —dijo Murray, moviendo la cabeza—. No estoy en forma, se me pasó.

—Es un buen disfraz. Inteligente. Muy bien, veamos ahora hacia dónde se dirige nuestra vaquera tecnicolor.

Murray tocó el teclado, para correr la cinta de vídeo y seguir los pasos de Lily por el aeropuerto. Caminó un poco y entró en otros servicios. De nuevo, tampoco salió de allí.

Swain se frotó los ojos.

—Ya estamos otra vez con lo mismo. Fíjate sólo en las bolsas.

Debido a la cantidad de gente que pasaba por delante de la cámara, de vez en cuando la perdían de vista, tuvieron que visionar varias veces la cinta para reducir las posibilidades hasta que quedaron tres mujeres, a las que siguieron hasta tener una buena toma de ellas. Por fin, volvieron a encontrarla. Ahora llevaba pelo largo y negro, pantalones negros y un jersey negro de cuello alto. Era más baja, ya no llevaba las botas. Las gafas de sol también eran distintas y los pendientes de plumas los había substituido por aros dorados. Sin embargo, seguía llevando las mismas bolsas.

Las cámaras la siguieron hasta otra puerta de embarque, donde embarcó en otro avión. Murray enseguida miró qué vuelo salía de esa puerta a esa hora.

—París —dijo.

—¡Hija de puta! —dijo Swain alucinado. Había regresado—. ¿Puedes conseguirme una lista de pasajeros? —Era una pregunta retórica, por supuesto que podía. A los pocos minutos estaba ya en sus manos. Revisó todos los nombres y observó que no constaba ninguna Denise Morel ni Lily Mansfield, lo que significaba que tenía otra identidad más.

Ahora venía lo divertido, volver a París y repetir el mismo proceso con las autoridades francesas del aeropuerto de Charles de Gaulle. Los quisquillosos franceses puede que no fueran tan acomodaticios como Murray, pero Swain tenía unos cuantos recursos.

—Hazme un favor —le dijo a Murray—. No le pases esta información a Rodrigo Nervi. —No quería que su gente se interpusiera en su camino, además sentía un desprecio natural a hacer cualquier cosa que pudiera ayudarles. Las circunstancias podían obligar esporádicamente al gobierno de los Estados Unidos a mirar hacia otra parte respecto a los trapos sucios de la organización Nervi, pero él no tenía ningún compromiso de ayudarles en lo más mínimo.

—No sé de qué me estás hablando —dijo Murray en un tono impersonal—. ¿Qué información?

Volver a cruzar el Canal supondría realizar la misma operación que había tenido que hacer en Londres. Aunque no implicaba que fuera tan sencillo como bajar del avión y dirigirse directamente a la persona responsable como había hecho antes, pero nunca era tan sencillo. Ella lo tenía todo planificado con antelación y él le iba pisando los talones, intentando encontrar un billete. Ella sabía exactamente lo que confundiría y retrasaría a cualquiera que la persiguiera.

Aún consciente de ello, fue descorazonador descubrir que tenía una larga espera por delante antes de poder encontrar otro vuelo con plazas libres.

Murray le dio una palmadita en el hombro.

—Sé de alguien que puede llevarte mucho más deprisa.

—Gracias —dijo Swain—. Tráele aquí.

—¿No te importa volar en el asiento de atrás verdad? Es un piloto de la OTAN.

—¡Mierda! —espetó Swain—. ¿Me vas a llevar en un avión de combate?

—Te dije que irías mucho más deprisa ¿no es cierto?

Capítulo 6

Lily se fue al apartamento que tenía subarrendado en Montmartre hacía varios meses, antes de haber adoptado la identidad de Denise Morel. El apartamento era diminuto, en realidad más bien era un estudio, pero tenía su cuarto de baño minúsculo. Allí tenía su ropa, intimidad y una seguridad relativa. Puesto que el subarrendamiento era anterior a la aparición de Denise, no era probable que ningún programa informático de búsqueda pudiera retroceder lo suficiente como para que apareciera su nombre en ninguna lista, además lo había alquilado con otra identidad: Claudia Weber, de nacionalidad alemana.

Puesto que Claudia era rubia, Lily había ido a la peluquería para sacarse el color artificial que llevaba. Se habría comprado los productos y lo hubiera hecho ella misma, pero desteñirse era mucho más complicado que teñirse y temía estropearse el cabello. Tuvo que recortarse las puntas un par de centímetros para eliminar las que se habían quedado secas con el proceso del tinte.

Cuando se miró al espejo, por fin, volvió a ser ella misma. Las lentes de contacto de colores ya no estaban y habían regresado sus ojos azul claro. Su pelo liso volvía a ser rubio y le llegaba sólo hasta los hombros. Podría pasar al lado de Rodrigo Nervi y probablemente no la reconocería, al menos eso esperaba, porque justamente era eso lo que iba a hacer.

Dejó las bolsas cansinamente sobre la cama plegable impecablemente hecha y luego se tumbó a su lado. Sabía que tenía que registrar el apartamento para asegurarse de que no habían entrado allí, pero se había estado forzando todo el día y ahora estaba exhausta. Si al menos pudiera dormir una hora, el mundo sería distinto.

A pesar de todo estaba contenta al comprobar que su resistencia física estaba en bastante buen estado. Estaba cansada, era cierto, pero no jadeaba para respirar, como le había advertido el doctor Giordano que sucedería si esa válvula se hubiera dañado seriamente. Tampoco se había forzado indebidamente, no había estado corriendo. Por lo que todavía estaba por ver lo que pasaba con su corazón.

Cerró los ojos y en silencio se concentró en su latido; a ella le parecía normal. *Bum-bum, bum-bum, bum-bum.* El doctor Giordano pudo oír un soplo con su estetoscopio, pero no tenía ninguno y por lo que a ella respectaba el ritmo era totalmente normal. Tenía otras cosas de que preocuparse.

Se quedó medio dormida y su cuerpo se relajó mientras su mente empezó a darle vueltas a la situación, sondeando y reorganizando los hechos tal como ella los conocía, intentando hallar respuestas para los factores desconocidos.

No sabía con qué se habían encontrado Averill y Tina o qué les habrían dicho, pero debió ser algo que consideraron muy importante para que regresaran a un trabajo que habían abandonado hacía tiempo. Ni siquiera sabía quién les había contratado. Estaba casi segura de que no había sido la CIA. Probablemente, tampoco hubiera sido el MI-6 (Departamento de Inteligencia Británico). Aunque no dependían uno del otro, ambos gobiernos y agencias mantenían un estrecho grado de colaboración. De cualquier modo, tenían un montón de agentes disponibles y no necesitaban pedir los servicios de dos inactivos.

De hecho, no pensaba que los hubiera contratado ningún gobierno, más bien parecía un contrato privado. En alguna parte del maldito camino, o desde el principio: Salvatore Nervi había ofendido, extorsionado, maltratado y asesinado. Encontrar a sus enemigos no era difícil; acabar con ellos podía llevar un año o más, pero, ¿quién se había tomado la molestia de contratar a dos profesionales, aunque estuvieran retirados, para vengarse? Además, ¿quién conocía el pasado de sus amigos? Averill y Tina vivían vidas normales y corrientes, se habían apartado de ese negocio para proporcionarle otro tipo de vida a Zia, no se habían dedicado a publicar su pasado.

Pero alguien les conocía, conocía sus aptitudes. Eso apuntaba a alguien que también había estado en el negocio o al menos en un puesto donde pudiera acceder a sus nombres. Quienquiera que fuese también sabía que no era conveniente acercarse a un asesino a sueldo, para no llamar la atención. Por el contrario, esa persona desconocida había escogido a Averill y a Tina porque... ¿por qué? ¿Por qué ellos? ¿Y por qué habían aceptado teniendo a Zia?

Sus amigos eran lo bastante jóvenes para estar en buena forma física, ésa era una razón posible para su selección. Eran buenos en su trabajo, tenían experiencia y sangre fría. Podía entender por qué habían contactado con ellos, pero no la razón por la que habían aceptado involucrarse. ¿Por dinero? No les iba mal, no eran ricos, pero tampoco lo necesitaban. Una suma verdaderamente astronómica podía haberles tentado, pero con el paso de los años habían desarrollado la misma actitud respecto al dinero que tenía ella. Desde el comienzo de su carrera siempre había tenido dinero. No era algo que le preocupara, ni tampoco a Averill y a Tina. Sabía que entre los dos habían reunido el suficiente dinero en efectivo para vivir con relativa comodidad durante el resto de sus vidas, además a Averill le iba bastante bien trabajando en su tienda de reparación de ordenadores.

Ojalá alguno de ellos la hubiera llamado y le hubiera explicado lo que pensaban hacer. Su motivación debía ser importante y ella quería averiguar cuál había sido, porque así sabría cómo atacar. Su venganza no había terminado por el mero hecho de que Salvatore estuviera muerto, eso no era más que el primer acto. No estaría satisfecha hasta que descubriera la razón por la que se habían involucrado sus amigos y consiguiera que el mundo entero se volviera contra los Nervi, y que incluso las personas poderosas a las que había comprado se apresuraran a distanciarse de ellos. Quería destruir todo el castillo de naipes podridos.

Tuvo el fugaz pensamiento de que si Tina le hubiera hablado de ese trabajo, si hubiera sido tan importante como para sacarles de su retiro, quizás ella también se hubiera unido a ellos. Lily podía haber supuesto la diferencia entre el éxito o el fracaso, aunque quizás también estaría muerta.

Pero no le habían mencionado nada en absoluto, aunque había estado cenando con ellos hacía menos de una semana. Ella se había marchado de la ciudad para un trabajo que duraría unos días o quizás un poco más, pero les había dicho cuándo esperaba regresar. ¿Ya se lo habían propuesto entonces o esa oferta cayó de pronto del cielo y tenían que hacer el trabajo inmediatamente? Averill y Tina no trabajaban de ese modo. Tampoco lo hacía ella. Cualquier cosa que estuviera relacionada con el clan de los Nervi requería estudio y preparación, porque sus medidas de seguridad eran muy fuertes.

Nada de lo que estaba pensando era algo que no hubiera pensado ya en sus múltiples noches de insomnio desde que los asesinaron. A veces, cuando el alegre rostro de Zia volvía a su mente, le sobrevenía un llanto tan fuerte que la asustaba. En su pesar necesitaba devolver el golpe inmediatamente, cortar la cabeza del dragón. Ya lo había hecho centrándose durante tres meses en su plan y ahora debía concentrarse en llevar a cabo el resto.

Primero tenía que averiguar quién les había contratado. Un contrato privado suponía alguien con mucho dinero... o quizás no. Quizás la necesidad había sido el factor motivador. Quizás esa persona se les había presentado con pruebas de que Salvatore estaba involucrado en algo especialmente feo. Tratándose de Salvatore, podría ser cualquier cosa, no se le ocurría que hubiera nada lo bastante bajo y sucio que pudiera presentarle problemas de conciencia. El único requisito imprescindible era que proporcionara dinero.

Pero Averill y Tina todavía conservaban un corazón idealista y también consideraba la opción de que hubieran descubierto algo que les alarmara de tal modo que les hubiera impulsado a la acción, aunque durante su carrera habían visto tantas cosas que poco podía afectarles de tal modo. ¿De qué podía tratarse?

Zia. *Algo que amenazara a Zia.* Para protegerla habrían luchado contra tigres con las manos vacías. Cualquier cosa que la implicara a ella explicaría la urgencia y la motivación.

Lily se sentó parpadeando. Por supuesto. ¿Cómo no se había dado cuenta antes? Si no había sido el dinero, ¿qué más podía ser tan importante para ellos? Su matrimonio, su amor mutuo, la propia Lily... pero ante todo, Zia.

No tenía pruebas. No las necesitaba. Conocía a sus amigos, cuánto amaban a su hija, lo importante que era en sus vidas. Esta conclusión era una mera intuición, pero le parecía correcta. No quedaba otra posibilidad.

Eso le indicaba por dónde seguir. Entre los negocios de los Nervi había varios laboratorios, dedicados a todo tipo de investigaciones médicas, químicas y biológicas. Puesto que Averill y Tina consideraron que se trataba de algo que debían solucionar inmediatamente, fuera lo que fuera era inminente. Pero a pesar de su fracaso, no había sucedido nada raro que pudiera recordar, no había habido ninguna catástrofe local. Sólo podía pensar en las habituales bombas de los terroristas que no necesitaban razón alguna.

Quizás no hubieran fracasado. Puede que tuvieran éxito en su misión, pero Salvatore les había descubierto y les había eliminado, como castigo ejemplar para que nadie más se atreviera a interferir en sus asuntos.

Tal vez el objetivo no era uno de los laboratorios, aunque parecían los blancos más probables. Salvatore tenía muchas propiedades repartidas por Europa. Tenía que buscar en periódicos antiguos para descubrir si había habido algún incidente en alguna propiedad de los Nervi, desde la última vez que les vio con vida y hasta la fecha de sus muertes. Salvatore tenía suficiente poder para mantener prácticamente silenciados a los medios, incluso del todo si lo consideraba necesario, pero quizás hallara alguna mención de algo... alguna cosa.

Sus amigos no habían hecho ningún viaje justo antes de morir. Había hablado con sus vecinos; Averill y Tina habían estado en casa y Zia en la escuela. De modo que fuera lo que fuera tenía que ser un asunto local o al menos cercano.

A la mañana siguiente iría a un cibercafé y realizaría la búsqueda. Podía hacerlo ahora, pero el sentido común le decía que era mejor que descansara después de un día tan largo. Allí estaba relativamente a salvo hasta de la Agencia. Nadie sabía nada de Claudia Weber y no iba a hacer nada para atraer la atención. Había tenido la previsión de comprar algo de comer en el aeropuerto, sabiendo que iba a pasar bastante tiempo en la peluquería, también había comprado algo para picar esa noche y tenía café suficiente para tomar a la mañana siguiente. De momento sus necesidades estaban cubiertas. Al día siguiente tendría que ir a comprar comida, algo que era mejor hacer a primera hora antes de que se acabaran los mejores productos. Cuando lo hubiera hecho, iría a un cibercafé y se pondría manos a la obra.

Internet era fantástico, pensó Rodrigo. Si se conocía a la gente adecuada —y él la conocía— prácticamente nada de lo que allí apareciera estaba libre de escrutinio.

En primer lugar su gente había creado una lista de químicos corruptos capaces de fabricar semejante veneno. Ese último requerimiento había reducido la lista de varios centenares a nueve, que era un número mucho más manejable.

A partir de ahí era cuestión de investigar las finanzas. Alguno habría recibido una gran suma recientemente. Quizás la persona en cuestión habría sido bastante inteligente para ingresar la suma en una cuenta numerada, pero quizás no. Aún así, habría pruebas de un movimiento de dinero en efectivo.

Había encontrado pruebas sobre el doctor Walter Speer, un médico alemán que vivía en Amsterdam. Al doctor Speer le habían despedido de una acreditada compañía de Berlín y luego de otra de Hamburgo. Luego se había trasladado a Amsterdam, donde había ido ganando para vivir pero sin hacer una fortuna. Sin embargo, el doctor Speer se había comprado recientemente un Porsche y lo había pagado al contado. Fue un juego de niños descubrir de dónde sacaba el dinero Speer y tampoco fue mucho más difícil para los expertos de Rodrigo entrar en el sistema informático del banco. Hacía poco más de un mes el doctor Speer había depositado un millón de dólares americanos. El valor del cambio de divisas le había hecho un hombre muy feliz.

Americanos. Rodrigo estaba asombrado. ¿Los *americanos* habían pagado para asesinar a su padre? No tenía sentido. Su acuerdo con los americanos era demasiado valioso para ellos como para interferir, Salvatore se había encargado de ello. Rodrigo no estaba muy de acuerdo con los tratos que tenía su padre con los americanos, pero habían funcionado durante bastantes años y no había sucedido nada que hubiera alterado el estado de las cosas.

Denise —o quienquiera que fuese— realmente había desaparecido hoy, ahora tenía otro vínculo con ella, descubrir quién era realmente y para quién trabajaba.

Rodrigo no era un hombre que perdiera el tiempo, esa misma noche tomó un avión para Amsterdam. Localizar el apartamento del doctor Speer fue muy sencillo, tanto como forzar la cerradura. Le esperó en la oscuridad hasta que apareció.

Desde el momento en que se abrió la puerta, Rodrigo notó el fuerte olor a alcohol y el doctor Speer se tambaleó un poco mientras encendía la luz.

Rodrigo le golpeó por detrás un segundo después, empujándolo contra la pared para aturdirlo, luego lo tiró al suelo, se sentó encima de él a horcajadas y le asestó un buen par de puñetazos en la cara. La violencia explosiva aturde a los que no tienen experiencia, los deja en tal estado de confusión y de choque que se quedan indefensos. El doctor Speer no sólo no tenía experiencia sino que estaba ebrio. No podía hacer nada para defenderse en aquel estado, pero tampoco hubiera podido en estado normal. Rodrigo era mucho más corpulento, joven, rápido y hábil que él.

Rodrigo le obligó a sentarse empujándolo contra la pared para que su cabeza recibiera otro buen golpe. Luego le cogió del cuello y se lo acercó para mirarle de cerca. Le gustó lo que vio.

En su cara ya se podían ver grandes morados y la sangre goteaba de su nariz y su boca. Se le habían roto las gafas y le colgaban torcidas de una oreja. Su expresión era de no comprender absolutamente nada.

Aparte de eso, el doctor Speer aparentaba tener cuarenta y pocos años. Tenía una buena mata de pelo castaño y una complexión fornida pero pequeña, lo que le daba cierto aspecto de oso. Antes del trabajo que le había hecho Rodrigo, probablemente sus facciones eran ordinarias.

—Permítame que me presente —dijo Rodrigo con acento alemán. No hablaba bien, pero podía hacerse entender—. Soy Rodrigo Nervi. —Quería que el doctor supiera exactamente con quién estaba tratando. Vio que sus ojos se abrían alarmados, a pesar de su embriaguez todavía le quedaba algo de sentido común.

—Hace un mes usted recibió la suma de un millón de dólares americanos. ¿Quién le pagó y por qué?

—Yo, yo... ¿Qué? —tartamudeó el doctor Speer.

—El dinero. ¿Quién se lo dio?

—Una mujer. No sé su nombre.

Rodrigo le sacudió con tal fuerza que su cabeza se bamboleó sobre su cuello y sus gafas rotas salieron volando.

—¿Está seguro?

—Nunca me lo dijo —jadeó Speer.

—¿Qué aspecto tenía?

—¡Ah! —Speer parpadeó intentando centrarse en la pregunta—. Pelo castaño. Ojos castaños, creo. No me fijé mucho en su aspecto, ¿me entiende?

—¿Vieja o joven?

Speer parpadeó de nuevo varias veces.

—¿Quizás estaba en los treinta? —respondió preguntando como si no estuviera muy seguro de su memoria.

De modo que realmente había sido Denise quien le había entregado el millón de dólares. Speer no sabía quién le había dado el dinero a ella —ésa era otra pista a seguir— pero esto lo confirmaba todo. Rodrigo había sabido instintivamente que ella era la asesina desde el momento en que desapareció, pero se alegraba al confirmar que no estaba perdiendo el tiempo siguiendo pistas falsas.

—Hiciste el veneno para ella.

Speer tragó convulsivamente, pero una chispa de orgullo profesional iluminó su borrosa mirada. Ni siquiera lo negaba.

—Una obra maestra, se lo puedo asegurar. Tomé las propiedades de varias toxinas letales y las combiné. Cien por cien letal, aunque sólo se ingiera media onza. Cuando empiezan a aparecer los síntomas con efecto retardado, las lesiones son tan graves que no hay ningún tratamiento. Supongo que se podría intentar un trasplante múltiple de órganos, en el supuesto de que hubiera tantos órganos disponibles en ese momento, pero si quedara alguna toxina en el organismo también atacaría a los nuevos órganos. No, no creo que funcionase.

—Gracias doctor. —Rodrigo sonrió, una sonrisa tan fría que si el doctor hubiera estado más sobrio se habría asustado hasta quedarse paralizado. Por el contrario le devolvió la sonrisa.

—De nada —respondió. Sus palabras todavía resonaban en el aire cuando Rodrigo le partió el cuello y le dejó caer como una muñeca de trapo.

Capítulo 7

A la mañana siguiente Swain estaba tumbado en la cama de su hotel mirando al techo e intentando conectar los cabos sueltos. En el exterior una fría y densa lluvia de noviembre golpeaba los cristales; todavía no se había acabado de aclimatar, ya que estaba acostumbrado al cálido clima de Sudamérica, por lo que tenía frío, aunque se hallaba metido en la cama. Entre la lluvia y el cambio de horario, consideraba que necesitaba un descanso. Además, no es que estuviera haciendo el vago, sino que estaba pensando.

No conocía a Lily, por lo que le faltaba información para averiguar lo que iba a hacer. Hasta el momento había demostrado tener imaginación, ser atrevida, tener sangre fría; tendría que estar en plena forma para adelantarse a ella. Pero le gustaban los retos, de modo que en lugar de recorrer París con su foto e ir preguntando a extraños si habían visto a esa mujer —sí, eso podría funcionar— intentó anticiparse a lo que haría a continuación, a fin de conseguir esa ventaja que necesitaba sobre ella.

Fue enumerando mentalmente lo que sabía de ella, que no era demasiado.

Punto A: Salvatore Nervi había asesinado a sus amigos.
Punto B: Ella había matado a Salvatore Nervi.

Por lógica eso sería el fin. Misión cumplida, salvo por el pequeño detalle de huir con vida de Rodrigo Nervi. Pero lo había conseguido, se había escapado a Londres, se había puesto ese disfraz me-
tamórfico y había vuelto atrás. Posiblemente estuviera de nuevo en
París, utilizando otra de sus aparentemente interminables identidades. También podía haber abandonado el aeropuerto, haber vuelto a
cambiar de aspecto, luego haber vuelto y haber tomado otro vuelo.
Ella tenía que saber que todo lo que cualquier pasajero hacía en un
aeropuerto, fuera de los servicios, quedaba grabado en alguna cámara, así que podía esperar que al final quienquiera que la estuviera
buscando acabase descubriendo los trasbordos que había realizado,
revisase la lista de pasajeros y finalmente dedujese las identidades
que había utilizado. Se había visto obligada a realizar esos cambios
tan rápidos para deshacerse de Rodrigo Nervi y ganar tiempo, aunque ello supusiera quemar tres identidades y no poder volver a uti-
lizarlas sin despertar todo tipo de sospechas.

Con ese tiempo, sin embargo, podía haber dejado el aeropuerto
y haber asumido otro nombre y aspecto, que no hubiera sido captado por las cámaras del aeropuerto. Sus documentos eran buenos, debía tener buenos contactos. Podía haber atravesado los controles del
aeropuerto sin problema alguno. Ahora podría estar en cualquier
parte. De nuevo en Londres, echando una cabezada en un vuelo
nocturno a los Estados Unidos o incluso durmiendo en la habitación contigua a la suya.

Había regresado a París. Eso tenía que significar algo. Logísti-
camente tenía sentido; el vuelo era corto, le daba margen para ate-
rrizar y salir antes de que los de seguridad tuvieran tiempo de revisar varias veces el vídeo para averiguar cómo lo había hecho, luego,
por eliminación reducir la lista de pasajeros hasta descubrir el nombre que había utilizado. Al regresar a París también involucraba a
otro gobierno y otra burocracia, lo cual retrasaba todavía más el
proceso. Sin embargo, también podía haber hecho lo mismo volando a cualquier otro país europeo. Aunque el vuelo Londres-París
duraba sólo una hora, Bruselas, todavía estaba más cerca. Lo mismo
sucedía con Amsterdam y La Haya.

Swain entrelazó sus manos por detrás de su cabeza y frunció el
entrecejo mirando al techo. En ese razonamiento faltaba algo im-

portante. Podía haber salido del aeropuerto y haber ido a otro lugar alejado hasta que alguien hubiera reparado en revisar las cintas de seguridad y descubriera el disfraz que había utilizado. Si no quería quedarse en Londres, simplemente podía haberse cambiado el disfraz y haber regresado unas horas más tarde para tomar otro vuelo y nadie habría realizado ninguna conexión. Habría estado a sus anchas. De hecho, eso habría sido mucho más inteligente que quedarse en el aeropuerto con todas esas cámaras de vigilancia. ¿Por qué no lo había hecho? O pensaba que nadie descubriría su cambio de identidad o tenía una buena razón para regresar a París en esos momentos.

Estaba claro, que ella no era una oficial superior, con formación en espionaje, los asesinos a sueldo eran contratados para cada trabajo, se les enviaba a realizar una misión en concreto. En su archivo no se mencionaba nada de que tuviera formación en disfraces o en técnicas de evasión. Tenía que saber que la Agencia iría tras ella por lo del caso Nervi, pero era posible que no conociera el alcance de la vigilancia en los aeropuertos principales.

Él no pondría las manos al fuego.

A pesar de todo era muy inteligente. Sabía que las cámaras seguirían todos sus movimientos, aunque había dado suficientes rodeos como para tenerlas ocupadas durante un rato. Puede que decidiera que darles más tiempo, al dejar Heathrow y regresar después, les daría la oportunidad de... hacer algo. No sabía qué. ¿Escanear su rostro en un banco de datos de reconocimiento facial? Ella *estaba* en el banco de datos de la Agencia, pero en ningún otro. Sin embargo, si alguien hubiera escaneado su estructura facial en la base de datos de la Interpol, las cámaras de entrada al aeropuerto la habrían reconocido antes de que pudiera llegar a la puerta de embarque. Sí, podía ser eso. Puede que temiera que Rodrigo Nervi intentara introducirla en los datos de la Interpol.

¿Cómo podría evitar ese peligro? Mediante cirugía estética, por una parte. De nuevo, eso sería lo más inteligente para una mujer que huye. Pero no había optado por eso, sino por regresar a París. Quizás esconderse y no volver a aparecer hasta que le hubieran realizado la cirugía supondría demasiado tiempo. Quizás tuviera alguna limitación de tiempo para hacer algo que se había propuesto.

¿Cómo...? ¿Ir a Disneylandia París? ¿A dar una vuelta por el Louvre?

Quizás matar a Salvatore Nervi no era más que el primer acto, en lugar de un fin. Quizás supiera que lo mejor de la Agencia —concretamente él, aunque no le conociera de nada— iba tras ella y que sólo era cuestión de tiempo que la encontraran. Ese tipo de fe en sus habilidades le hacía sentirse bien por dentro. De cualquier modo su línea de pensamiento iba bien encaminada: había algo que quería hacer, algo urgente que era cuestión de horas y temía no tener tiempo para realizarlo.

Swain rezongó y se sentó frotándose la cara con las manos. No obstante, ese razonamiento también tenía un punto débil. Podría haber tenido más oportunidades de realizar su misión si se hubiera quedado en Inglaterra y se hubiera sometido a una cirugía estética. No dejaba de pensar en eso. Lo único que justificaba sus acciones es que hubiera una bomba metafórica en alguna parte, algo que no podía esperar y que se debía realizar *ahora* o al menos en un breve período de tiempo. Pero si realmente había algo así, algo que planteaba un peligro para el mundo, lo único que tenía que hacer era coger el teléfono, llamar y dejar que un grupo de expertos se hiciera cargo del asunto en lugar de ir de llanera solitaria.

«Peligro mundial» como motivación quedaba eliminado.

Entonces, algo personal. Algo que quería hacer ella sola y que sentía que debía realizar lo antes posible.

Reflexionó sobre lo que había visto en su ficha. Su motivación para matar a Salvatore Nervi eran las muertes hacía unos meses de una pareja de amigos y de su hija adoptiva. Había sido inteligente y había realizado su trabajo preliminar, se había tomado su tiempo para acercarse a Nervi para poder hacer su trabajo. Entonces, ¿por qué no estaba actuando con la misma cautela? ¿Por qué una agente inteligente y profesional estaba haciendo algo tan torpe que acabaría con su arresto?

«Olvidemos la motivación», pensó de pronto. Él era un hombre, podía volverse loco intentando averiguar lo que pasaba por la mente de una mujer. Si tuviera que escoger el escenario más probable, se inclinaría a pensar a que no había terminado con los Nervi. Les había asestado un duro golpe, pero ahora estaba cerrando el círculo para asestar otro aún peor. La habían herido en lo más profundo y les haría pagar por ello.

Suspiró de satisfacción. Eso era. Eso tenía sentido. Maldita sea, eso era un móvil perfecto. Había perdido a sus seres queridos e iba a vengarse a cualquier precio. El razonamiento era simple y claro, sin necesidad de todo el «por qué hizo esto o por qué no lo hizo».

Se lo comunicaría a Frank Vinay dentro de unas horas cuando ya hubiera amanecido en el distrito de Columbia, pero su instinto le decía que iba por buen camino y empezaría a hacer averiguaciones antes de hablar con Vinay. Sólo tenía que decidir por dónde iba a empezar.

Todo se remontaba a sus amigos. Lo que quiera que estuvieran haciendo fastidió a Nervi, eso mismo sería el objetivo de Lily a modo de justicia poética.

Volvió a revisar mentalmente la ficha que había leído en el despacho de Vinay. No se había llevado ninguna documentación porque eso hubiera puesto en peligro su seguridad, ningún ojo indiscreto podría leer lo que no estaba. Confiaba en su excelente memoria, que recordó los nombres de Averill y Christina Joubran, asesinos a sueldo retirados. Averill era canadiense y Christina americana, pero vivían en Francia y se habían retirado por completo hacía doce años. ¿Qué podía haber inducido a Salvatore Nervi a asesinarlos?

Muy bien, primero tenía que averiguar dónde vivían y cómo murieron, qué otras amistades tenían además de Lily Mansfield y si le habían contado a alguien que sucedía algo anormal. Quizás Nervi estuviera fabricando armas biológicas y se las estuviera vendiendo a los norcoreanos, pero volvió a pensar, si sus amigos se hubieran enterado de algo así ¿por qué no habían llamado a sus antiguos jefes y se lo habían comunicado? Unos idiotas hubieran intentando arreglar las cosas ellos mismos, pero los asesinos a sueldo no eran idiotas, por que si lo fueran estarían muertos.

Ese no había sido un pensamiento muy acertado porque los Joubran *sí* estaban muertos. ¡Vaya!

Antes de volver a dar vueltas, Swain se levantó de la cama y se duchó, luego llamó al servicio de habitaciones para que le trajeran el desayuno. Se había instalado en el Bristol en los Campos Elíseos porque tenía parking y un servicio de habitaciones de veinticuatro horas. También era caro, pero necesitaba el parking para el coche que había alquilado la noche anterior y el servicio de habitaciones porque era posible que hiciera un horario un tanto extraño. Además los cuartos de baño de mármol eran fantásticos.

Fue mientras se estaba comiendo su croissant con mermelada cuando se le ocurrió algo: los Joubran no habían descubierto nada. Los habían *contratado* para hacer un trabajo y o bien algo había ido mal o habían tenido éxito y les habían asesinado después, cuando Nervi los descubrió.

Puede que Lily ya supiera de qué se trataba, en cuyo caso él todavía estaría intentando ponerse al día. Pero si no era así —y bien podía ser, puesto que ella había estado fuera en una misión cuando los asesinaron— entonces, seguro que intentaría averiguar quién había contratado a sus amigos y por qué. Básicamente, se estaría haciendo las mismas preguntas sobre las mismas personas a las que Swain intentaba entrevistar. ¿Qué probabilidades había de que sus caminos se cruzaran en alguna parte?

Al principio no le gustaba esa idea, pero ahora cada vez le parecía mejor. Un buen punto de partida sería averiguar si le había sucedido algo a algún negocio de los Nervi, la semana antes de los asesinatos. Lily revisaría los periódicos, que quizás hicieran mención o no de algún problema relacionado con los Nervi; se encontraba en una posición en la que podía recurrir directamente a la policía francesa, pero no sabrían tan deprisa quién era o dónde se alojaba. Frank Vinay quería que este asunto se mantuviera lo más secreto posible, no sería conveniente para las relaciones diplomáticas con los franceses que éstos se enteraran de que una asesina a sueldo de la CIA había asesinado a alguien con tantos contactos políticos como Salvatore Nervi, que aunque no fuera un ciudadano francés, vivía en París y tenía muchos amigos en el gobierno.

Consultó la guía telefónica para averiguar la dirección de los Joubran, pero no salían. No le extrañó.

La buena suerte de Swain era que trabajaba para una agencia que recopilaba las noticias más insignificantes que tenían lugar en cualquier parte del mundo, la catalogaba y analizaba. Otra ventaja era que esa vía de información de la agencia estaba abierta veinticuatro horas al día.

Utilizó su teléfono móvil para llamar a Langley, con el habitual proceso de identificación y verificación, pero al cabo de un minuto estaba hablando con la persona que estaba al corriente de los hechos, Patrick Washington. Swain se identificó y le dijo lo que necesitaba.

—Espera un momento —dijo Patrick y Swain esperó y esperó. A los diez minutos Patrick regresó.

—Siento haber tardado tanto, tuve que revisar dos veces una cosa. —Lo que quería decir que se había asegurado sobre Swain—. Sí hubo un incidente en un laboratorio el veinticinco de agosto, hubo una explosión controlada y un incendio. Según los informes, los daños fueron mínimos.

Los Joubran fueron asesinados el 28 de agosto. El incidente en el laboratorio tuvo que ser el desencadenante.

—¿Tienes la dirección del laboratorio?

—Ahora mismo.

Swain oyó cómo tecleaba y luego Patrick le dio la información.

—Número 7 de la calle Capucines, justo a las afueras de París.

Eso era una zona muy amplia.

—¿Al norte, al este, al sur o al oeste?

—Déjame utilizar un buscador de calles. —Tecleó más—. Al este.

—¿Cómo se llama el laboratorio?

—Nada original. Laboratorios Nervi.

—Sí, correcto. Swain mentalmente tradujo el nombre al francés.

—¿Necesitas algo más?

—Sí. La dirección de Averill y Christina Jourdan. Eran asesinos a sueldo retirados. Los contratábamos esporádicamente.

—¿Cuánto tiempo hace?

—A principio de los noventa.

—Un minuto. —Volvió a escuchar el tecleo.

—Aquí está —y recitó la dirección—. ¿Algo más?

—No, eso es todo. Eres un buen colega, Washington.

—Gracias señor.

El «señor» había verificado que Patrick realmente había comprobado dos veces la identidad de Swain y su autorización. Puso el nombre de Patrick en su lista mental de personas a las que podía recurrir, porque le gustó que fuera precavido y que no hubiera dado nada por hecho.

Swain miró por la ventana: todavía llovía. No soportaba la lluvia. Había pasado demasiadas horas en un clima tropical con las típicas tormentas repentinas que le habían dejado empapado hasta los huesos y llevar la ropa mojada era una experiencia que le desagradaba profundamente. Hacía mucho tiempo que no estaba en un clima frío y húmedo, por lo que recordaba era peor que estar mojado y tener calor. No se había llevado ningún impermeable. Ni siquiera sabía si tenía alguno y no tenía tiempo de ir de compras.

Miró su reloj. Las ocho y diez, las tiendas todavía no habían abierto. Resolvió el problema llamando a recepción y encargando un impermeable de su talla, que se lo llevaran a la habitación y se lo cargaran a su cuenta. Eso no evitaría que se mojara esa mañana, pues no tenía tiempo para esperar a que se lo trajeran. Al menos sólo se expondría a la lluvia al entrar y salir de su coche de alquiler, no como otras veces que había tenido que andar kilómetros por la jungla bajo la lluvia.

Había alquilado un Jaguar porque siempre había querido llevar uno y también porque cuando la noche pasada llegó a la oficina de alquiler de coches sólo quedaban coches caros, aunque hubiera cruzado el Canal «más rápido» de lo habitual gracias al amigo de Murray de la OTAN. Pensó que dedicaría la cantidad habitual para alquiler de coches y que la diferencia la pagaría con el dinero para sus otros gastos. No había regla que no le gustara manipular, pero era escrupulosamente honesto con las cuentas. Sabía que era más fácil que le cortaran las pelotas por cuestiones económicas que por ninguna otra razón. Por aprecio a las mismas, procuraba evitar situaciones conflictivas innecesarias.

Abandonó el Bristol al volante del Jaguar, empapándose del olor a cuero de la tapicería. Si las mujeres realmente quisieran oler bien para los hombres llevarían un perfume que oliera como un coche nuevo, pensó.

Con esa feliz idea en su cabeza se sumergió en el tráfico parisino. Hacía años que no había estado en París, pero recordaba que el más valiente e insensato era el que conseguía el derecho a pasar. La norma era ceder el paso a la derecha, pero en la práctica había que pasársela por el forro. Le cortó el paso a un taxi por la izquierda, cuyo conductor tuvo que apretar el pedal del freno y le lanzó una sarta de insultos en francés, pero Swain aceleró y se metió en el espacio que quedaba entre ambos vehículos. ¡Vaya, eso era divertido! Las calles mojadas hacían que aumentara el factor de lo imprevisible, lo cual subía su nivel de adrenalina.

Se abrió paso hasta llegar al sur del barrio de Montparnasse, donde habían vivido los Joubran, de vez en cuando consultaba un plano de la ciudad. Luego se dirigiría al laboratorio de los Nervi, para echar un vistazo a los alrededores y a las medidas de seguridad más visibles, pero ahora quería ir donde era más posible que se hallara Lily Mansfield.

Había llegado el momento de lucirse en la carretera. Tras la extraordinaria persecución a la que le había inducido el día anterior, estaba impaciente por volver a hacer un pulso con ella. No tenía la menor duda de que él acabaría ganando, aunque la diversión estaba en el juego.

Capítulo 8

Rodrigo tiró el teléfono sobre la mesa, luego apoyó los codos sobre la misma y enterró la cara entre sus manos. Sentía una fuerte necesidad de estrangular a alguien. Murray y su banda de idiotas se habían vuelto ciegos y estúpidos a la vez, para permitir que una mujer se burlara de ellos de ese modo. Murray le juró que había puesto expertos a revisar las grabaciones y ninguno pudo descubrir adónde había ido Denise Morel. Se había esfumado en el aire, aunque Murray tuvo la delicadeza de decirle que era probable que hubiera utilizado algún disfraz, pero tan ingenioso y profesional que no había ninguna similitud con la persona anterior para que pudieran seguirle el rastro.

No podía permitir que ella se escapara después de haber asesinado a su padre. Eso no sólo dañaría su reputación, sino que todo su cuerpo reclamaba venganza. El dolor y el orgullo herido se combinaban y no le permitían hallar un poco de paz. Tanto él como su padre siempre habían sido muy cautelosos, muy meticulosos, pero de algún modo esa mujer había conseguido burlar sus defensas y procurarle a Salvatore Nervi una desagradable y dolorosa muerte. Ni siquiera le había dado la oportunidad de morir con la dignidad que confiere una bala, sino que había elegido el veneno, el arma de los cobardes.

Quizás Murray la hubiera perdido, pero él, Rodrigo, no se daba por vencido. Se negaba a hacerlo. «Piensa», se ordenó a sí mismo.

Para encontrarla, primero tenía que identificarla. ¿Quién era, dónde vivía, dónde vivía su familia?

¿Cuáles eran los métodos habituales de identificación? Huellas dactilares, por supuesto. Historiales dentales. Eso último no era viable, porque para eso no sólo necesitaría conocer su identidad sino también la de su dentista, y, de todos modos, ese método se utilizaba principalmente para los muertos. ¿Qué hacer para encontrar a una persona viva?

Huellas dactilares. La habitación en la que había dormido mientras estuvo en su casa había sido limpiada a fondo por su servicio doméstico el día en que regresó a su apartamento, lo que destruyó cualquier huella, tampoco había pensado en rescatar una huella de algún vaso o cubierto que hubiera utilizado. No obstante, su apartamento era otra posibilidad. Algo más animado, llamó a un amigo que trabajaba en la policía de París y que no hacía preguntas y éste le dijo que se encargaría inmediatamente del asunto.

Su amigo le llamó al cabo de una hora. No había revisado todo el apartamento palmo a palmo, pero sí las zonas donde era evidente que tenía que haber huellas, no había ni una, ni siquiera borrosas. El apartamento había sido limpiado a fondo.

Rodrigo se tragó su rabia al verse burlado por esa mujer.

—¿Qué otros medios hay de averiguar la identidad de una persona?

—No hay ninguno seguro, amigo mío. Las huellas sólo son útiles si la persona ha sido arrestada alguna vez y si se encuentran en la base de datos. Lo mismo sucede con el resto de los métodos. El ADN, por exacto que sea, sólo sirve si hay otro ADN con qué compararlo y puedes afirmar que esas dos muestras son idénticas y pertenecen o no a la misma persona. Los programas de identificación facial reconocerán sólo a las personas que se encuentren en su base de datos y principalmente se utilizan para terroristas. Lo mismo sucede con los de reconocimiento de la voz, los de la retina y el resto. Ha de haber una base de datos para poder hacer las comparaciones.

—Entiendo. —Rodrigo se frotó la frente, los pensamientos iban a mil por hora. ¡Los vídeos de seguridad! Él tenía el rostro de Denise en sus vídeos de seguridad, además tenía imágenes mucho más claras sacadas de sus documentos y de las investigaciones que había realizado—. ¿Quién tiene esos programas de identificación facial?

—La Interpol, por supuesto. Todas las grandes organizaciones, como Scotland Yard, el FBI americano y la CIA.

—¿Comparten sus bases de datos?

—Hasta cierto punto, sí. En un mundo perfecto, hablando desde el punto de vista de un investigador, todo se debería compartir, pero a todos nos gusta tener nuestros secretos, ¿no te parece? Si esa mujer es una delincuente, es probable que la Interpol la tenga en su base de datos. Y por otra parte...

—¿Sí?

—El administrador nos dijo que un hombre, un americano, había ido a verle para preguntarle sobre ella. El administrador no sabía su nombre y su descripción era tan vaga que no sirve de nada.

—Gracias —dijo Rodrigo, intentando entender qué significaba eso. La mujer había pagado en dólares americanos. Un americano la estaba buscando, pero si ese hombre era el que la había contratado, sabría dónde estaba, entonces ¿por qué la buscaba, si además había cumplido su misión? No, debía de tratarse de algo que no tuviera relación, quizás se tratara de un conocido suyo.

Cortó la conexión y una ligera sonrisa se dibujó en sus labios, acto seguido marcó un número al que había llamado antes muchas veces. Los Nervi tenían contactos en toda Europa, África y Oriente Próximo y también estaban ampliando sus contactos a Oriente. Como persona inteligente que era, uno de esos contactos estaba convenientemente emplazado dentro de la Interpol.

—Georges Blanc —respondió una voz tranquila y seria, que era un indicativo de cómo era el hombre. Rodrigo rara vez había conocido a alguien tan competente como Blanc, al que no conocía personalmente.

—¿Si escaneo una fotografía y te la envío por correo electrónico, podrías pasarla por tu programa de reconocimiento facial? —No tenía que presentarse, Blanc conocía su voz.

Hubo una breve pausa, luego Blanc respondió afirmativamente. No hubo condiciones, ni explicación de las medidas de seguridad que tendría que burlar, sólo una simple afirmación.

—Te la haré llegar en cinco minutos —le dijo Rodrigo y colgó. Del archivo que tenía en su mesa de despacho sacó una foto de Denise Morel —o de quienquiera que fuese— y la escaneó, la guardó con todas las medidas de seguridad disponibles en su ordenador. Escribió unas pocas líneas y la fotografía ya estaba de camino a Lión, donde se encontraba el cuartel general de la Interpol.

Sonó el teléfono. Rodrigo descolgó.

—Sí.

—La he recibido —dijo Blanc con su sosegado tono de voz—. Volveré a llamarle cuando tenga la respuesta, pero en cuanto al tiempo que tardaré... —Su voz se fundió y Rodrigo le imaginó encogiendo los hombros.

—Lo antes posible —respondió Rodrigo—. Una cosa más.

—¿Sí?

—Tu contacto con los americanos...

—¿Sí?

—Existe la posibilidad de que la persona a la que estoy buscando sea americana. —O que hubiera sido contratada por americanos, puesto que el pago había sido realizado en dólares americanos. Aunque no creía que el gobierno de los Estados Unidos tuviera nada que ver con el asesinato de su padre, hasta que supiera quién había contratado a esa zorra intentaba actuar con prudencia para no levantar sospechas. Podía haber recurrido directamente a su contacto americano y pedirle lo mismo que le había pedido a Blanc, pero quizás fuera mejor abordar el asunto desde otro flanco más lejano.

—Haré que mi contacto revise su base de datos —respondió Blanc.

—Con discreción.

—Por supuesto.

Capítulo 9

A pesar de la lluvia fría que caía sobre la protección que le ofrecía su paraguas, Lily mantenía en alto la cabeza para poder observar lo que pasaba a su alrededor. Caminaba con rapidez para comprobar el estado de su resistencia física. Llevaba guantes, botas y ropa adecuada para protegerse del frío, pero no llevaba la cabeza cubierta y su pelo rubio quedaba al descubierto. Si por casualidad los hombres de Rodrigo la estuvieran buscando en París, buscarían a una morena. Dudaba de que Rodrigo supiera que estaba de nuevo en París, al menos por el momento.

La Agencia, sin embargo, era otra cosa. Estaba sorprendida de que no la hubieran detenido en Londres al bajar del avión. Pero no lo habían hecho, ni había notado que la siguieran cuando abandonó el aeropuerto de Charles de Gaulle por la mañana.

Empezaba a pensar que había tenido una suerte increíble. Rodrigo había mantenido en secreto la muerte de Salvatore durante varios días, luego lo había notificado a la prensa después del funeral. No había habido ninguna mención al veneno, sólo que había muerto de una rápida y letal enfermedad. ¿Podría ser que todavía no hubiera atado los cabos?

No se atrevía a tener la menor esperanza, no podía permitirse bajar la guardia. Hasta haber terminado su trabajo estaría siempre alerta, vigilando cada esquina. Cuando hubiera terminado, en realidad, no tenía ni idea de lo que iba a hacer. En esos momentos, lo único que le importaba era sobrevivir.

No había elegido un cibercafé cercano a su estudio, porque por lo que sabía podía haber una trampa en cualquier solicitud de información sobre la organización Nervi. Tomó el metro para ir al barrio latino y optó por hacer el resto del camino a pie. Nunca había utilizado ese cibercafé antes, ésa era una de las razones por las que lo había elegido. Una de las reglas básicas de la evasión era no seguir una rutina, no ser predecible. Atrapaban a la gente porque ésta iba a los lugares donde se sentía mejor, donde todo era familiar.

Lily había vivido bastante tiempo en París, lo que significaba que había bastantes sitios y personas que debía evitar. Nunca había tenido una residencia fija en esa ciudad, más bien había estado en casa de amigos —generalmente Averill y Tina— o en casa de fulano o mengano. Una vez, durante casi un año había alquilado un apartamento en Londres, pero lo había dejado porque pasaba más tiempo viajando que en el apartamento y era un gasto inútil.

Su ámbito de trabajo había sido principalmente Europa, regresar a su hogar en los Estados Unidos era algo muy poco habitual en su vida. Por mucho que le gustara Europa y que se sintiera a gusto allí, jamás se había planteado establecerse en el viejo continente. Si alguna vez compraba una casa —una muy grande «si...»—, sería en los Estados Unidos.

A veces pensaba con nostalgia en retirarse como habían hecho Averill y Tina, vivir una vida normal con un trabajo de nueve a cinco, pertenecer a una comunidad y participar en ella, conocer a sus vecinos, visitar a su familia, conversar por teléfono. No sabía cómo había llegado a esto, a ser capaz de acabar con una vida humana casi con la misma facilidad que la mayoría de las personas matarían a un insecto, a tener miedo de llamar a su madre, ¡por el amor de Dios! Había empezado muy joven y la primera vez no fue nada fácil —temblaba como una hoja— pero hizo el trabajo, la vez siguiente fue más sencillo, y la siguiente más fácil y más. Al cabo de un tiempo sus objetivos casi no eran humanos para ella, sentía una lejanía emocional que era necesaria para poder hacer el trabajo. Quizás era inocente por su parte, pero confiaba en que su gobierno no le encargaría matar a ninguno de los buenos; era una creencia necesaria para poder hacer lo que le encargaban. También se había convertido en la mujer que no quería ser, en una mujer que probablemente no podría integrarse de nuevo en una sociedad normal.

Su sueño de retirarse y sentar cabeza seguía vivo, pero para Lily sólo era eso, un sueño, con muy pocas probabilidades de hacerse realidad. Aunque pudiera salir viva de esto, establecerse en alguna parte era algo para personas normales y tenía miedo de haber dejado de ser humana. Matar le resultaba demasiado fácil e instintivo. ¿Qué le sucedería si tuviera que hacer frente a las mismas frustraciones todos los días, a un jefe desagradable o a un vecino vicioso? ¿Qué pasaría si intentaban atracarla? ¿Podría controlar sus instintos o moriría alguien?

Y lo que todavía era peor, ¿qué pasaría si sin darse cuenta ponía en peligro a un ser querido? Sabía que sin duda alguna no soportaría que nadie de su familia sufriera ningún daño por su culpa, por lo que ella era.

Un coche tocó la bocina y Lily empezó de nuevo a prestar atención a su entorno. Se quedó horrorizada de que sus pensamientos le hubieran robado la atención. Si no podía mantener la concentración, no podría tener éxito.

Hasta ahora quizás hubiera conseguido despistar a la Agencia —al menos eso esperaba— pero no duraría mucho. Al final, alguien vendría a por ella, y se inclinaba a pensar que sería más pronto que tarde.

Desde un punto de vista realista, había cuatro resultados posibles para su situación. En el mejor de los casos, descubriría qué era lo que había atraído a Averill y a Tina a salir de su retiro, y fuera lo que fuera, sería tan horrible que el mundo civilizado se distanciaría de los Nervi y se les apartaría de los negocios. La Agencia jamás volvería a contratarla, por supuesto, por justificada que estuviera su actuación, una asesina a sueldo que va por ahí matando a contactos valiosos no sería de fiar. Habría ganado, pero se quedaría sin empleo, lo que la devolvía a su anterior preocupación de si podría vivir una vida normal.

En el siguiente del mejor de los casos, no hallaría nada que fuera incriminatorio —la venta de armas a terroristas no sería suficiente, porque eso todo lo el mundo lo sabía— y se vería obligada a vivir con una identidad falsa toda su vida, en cuyo caso seguiría sin empleo y volvería la cuestión de si sería capaz de tener un trabajo y ser una ciudadana normal y corriente.

Esas dos últimas posibilidades eran bastante funestas. Podría cumplir su cometido, pero morir en el intento. Por último, lo peor de todo, sería que la asesinaran antes de poder conseguirlo.

Le hubiera gustado poder decir que tenía un cincuenta por ciento de posibilidades de que se cumplieran uno de los dos casos primeros, pero las cuatro posibilidades no tenían las mismas *probabilidades*. Pensaba que tenía como un ochenta por ciento de posibilidades de no sobrevivir y eso sería siendo muy optimista. Pero iba a aprovechar al máximo su veinte por ciento de ventaja. No podía defraudar a Zia rindiéndose.

El barrio latino era un laberinto de callejuelas adoquinadas, generalmente abarrotadas de alumnos de la Sorbona y de gente que iba de compras a las tiendas curiosas y de origen étnico, pero hoy la lluvia fría había hecho que hubiera menos público. No obstante, el cibercafé estaba lleno. Lily inspeccionó el local mientras cerraba el paraguas y se quitaba el impermeable, la bufanda y los guantes, en busca de un ordenador que estuviera libre en una zona discreta. Debajo del chubasquero forrado llevaba un jersey de cuello alto de color azul intenso que oscurecía su color de ojos y pantalones de punto que cubrían sus botines. En el tobillo derecho llevaba una pistolera con un revolver del calibre 22, fácilmente accesible llevando un botín y el corte ancho de los pantalones no revelaba ningún bulto debajo. Se había sentido terriblemente indefensa durante las semanas en las que no había podido llevar ningún arma debido a esos odiosos chequeos antes de acercarse a Salvatore, ahora se sentía mejor.

Localizó un ordenador situado en una esquina desde donde podía ver la puerta, además era lo más íntimo que podía encontrar en ese cibercafé. Sin embargo, lo estaba utilizando una adolescente americana que era evidente que estaba mirando su correo electrónico. Era fácil detectar a los americanos pensó Lily, no era sólo por su ropa y estilo, había algo en ellos, una confianza innata que con frecuencia rayaba la arrogancia y que para los europeos tenía que resultar terriblemente irritante. Quizás ella todavía tuviera esa actitud —estaba casi segura— pero con los años su forma de vestir y sus modales habían cambiado. Muchas veces la habían tomado por escandinava o alemana, quizás por su color. Nadie que la viera ahora pensaría que era la típica americana.

Esperó a que terminara la adolescente para ponerse en su sitio. El precio por hora era bastante razonable, sin duda, debido a las hordas de estudiantes universitarios. Pagó una hora, esperaba tardar ese tiempo como mínimo.

Empezó con *Le Monde*, el periódico más importante, buscó en los archivos entre el 21 de agosto, cuando cenó con sus amigos por última vez y el 28, el día en que fueron asesinados. La única mención que se hacía de los «Nervi» era de Salvatore, referente a un tema de finanzas de ámbito internacional. Leyó dos veces el artículo, en busca de cualquier detalle que pudiera indicar alguna otra cosa, pero o ella no capaz de dilucidar nada más o no había nada.

Había quince periódicos de la zona de París, algunos eran pequeños, otros no. Tenía que buscar en todos, revisar todos los archivos de esos siete días en cuestión. La tarea llevaba tiempo y a veces el ordenador tardaba siglos en descargar una página. A veces se cortaba la conexión y tenía que volver a conectarse. Llevaba ya tres horas cuando conectó con *Investir*, un periódico de finanzas y dio en el clavo.

El artículo era una columna lateral de tan sólo dos párrafos. El 25 de agosto, en un laboratorio de investigación de los Nervi, había habido una explosión y un incendio que describían como «pequeño» y «controlado» con «daños mínimos» que en modo alguno afectaría a las investigaciones que se estaban llevando a cabo sobre unas vacunas.

Averill estaba especializado en explosivos, era un verdadero artista. No veía motivo para destruir sin ton ni son cuando con cuidado y planificación se podía diseñar una carga que acabara sólo con el objetivo. ¿Por qué volar todo un edificio, cuando bastaba con una habitación? ¿O una manzana de casas, cuando bastaba con un edificio? «Controlado» solía ser la palabra con la que se describía su trabajo. Tina por su parte era especialista en burlar los sistemas de seguridad, además de ser una excelente tiradora.

Lily no sabía cuál habría sido su trabajo, pero sentía que iba por buen camino. Al menos era una pista a seguir que esperaba que la llevara a buen puerto.

Mientras estaba conectada, sacó toda la información que halló sobre el laboratorio de investigación y encontró poco más que la valiosa dirección y el nombre del director, su amigo Vincenzo Giordano. Bien, bien. Escribió su nombre en el buscador y no encontró nada, pero tampoco esperaba que su número de teléfono apareciera en la red. Esa habría sido la forma más sencilla de localizarle, pero no era la única.

Se desconectó, movió los hombros y dejó caer la cabeza hacia atrás y hacia delante para aflojar los músculos del cuello. No se había levantado de la mesa en tres horas y tenía todos los músculos rígidos, además necesitaba ir al lavabo. Estaba cansada, pero no tanto como el día anterior y estaba contenta de que su resistencia física le hubiera permitido dar ese paseo a paso ligero desde la parada de metro.

Todavía llovía cuando salió del cibercafé, pero ahora la lluvia era muy suave. Abrió el paraguas, pensó un momento y se fue en dirección contraria a la que había venido. Tenía hambre y recordó que no se había comido una en años, sabía exactamente lo que quería para comer: una Big Mac.

Swain volvió a reflexionar. Estaba harto de hacerlo, pero no podía evitarlo.

Había localizado la dirección de los Joubran y sabía que la casa había sido limpiada, vaciada y alquilada o vendida a otra familia. Se le pasó por la cabeza entrar y ver lo que podía encontrar, pero eso sólo serviría si no hubiera ido a vivir nadie más allí. Había visto que una joven madre le abría la puerta a una canguro —su madre, por el parecido— y a dos niños de preescolar que salieron afuera bajo la lluvia antes de que ella pudiera detenerlos. Las dos adultas valiéndose de hacer tonterías e intentar asustarles consiguieron rodear a los dos traviesos burlones y llevarlos al interior de la casa; luego la mujer joven volvió a salir con un paraguas y una bolsa. Si iba a trabajar o de compras le daba igual. Lo que importaba era que la casa ya no estaba vacía.

Entonces fue cuando volvió a pensar. También había pensado en preguntar a los vecinos y a los dueños de las tiendas vecinas sobre los Joubran, qué amigos tenían y ese tipo de cosas. Pero de nuevo pensó que si se adelantaba a Lily con esas preguntas, cuando apareciera ella, alguien le diría que un americano había hecho las mismas preguntas el día antes o quizás sólo unas horas antes. Ella no era tonta; sabría exactamente lo que significaría eso y se escondería en alguna otra parte.

Había ido tras ella el día anterior, le había seguido los pasos, pero ahora tenía que adaptar su forma de pensar. Ya no necesitaba ir tras ella, lo cual era bueno sólo si sabía cuál iba a ser su movimiento siguiente. Hasta entonces, no podía arriesgarse a alertarla o a que volviera a desaparecer.

A través de sus contactos —con Murray tratando con los franceses— sabía que Lily había regresado a París bajo la identidad de Mariel St. Clair, pero la dirección que constaba en su carné había resultado ser la de un mercado de pescado. Un toque de humor por su parte, pensó él. No volvería a utilizar esa identidad, probablemente ahora estaría utilizando otro personaje, alguno que no tuviera modo de descubrir. París era una ciudad muy grande, con unos diez millones de habitantes y Lily estaba mucho más familiarizada con ella que él. Sólo tenía esa oportunidad de que se cruzaran sus caminos y no quería desaprovecharla actuando demasiado deprisa.

Algo disgustado se puso a dar vueltas conduciendo por el vecindario para familiarizarse con el mismo, por así decirlo, y para estudiar a los transeúntes que se apresuraban por las calles. Por desgracia, la mayoría llevaba paraguas que cubrían parcialmente sus rasgos y aunque no los llevaran, no tenía ni la menor idea del disfraz que estaría usando Lily en esos momentos. Lo había utilizado prácticamente todo salvo el de monja anciana, quizás debiera empezar a buscar por ahí.

Entretanto, tal vez debería echar un vistazo al laboratorio Nervi y a sus medidas de seguridad. ¿Quién sabía cuándo necesitaría entrar?

Tras una comida poco sana y tremendamente satisfactoria, Lily tomó el tren de la SNCF para dirigirse a la zona de las afueras donde habían vivido Averill y Tina. Cuando llegó allí, había dejado de llover y un sol débil hacía esfuerzos por salir entre las grises nubes. No hacía más calor, pero al menos la lluvia no fastidiaba. Recordó la breve nevada la noche en que murió Salvatore y se preguntaba si París vería más nieve ese invierno. No nevaba tan a menudo en París. ¡Cómo le gustaba a Zia jugar con la nieve! Los tres adultos que la amaban más que a sus propias vidas la habían llevado a esquiar a los Alpes casi todos los inviernos. Lily no había esquiado nunca, porque un accidente podía dejarla sin trabajar durante meses, pero sus amigos después de retirarse se habían hecho adictos a ese deporte.

Los recuerdos acudían a su mente como si fueran postales: Zia cuando era una adorable y regordeta niña de tres años con su traje de esquí de color rojo intenso, pateando un pequeño muñeco de nieve bastante abuñolado. Ése fue su primer viaje a los Alpes. Zia siguiendo las huellas de un conejito y gritando: «¡Mírame! ¡Mírame!». Tina dándose un cabezazo en un banco de nieve y levantándose riendo, pareciendo más el Abominable Hombre de las Nieves que una mujer. Los tres disfrutando de una bebida alrededor de una chimenea mientras Zia dormía arriba. Cuando a Zia se le cayó el primer diente, cuando empezó a ir al colegio, su primera salida al ballet, los primeros signos de que estaba pasando de la niñez a la adolescencia, su primera menstruación el año pasado, preocupándose por su pelo, queriendo llevar rímel.

Lily cerró brevemente los ojos, estremeciéndose de dolor y rabia. La desolación la embargó, como solía hacerlo desde su muerte. Desde entonces podía ver el amanecer, pero no podía sentirlo, como si su calor no la alcanzara. Matar a Salvatore había sido satisfactorio, pero no bastaba para volver a traer el sol a su vida.

Se detuvo delante de la casa de sus amigos. Ahora vivían otras personas y se preguntaba si habían conocido a las personas que habían muerto allí unos meses antes. Sintió como si aquello fuera una violación, que todo debía haberse quedado tal como estaba, sin que nadie hubiera tocado sus cosas.

El mismo día que había llegado a París y se había enterado de que les habían asesinado, se había llevado algunas fotos, juegos y libros de Zia y algunos de sus juguetes de pequeña, el álbum de fotos que ella había empezado y que Tina había continuado amorosamente. La casa estaba acordonada y cerrada, por supuesto, pero eso no la había detenido; por una parte, tenía su propia llave. Por otra, habría roto el tejado con sus propias manos para entrar. Pero ¿qué había sucedido con el resto de sus pertenencias? ¿Dónde estaba su ropa, sus tesoros personales, sus equipos de esquí? Después de ese primer día estuvo ocupada un par de semanas intentado descubrir quién había sido el causante y empezando a planear su venganza; cuando regresó la casa había sido limpiada.

Averill y Tina tenían algunos familiares, primos y algún que otro pariente lejano. Quizás las autoridades lo hubieran notificado a esos familiares y éstos se hubieran presentado para recoger las cosas. Eso esperaba. No pasaba nada si su familia tenía sus pertenencias, pero no soportaba la idea de que algún servicio de limpieza impersonal hubiera ido allí a empaquetar las cosas para luego tirarlas.

Lily empezó a llamar a las puertas, a hablar con los vecinos, a preguntar si habían visto a alguien la semana anterior a los asesinatos. Ya les había hecho esas preguntas antes, pero no sabía qué era lo que les tenía que preguntar. A ella la conocían, por supuesto, llevaba años visitándoles, saludándoles, parándose para intercambiar unas palabras con ellos. Tina era una persona muy cordial y Averill más distante, pero para Zia no existían los extraños. Se llevaba muy bien con todos los vecinos.

Que ella pudiera recordar sólo uno había visto algo; era la señora Bonnet, que vivía dos puertas más allá. Tenía unos ochenta y cinco años y era un tanto refunfuñona, típico de su edad, pero le gustaba sentarse delante de la ventana que daba a la calle mientras hacía punto —y siempre hacía punto—, así que vio casi todo lo que sucedió en la calle.

—Pero ya se lo he contado a la policía —le dijo impaciente cuando contestó a la llamada a su puerta y Lily le planteó la pregunta.

—No, no vi a nadie la noche de los asesinatos. Soy vieja y no veo muy bien, tampoco tengo un oído muy fino y por la noche cierro las cortinas. ¿Cómo podía haber visto algo?

—¿Qué me dice de los días anteriores? ¿Durante aquella semana?

—Eso también se lo dije a la policía —respondió mirando a Lily.

—La policía no ha hecho nada.

—¡Por supuesto que no han hecho nada! Son una pandilla de inútiles. —Con un gesto de disgusto con su mano despidió a un pequeño ejército de asistentes que cada día se esmeraban por servirla.

—¿Vio a alguien que usted conociera? —repitió Lily pacientemente.

—Sólo a un hombre joven. Era muy atractivo, parecía una estrella de cine. Vino a verlos un día y se estuvo varias horas. Nunca le había visto antes.

El corazón se le aceleró.

—¿Puede describírmelo? Por favor, señora Bonnet.

La anciana miró a su alrededor, murmuró algunas frases desagradables como «idiotas incompetentes» y «torpes estúpidos» y luego prosiguió en un tono bastante despectivo.

—Le he dicho que era atractivo, alto, delgado, con el pelo negro. Muy bien vestido. Llegó en un taxi y se fue en otro. Eso es todo.

—¿Podría decirme aproximadamente qué edad tenía?

—¡Joven! ¡Para mí todo el que tiene menos de cincuenta años es joven! No me moleste con preguntas tontas. —Dicho esto retrocedió y cerró la puerta de un portazo.

Lily respiró profundamente. Un hombre joven y guapo, de pelo oscuro y bien vestido. Había miles con esa descripción en París, donde había montones de hombres jóvenes y guapos. Era un punto de partida, una pieza del rompecabezas, pero como pista no valía nada. No tenía una lista de sospechosos habituales, ni una selección de fotografías que pudiera mostrar a la señora Bonnet con la esperanza de que la anciana viera una y dijera: «Éste, éste es el hombre».

¿Y de qué le serviría eso realmente? Ese hombre joven y atractivo podía haberles contratado para volar el laboratorio Nervi o simplemente podía haber sido un amigo que había ido a visitarles. Averill y Tina podían haber ido a otro lugar para encontrarse con la persona que les contrató, en lugar de abrirle las puertas de su casa. De hecho, eso hubiera sido lo más probable.

Se frotó la frente. No había pensado en ello, pero tampoco sabía si realmente *podía* hacerlo. No sabía si valía la pena averiguar por qué habían aceptado el trabajo, ni de qué trabajo se trataba. Ni siquiera podía estar segura de que se tratase de un *trabajo*, sólo era una posibilidad que daba algún sentido a las cosas y tenía que guiarse por su instinto. Si ahora empezaba a dudar, valía más que lo dejara.

Regresó a tomar el tren reflexionando sobre ello.

Capítulo *10*

Georges Blanc creía firmemente en la ley y el orden, pero también era un hombre pragmático que aceptaba que a veces era difícil elegir y que cada uno lo hacía las cosas lo mejor que podía.

No le gustaba dar información a Rodrigo Nervi. Sin embargo, lo había hecho, tenía una familia a la que proteger y un hijo mayor que estaba en primer año en la universidad Johns Hopkins, en los Estados Unidos. La matrícula en la Johns Hopkins subía a casi treinta mil dólares americanos cada año, sólo eso habría bastado para hacer del todo insuficientes sus ingresos. Pero se las habría arreglado aunque diez años atrás Salvatore Nervi no hubiera contactado con él para sugerirle que se beneficiaría mucho de una segunda renta muy sustanciosa, para la cual sólo tendría que compartir información de vez en cuando y quizás hacerle algún pequeño favor. Cuando Georges se negó amablemente, Salvatore siguió sonriendo y empezó a recitar una escalofriante lista de desgracias que podían sucederle a su familia, como que se incendiara su casa, que secuestraran a sus hijos o quizás que sufrieran alguna agresión física. Le contó que una banda de matones había entrado en casa de una anciana y la había dejado ciega echándole ácido en la cara, que los ahorros podían esfumarse como el humo, que los coches tenían accidentes.

Georges comprendió, Salvatore había dejado claras las cosas que podrían sucederle a su familia si se negaba a hacer lo que le pedía. Asintió con la cabeza y con los años intentó limitar el perjuicio que hacía pasando información y haciéndole favores. Con esas amenazas como motivación, Salvatore podía haber obtenido la información gratuitamente, pero había abierto una cuenta en Suiza para Georges y le pagaba el equivalente de dos veces su sueldo anualmente.

Georges procuraba vivir según su sueldo de la Interpol, pero utilizaba su cuenta de Suiza para pagar la educación de su hijo. Ahora tenía bastante dinero, que había acumulado en esos diez años, que a su vez le había proporcionado intereses. El dinero estaba allí, no lo utilizaría para comprarse caprichos, pero sí para su familia. Sabía que al final tendría que hacer algo con el dinero, pero no sabía qué.

En todos esos años había tratado principalmente con Rodrigo Nervi, el heredero principal de Salvatore y ahora heredero de hecho. Rodrigo era más frío que Salvatore, más inteligente y Georges consideraba que también más brusco. La única ventaja que tenía Salvatore sobre su hijo era la experiencia y más años, en los que había acumulado una lista más larga de pecados.

Georges miró la hora: la una del mediodía. Con las seis horas de diferencia entre París y Washington, allí eran las siete de la mañana, la hora correcta para llamar a alguien al móvil.

Utilizó su propio móvil porque no quería que la llamada quedara registrada en la Interpol. Los teléfonos móviles eran un invento maravilloso, hacían que los teléfonos fijos resultaran casi obsoletos. No eran tan anónimos, por supuesto, pero el suyo era seguro contra las escuchas y mucho más conveniente.

—Hola —respondió un hombre a la segunda llamada. Georges podía escuchar el sonido de una televisión de fondo, se oía la sintonía de las noticias.

—Te voy a enviar una foto —dijo Georges—. ¿Podrías pasarla por el programa de reconocimiento facial lo antes posible? —Nunca utilizaba un nombre, ni tampoco el otro hombre. Cuando uno de los dos necesitaba información, se llamaban a sus móviles personales, en vez de contactar a través de los canales formales, lo cual reducía al mínimo su relación oficial.

—Claro.

—Por favor envíame toda la información por el canal habitual.

Los dos colgaron, las conversaciones siempre eran lo más breves posible. Georges no sabía nada de su contacto, ni siquiera su nombre. Por lo que sabía, su homólogo en Washington cooperaba por la misma razón que él, por miedo. No había ni el menor signo de amistad entre ellos. Eso eran negocios, que ambos entendían demasiado bien.

—Necesito una respuesta firme. ¿Tendrás la vacuna para la próxima temporada de gripe? —preguntó Rodrigo al doctor Giordano. Encima de la mesa de Rodrigo había un extenso informe, pero le preocupaba lo esencial y era si se podría fabricar la cantidad necesaria de vacuna, antes de que se necesitara.

El doctor Giordano tenía una sustanciosa beca de varias organizaciones mundiales para desarrollar una vacuna eficaz contra la gripe aviar. El suyo no era el único laboratorio que trabajaba en ello, pero era el único que tenía al doctor Giordano. A Vincenzo le fascinaban los virus y había abandonado su práctica médica para poder estudiarlos, se había convertido en una eminencia de fama mundial y era considerado como un genio notable o con una suerte notable para poder dedicarse a los detestables microorganismos.

Una vacuna para cualquier cepa de la gripe aviar era difícil de desarrollar, porque era letal para las aves y las vacunas se fabricaban cultivando los virus de la gripe en los huevos. La gripe aviar, sin embargo, mataba a los huevos; por lo tanto, no había vacuna. El que consiguiera desarrollar un proceso para crear una vacuna eficaz y segura contra la gripe aviar se forraría.

Ésta era potencialmente la mejor apuesta de toda la organización Nervi para ganar dinero, mejor incluso que los opiáceos. Hasta el momento la gripe aviar estaba en vía muerta: el virus podía pasar de un ave infectada a los seres humanos, pero no se contagiaba entre humanos. El humano receptor podía morir o mejorar, pero sin infectar a nadie. La gripe aviar, tal como era hasta ahora, no podía provocar una epidemia, pero los Centros para el Control y Prevención de Enfermedades americanos y la Organización Mundial de la Salud estaban muy alarmados por algunos cambios que había sufrido el virus. Los expertos temían que la siguiente gripe pandémica, el virus de la gripe contra el que los humanos no tenían inmunidad alguna porque nunca habían entrado en contacto con él, sería un virus aviar y estaban reteniendo la respiración cada temporada de gripe. Hasta el momento, el mundo estaba de suerte.

Si el virus hacía cambios genéticos podría contagiarse entre los seres humanos, la compañía que consiguiera una vacuna para ese tipo de gripe no tendría competencia.

El doctor Giordano suspiró.

—Si no hay más contratiempos, la vacuna podría estar lista a finales de verano. Sin embargo, no puedo garantizar que no haya más problemas.

La explosión en el laboratorio del pasado mes de agosto había destruido varios años de trabajo. Vincenzo había aislado un virus aviar recombinante y con grandes esfuerzos había desarrollado un medio para producir una vacuna eficaz. La explosión no sólo había destruido el producto, sino una gran cantidad de información: ordenadores, archivos, notas impresas. Vincenzo había empezado de cero.

El proceso iba más rápido esta vez porque ya sabía lo que funcionaba y lo que no, pero Rodrigo estaba preocupado. Esta temporada la gripe sería de la cepa ordinaria, pero ¿qué sucedería la siguiente temporada? Para producir un lote de vacunas se necesitaban unos seis meses y para finales de verano tenía que haber una gran producción. Si no lo conseguían a tiempo y la próxima temporada el virus aviar sufría una mutación y se contagiaba entre los seres humanos, habrían perdido la oportunidad de amasar una increíble fortuna. La infección se extendería por todo el mundo y morirían millones de personas, pero en ese tiempo los sistemas inmunitarios de los supervivientes se adaptarían al mismo y para ese virus en particular habría llegado el fin de su breve éxito. La compañía que tuviera lista una vacuna cuando el virus mutase sería la que obtendría todos los beneficios.

Puede que volvieran a tener éxito y que el virus aviar no mutara a tiempo para la siguiente temporada de gripe, pero Rodrigo no quería confiar en la suerte. La mutación podía producirse en cualquier momento. Estaban compitiendo contra el virus y estaba decidido a ganar.

—Tu deber es asegurarte de que no habrá más contratiempos —le dijo a Vincenzo—. Una oportunidad como ésta sólo se presenta una vez en la vida. No vamos a desperdiciarla. —Lo que no le dijo es que si él no era capaz de hacerlo, traería a alguien que sí pudiera. Vincenzo era un viejo amigo, sí, pero de su padre. Rodrigo no tenía la carga del sentimentalismo. Vincenzo había hecho la parte más importante, pero se hallaba en un punto en el que otros podían substituirle.

—Quizás no sea sólo una vez en la vida —dijo Vincenzo—. Lo que he hecho con este virus, lo puedo volver a hacer.

—Pero ¿en estas circunstancias en particular? Es perfecto. Si todo va bien, nadie lo sabrá nunca y, de hecho, se nos considerará los salvadores. Estamos en la situación perfecta para aprovechar *esta ocasión*. Con la OMS financiando tu investigación, nadie se sorprenderá de que tengamos la vacuna. Pero si vamos al pozo demasiadas veces, amigo mío, el agua se enturbiará y se empezarán a plantear preguntas que no querremos responder. No puede haber una pandemia cada año, ni tan siquiera cada cinco años, sin levantar sospechas.

—Las cosas cambian —rebatió Vincenzo—. La población mundial vive más en contacto con los animales que nunca.

—Y ninguna enfermedad se ha estudiado más a fondo que la gripe. Cualquier variedad es examinada por miles de microscopios. Eres médico y lo sabes.

La gripe había sido una gran exterminadora; murió más gente durante la pandemia de 1918 que durante la peste negra, que duró cuatro años y que asoló Europa en la Edad Media. La gripe de 1918 acabó con la vida de aproximadamente entre veinte y treinta millones de personas. Incluso los años normales la gripe mata a miles de personas, a cientos de miles. Cada año se fabrican doscientos cincuenta millones de vacunas y eso supone sólo una pequeña parte de lo que podría necesitarse durante una pandemia.

Los laboratorios de Estados Unidos, Australia y el Reino Unido trabajaban bajo estrictas normas para fabricar las vacunas destinadas a atacar a los virus que los investigadores consideraban más probables para la próxima temporada. Sin embargo, la cuestión sobre la pandemia era que siempre se había producido por un virus que no se había podido predecir, desconocido, por lo que las vacunas del momento resultaban inútiles. Todo el proceso era como un gran juego de las adivinanzas, que afectaba a millones de vidas. La mayoría de las veces, los investigadores acertaban. Pero aproximadamente cada treinta años, un virus mutaba y les dejaba desarmados. Habían pasado treinta y cinco años desde la pandemia de gripe de Hong-Kong de 1968-1969; la siguiente pandemia estaba al caer y el tiempo no se detenía.

Salvatore había utilizado toda su influencia y contactos para conseguir la beca de la OMS para desarrollar un método eficaz de fabricación de vacunas para la gripe aviar. Los laboratorios elegidos producirían vacunas para las cepas habituales del virus, no para el de la gripe aviar, por lo que sus vacunas serían inútiles. Gracias a la beca y a la investigación de Vincenzo, sólo los laboratorios Nervi tendrían los conocimientos para fabricar la vacuna para la gripe aviar y —éste era el punto más importante— tendrían la cantidad suficiente para suministrar. Con millones de personas cayendo como moscas por la nueva cepa, cualquier vacuna eficaz no tendría precio. Prácticamente, el cielo era el límite para los beneficios que eso supondría en unos pocos meses.

No había modo de producir suficientes vacunas para proteger a todos, por supuesto, pero Rodrigo consideraba que la población mundial se beneficiaría de una juiciosa merma.

La explosión del mes de agosto había puesto en peligro todo eso y Salvatore se había movido con rapidez para controlar los daños. Los que había provocado la explosión habían sido eliminados y se había instalado un nuevo sistema de seguridad, puesto que era evidente que el anterior tenía graves fallos. Pero a pesar de todos sus esfuerzos, Rodrigo no había podido descubrir quién había contratado a la pareja para destruir el laboratorio. ¿Un competidor por la vacuna? No tenían rival, no había otro laboratorio que trabajara en este proyecto. ¿Un rival general de sus negocios? Tenían mejores blancos, y sin embargo, no los habían tocado.

Primero la explosión, tres meses más tarde el asesinato de su padre. ¿Podía existir una relación? Habían atentado contra la vida de Salvatore en muchas ocasiones a lo largo de su existencia, por lo que quizás no hubiera ninguna conexión entre los dos sucesos. Quizás simplemente se tratase de un año nefasto. No obstante... los Joubran eran profesionales, el marido era un experto en demoliciones y la esposa una asesina a sueldo; probablemente Denise Morel también lo fuera. ¿Cabía alguna posibilidad de que hubieran sido contratados por la misma persona?

Pero los dos sucesos eran de una naturaleza bien distinta. En el primero, el blanco era el trabajo de Vincenzo. Dado que no era ningún secreto que estaba trabajando en otro método para fabricar la vacuna para la gripe, ¿quién podría beneficiarse de esa destrucción? Sólo alguien que también estuviera trabajando en el mismo proyecto, que conociera bien a Vincenzo y que quisiera ganarle la jugada. Sin duda, había laboratorios privados que intentaban desarrollar una vacuna para la gripe aviar, pero ¿cuál de los múltiples investigadores podía saber lo cerca que estaba Vincenzo de conseguirlo y además disponer de los recursos económicos suficientes para contratar a dos profesionales?

¿Quizás uno de los laboratorios autorizados que habitualmente fabrica vacunas para la gripe?

Por otra parte, matar a Salvatore no afectaba en nada al trabajo de Vincenzo. Rodrigo simplemente había substituido a su padre. No, la muerte de su padre no influía en nada en el curso de la investigación, por lo que no podía ver ninguna conexión.

Sonó el teléfono, Vincenzo se levantó dispuesto a marcharse, pero Rodrigo le detuvo levantando la mano, tenía que hacerle más preguntas respecto a la vacuna. Descolgó el teléfono.

—Sí.

—Tengo una respuesta a su pregunta. —De nuevo no se utilizó ningún nombre, pero reconoció la tranquila voz de Blanc—. No había nada en nuestra base de datos. Sin embargo, nuestros amigos encontraron algo. Se llama Lily Mansfield, es americana y es una agente independiente, una asesina a sueldo.

Rodrigo se quedó petrificado.

—¿Han sido *ellos* quienes la han contratado? —Si los americanos se habían puesto en su contra, las cosas se habían complicado terriblemente.

—No. Mi contacto me ha dicho que nuestros amigos están muy molestos y que también la están buscando.

Leyendo entre líneas, Rodrigo interpretó que eso significaba que la CIA la estaba buscando para eliminarla. ¡Vaya! Eso explicaba el americano que había estado en su apartamento. Era un alivio haber resuelto el enigma, a Rodrigo le gustaba saber quiénes eran todos los jugadores de su tablero de ajedrez. Con los enormes recursos de los que disponían los americanos y con todos sus conocimientos sobre ella, era mucho más probable que tuvieran más éxito que él... pero quería supervisar personalmente la solución al problema de que Lily respirara. Todavía respiraba, por lo tanto era un problema.

—¿Hay algún modo de que tu contacto pueda compartir todo lo que se vaya sabiendo de ella a medida que les llega la información? —si él supiera todo lo que sabía la CIA, podía dejarles hacer el trabajo pesado a ellos.

—Quizás. Hay otro dato que creo que le será de mucha utilidad. Esta mujer era íntima amiga de los Joubran.

Rodrigo cerró los ojos. Ahí estaba, el detalle que daba sentido a todo, unía todos los cabos.

—Gracias. Por favor, hazme saber si has podido arreglar ese asunto con tus amigos.

—Sí, por supuesto.

—Me gustaría tener un dossier con toda la información disponible sobre ella.

—Se la enviaré por fax tan pronto como me sea posible —respondió Blanc, que quería decir en cuanto regresara a casa esa noche. Nunca enviaría información a Rodrigo desde el edificio de la Interpol.

Rodrigo colgó y se apoyó en el respaldo de su sillón. Los dos sucesos sí estaban relacionados, pero no del modo en que él había imaginado. Venganza. Era muy sencillo y además algo que él comprendía a la perfección. Salvatore había matado a sus amigos y ella había matado a Salvatore. Quienquiera que hubiera contratado a los Joubran para destruir el trabajo de Vincenzo había puesto en marcha una cadena de acontecimientos que habían terminado con la muerte de su padre.

—Se llama Lily Mansfield —le dijo a Vincenzo. Ése es el nombre real de Denise Morel, es una asesina a sueldo y era amiga de los Joubran.

Los ojos de Vincenzo se abrieron.

—¿Y ella misma se tomó el veneno? ¿Sabiendo lo que era? ¡Brillante! Una locura, pero brillante.

Rodrigo no compartió la admiración de Vincenzo por las acciones de Lily Mansfield. Su padre había muerto de un modo miserable, una muerte dolorosa, sin dignidad ni control y nunca olvidaría eso.

Bien, ella había cumplido su misión y se había marchado del país. Quizás ahora estuviera fuera de su alcance, pero no del de sus paisanos. Con Blanc podría estar al corriente de su búsqueda y, cuando ya se estuvieran acercando a ella, entraría en el juego y él mismo se encargaría del asunto, con mucho gusto.

Capítulo *11*

Cuando Rodrigo recibió el fax miró durante bastante rato la foto de la mujer que había matado a su padre. Su fax era de color, de modo que pudo admirar el arte de su disfraz. Tenía el pelo rubio y muy liso y los ojos azul claro. Sus rasgos resultaban muy nórdicos, su rostro era enjuto y fuerte y los pómulos muy altos. Estaba sorprendido de cómo el cambio de color del pelo y de los ojos había suavizado su cara; su estructura facial era la misma, pero la percepción que se obtenía de ella quedaba alterada. Pensó que si entraba en la habitación y se sentaba a su lado, necesitaría un momento para reconocerla.

Se preguntaba qué habría visto su padre en ella. De morena a Rodrigo no le decía nada, pero de rubia su reacción fue muy distinta. Tampoco se trataba de la reacción normal de un italiano al pelo rubio. Era como si la estuviera viendo por primera vez, viendo su inteligencia y fuerte voluntad reflejadas en esos ojos pálidos. Quizás Salvatore había percibido más que él mismo, porque su padre respetaba la fuerza y, en realidad, eso era lo único que respetaba. Esta mujer era fuerte. Después de haberse cruzado en su camino era casi inevitable que Salvatore no se hubiera sentido atraído por ella.

Rodrigo ojeó las páginas que le había enviado Blanc. Estaba interesado en el currículum de Mansfield en la CIA; era una asesina a sueldo, punto. No le extrañaba que los gobiernos utilizaran a este tipo de personas; todo lo contrario, le extrañaría que *no* lo hicieran.

Esa información podría utilizarla cuando necesitara algún favor del gobierno americano, pero no había nada que pudiera ayudarle en esos momentos.

Estaba más interesado en la información sobre su familia, su madre y una hermana. La madre, Elizabeth Mansfield, vivía en Chicago; la hermana menor, Diandra, vivía con su esposo y dos hijos en Toledo, Ohio. Si no podía localizar a Liliane, utilizaría a su familia para sacarla de su escondrijo. Luego leyó que no había tenido contacto con su familia en años y tuvo que pensar en la posibilidad de que no le preocupara su bienestar.

La última página indicaba lo que Blanc le había dicho, que el asesinato de su padre no había sido un encargo de los americanos. Ella había actuado por su cuenta para vengarse de la muerte de sus amigos. La CIA había puesto en marcha a un agente para terminar con el problema.

Terminar. Ésa era una palabra muy acertada, pero quería ser él el exterminador. Si era posible, tendría esa satisfacción. Si no lo era, aceptaría con cortesía que los americanos se hicieran cargo del asunto.

El último párrafo le hizo sentarse erguido. El sujeto había volado a Londres utilizando otra identidad, luego, evidentemente había vuelto a cambiar de identidad y había regresado a París. La búsqueda se centraba en dicha ciudad. El agente que habían enviado creía que estaba preparando otro golpe contra los Nervi.

Rodrigo sintió como si le hubieran dado una descarga eléctrica, se le pusieron todos los pelos de punta y un escalofrío le recorrió la columna.

¡Había vuelto a París! Estaba allí, a su alcance. Era un paso audaz y, de no haber sido por Blanc, le había cogido totalmente desprevenido. Su seguridad personal era tan rigurosa como era humanamente posible, pero ¿qué podía sucederles a los otros negocios repartidos por Europa? Más concretamente a los que se encontraban en París los sistemas de seguridad eran buenos, pero en lo que respectaba a esa mujer, eran necesarias medidas extraordinarias.

¿Cuál era su objetivo más probable? La respuesta acudió inmediatamente: el laboratorio de Vincenzo. Lo *sabía*, esa intuición era demasiado fuerte como para no hacerle caso. Allí era donde habían atacado sus amigos, lo que les había costado la vida. Completar el trabajo sería para ella como una justicia poética, quizás colocaría una serie de cargas explosivas y demolería todo el complejo.

Perder los beneficios del proyecto de la vacuna de la gripe no les arruinaría, pero esperaban esa inmensa cantidad de dinero. El dinero era el verdadero poder en el mundo, por encima de reyes o de los precios del petróleo, de los presidentes y de los primeros ministros, todos ellos se disputaban conseguir más que el otro. Pero peor que la pérdida de beneficios sería el insulto, la pérdida de su reputación. Otro incidente en el laboratorio y la OMS empezaría a cuestionarse su seguridad, y en el mejor de los casos simplemente retiraría sus fondos, en el peor haría inspecciones del lugar. No quería que nadie de fuera inspeccionara su laboratorio. Vincenzo probablemente podría ocultar o encubrir lo que estaba haciendo, pero otro retraso estropearía sus planes.

No podía dejarla ganar. Aparte de todo eso, correría la voz de que a Rodrigo Nervi le habían vencido, y encima una mujer. Quizás podría ocultarlo durante un tiempo, pero al final alguien acabaría hablando. Siempre hablaba alguien.

Esto no podía haber pasado en peor momento. Acababa de enterrar a su padre hacía una semana. Aunque sabía bien lo que había que hacer, era consciente de que algunos todavía dudaban de que pudiera estar a la altura de su padre. Cada día hacía gran parte del trabajo de su padre y él no tenía a nadie más que pudiera ocupar su lugar.

Estaba preparando un cargamento de armas nucleares para Siria. Tenía que introducir opiáceos en varios países, asuntos de armas normales, además de todo el trabajo legítimo de dirigir una corporación con muchas facetas. Tenía que ir a juntas directivas.

Pero para capturar a Liliane Mansfield encontraría el tiempo, aunque tuviera que borrar todos sus otros compromisos de su agenda. A la mañana siguiente, todos sus empleados de Francia tendrían una foto de ella. Si iba por la calle, al final alguien la reconocería.

Los sistemas de seguridad del laboratorio eran normales, al menos desde fuera. Vallado y con puertas, una en el frente y otra en la parte posterior, ambas vigiladas por dos guardias; el laboratorio estaba compuesto por una serie de edificios conectados casi sin ventanas.

Su arquitectura era sobria, los edificios estaban construidos con ladrillo ordinario. En el aparcamiento de la izquierda había unos cincuenta vehículos.

Swain observó todo esto en una sola vuelta desde su coche. El Jaguar no era muy discreto, por lo que no podía dar otra vuelta inmediatamente sin que los guardias lo notaran. Esperó al día siguiente para hacerlo, y entretanto, utilizó todos sus contactos para averiguar todas las especificaciones del edificio, a fin de poder adivinar el acceso más probable por el que entraría Lily. En el exterior, la seguridad era bastante visible: la valla, las entradas con verja vigilada, los guardias. Por la noche, el terreno era vigilado por un guardia que llevaba un pastor alemán y estaba muy iluminado.

Por razones obvias, pensó que ella lo intentaría de noche, a pesar del perro. La iluminación nocturna era buena, pero creaba sombras que permitían ocultarse. Por la noche no había tantas personas, además la gente estaba más cansada a altas horas de la madrugada. Era experta en tiro y podía sedar con dardos al guardián y al perro. No al momento, era cierto, y el guardia podría tener tiempo de gritar o dar la voz de alarma. También podía matarlos; si usaba un silenciador, los guardias de la entrada no oirían nada.

A Swain no le gustaba esa idea. No movería una pestaña si mataba al guardia, pero no quería pensar en que matara al perro. Él adoraba a los perros, incluso a los que estaban entrenados para atacar. La gente era otra cosa, algunas personas casi pedían a gritos que se las matara. Excluía a la mayoría de los niños de esa teoría y los agrupaba con los perros, aunque había conocido a algunos niños que le habían hecho pensar que el mundo estaría mejor sin ellos. Estaba contento de que sus hijos no se hubieran convertido en ese tipo de criaturas porque le resultaría bochornoso.

Sólo esperaba que Lily no disparara al perro. Gran parte de la simpatía natural que sentía hacia ella se iría por los suelos si lo hacía.

Había un pequeño y bonito parque al otro lado de la calle donde se encontraba el laboratorio. En los días cálidos de verano, muchos empleados de las tiendas cercanas iban allí para relajarse a la hora de comer. En ese fresco día de noviembre había algunas personas paseando a sus perros o leyendo; suficientes como para que no se notara una persona más.

116

Las calles eran más anchas que en otras zonas de París, pero aparcar seguía siendo una lotería. Al final, Swain encontró un sitio en un lugar cercano y se dirigió al parque. Se compró un café y se fue a buscar un banco al sol desde donde pudiera observar las idas y venidas del laboratorio, familiarizarse con la rutina, quizás observar algunos fallos de seguridad que todavía no hubiera divisado. Si tenía suerte, Lily podría elegir ese día para hacer lo mismo. No tenía la menor idea de qué atuendo llevaría, ni qué peluca, de modo que tendría que pasear por el parque estudiando las narices y las bocas de los paseantes. Creía que podría reconocer la forma de la boca de Lily en cualquier parte.

El complejo del laboratorio parecía bastante normal, las medidas de seguridad exteriores eran las que cualquiera podía esperar de cualquier fábrica: un perímetro vallado, acceso restringido, guardas uniformados y verjas de entrada. Nada excepcional como muros de tres metros de ancho con alambradas en la parte superior, eso no haría más que llamar la atención.

Lily pensó que las medidas más sofisticadas estarían dentro. Escáneres de huellas dactilares o de retina para entrar en las zonas más restringidas. Sensores de movimiento. Rayos láser. Sensores de vidrios rotos, de peso, y demás. Tenía que saber exactamente qué había dentro y quizás tuviera que contratar a alguien que pudiera burlar esos sistemas. Conocía a varias personas que podrían hacerlo, pero prefería alejarse de los conocidos. Si había corrido la voz en la Agencia de que ella era la persona *non grata*, nadie estaría dispuesto a ayudarla. Quizás hasta podrían volverse contra ella, transmitiendo información sobre su localización e intenciones.

Era un barrio con una interesante mezcolanza de tiendas étnicas, pequeñas tiendas de moda —como había en casi todas partes— cafeterías, bares y viviendas baratas. El pequeño parque proporcionaba al ojo un descanso del paisaje urbano, aunque la mayoría de los árboles estaban desnudos debido a la proximidad del invierno y al fresco viento que hacía que las ramas chocaran entre ellas, como si fueran un sonajero.

Ese día se sentía mucho mejor, casi normal. Sus piernas habían resistido bien el rápido paseo desde la parada del metro y no se había cansado. Al día siguiente intentaría correr un poco, pero hoy se contentaba con caminar.

Se detuvo en una cafetería y se compró un café solo y una pasta de mantequilla hojaldrada que casi se deshizo en su boca cuando la mordió. El parque estaba sólo a cincuenta metros, caminó hasta allí y buscó un banco al sol, donde se dedicó con gusto al vicioso pastel y a su café. Cuando hubo terminado, se chupó los dedos y sacó del bolso una libretita de notas, la abrió en sus rodillas y bajó la cabeza. Fingía estar absorta en lo que estaba leyendo, pero en realidad sus ojos estaban muy ocupados, su mirada iba de un sitio a otro, anotando a las personas que veía en el parque y la localización de ciertas cosas.

Había bastante gente en el parque, una madre joven con un enérgico niño de unos dos años, un hombre mayor que paseaba con su anciano perro. Otro hombre que estaba sentado solo, tomándose una taza de café y que había mirado varias veces su reloj, como si estuviera esperando a que llegara alguien, aunque no con demasiada impaciencia. Había otras personas que paseaban entre los árboles: una pareja joven con las manos unidas, dos jóvenes dando patadas a una pelota de fútbol mientras caminaban, gente que disfrutaba del día soleado.

Lily sacó un bolígrafo de su bolso e hizo un borrador del parque, donde marcó la situación de los bancos, los árboles, los arbustos, las papeleras de hormigón, la pequeña fuente que había en el centro. Luego pasó la página e hizo lo mismo con el laboratorio, marcó dónde estaban las puertas y las ventanas respecto a las verjas de entrada. Tendría que hacer lo mismo en los otros tres lados del complejo. Esa tarde alquilaría una moto y esperaría a que el doctor Giordano saliera, en el supuesto de que estuviera allí, claro está; no tenía ni idea de su horario. Tampoco sabía qué modelo y marca de coche llevaba. No obstante, estaba bastante segura de que seguía horarios regulares, más o menos como la media nacional. Cuando saliera le seguiría hasta su casa. Sencillo. Puede que su número de teléfono no saliera en Internet, pero los viejos métodos todavía funcionaban.

Tampoco sabía nada de su vida privada, si tenía familia o si ésta se hallaba en París. Él era su mejor baza. Conocía los sistemas de seguridad del complejo y, como director, podría acceder a todas sus partes; lo que ya no tenía tan claro era con qué facilidad soltaría la información. Prefería no tener que utilizarlo, porque si lo atrapaba, tendría que moverse con más rapidez, antes de que nadie notara su desaparición. Intentaría averiguar cuáles eran los sistemas de seguridad del interior, para poder acceder sin utilizar al doctor Giordano. Pero quería saber dónde vivía, más bien pronto que tarde, por si acaso.

Lily era muy consciente de sus deficiencias en ese campo. Nunca se había enfrentado a algo más que los sistemas de seguridad habituales. No era experta en nada, salvo en localizar su objetivo y en acercarse lo bastante al mismo para ejecutar su misión. Cuanto más pensaba en lo que iba a hacer, más cuenta se daba de las pocas posibilidades que tenía, pero eso no era suficiente para que flaqueara en su determinación. No existía ningún sistema de seguridad perfecto en el mundo, siempre había alguien que podía burlarlo. Encontraría a esa persona o aprendería a hacerlo ella misma.

Los dos jóvenes ya no estaban con la pelota de fútbol. Ahora hablaban con sus teléfonos móviles mientras miraban una hoja y luego a ella.

De pronto se alarmó. Puso la libreta de notas y el bolígrafo en su bolso y luego fingió que se le caía al suelo al lado de su pierna derecha. Se inclinó y, utilizando el bolso para ocultar sus movimientos, pasó la mano por la parte superior de su bota y sacó su arma.

Utilizó el bolso para esconder el arma mientras se levantaba para dirigirse a un ángulo fuera del alcance de los dos hombres. El corazón le latía con fuerza. Estaba acostumbrada a ser la cazadora, pero esta vez era la presa.

Capítulo *12*

Lily se apresuró y su rápida huida les cogió por sorpresa. Oyó un grito e instintivamente se tiró al suelo una décima de segundo antes de que el agudo y profundo estallido de una pistola de gran calibre perturbara el ambiente de un día normal y corriente. Rodó hasta colocarse detrás de una de las papeleras de hormigón y puso una rodilla en el suelo.

No era tan tonta como para levantar la cabeza, aunque la mayoría de los tiradores tampoco eran tan diestros con la pistola. Echó un breve vistazo a su alrededor y también disparó. A esa distancia, unos treinta o treinta y cinco metros, tampoco ella era tan diestra, su bala tocó el suelo justo delante de los dos jóvenes, provocando una salpicadura de tierra y obligándoles a ponerse a cubierto.

Oyó un chirrido de neumáticos, los gritos de la gente que empezaba a darse cuenta de que el ruido procedía de armas de fuego. Por el rabillo del ojo vio a la joven madre abalanzarse sobre su hijo como si fuera una pelota de fútbol para cubrirle, colocándole bajo su brazo mientras ella se arrastraba hacia un lugar seguro. El pequeño gritaba de alegría pensándose que era un juego. El anciano tropezó y se cayó soltando a su perro. El perro, a su vez, hacía ya mucho tiempo que pasaba de escaparse para encontrar su libertad y se sentó sobre la hierba.

Rápidamente, Lily miró de nuevo a su alrededor para ver si había peligro por detrás, pero lo único que vio era gente corriendo, pero no hacia ella. Por esa parte estaba a salvo, al menos de momento. Miró hacia el otro lado y vio a dos guardias uniformados que corrían desde la puerta del laboratorio con las armas en la mano.

Disparó a los guardias e hizo que se tiraran al suelo, aunque estaba demasiado lejos para acertar. Utilizaba una Beretta 87 modificada, con balas del calibre 22 para rifles largos, con un cargador de diez balas. Había usado dos y no llevaba munición extra, porque no esperaba tener que usarla.

—¡Estúpida! —pensó para sí.

No sabía si los dos jóvenes eran de la Agencia o de Rodrigo, pero apostaba a que eran agentes, porque la habían encontrado tan pronto. Debía haberse preparado mejor, en vez de subestimarles o quizás sobreestimarse a sí misma.

Volvió a poner su atención en los dos jugadores de fútbol. Los dos iban armados y cuando volvió mirar, los dos dispararon. Un disparo se perdió por completo y oyó la rotura de un vidrio por detrás, seguido de gritos y de llantos de alguien que parecía haber sido alcanzado por el disparo. La otra bala fue a dar a la papelera de hormigón, arrancando un trozo de ese material que voló por los aires y del que se desprendieron algunos trozos que le dieron en la cara. Ella volvió a disparar —ya iban tres— y miró a los guardias. Los dos estaban a cubierto, uno detrás de un árbol y el otro detrás de otra papelera como la suya.

No cambiaban de posición, de modo que volvió a los jugadores de fútbol. El que estaba a su izquierda se había desplazado más a la izquierda, saliendo del ángulo de tiro de Lily, puesto que ella era diestra y el hormigón que la protegía también le protegía a él en cierta medida.

La cosa no iba bien. Cuatro armas contra una sola, por lo tanto, teóricamente, al menos cuatro veces la munición que ella tenía. La mantendrían acorralada hasta que se le acabara la munición o hasta que llegara la policía francesa —que podía ser en cualquier momento, porque incluso con el eco de los disparos en sus oídos, podía oír las sirenas— y se encargara de ella.

Detrás el tráfico se había parado, puesto que los conductores habían detenido sus vehículos y habían salido para ocultarse detrás de ellos. Su única oportunidad era correr para ponerse a cubierto detrás de los vehículos y utilizarlos para ocultar sus movimientos; probablemente tendría que cortar por una tienda o esperar a que pasara alguien con una bicicleta que le pudiera arrebatar. No creía que pudiera confiar en su capacidad para correr largas distancias.

El anciano que se había caído intentaba levantarse y llevarse a su tembloroso animal.

—¡Quédese ahí! —le gritó Lily.

El hombre la miró aterrado sin comprender, su pelo blanco estaba desordenado.

—¡Quédese ahí! —le volvió a gritar, haciendo un gesto de agacharse con la mano.

Gracias a Dios, por fin la había entendido y se estiró en el suelo. Su perrito se le acercó y se estiró, lo más pegado posible a él.

Durante un momento, el tiempo pareció detenerse y el fuerte olor a cordita parecía inundar el parque, a pesar de la brisa fresca. Oyó a los dos jugadores decirse algo mutuamente, pero no pudo entender las palabras.

A su derecha oyó el ronroneo de un motor bien ajustado y de gran potencia. Miró en esa dirección y vio un Jaguar gris que giraba la curva y se dirigía a ella.

El latido de su corazón le retumbó en los oídos, casi ensordeciéndola. Sólo disponía de unos segundos; tenía tiempo de saltar o el vehículo la aplastaría. Se puso de cuclillas preparándose para el *spring*.

El conductor derrapó y el Jaguar se situó entre ella y los jugadores de fútbol levantando tierra y hierba en un intento de recobrar la tracción, el vehículo hizo un trompo hasta quedarse en la misma dirección que había venido. El conductor se agachó y abrió la puerta del acompañante.

—¡Entra! —gritó en inglés y Lily se lanzó al asiento delantero. Sobre su cabeza sonó el fuerte estallido de un arma de gran calibre y el cartucho vacío rebotó sobre el asiento del coche hacia su cara. Le dio un manotazo y lo lanzó fuera.

Pisó el acelerador y el Jaguar casi voló hacia adelante. Hubo más disparos, varios más, los crujidos y las detonaciones de diferente calibre se superponían. La ventana trasera del lado del conductor se rompió y él tuvo que agacharse mientras el vidrio le caía encima.

—¡Mierda! —dijo con una sonrisa y giró el volante para sortear un árbol.

Lily tenía una imagen confusa de un atasco de coches mientras avanzaban por la calle. El conductor volvió a derrapar y el Jaguar dio otro trompo que lanzó a Lily al suelo del vehículo. Intentaba agarrarse al asiento, al asa de la puerta, a algo para evitar el zarandeo. El conductor se reía como un loco mientras el vehículo volvía a saltar sobre una curva, dio unos tumbos, y luego vio un hueco y por un momento voló por los aires antes de tocar suelo de nuevo con un duro golpe que hizo castañear los dientes a Lily y gemir al chasis. Lily respiró profundamente.

Frenó en seco, hizo un giro brusco a la izquierda y salió derrapando. La fuerza de la gravedad volvió a dejar a Lily en el suelo impidiendo que pudiera llegar a sentarse. Ella cerró los ojos mientras el chirrido de unos frenos sonaba justo al lado de su puerta, pero no hubo colisión. El conductor giró a la derecha, dando tumbos sobre una superficie muy desigual; las casas estaban tan cerca que pensó que se iban a quedar sin retrovisores. Lily suponía que debían estar en un callejón. ¡Dios mío, se había metido en el coche de un maníaco!

Al final del callejón bajó la velocidad y se incorporó suavemente al tráfico guardando la distancia de seguridad respecto a la de otros coches, conduciendo con la misma suavidad que una abuela un domingo por la mañana.

Él sonreía y echó la cabeza atrás dando una fuerte carcajada.

—¡Maldita sea, ha sido divertido!

Tenía ambas manos en el volante, el revolver automático estaba en el asiento del pasajero. Probablemente, ésta sería la mejor oportunidad que tendría. Lily permaneció en los confines del suelo del vehículo y se puso a buscar su pistola, que se le había caído mientras él la estaba zarandeando como si estuvieran en una rúa de carnaval. La encontró debajo del asiento del pasajero; con un movimiento suave y pequeño, rescató el arma y le apuntó.

—Para y déjame salir —le dijo ella.

Él miró la pistola y volvió a centrarse en el tráfico.

—Saca ese juguete de mi vista antes de que me enfade. Maldita, mujer, ¡acabo de salvarte la vida!

Así era, por eso no le había disparado.

—Gracias —respondió—. Ahora déjame bajar.

Los jugadores de fútbol no eran de la Agencia, ella les había oído hablar en italiano, por lo tanto eran hombres de Rodrigo. Lo que significaba que este hombre, quizás, probablemente, fuera de la Agencia. Sin duda era americano. Lily no creía en las coincidencias, al menos no en las coincidencias de ese tipo. Un hombre que aparece justo cuando estaba acorralada, con una habilidad de conducción de riesgo digna de un profesional con una Heckler y Koch de nueve milímetros que cuesta casi mil dólares... bueno, no podía ser más que de la Agencia. O lo que era más probable, un agente independiente, un asesino a sueldo como ella.

Ella frunció el entrecejo. Eso no tenía sentido. Si era un asesino a sueldo al que habían enviado para acabar con ella, lo único que hubiera tenido que hacer era quedarse al margen y probablemente habría muerto muy pronto, sin que hubiera tenido que mover un dedo. Podía haber intentado salir corriendo, pero hasta dónde habría llegado con cuatro tiradores persiguiéndola y su resistencia física en un estado más que cuestionable, realmente no lo sabía. El corazón todavía le latía con fuerza y para su desesperación aún le costaba respirar.

Cabía también la posibilidad de que fuera un lunático. Teniendo en cuenta cómo se había reído, eso era algo más que probable. Fuera lo que fuera, quería salir de ese coche.

—No me obligues a disparar —dijo ella con tono suave.

—Ni se te ocurra. —Él volvió a mirarla, los rabillos de sus ojos esbozaban otra de sus habituales sonrisas—. Deja que me aleje de la escena del crimen, ¿vale? Por si no te has dado cuenta, yo también he estado involucrado en ese altercado y un Jaguar con una ventana rota es bastante llamativo. ¡Mierda! Es de alquiler. Mi American Express se va a quedar a cero.

Lily le observó intentando interpretarle. Realmente parecía tranquilo a pesar de que ella le estuviera apuntando con un arma. De hecho, parecía que pensara que toda esa situación era divertida.

—¿Has estado alguna vez en un centro psiquiátrico?

—¿Qué? —Él se rió y le lanzó otra de esas rápidas miradas. Ella le repitió la pregunta.

—Lo dices en serio. ¿Crees que soy un lunático?

—Te reías como si lo fueras, en una situación que no tenía nada de divertida.

—Uno de mis muchos defectos, reírme. Estaba a punto de morirme de aburrimiento, allí estaba yo, sentado en un pequeño parque pensando en mis cosas, cuando ha empezado un tiroteo a mis espaldas. Cuatro contra uno, y ese uno es una rubia. Estoy aburrido y esto me pone cachondo, de modo que he pensado que si llegaba a mi Jaguar y lo llevaba hasta allí y me alcanzaban mientras intentaba salvarle la vida a esa mujer, me divertiría un poco y quizás esa rubia se lanzaría a mis brazos en señal de agradecimiento. ¿Qué me dices de ello? —le dijo moviendo las cejas.

Lily se rió sorprendida. Parecía rematadamente tonto, moviendo las cejas de ese modo.

Dejó de mover las cejas y le hizo un guiño.

—Ya te puedes sentar. Desde esa posición también puedes seguir apuntándome.

—Con tu forma de conducir creo que estoy más segura en el suelo. —Pero se acomodó en el asiento, aunque no se puso el cinturón de seguridad porque hubiera tenido que soltar la pistola. Observó que él tampoco lo llevaba puesto.

—No le pasa nada a mi conducción. ¿Estamos vivos, no? No estamos sangrando por ningún agujero nuevo, bueno, quizás un poco.

—¿Te han dado? —preguntó ella enseguida acercándose a él.

—No, pero un vidrio me ha hecho un corte en el cuello. Es pequeño. —Se echó un poco hacia atrás y se pasó la mano por el cuello. Sus dedos se tintaron de sangre, aunque no mucha—. ¿Lo ves?

—Muy bien. —Suave como la seda ella deslizó su mano izquierda por el asiento delantero para confiscar el arma que tenía al lado de la pierna.

Sin mirar abajo, él la agarró por la muñeca.

—¡Oh, oh! —dijo él, en un tono nada divertido—. Eso es mío.

Era sorprendentemente rápido. En un instante su buen talante había desaparecido y se había sustituido por una mirada fría y dura que significaba que iba en serio.

Curiosamente, tuvo la reafirmación de esa mirada, como si ahora estuviera viendo quién era realmente y supiera a quién tenía que enfrentarse. Ella se alejó de él y se situó lo más cerca de la puerta que pudo, no por que le tuviera miedo, sino para impedir que le cogiera el arma en uno de esos rápidos movimientos. Quizás también tenía algo de miedo, era un desconocido y en su trabajo lo que no conocía podía matar. El miedo era bueno, te ayudaba a no bajar la guardia.

Él levantó los ojos al ver su acción.

—No tienes que actuar como si fuera un psicópata o algo parecido. Te dejaré salir cuando estemos a salvo, te lo prometo, a menos que me dispares, en cuyo caso chocaremos contra algo y entonces no te puedo garantizar nada.

—¿Quién eres? —le preguntó ella en un tono nada emocional.

—Lucas Swain, a tu servicio. Pero todos me llaman Swain. Por alguna razón, lo de Lucas nunca ha tenido mucho gancho.

—No me refiero a tu nombre. ¿Para quién trabajas?

—Para mí. No me gusta mucho la rutina de nueve a cinco. He estado en Sudamérica durante diez años y las cosas se pusieron algo tensas allí, de modo que pensé que venir a Europa sería una buena idea.

Ella observó que *realmente* estaba muy bronceado. Si tenía que leer entre líneas hubiese dicho que o se trataba de un aventurero, un mercenario o un asesino a sueldo. Se quedaba con lo último. Pero ¿por qué había intervenido? Eso era lo que no tenía sentido. Si tenía órdenes de matarla, podía haberlo hecho cuando se había metido en el coche si no quería que fueran las armas de Rodrigo las que hicieran el trabajo.

—Sea lo que sea en lo que andes metida —dijo él—, estás en desventaja y podrías pedir ayuda. Yo estoy disponible, soy bueno y estoy aburrido. ¿Qué está pasando por ahí detrás?

Lily no era una persona impulsiva, al menos no en su trabajo. Era cuidadosa, hacía sus deberes y planificaba. Pero ya se había dado cuenta de que necesitaba ayuda para entrar en el laboratorio y a pesar de su inquietante buen humor, Lucas Swain había demostrado su habilidad en muchas cosas. Había estado muy sola durante los últimos meses, tanto que su soledad se había convertido en un dolor crónico en el corazón. Había algo en ese hombre, algo que calmaba ese dolor de soledad.

No respondió a su pregunta, pero le respondió con otra.

—¿Eres bueno en sistemas de seguridad?

Capítulo 13

Hizo una mueca con la boca reflexionando sobre su pregunta.

—Sé lo suficiente como para ir tirando, pero no soy un experto. Depende del sistema. No obstante, conozco a algunos buenos expertos que pueden decirme todo lo que necesito. —Hizo una pausa—. ¿Me estás pidiendo que haga algo ilegal?

—Sí.

—Bien, cada vez estoy más entusiasmado.

Si cada vez se entusiasmaba más, tendría que acabar disparándole para proteger su propia cordura, pensó ella.

Giró de nuevo y miró a su alrededor.

—¿Tienes idea de dónde caray estamos?

Lily se giró de lado y subió las piernas en el asiento para bloquear cualquier intento de volver a arrebatarle el arma, luego dio un rápido vistazo.

—Sí. En el próximo semáforo gira a la derecha, luego a poco más de un kilómetro gira a la izquierda. Ya te diré cuándo.

—¿Adónde llegaremos entonces?

—A la estación de ferrocarril. Allí es donde puedes dejarme.

—Venga, no me salgas con eso. Nos lo hemos pasado muy bien juntos. No me abandones tan pronto. Esperaba que fuéramos socios.

—¿Sin hacer comprobaciones sobre ti? —preguntó ella con incredulidad.

—Supongo que sería imprudente.

—Nada de coñas. —Diez minutos con un americano y ya había caído en la jerga vernácula, como si se hubiera puesto unas cómodas zapatillas—. ¿Dónde te hospedas? Te llamaré.

—En el Bristol. —Giró a la derecha como ella le había indicado—. Habitación 712.

Ella levantó las cejas.

—Has alquilado un Jaguar y te alojas en uno de los hoteles más caros de París. Tu trabajo debe estar muy bien pagado.

—Todos mis trabajos están bien pagados. Además, necesitaba un sitio para aparcar el Jaguar. ¡Mierda! Ahora tendré que alquilar otro coche y todavía no puedo devolver éste o me van a dejar sin blanca cuando vean los daños.

Lily miró la ventana rota, a través de la cual entraba el aire frío.

—Rompe el resto y di a la compañía de alquiler que algún gamberro te los rompió con un bate.

—Eso puede funcionar, a menos que alguien haya tomado el número de la matrícula.

—¿Del modo en que hacías trompos?

—Ahí está, pero ¿por qué arriesgarse? En Francia eres culpable a menos que se demuestre lo contrario. Intentaré alejarme de las garras de los gendarmes, gracias.

—Allá tú —dijo ella con indiferencia—. Tú serás el que pague los dos alquileres.

—No te muestres tan solidaria, voy a empezar a pensar que te preocupas por mí.

Esa salida consiguió sacarle una sonrisa a Lily. Él no se tomaba a sí mismo muy en serio, ella no sabía si eso era bueno o malo, pero sin duda era divertido. Le había caído como llovido del cielo cuando estaba intentando decidir a quién acudir para pedir ayuda, tendría que estar loca para rechazarlo. Averiguaría quién era y si descubría el menor indicio de que la Agencia estaba detrás o algo que la hiciera desconfiar, simplemente no le llamaría. No había actuado como si lo hubieran contratado para matarla, empezaba a estar más tranquila al respecto. En cuanto a si era bueno o no, o si era de confianza, todavía estaba por ver. No podía llamar a su contacto habitual en la Agencia y hacer que le investigara, pero conocía a un par de turbios muchachos que podían echarle una mano.

Utilizó el poco tiempo que le quedaba antes de llegar a la estación de tren para estudiarle. Era un hombre atractivo, para su sorpresa observó que cuando él le había estado hablando, era eso en lo que se había fijado, no en su rostro. Era más bien alto, un metro ochenta y tantos, y delgado. Tenía las manos tendinosas y fuertes, dedos largos, no llevaba anillos, sus venas eran prominentes y cortas, las uñas limpias. Llevaba el pelo corto, tenía las sienes plateadas, ojos azules, mucho más que los suyos. Los labios un poco delgados, pero con una bonita forma. La barbilla era fuerte y se detenía justo antes de llegar a ser hendida. Una nariz noble, delgada y con el puente bastante alto. Salvo por las pocas canas que tenía, parecía más joven de lo que probablemente era. Calculó que eran más o menos de la misma edad, cerca de los cuarenta o poco más de cuarenta.

Iba vestido como millones de hombres europeos, nada que le hiciera destacar o que le delatara como «americano», ni Levis, ni Nikes, ni una camiseta con el nombre de su equipo de fútbol favorito. Llevaba pantalones marrones, una camisa azul y un *blazer* negro de piel, que ella le envidió. Sus mocasines estaban limpios y brillantes.

Si acababa de llegar de Sudamérica, había adoptado rápidamente el estilo de los europeos.

—La próxima a la izquierda —dijo ella cuando se acercaba a la calle.

También había adoptado el estilo de conducción parisino de correr demasiado; conducía con nervio, brío y un abandono temerario. Cuando alguien intentó cortarle el paso, observó que también había adoptado los gestos de algunos parisinos. Después de cortarle el paso al otro vehículo sonrió y un destello en sus ojos decía que le gustaba el reto del tráfico de la ciudad. No cabía duda de que era un lunático.

—¿Cuánto tiempo llevas en París? —preguntó Lily.

—Tres días. ¿Por qué?

—Párate allí. —Le dirigió hacia el bordillo más cercano a su andén—. Conduces como un nativo.

—Cuando nadas entre tiburones has de enseñar los dientes, para que sepan quién eres. —Se paró en el bordillo—. Ha sido un placer ¿Señorita...?

Lily no saltó al exterior. Enfundó de nuevo la pistola en la pistolera de su bota y con mismo movimiento abrió la puerta y salió tranquilamente. Se inclinó para mirarle.

—Te llamaré —le dijo, luego cerró la puerta y se marchó.

No estaba parado en un aparcamiento, por lo que no podía esperar a ver qué tren cogía. Tuvo que marcharse y, cuando miró atrás, su rubia ya se había desvanecido. No creía que se hubiera sacado una peluca del bolso y que se la hubiera puesto, así que supuso que se había perdido deliberadamente entre los pasajeros.

Podía haber pasado de todo, dejar el coche donde estaba y seguirla, pero su intuición le decía que esa persistencia no era lo más inteligente en esos momentos. Si intentaba seguirla, ella se cerraría. Era mejor esperar a que Lily acudiera a él.

Iba a hacer indagaciones. ¡Mierda! Sacó su teléfono móvil e hizo una llamada urgente a los Estados Unidos para que algún payaso se ganara su sueldo y con ello asegurarse de que nadie podía averiguar nada de Lucas Swain salvo algún evento destacado y principalmente inventado.

Una vez hecho esto, Swain se centró en resolver otro problema menos urgente: el Jaguar. Tenía que reparar la ventanilla antes de devolverlo, porque había dicho en serio que no quería tener contacto con la policía francesa. No era una buena política y también imaginaba que una organización como la de los Nervi tendría soplones por todas partes, lo cual incluía a algunos policías.

Le encantaba el Jaguar, pero tendría que cambiarlo por otro, puesto que cantaba demasiado. Quizás un Mercedes, no, también destacaba mucho. Un coche francés, como un Renault o algo parecido, aunque puestos a elegir, le encantaría conducir un coche deportivo italiano. ¡Maldita sea!, primero tocaba pensar en el trabajo y Lily quizás se negara a ir con él si conducía algo demasiado llamativo.

¡Dios!, casi se le atragantó el café cuando la vio pasear tranquilamente por el parque como si no la estuviera persiguiendo media

Europa. Siempre había sido un tío con suerte y seguía siéndolo. Olvídate de sofisticadas búsquedas por ordenador, del razonamiento deductivo y de todas esas chorradas, todo lo que había tenido que hacer habia sido sentarse en un banco de un parque de mala muerte y ella había aparecido a los quince minutos. Muy bien, el razonamiento deductivo le había servido para elegir el laboratorio como el lugar más probable donde encontrarla; pero aun así era un hombre con suerte.

Tampoco le habían herido, tenía muchísima suerte. Era una pena lo del Jaguar. Vinay diría que había estado fanfarroneando de nuevo y no iría desencaminado. Le gustaba un poco de riesgo en la vida. Vinay también le preguntaría en qué puñetas estaba pensando, jugando de ese modo en vez de hacer el trabajo para el que le habían destinado, pero además de tener suerte también era curioso. Quería saber lo que estaba planeando Lily, qué había en ese laboratorio que fuera tan interesante. Además, ella le había apuntado con una pistola.

Era curioso, pero no se había preocupado. Lily Mansfield era una asesina a sueldo y sólo porque trabajara para los buenos no la hacía menos peligrosa. Pero ella no quería que aquel anciano saliera herido, ni había disparado hacia donde había personas inocentes que pudieran salir heridas, a diferencia de los jugadores de fútbol, que sí lo habían hecho. Sólo por eso ya se habría sentido inclinado a ayudarla aunque no hubiera sido su presa.

Pensó que mejor no decirle nada a Vinay de momento, porque éste no entendería la razón de dejar marchar a Lily sin saber cómo iba a volver a contactar con ella.

Al tener la intuición de que ella le llamaría, confiaba en la naturaleza humana. La había ayudado, la había hecho reír y no había hecho nada imprudente. Sólo le había ofrecido seguir ayudándola. Le había dado información sobre sí mismo. La razón por la que ella no había bajado la pistola era porque esperaba que él utilizara su arma contra ella, y si lo hubiera intentado, habría removido las aguas de la sospecha.

Ella era demasiado buena, demasiado peligrosa para hacer un movimiento imprudente que le hubiera dejado con unos cuantos agujeros más de ventilación, lo cual echaría por los suelos su reputación de tener suerte. Y si se había equivocado con respecto a que

Lily le llamaría, tendría que volver al aburrido método de encontrar a la gente: ordenadores y razonamiento deductivo.

Se pasó el resto del día intentando localizar un lugar donde le cambiaran el vidrio del Jaguar y luego buscando otro coche de alquiler. Empezó por quedarse uno de los Renaults pequeños más comunes, pero en el último momento optó por un Mégane Renault Sport, un modelo pequeño con turbo y seis velocidades. No era precisamente un coche del montón, pero pensó que podría presentarse otra ocasión en la que tuviera que necesitar repris y manejabilidad, y no quería quedarse corto por unos caballos. La casa de alquiler de coches tenía uno de color rojo al que enseguida le echó el ojo, pero se quedó con el plateado. No tenía sentido ir ondeando una bandera roja y gritar: «¡Hey, miradme, aquí estoy!

Terminó en el Bristol justo cuando ya se ponía el sol. Tenía hambre, pero no tenía ganas de compañía, de modo que se fue a su habitación y llamó al servicio de restaurante. Mientras esperaba a que le trajeran la comida, se sacó los zapatos y la chaqueta y se estiró en la cama, donde se quedó mirando al techo —se le ocurrían buenas ideas cuando miraba al techo— y pensando en Lily Mansfield.

La había reconocido al instante después de haberla visto en la foto en color de su archivo. No obstante, ninguna foto podía transmitir la energía e intensidad que invadía cada uno de sus movimientos. Le gustaba su cara, casi delgada pero con una estructura potente, con los pómulos muy altos, con una nariz respingona y, ¡Dios mío!, esa boca. Pensar en esa boca le excitaba. Sus ojos eran como hielo azul, pero su boca era tierna, vulnerable, sexy y muchas otras cosas que podía sentir, pero que no podía expresar en palabras.

No bromeaba cuando le dijo que esperaba que se abalanzara sobre él en agradecimiento. Si ella le dijera algo, iría a buscarla y se la llevaría al Bristol en un tiempo récord.

Podía recordar exactamente su aspecto, lo que llevaba: pantalones de color gris oscuro con botas negras, una camisa azul de tejido Oxford y un chaquetón azul oscuro. Probablemente también recordaría que cuando llevaba esas botas, iba armada. Llevaba un corte de pelo sencillo, con una medida que le llegaba hasta los hombros y la cara estaba flanqueada por unos largos mechones. Aunque el chaquetón ocultaba la mayor parte de su figura, por su estatura y complexión de sus piernas, intuía que era delgada. También parecía un poco frágil, con unas ojeras un poco negras, como si hubiera estado enferma o no hubiera descansado bastante.

Volverse loco por ella no le facilitaría el trabajo, de hecho, no le gustaba nada lo que tenía que hacer. Se las ingeniaría para burlar un poco las normas sin llegar a saltárselas. Bueno, no mucho. Haría su trabajo cuando fuera el momento y si en el camino se desviaba un par de veces, que así fuera. Averiguar qué había tras los asesinatos de los Joubran, quién les había contratado y por qué. Los Nervi eran escoria y si podía conseguir alguna información que realmente fuera comprometida para los Nervi, tanto mejor.

Eso le haría ganar tiempo con Lily. Lástima que al final tendría que traicionarla.

Capítulo 14

—Ayer hubo problemas —dijo Damone suavemente desde la entrada a la biblioteca—. Cuéntame qué está pasando.

—No tendrías que estar aquí —respondió Rodrigo, levantándose para saludar a su hermano. Se había quedado atónito cuando los guardias le habían anunciado la llegada de su hermano Damone. Habían acordado que no volverían a encontrarse hasta que hubieran atrapado al asesino de su padre. Saber que Liliane Mansfield, alías Denise Morel, había matado a Salvatore para vengar la muerte de sus amigos en modo alguno rompía ese acuerdo. De hecho, aparte de desvelarle la identidad de la mujer, Rodrigo no le había dado ninguna otra información a su hermano, salvo la de que la estaban buscando.

Damone no era débil, pero Rodrigo siempre había sentido que tenía que proteger a su hermano menor, primero porque *era* el menor y segundo porque no había estado en las trincheras con su padre como Rodrigo. Rodrigo conocía los métodos de la guerra urbana y corporativa, mientras que Damone conocía los de la bolsa y la de los fondos de inversión.

—No tienes a nadie que te ayude como tú ayudaste a papá —respondió Damone, sentándose en la silla que siempre había usado Rodrigo cuando Salvatore estaba vivo—. No es justo que yo me dedique a estudiar los mercados monetarios y a mover fondos cuando tú estás cargando con toda la responsabilidad de las operaciones.

—Abrió los brazos—. Yo también recibo noticias por Internet y faxes. El artículo que he leído esta mañana no era muy informativo, sólo hacía una pequeña mención al tiroteo que hubo ayer en el parque. No se identificaba a ninguno de los inculpados, salvo a dos guardias de un laboratorio cercano que oyeron los disparos y corrieron a ayudar. —Sus inteligentes ojos oscuros se estrecharon—. Se decía el nombre del parque.

—Pero, ¿por qué estás aquí? Ya nos hicimos cargo del incidente —respondió Rodrigo.

—Porque es el segundo incidente en el laboratorio de Vincenzo. ¿He de suponer que es una coincidencia? Dependemos de los beneficios de la vacuna para la gripe. Hay varias oportunidades que están pendientes de esto que tendré que dejar escapar si nos retiran los fondos. Quiero saber qué está pasando.

—¿No habría bastado una llamada?

—No puedo verte la cara por teléfono —respondió Damone sonriendo—. Eres un gran mentiroso, pero te conozco muy bien. Vengo observándote desde que era pequeño, mirabas a papá y negabas lo que habíamos hecho, aunque por supuesto, siempre éramos culpables. Si me mientes en persona, lo sabré. Puedo unir más de dos cabos. Hubo un problema en el laboratorio de Vincenzo y, en medio de todo esto, nuestro padre ha sido asesinado. ¿Están relacionados los dos sucesos?

Ése era el problema con Damone, pensó Rodrigo; era demasiado inteligente e intuitivo para engañarle. A Rodrigo le molestaba no haber podido engañar nunca a su hermano menor; podía engañar a todo el mundo, pero no a Damone. Quizás ser protector con su hermano estaba bien cuando tenían cuatro y siete años, pero ahora los dos eran adultos. Quizás fuera una costumbre que tuviera que romper.

—Sí —dijo por fin—. Lo están.

—¿Cómo?

—La mujer que mató a papá, Liliane Mansfield, era amiga íntima de los Joubran, la pareja que entró en el laboratorio en agosto y que destruyó gran parte del trabajo de Vincenzo.

Damone se frotó los ojos como si estuviera cansado, luego se pellizcó el puente de la nariz antes de bajar la mano.

—Así que fue una venganza.

—Esa parte sí.

—¿Y la otra?

Rodrigo suspiró.

—Todavía no he averiguado quién contrató a los Joubran. Quienquiera que fuera podría volver a contratar a alguien para atacar de nuevo el laboratorio. No podemos hacer frente a otro retraso de ese tipo. La mujer que asesinó a papá no trabajaba para nadie en esos momentos, no lo creo, pero ahora bien podría hacerlo. Ayer mis hombres la vieron en el parque, estaba inspeccionando los alrededores del complejo. Tanto si lo hace por encargo como si lo hace por su cuenta, el resultado es el mismo. Intentará sabotear la vacuna.

—¿Tiene forma de saber qué es la vacuna?

Rodrigo abrió los brazos.

—Siempre existe la posibilidad de una traición desde dentro, de alguien que trabaje en el laboratorio, en cuyo caso ella lo sabría. Los mercenarios como los Joubran no son baratos, estoy investigando los movimientos bancarios de todos los empleados del laboratorio, para comprobar si alguno de ellos pudo haber tenido los recursos para contratarles.

—¿Qué sabes de esa mujer?

—Es americana y era una asesina a sueldo, una agente independiente de la CIA.

Damone se quedó pálido.

—¿La contrataron los americanos?

—No para matar a papá, no. Eso lo hizo ella por su cuenta y, como puedes imaginar, están muy descontentos con ella. En realidad, ya han mandado a alguien para «terminar con el problema», creo que es la frase que utilizaron.

—Entretanto, está estudiando cómo entrar en el laboratorio. ¿Cómo se escapó ayer?

—Tiene un cómplice, un hombre que conducía un Jaguar. Situó el vehículo entre ella y mis hombres, cubriéndola mientras él también disparaba.

—¿Matrícula?

—No, desde el ángulo que estaban mis hombres no pudieron verla. Hubo testigos, claro, pero estaban demasiado preocupados poniéndose a salvo como para tomar nota de la matrícula.

—La pregunta más importante: ¿Ha intentado hacerte daño personalmente?

—No —Rodrigo parpadeó sorprendido.

—Luego eso significa que yo corro menos riesgo que tú. Por lo tanto me quedaré aquí, puedes delegar algunas cosas en mí. Supervisaré la búsqueda de esa mujer o algún otro de tus asuntos, si prefieres hacer esto personalmente. También podemos trabajar juntos en todo. Quiero ayudarte. También era mi padre.

Rodrigo suspiró al darse cuenta de que se había equivocado al pretender mantener a Damone aislado de todo; su hermano, a fin de cuentas, era un Nervi. Debía anhelar la venganza tanto como él.

—Hay otra razón por la que quiero que se arregle este asunto. —prosiguió Damone—. Estoy pensando en casarme.

Rodrigo le miró atónito y en silencio durante un momento, luego soltó una carcajada.

—¡Casarte! ¿Cuándo? ¡No me has comentado nada de que hubiera una mujer especial en tu vida!

Damone también se rió y sus mejillas se sonrojaron.

—No sé cuándo, porque todavía no se lo he pedido. Pero creo que dirá que sí. Hace un año que salimos...

—¿Y no nos lo habías dicho? —el *nos* incluía a su padre, que habría estado encantado de que uno de sus hijos quisiera sentar la cabeza y darle nietos.

—... pero sólo hemos salido en serio en los últimos meses. Quería estar seguro antes de decir nada. Es suiza, de muy buena familia; su padre es banquero. Se llama Giselle. —Su voz adoptó un tono más profundo al pronunciar su nombre—. Desde el principio supe que era ella.

—Pero a ella le ha costado más, ¿no es cierto? —dijo Rodrigo riéndose—. ¿Al ver lo atractivo que eres no decidió al instante que tendrías unos hijos preciosos?

—Sí, también lo supo inmediatamente —dijo Damone con una fría seguridad—. Era de mi capacidad para ser un buen marido de lo que ella dudaba.

—Todos los Nervi somos buenos maridos —dijo Rodrigo, y era cierto, si a la esposa no le importaba que existiera la amante de turno. Damone probablemente sería fiel; era de ese tipo de hombres.

Esa buena noticia explicaba la razón por la que Damone estaba ansioso por poner fin al problema de Liliane Mansfield. Aunque era cierto que el deseo de venganza también existía, si su situación personal no le impulsara a la acción, probablemente habría tenido más paciencia y hubiera dejado que Rodrigo se hiciera cargo del asunto solo.

Damone miró la mesa de Rodrigo y vio la foto. Se acercó más, giró el archivo y estudió el rostro de la mujer.

—Es atractiva —dijo—. No es guapa, pero... es atractiva.

Ojeó el resto del archivo, leyendo rápidamente la información. Miró a su hermano atónito.

—¡Es un archivo de la CIA! ¿Cómo lo has conseguido?

—Tenemos a alguien en nuestra nómina, por supuesto. También en la Interpol y en Scotland Yard. A veces es conveniente saber algunas cosas de antemano.

—¿Te llama la CIA o tú les llamas a ellos?

—No, claro que no, todas las llamadas entrantes o salientes quedan registradas y quizás grabadas. Tengo un número privado para nuestro contacto con la Interpol, Georges Blanc, y éste contacta con la CIA o el FBI a través de los canales normales.

—¿Has pensado en pedirle a Blanc el teléfono móvil personal de la persona que ellos han enviado para atrapar a Manfield? La CIA no lo hace personalmente, contrata a otros para hacer el trabajo, ¿no es así? Estoy seguro de que él o ella tendrá un teléfono móvil, como todo el mundo. Quizás esta persona esté interesada en ganar una buena cantidad de dinero extra aparte de lo que le pague la CIA, si cierta información llega a nosotros primero.

Interesado en la idea y enfadado porque no se le había ocurrido a él, Rodrigo miró a su hermano con admiración.

—Ojos nuevos —murmuró para sí. Y Damone era un Nervi; algunas cosas eran innatas.

—Eres muy astuto —le dijo riéndose—. Entre tú y yo, esa mujer no tiene escapatoria.

Capítulo 15

Frank Vinay siempre se levantaba pronto, antes del amanecer. Desde la muerte de su esposa Dodie, hacía quince años, cada vez le resultaba más difícil buscar una buena excusa para *no* trabajar. Todavía la echaba de menos, unas veces hasta de un modo que le asustaba, otras sentía como un dolor lejano, como si hubiera algo en su vida que no estuviera del todo correcto. Nunca había pensado en volver a casarse, porque consideraba tremendamente injusto volver a hacerlo cuando todavía amaba a su fallecida esposa con todo su corazón.

No obstante, no estaba solo, *Kaiser* le hacía compañía. El gran pastor alemán que había elegido un rincón de la cocina como dormitorio —quizás para él la cocina fuera su casa, pues allí es donde había dormido de cachorro hasta que se acostumbró a la casa—, se levantaba de su cama moviendo la cola, en cuanto oía las pisadas de Frank al bajar la escalera.

Frank entró en la cocina y acarició a *Kaiser* detrás de las orejas, murmurándole tonterías que no le daba miedo decir porque el perro jamás desvelaba un secreto. Le dio una chuchería, comprobó que tuviera agua y enchufó la cafetera eléctrica, que Bridget, su empleada del hogar, le había preparado la tarde anterior. Frank no tenía el menor don para las tareas domésticas; para él era un verdadero misterio por qué cuando él mezclaba el agua y el café, lo preparaba y lo filtraba salía un brebaje imbebible, mientras que Bridget con los mismos componentes preparaba un café tan delicioso que casi le daban ganas de llorar. La había observado preparándolo y había intentado hacer lo mismo y al final terminaba como un fango. Reconociendo que cualquier otro esfuerzo para prepararse el café podría tacharse de locura, Frank había aceptado su derrota y prefería ahorrarse más humillaciones.

Dodie le había facilitado las cosas y todavía seguía sus directrices. Todos sus calcetines eran negros, así no tenía que preocuparse en encontrar la pareja. Todos sus trajes eran de un color neutro, las camisas eran azules o blancas para que combinaran con cualquier traje y lo mismo con sus corbatas, eran del tipo que combinaban con todo. Podía coger cualquier prenda y estar seguro de que combinaría con cualquier otra que tuviera en su armario. Nunca ganaría ningún premio a la originalidad, pero al menos se garantizaba que no haría el ridículo.

Una vez intentó pasar el aspirador... una vez. Todavía no sabe cómo lo hizo para conseguir que estallara.

En resumen, era mejor dejar ese tema para Bridget, mientras él se concentraba en el trabajo burocrático. Eso es lo que hacía ahora, papeleo. Leía, digería los hechos, daba su opinión de experto —que es otra forma de decir «la mejor probabilidad»— al director, quien a su vez se la transmitía al presidente que tomaba las decisiones sobre las operaciones basándose en lo que leía.

Mientras el café se estaba calentando, apagó las luces de seguridad exteriores y dejó salir a *Kaiser* al jardín para que diera su habitual vuelta de inspección y atendiera a sus necesidades fisiológicas. Frank se dio cuenta de que el perro se estaba haciendo viejo, pero también él. Quizás ambos deberían pensar en retirarse, para que él pudiera leer algo que no fueran los informes de inteligencia y Kaiser pudiera abandonar sus vigilancias rutinarias y dedicarse a ser un compañero.

Frank llevaba varios años pensando en jubilarse. Lo único que le frenaba era que John Medina no estaba preparado para incorporarse a su cargo y él no podía pensar en otro para que ocupara su puesto. No es que estuviera en sus manos traspasar su puesto, pero su opinión tendría mucho peso cuando se hubiera de tomar la decisión.

Quizás sería pronto, pensó Frank. Niema, la esposa de John, durante los dos últimos años, le había comentado a Frank que quería quedarse embarazada y que le gustaría que John estuviera allí cuando tuviera que dar a luz. Habían hecho muchas operaciones juntos, pero ella no podía participar en la misión actual de Frank y la larga separación les estaba causando problemas en su relación. A esto había que añadir el paso del reloj biológico de Niema y el hecho de que Frank estaba seguro de que John acabaría fijándose en otra mujer.

Alguien como Lucas Swain, quizás, aunque Swain llevaba muchos años en trabajo de campo y tenía un carácter totalmente distinto al de John. John era la paciencia personificada; Swain era de los que azuzarían a un tigre con un bastón en busca de algo de acción. John se había entrenado desde los dieciocho —de hecho, desde antes— para ser tan excepcional en su trabajo. Necesitaban a alguien joven para substituirle, alguien que pudiera soportar una rigurosa disciplina física y mental. Swain era un genio obteniendo resultados; aunque, en general, los conseguía de modos sorprendentes, pero tenía treinta y nueve, no diecinueve.

Kaiser llegó trotando hasta la puerta trasera moviendo la cola. Frank dejó entrar al perro y le dio otro premio, luego se puso una taza de café y se la llevó a la biblioteca, donde se sentó y empezó a leer las noticias del día. A esa hora ya le habían llegado los papeles y los leía sentado en su mesa comiéndose un bol de cereales —eso podía hacerlo sin la ayuda de Bridget— y bebiendo más café. Después de desayunar venía la ducha y el afeitado y a las siete y media en punto se dirigía hacia la puerta en el momento en que su chófer se paraba en el bordillo.

Frank se había resistido mucho tiempo a que le llevaran, porque prefería conducir él mismo. Pero el tráfico en el distrito de Columbia era una pesadilla y conducir le ocupaba un tiempo que podía dedicar al trabajo, así que al final había cedido. Keenan hacía seis años que era su chófer y ambos ya se habían impuesto una cómoda rutina, como una pareja que lleva tiempo casada. Frank se sentaba delante —se mareaba si iba detrás leyendo— pero aparte de darse los buenos días, rara vez hablaban en el trayecto al trabajo. Por la tarde era distinto; Frank había descubierto que Keenan tenía seis hijos, que su esposa, Trisha, era concertista de piano y que el experimento culinario de su hijo menor casi quema la casa. Con Keenan, Frank podía hablar de Dodie, de los buenos ratos que habían pasado juntos y de lo que había sido crecer antes de la llegada de la televisión.

—Buenos días, señor Vinay —dijo Keenan, esperando a que Frank estuviera bien acomodado antes de arrancar suavemente.

—Buenos días —respondió Frank ausente, absorto ya en el informe que estaba leyendo.

De vez en cuando miraba hacia delante para no marearse, pero en general no se fijaba en el denso tráfico que se generaba por la llegada de cientos de miles de personas a la capital para trabajar.

Estaban en un cruce, en el carril derecho de dos carriles para girar, girando a la izquierda sobre una flecha verde, encerrados entre vehículos por delante, por detrás y por la izquierda, cuando el ruido de un frenazo le hizo levantar la cabeza y mirar en dirección del sonido. Frank vio un camión blanco de una floristería corriendo como un bólido en el cruce, saltándose el carril doble para girar a la izquierda, con las luces intermitentes de un coche de policía justo detrás. La rejilla del radiador del camión se le echó encima, dirigiéndose directamente hacia él. Oyó que Keenan decía «¡Mierda!», mientras luchaba con el volante para situar el coche a la izquierda, en el carril que tenían al lado. Luego se produjo una tremenda colisión como si un gigante los hubiera elevado y lanzado contra el suelo. Todo su cuerpo fue agredido de golpe.

Keenan recobró la conciencia con sabor a sangre en su boca. El humo llenaba el coche y algo que parecía un enorme preservativo se derramaba profanamente desde el volante. Sintió un zumbido en la cabeza y cada instante suponía semejante esfuerzo que no pudo levantar la cabeza del pecho. Miró el extenso preservativo, preguntándose qué caray estaba haciendo. Un ruido irritante sonaba en su oído izquierdo, parecía que le iba a hacer estallar la cabeza, y hubo otro ruido que sonó como un grito.

Durante lo que le pareció una eternidad, Keenan miró con la mirada perdida al preservativo que salía del volante, aunque en realidad sólo fueron unos momentos. La conciencia empezaba a regresar y se dio cuenta de que el preservativo era un *airbag* y que el «humo» era el polvo del *airbag*.

Con un chasquido casi audible, la realidad regresó de pronto.

El vehículo estaba en medio de un amasijo de metal. A su izquierda había otros dos coches, de uno de los cuales salía humo del radiador roto. Uno de los paneles del camión estaba encastrado en el lado derecho del vehículo. Recordaba haber intentado girar el coche para no ser embestidos por el lado, luego se produjo un impacto de una fuerza que jamás hubiera imaginado. El camión se había dirigido justo al asiento del señor Vinay.

¡Dios mío!

—Señor Vinay —dijo con una voz ronca que nada se parecía a la suya. Giró la cabeza y miró al jefe de operaciones. Todo el lado derecho del vehículo estaba hundido y el señor Vinay era un amasijo imposible de metal, asiento y hombre mezclados.

Por fin alguien apagó la ensordecedora bocina y de pronto hubo una calma relativa en la que pudo oír una sirena distante.

—¡Ayuda! —gritó, aunque de nuevo no le salió nada más que una especie de graznido. Vomitó sangre por la boca, hizo una respiración profunda que le dolió horriblemente y lo intentó de nuevo—. ¡Ayuda!

—Aguante un poco, amigo —dijo alguien. Un agente uniformado saltó por encima del capó de uno de los vehículos de la izquierda, pero los dos estaban tan engarzados que no podía pasar entre ambos. Entonces se puso a gatas sobre el capó y miró a Keenan.

—La ayuda está en camino, amigo. ¿Estás mal herido?

—Necesito un teléfono —dijo Keenan jadeando, consciente de que el policía no podía ver su matrícula. Su teléfono móvil estaba en alguna parte de ese amasijo.

—No se preocupe por hacer llamadas...

—¡Necesito un maldito teléfono! —repitió Keenan con un tono más agresivo. Se esforzó por respirar profundo de nuevo. La gente de la CIA nunca se identificaba como tal, pero esto era una emergencia—. Este hombre que está a mi lado es el jefe de operaciones...

No tuvo que decir más. El policía hacía mucho tiempo que trabajaba en el área del capitolio y no se le ocurrió preguntar: «¿Qué tipo de operaciones?». Por el contrario, sacó su radio y pronunció unas pocas palabras en un tono seco, luego se giró y gritó: «¿Alguien tiene un teléfono móvil?».

Pregunta tonta. Todo el mundo lo tenía. En un momento el policía le estaba haciendo llegar un diminuto teléfono a Keenan. Keenan sacó una mano temblorosa y ensangrentada y tomó el aparato. Marcó unos números, consciente de que no era un teléfono de seguridad, luego pensó «¡Mierda!» y marcó el resto.

—Señor —dijo, luchando por mantener su estado de conciencia. Todavía tenía que hacer un trabajo—. Soy Keenan. El jefe de operaciones y yo hemos tenido un accidente y él está gravemente herido. Estamos... —Su voz se cortó. No tenía ni idea de dónde estaban. Le pasó el teléfono al policía—. Dígales dónde estamos. —Dicho esto cerró los ojos.

Capítulo 16

Aunque sus contactos habituales estaban fuera de toda sospecha, con los años Lily había conocido a una serie de personas de carácter cuestionable y habilidades incuestionables, que por la suma correcta, echarían tierra sobre su madre. Todavía le quedaba dinero, aunque no demasiado, por lo que esperaba que «correcto», significara «razonable».

Si Swain resultaba ser válido, eso la ayudaría en su situación económica, porque se había ofrecido voluntario. Si tenía que contratar a alguien, supondría un serio descenso en su cuenta bancaria. Por supuesto, tenía que recordar que Swain había admitido que no era un experto en sistemas de seguridad, pero le había dicho que conocía a personas que sí lo eran. La gran pregunta era ¿querrían cobrar esas personas? Si era así, más le valía contratar a alguien desde el principio, en lugar de malgastar el dinero en investigar sobre Swain.

Por desgracia, eso no podría saberlo hasta que fuera demasiado tarde. Tenía que averiguar lo de Swain hoy mismo. Quería saber si se había escapado de un psiquiátrico o, peor aún, si lo había contratado la CIA.

Cuando se dirigía al cibercafé se dio cuenta de que había cometido un error táctico al separarse de Swain el día anterior. Si la CIA le *había* contratado, ahora había tenido la oportunidad de llamar, hacer que modificaran su archivo y pusieran la historia que más le conviniera. No importaba lo que ella o cualquier otra persona averiguara sobre él, no podía estar segura de que la información fuera correcta.

Se detuvo de golpe. Una mujer que venía detrás chocó contra ella y le lanzó una desagradable mirada por haberse detenido tan de repente. «*Excusez-moi*», dijo Lily, dirigiéndose hacia un pequeño banco donde se sentó para pensar en ello.

¡Maldita sea, había tantas cosas sobre el espionaje que no sabía! Estaba en una gran desventaja. Ahora no valía la pena investigar a Swain, tanto si era de la CIA como si no. Sencillamente tenía que decidir si iba a llamarlo o no.

Lo más seguro era no llamarle. Él no sabía dónde vivía, ni qué nombre utilizaba. Pero si era de la CIA, había descubierto de algún modo que ella iba tras la pista del laboratorio de los Nervi y se había plantado allí a esperar que apareciera. O bien abandonaba su plan o él volvería a encontrarla.

En lo que respectaba al laboratorio, la situación se había complicado mucho. Era evidente que Rodrigo había descubierto quién era y de algún modo había conseguido su foto sin disfraz, de lo contrario los jugadores de fútbol no la hubieran reconocido tan fácilmente. Su pequeño fracaso en el parque lo habría puesto en alerta y, sin duda, se habría duplicado la seguridad en el complejo.

Necesitaba ayuda. No había modo de que pudiera llevar a cabo su plan en solitario. Tal como lo veía, o se marchaba y dejaba que Rodrigo Nervi siguiera medrando, sin intentar averiguar qué había sido tan importante para que Averill y Tina hubieran arriesgado sus vidas o podía cruzar los dedos y aceptar la ayuda de Swain.

De pronto se dio cuenta de que quería que Swain fuera un tipo legal. Parecía *disfrutar* mucho de la vida, y eso era lo que a ella le había faltado en esos últimos meses. La había hecho reír. Él no sabía cuánto tiempo hacía que ella no se reía, pero lo había conseguido. Esa pequeña chispa de humanidad que el sufrimiento no había extinguido quería que volviera a reírse. Quería volver a ser feliz y Swain irradiaba felicidad como el sol. Muy bien, puede que estuviera loco, pero la insinuación tajante que le había lanzado cuando ella intentó cogerle el arma la tranquilizó. Si se podía volver a reír, si podía volver a encontrar la felicidad, quizás eso ya valía la pena el riesgo de aceptarlo como compañero.

También existía el elemento de la atracción física. Ese aspecto la cogió un poco por sorpresa, pero reconoció ese pequeño destello de interés por lo que era. Tenía que valorar ese factor en cada decisión que tomara respecto a él, para que no se nublara su mente. Pero ¿cuál era la diferencia entre aceptar su ayuda porque la hacía reír o porque le encontraba atractivo? Lo cierto era que la necesidad emocional era mayor que la física. No había tenido muchos amantes en su vida y había pasado largos períodos de abstinencia sin importarle lo más mínimo. Su último amante fue Dimitri, que intentó asesinarla. Eso había sucedido hacía seis años y desde entonces la confianza había sido un problema para ella.

De modo que la pregunta del millón de dólares era que, dado que no tenía modo de saber a ciencia cierta si era de la CIA y su otra única alternativa era marcharse sin hacer nada más respecto a los Nervi, ¿le llamaba porque le gustaba y la hacía reír?

—¡Qué caray! ¿Por qué no? —murmuró y dio una compungida carcajada que atrajo la mirada sorprendida de un transeúnte.

Se hospedaba en el Bristol, en los Campos Elíseos. En un acto impulsivo se metió en una cafetería y pidió un café, luego pidió el listín de teléfonos para mirar un número. Buscó el teléfono del Bristol, se terminó el café y se marchó.

Podía haberle llamado y citarse con él en algún sitio, pero tomó el tren y, cuando ya estaba en la calle del hotel, se metió en una cabina y usó una tarjeta «Télécarte» para llamar. Si era de la CIA y localizaban todas sus llamadas, esto evitaría que obtuviera su número de teléfono móvil y su localización.

Dijo el número de habitación al recepcionista y Swain respondió a la tercera llamada con un somnoliento «Siií», seguido de un bostezo. Ella sintió una oleada de placer al oír su voz, su saludo era la informalidad americana pura.

—¿Podemos vernos en el palacio del Elíseo dentro de quince minutos? —preguntó sin identificarse.

—¿Qué, qué? ¿Dónde? Espera un minuto. —Oyó otro crujido de la mandíbula provocado por otro bostezo—. Estaba durmiendo —le dijo innecesariamente—. ¿Eres quién creo que eres? ¿Eres rubia y con los ojos azules?

—Y llevo una cerbatana.

—Allí estaré. Espera un minuto. ¿Dónde está ese sitio? —preguntó.

—Justo al final de la calle. Pregúntale al portero. —Colgó y se colocó de modo que pudiera observar la puerta principal del hotel. El palacio estaba lo bastante cerca como para que sólo un loco fuera en coche en lugar de ir a pie, pero lo bastante lejos para no entretenerse y llegar en punto. Cuando él saliera del hotel, giraría en dirección contraria al lugar donde ella estaba situada y así podría situarse detrás de él.

A los cinco minutos ya estaba en la puerta, si había realizado alguna llamada habría sido desde su móvil mientras bajaba a recepción, de lo contrario no habría tenido tiempo. Se detuvo para hablar con el portero, asintió con la cabeza y empezó a andar o más bien a pasear por la calle con un movimiento suelto de cadera que le hizo desear verle el trasero mientras caminaba. Por desgracia, volvía a llevar una chaqueta de cuero larga que cubría sus posaderas.

Lily caminó con rapidez, el sonido de sus botas de suela suave quedaba ahogado por el tráfico. Iba solo y no hablaba por el móvil mientras caminaba, eso era bueno. Quizás realmente estuviera solo. Ella redujo la distancia entre ambos y con un paso largo se puso a su lado.

—Swain.

Él la miró.

—¡Hola! Te vi al salir del hotel. ¿Hay alguna razón para que vayamos al palacio?

La había descubierto, no pudo hacer más que sonreír y encogerse de hombros.

—Ninguna. Caminemos y hablemos.

—No sé si te has dado cuenta, pero hace frío y casi está anocheciendo. ¿Recuerdas que te dije que venía de Sudamérica? Eso quiere decir que estoy acostumbrado al calor —dijo temblando—. Busquemos un lugar para sentarnos y tomar algo y me cuentas lo que está pasando mientras nos bebemos una buena taza de café caliente.

Ella dudó, aunque sabía que estaba siendo un poco paranoica, que Rodrigo no podía tener gente en todos los cafés ni en todas las tiendas de París, pero tenía mucha influencia y no quería correr riesgos.

—No quiero hablar en público.

—Muy bien, volvamos a mi hotel. Mi habitación es privada y se está caliente. Además hay servicio de habitaciones. No obstante, si tienes miedo de no poder controlarte al estar a solas conmigo en un lugar donde hay una cama, podemos tomar el coche y conducir sin rumbo por París, gastando gasolina que cuesta cuarenta dólares el galón.

Ella giró los ojos hacia arriba.

—No, no cuesta eso, además aquí se cuenta en litros no en galones.

—He observado que no has negado la parte de controlarte. —No sonreía, pero a punto estaba.

—Me las arreglaré —dijo ella con sequedad—. Vamos al hotel. —Si iba a confiar en él, mejor empezar a hacerlo ahora. Además, ver su habitación del hotel sin que hubiera tenido tiempo de ordenarla y esconder las cosas que no quería que viera podría ser esclarecedor; no era lo mismo que si él le hubiera pedido que volviera en otro momento porque hubiera algo que pudiera delatarle.

Dieron la vuelta y cuando llegaron al hotel el impasible portero les abrió la puerta. Swain se dirigió a los ascensores y la dejó entrar primero.

Abrió la puerta de su habitación y se encontró en un aposento alegre y con luz, con dos grandes ventanales que iban desde el techo hasta el suelo y que daban al patio. Las paredes estaban pintadas en un tono crema, la cama tenía una colcha de color azul y amarillo pálido y, para su alivio, había un buen espacio para sentarse, con dos sillas y un sofá organizados alrededor de una mesa de café. La cama estaba hecha, pero una de las almohadas tenía marcada su cabeza y la colcha estaba arrugada en el sitio donde se había echado. Su maleta no estaba a la vista, así que supuso que estaba en el armario. Aparte de un vaso de agua en la mesilla de noche y de la colcha un poco arrugada, la habitación estaba tan arreglada como si no hubiera habido nadie.

—¿Puedo ver tu pasaporte? —le preguntó en cuanto cerraron la puerta de la habitación.

Le lanzó una mirada burlona, pero buscó en el interior de su chaqueta. Lily se puso tensa, apenas se movió, pero él se percató de su súbita tensión y el frío en su acto de sacar la mano. Deliberadamente, lo hizo con su mano izquierda y se abrió la chaqueta, para que pudiera ver que su mano derecha no contenía más que su pasaporte azul.

—¿Por qué quieres ver mi pasaporte? —le preguntó mientras se lo entregaba—. Pensaba que me ibas a registrar.

Lo abrió sin molestarse en mirar la foto, pero sí los visados de entrada. Era cierto que había estado en Sudamérica —de hecho, casi todo el tiempo— y que había regresado a los Estados Unidos aproximadamente hacía un mes. Llevaba cuatro días en Francia.

—No me preocupa —dijo ella brevemente.

—¿Por qué demonios no? —Parecía indignado, como si ella estuviera diciendo que no valía la pena registrarle.

—Porque ayer cometí el error de dejarte marchar.

—¿Que *tú* me dejaste marchar? —preguntó él, levantando las cejas.

—¿Quién apuntaba a quién? —Ella imitó su expresión mientras le devolvía el pasaporte.

—Tienes razón. —Sacó la carpeta del bolsillo interior de su chaqueta, luego hizo un movimiento de encoger los hombros para sacársela y la lanzó sobre la cama—. Siéntate. ¿Por qué fue un error *dejarme marchar*?

Lily se sentó en el sofá, que le proporcionaba una pared a sus espaldas.

—Porque si eres de la CIA o si te ha contratado la CIA, te di tiempo para que depuraran cualquier información que hubiera sobre ti.

Él se puso las manos en las caderas y la miró.

—Si sabes esto, ¿qué demonios haces en la habitación de mi hotel? Mi querida señorita, ¡yo podría ser cualquiera!

Por alguna razón, su regañina le resultó graciosa y empezó a sonreír. Si le hubieran contratado para matarla, ¿estaría tonteando con ella sin tomar precauciones?

—No es divertido —refunfuñó él—. Si la CIA va detrás de ti, vale más que empieces a correr. ¿Eres espía o algo por el estilo?

Ella movió la cabeza.

—No, simplemente maté a alguien que ellos no querían que matara.

Él ni siquiera pestañeó ante el hecho de que hubiera matado a alguien. Por el contrario, cogió la carta y se la lanzó al regazo.

—Pidamos algo para comer —dijo él—. Mi estómago tampoco se ha adaptado a los horarios de comida.

Aunque era demasiado pronto para cenar, Lily ojeó brevemente la carta y eligió, luego escuchó mientras él llamaba para hacer el pedido. Su francés era pasable, pero nadie podría haberlo confundido con un nativo. Colgó el teléfono y fue a sentarse a una de las sillas con estampados azules. Levantó la pierna derecha para colocar el tobillo sobre la rodilla izquierda.

—¿A quién has matado?

—A un hombre de negocios italiano, un matón asesino, llamado Salvatore Nervi.

—¿Se merecía morir?

—Por supuesto —dijo ella tranquilamente.

—Entonces, ¿cuál es el problema?

—No fue un asesinato autorizado.

—¿Autorizado por quién?

—Por la CIA —su tono era irónico.

Él la miró reflexivo.

—¿Eres de la CIA?

—No, exactamente. Soy o más bien era una agente independiente.

—De modo que has dejado atrás tu trabajo.

—Digamos que no creo que vuelvan a ofrecerme más trabajos.

—Podría contratarte otra persona.

Ella movió la cabeza negativamente.

—¿No? ¿Por qué?

—Porque el único modo en que puedo hacer mi trabajo es pensando que es justo —dijo ella en un tono bajo—. Quizás sea inocente por mi parte, pero confío en mi gobierno. Si me envía a hacer algo, he de pensar que el trabajo es justo. No confiaría en nadie más de ese modo.

—Inocente no, pero idealista sí. —Sus ojos azules expresaron ternura—. ¿No confías en ellos lo suficiente para hacerse cargo de los Nervi? —preguntó de nuevo y una vez más ella movió la cabeza.

—Sabía que les era útil. Les pasaba información.

—Entonces, ¿por qué lo mataste?

—Porque hizo matar a mis amigos. Hay muchas cosas que todavía no sé, pero ellos se habían retirado del negocio hacía tiempo, educaban a su hija y vivían una vida normal. Por alguna razón irrumpieron en el laboratorio en el que estuvimos ayer, o creo que entraron, y él ordenó su muerte. —Su voz se hizo más firme—. También mataron a su hija Zia de trece años.

Swain expulsó el aire.

—¿No tienes ni la menor idea de la razón que les llevó a hacer eso?

—Como ya te he dicho, ni siquiera estoy segura de que lo hicieran. Pero de algún modo consiguieron enfadar a Salvatore y allí es el único sitio de las propiedades de los Nervi donde pude averiguar que había pasado algo en ese período de tiempo. Creo que alguien les contrató para hacerlo, pero no sé quién ni por qué.

—No quiero parecer insensible, pero ellos eran profesionales. Tenían que conocer el riesgo.

—Ellos sí. Si sólo les hubiera matado a ellos, les echaría de menos, pero no hubiera, no creo que hubiera ido tras Salvatore. Pero Zia... no hay modo de que pueda perdonar eso. —Se aclaró la garganta y las palabras parecían salir espontáneamente de su boca. No había podido hablar de ella desde los asesinatos y ahora era como agua manando de un grifo abierto—. Encontré a Zia cuando sólo tenía unas semanas. Estaba abandonada, medio muerta de hambre. Ella era *mía*, era *mi* hija, aunque dejé que Averill y Tina la adoptaran porque con mi trabajo no podía cuidarla adecuadamente, ni proporcionarle un hogar estable. Salvatore mató a mi hijita. —A pesar de todos sus esfuerzos por contener sus lágrimas, éstas brotaron de sus ojos y cayeron por sus mejillas.

—¡Eh! —dijo él alarmado. Con las lágrimas haciendo borrosa su visión, ella no vio cómo se movía, pero de pronto estaba al lado de ella en el sofá, pasándole el brazo por los hombros y atrayéndola hacia sí hasta que su cabeza descansó sobre su hombro—. No te culpo, yo también habría matado a ese hijo de puta. Debería saber que no se debe tocar a los inocentes. —Mientras le decía eso, le frotaba la espalda con un movimiento tranquilizante.

Lily se entregó por un momento en sus brazos, cerrando los ojos como si estuviera saboreando su cercanía, el calor de su cuerpo, el olor a hombre que emanaba su piel. Estaba muy necesitada de contacto humano, del tacto de alguien que se preocupara por ella. Tal vez él no llegara a eso, pero al menos la comprendía y eso ya era mucho.

Puesto que deseaba quedarse donde estaba quizás demasiado rato, se soltó de sus brazos, se sentó erguida y se secó las mejillas.

—Lo siento. No pretendía llorar sobre tu hombro, literalmente hablando.

—Puedes usarlo siempre que quieras. De modo que mataste a Salvatore Nervi. Supongo que los muchachos que intentaron matarte ayer iban detrás de ti por eso. ¿Por qué sigues aquí? Ya has hecho lo que te habías propuesto.

—Sólo en parte. Quiero saber por qué Averill y Tina hicieron lo que hicieron, qué era tan importante para aceptar ese trabajo cuando hacía tanto tiempo que se habían retirado. Tenía que ser algo grave y, si era lo bastante grave para que ellos actuaran, quiero que el mundo entero sepa de qué se trata. Quiero acabar con los Nervi, destruirlos, convertirlos en parias.

—Así que estás planeando entrar en el laboratorio y ver qué puedes descubrir

Lily asintió con la cabeza.

—Todavía no tengo un plan para hacerlo, sólo he empezado a recopilar información.

—Sabes que la seguridad tuvo que ser mejorada después de la intrusión de tus amigos.

—Lo sé, pero también sé que no existe un sistema infalible. Siempre hay un punto débil, sólo se trata de averiguar cuál es.

—Tienes razón. Creo que el primer paso es averiguar quién hizo el trabajo de seguridad, luego hay que echarle un vistazo a las especificaciones.

—En el supuesto de que no las hayan destruido.

—Sólo un idiota lo haría, algún día tendrán que hacer alguna reparación. No obstante, si Nervi hubiera sido verdaderamente listo tendría él las especificaciones en lugar de dejar que las guardara la empresa de seguridad.

—Era lo bastante inteligente y desconfiado para haber pensado eso.

—No *tanto* o de lo contrario no estaría muerto —señaló Swain—. He oído hablar de los Nervi, aunque he estado en un hemisferio diferente durante diez años. ¿Cómo conseguiste acercarte lo bastante a él para utilizar tu arma?

—No la utilicé —respondió ella—. Le envenené el vino y casi muero yo en el intento, porque insistió en que lo probara.

—¡Maldita sea! ¿Sabías que estaba envenenado y aún así lo bebiste? Tienes más pelotas que yo, porque yo nunca lo habría hecho.

—Si no lo hubiera hecho, probablemente se habría enfadado tanto que no habría bebido la cantidad suficiente para asegurarme de que le iba a matar. Estoy bien, salvo por un problema en una válvula, pero no creo que sea grave.

A excepción del día anterior, que había estado jadeando en su coche, lo cual no era muy buena señal. Tampoco había corrido, aunque pensó que al dispararle le subió la adrenalina y le aceleró el latido del corazón del mismo modo que lo habría hecho el ejercicio de correr.

Él la miraba atónito, pero antes de que pudiera decir nada, llamaron a la puerta.

—Bien, ya está aquí la comida —dijo levantándose y acudiendo a la puerta. Lily se puso la mano en la bota, lista para reaccionar si el camarero del servicio de habitaciones hacía algún movimiento en falso, pero entró el carrito y sirvió la comida con rápida precisión; Swain firmó el recibo y el camarero se marchó.

—Ya puedes sacar la mano de tu arma —dijo Swain mientras acercaba dos sillas al carrito—. ¿Por qué no llevas algo que pueda detener al agresor?

—Mi arma deja el trabajo hecho.

—En el supuesto de que des en el blanco. Si fallas, alguien puede enfadarse e ir detrás de ti.

—Nunca fallo —dijo ella con aplomo.

Él la miró y luego sonrió.

—¿Nunca?

—Nunca, cuando es necesario.

La noticia de que el jefe de operaciones estaba gravemente herido a causa de un accidente de automóvil no provocó olas en la comunidad de la inteligencia, sino tsunamis. Lo primero que había que investigar era si realmente había sido un accidente. Había formas mejores de acabar con alguien que un accidente de coche, pero aun así no podía descartarse la idea. Esa sospecha se descartó de momento tras unas rápidas pero intensas entrevistas con el policía que estaba persiguiendo al camión de la floristería por saltarse un semáforo en rojo. El conductor del camión, que murió en el accidente, tenía una larga lista de multas impagadas por exceso de velocidad.

El jefe de operaciones fue trasladado al hospital Naval Bethesda, donde las medidas de seguridad eran muy fuertes, y le llevaron directamente al quirófano. Simultáneamente, protegieron su casa, arreglaron que Bridget, la asistenta, se cuidara de *Kaiser*, y el director adjunto asumió el puesto de Vinay hasta que éste regresara. El lugar del accidente fue peinado a fondo en busca de cualquier documento comprometido, pero Vinay era sumamente cuidadoso con los documentos y no se encontró nada clasificado.

Por las largas horas que llevaba en el quirófano se deducía que su vida estaba en serio peligro. Si Keenan no hubiera podido girar el volante ligeramente justo antes de la colisión, el jefe de operaciones habría muerto en el acto. Tenía dos fracturas abiertas en el brazo derecho, la clavícula rota, cinco costillas rotas y el fémur derecho roto. El corazón y los pulmones tenían graves contusiones y el riñón derecho había reventado. Un cascote de vidrio le había seccionado el cuello como una flecha y tenía una conmoción cerebral que se debía vigilar muy de cerca por si había signos de presión en el cráneo. El hecho de que todavía estuviera vivo era gracias al *airbag*, que le había protegido la cabeza de parte del impacto.

Sobrevivió a las operaciones que tuvieron que realizarle para salvar su maltrecho cuerpo y fue trasladado a la UCI, donde le tenían fuertemente sedado y monitorizado. Los cirujanos habían hecho todo lo que habían podido, el resto dependía de Vinay.

Capítulo 17

Blanc no se alegró de volver a oír a Rodrigo tan pronto.

—¿Cómo puedo ayudarle? —preguntó un tanto tenso. No le gustaba lo que hacía; tener que hacerlo con demasiada frecuencia era como echar sal en una herida abierta. Estaba en su casa y recibir una llamada allí le daba la sensación de que había llevado al demonio demasiado cerca de sus seres queridos.

—En primer lugar quiero comunicarte que mi hermano Damone trabajará conmigo. Puede que sea él quien te llame a veces. ¿Confío en que no habrá problema?

—No, señor.

—Excelente. Respecto al problema para el que te solicité ayuda, el informe decía que nuestros amigos americanos habían enviado a alguien para hacerse cargo del asunto. Me gustaría contactar con él.

—¿Contactar con él? —repitió Blanc, sintiéndose incómodo de repente. Si Rodrigo contactaba con el asesino a sueldo (al menos Blanc suponía que se trataba de un asesino a sueldo, puesto que así era cómo normalmente solucionaban un «problema») era posible que Rodrigo dijera algo que el sicario comunicara a sus jefes y eso no le interesaba en absoluto.

—Sí. Me gustaría tener su número de móvil, si no te importa. Estoy seguro de que tiene que haber algún modo de contactar con él. ¿Sabes el nombre de esa persona?

—Hum... no. No creo que estuviera en el informe que recibí.

—Por supuesto que no —le cortó Rodrigo—. ¿Crees que de ser así te lo estaría pidiendo?

Blanc se dio cuenta de que Rodrigo pensaba que le habían enviado todo lo que él había recibido. Sin embargo, no era así, nunca había sido así. A fin de reducir el perjuicio que causaba, Blanc siempre sacaba partes importantes de la información. Sabía que si los Nervi lo descubrían acabarían con él, pero se había vuelto muy hábil en caminar por esa cuerda floja.

—Si esa información está disponible, se la conseguiré —le aseguró a Rodrigo.

—Estaré esperando tu llamada.

Blanc miró el reloj y calculó la hora de Washington. Ahora estaban a la mitad del día de trabajo allí, quizás su contacto estuviera comiendo. Tras colgar el teléfono, salió a la calle donde nadie —especialmente su esposa, una mujer con una curiosidad insaciable— pudiera oírle, luego marcó la secuencia de números secretos.

—Sí. —La voz no era tan amistosa como cuando Blanc le encontraba en su casa, por lo que probablemente estuviera en algún lugar donde alguien podía escuchar la conversación.

—Referente al asunto del que te hablé ayer, ¿es posible saber el número del teléfono móvil de la persona que habéis enviado?

—Veré qué puedo hacer.

Sin preguntas, ni dudas. Quizás no había ningún número, pensó Blanc, mientras volvía al interior de su casa. La temperatura había bajado al ponerse el sol y temblaba ligeramente, porque no llevaba puesto ningún abrigo.

—¿Quién era? —le preguntó su mujer.

—Era un asunto de trabajo —respondió dándole un beso en la frente. A veces podía hablar de lo que hacía, a veces no, así que aunque ella quisiera hacer más preguntas, no iba a hacerlas.

—Al menos te podías haber puesto un abrigo antes de salir —le regañó ella en un tono cariñoso.

En menos de dos horas volvió a sonar el móvil de Blanc. Enseguida cogió un bolígrafo, pero no pudo encontrar un papel.

—Esto no ha sido fácil, amigo. Por una cuestión de sistemas distintos de telefonía móvil. Tuve que investigar a fondo para conseguir el número. —Le dictó el teléfono y Blanc se lo escribió en la palma izquierda.

—Gracias. Después de colgar encontró un papel y anotó el número, luego se lavó las manos.

Sabía que tenía que llamar inmediatamente a Rodrigo, pero no lo hizo. Por el contrario, dobló el papel y se lo puso en el bolsillo. Quizás le llamaría mañana.

Cuando Lily abandonó el hotel, Swain empezó a seguirla hacia su guarida, pero se echó atrás. No fue porque pensara que lo descubriría, sabía que no. Ella era buena, pero él mucho mejor. No la siguió porque no le parecía bien. Era una locura, pero quería que confiara en él. Ella había acudido a él y eso ya era un principio. También le había dado su número de teléfono móvil y él el suyo. Era divertido, era como hacer una llamada amistosa a una chica del instituto.

No había hecho lo que Vinay le había dicho. Seguía posponiéndolo; en parte, por curiosidad, en parte, porque ella estaba luchando contra gigantes y necesitaba toda la ayuda posible y en parte, porque estaba seriamente interesado en acostarse con ella. Ella estaba jugando un juego peligroso con Rodrigo Nervi y a Swain le gustaba suficiente el riesgo como para sentir curiosidad y querer jugar. Se suponía que tenía que sacarla del juego, pero también quería saber qué había en el laboratorio. Si lo descubría, quizás Vinay no le destinaría a hacer trabajo de oficina por no hacer su trabajo la primera vez que se encontró con Lily.

Pero a fin de cuentas, se lo estaba pasando bien. Estaba en un hotel estupendo, conducía un coche deportivo y comía comida francesa. Después de los asquerosos antros en los que había estado en los últimos diez años, necesitaba algo de diversión.

Lily era todo un reto. Era cautelosa e inteligente, con un toque temerario, y nunca olvidaba que era una de las mejores asesinas que trabajaban en Europa. No importaba que fuera un tanto idealista respecto a realizar los trabajos para los que había sido contratada hasta que fue a por Nervi; era consciente de que no podía permitirse ningún error.

También estaba muy triste por sus amigos y por la jovencita a la que consideraba su hija. Swain pensó en sus hijos y en cómo se sentiría si asesinaran a uno de ellos. De ningún modo dejaría que se escapara el asesino, ni tan siquiera dejaría que llegara a juicio, fuera quien fuera. Se identificaba completamente con ella en ese aspecto, aunque eso no cambiaría el resultado final.

Se estiró en la cama esa noche y pensó en Lily bebiéndose el vino envenenado, sólo para que Salvatore Nervi siguiera bebiendo. Se había arriesgado al máximo. Por lo que ella le había dicho sobre el veneno, lo potente que era, suponía que debía haberlo pasado muy mal y que probablemente todavía estaría débil. No había modo en que ella pudiera entrar sola en el laboratorio, no en su estado, probablemente por eso había recurrido a él. No le importaba cuál fuera la razón, pero se alegraba de que lo hubiera hecho.

Lily empezaba a confiar en él. Había llorado en sus brazos y tenía la sensación de que no solía dejar que nadie se acercara tanto a ella. Emitía una fuerte señal de NO TOCAR, pero por lo que a él le parecía, era más por autodefensa que por frialdad. No era una persona fría, sólo precavida.

Quizás estaba loco por sentirse tan atraído hacia ella, pero qué caray, hay algunas arañas machos que gustosamente se dejan devorar la cabeza mientras lo están haciendo, así que pensó que él llevaba ventaja por el momento, Lily todavía no le había matado.

Quería saber qué la hacía reír. Sí, quería hacerla reír. Tenía el aspecto de no haberse divertido mucho últimamente y una persona siempre ha de disfrutar con algo. Quería que se relajara y que bajara la guardia con él, que se riera y le hiciera bromas, que contara chistes, que hiciera el amor con él. Había observado flashes de un sentido del humor árido y quería más.

Sin duda, estaba a punto de obsesionarse. No obstante, todavía podía perder la cabeza, pero moriría feliz.

Un caballero no planificaría la seducción de una mujer a la que se suponía que debía matar, pero nunca había sido un caballero. Era un muchacho bravucón del oeste de Texas, que se negó a escuchar a los adultos que tenían más experiencia y se casó con Amy cuando los dos sólo tenían dieciocho años y acababan de terminar sus estudios superiores, a los diecinueve ya era padre, pero nunca tuvo verdaderamente la intención de sentar cabeza. Nunca había engañado a Amy, porque era una gran chica, pero tampoco había estado junto a ella apoyándola. Ahora que era más mayor, era más responsable y se sentía avergonzado por haber dejado que prácticamente fuera ella quien había educado a sus dos hijos. Lo mejor que podía decir a su favor era que siempre había mantenido a su familia, incluso después del divorcio.

Con los años había viajado mucho, se había vuelto más sofisticado, pero los buenos modales y saber pedir en un restaurante en tres idiomas diferentes no hacían a un caballero. Seguía siendo un hombre rudo, al que no le gustaban las normas y al que le atraía Lily Mansfield. No había conocido a muchas mujeres con las que pudiera compararse, pero con Lily sí podía; su personalidad era tan fuerte como la suya. Se proponía hacer algo y lo hacía, pasara lo que pasara. Tenía los nervios de acero, pero al mismo tiempo era femenina y tierna. Descubrirlo todo sobre ella llevaría toda una vida. Él no disponía de toda una vida, pero tomaría lo que pudiera. Empezaba a pensar que unos pocos días con Lily serían como diez años con otra mujer.

La gran pregunta era: ¿qué haría después?

Blanc se puso nervioso cuando sonó su teléfono a primera hora de la mañana.

—¿Quién será? —preguntó su mujer molesta porque les habían interrumpido el desayuno.

—Será de la oficina —dijo él levantándose para descolgar fuera de casa. Apretó el botón de descolgar y respondió.

—Aquí Blanc.

—Señor Blanc. —La voz era suave y tranquila, una voz que nunca había oído antes—. Soy Damone Nervi. ¿Tiene el número que le pidió mi hermano?

—Sin nombres —dijo Blanc.

—Por supuesto. Esta primera vez me ha parecido necesario, puesto que nunca habíamos hablado antes. ¿Tiene el número?

—Todavía no. Es evidente que hay algunas dificultades...

—Consígalo hoy.

—Hay seis horas de diferencia horaria. Como poco será a primera hora de la tarde.

—Estaré esperando.

Blanc colgó y por un momento se quedó con los puños apretados. ¡Malditos Nervi! Este hablaba francés mejor que el otro, era más educado, pero en el fondo eran iguales: unos bárbaros.

Tendría que darles el número, pero quería intentar que Rodrigo entendiera que sería una mala idea llamar a un hombre de la CIA, que fácilmente podía terminar en que tanto él como su contacto fueran procesados. Quizás no, quizás al hombre que había enviado la CIA no le importara quién le había contratado, pero Blanc no podía saberlo.

Volvió a entrar en casa y miró a su mujer, su pelo oscuro todavía revuelto de haberse levantado de la cama, con una bata atada con un cinturón alrededor de su delgada cintura. Ella dormía con un camisón corto y fino porque sabía que a él le gustaba, aunque en invierno ponía una manta más en su lado de la cama porque tenía frío. ¿Qué pasaría si le hacían daño? ¿Qué pasaría si Rodrigo Nervi cumplía las amenazas que le había hecho hacía años? No podría soportarlo.

Tenía que darles el número. Esperaría todo lo que pudiera, pero al final tendría que hacerlo.

Capítulo 18

Swain tuvo una brillante idea a mitad de la noche: en lugar de averiguar quién había instalado el sistema de seguridad de los Nervi, irrumpir en la oficina y conseguir los esquemas, ¿por qué no utilizar los recursos que tenía a mano? Los muchachos —y las muchachas— y sus juguetes podían hallar acceso casi a todas partes. Si estaba en un ordenador y ese ordenador estaba conectado, podrían conseguirlo. Era normal pensar que cualquiera de las empresas Nervi estaban acostumbradas a actualizarse con los más sofisticados sistemas de seguridad, lo que significaba que probablemente estarían informatizados. Tendrían un *password*, por supuesto, pero ¿qué problema había? Para los *hackers* de Langley no supondría mayor problema que una picadura de mosquito.

Además, eso suponía que ellos tendrían que hacer el trabajo, en lugar de hacerlo él. Resumiendo, pensó que sería una gran idea. Le gustó tanto que se sentó en la cama y encendió la luz, conectó su móvil, que se estaba cargando y llamó en ese mismo momento. Pasar los controles de seguridad parecía más lento de lo habitual, pero al final pudo hablar con alguien que tenía autoridad.

—Veré lo que puedo hacer —dijo la mujer. Se había identificado, pero Swain estaba pensando en otra cosa y no había anotado su nombre—. Las cosas están muy revueltas por aquí, aunque, no sé cuándo... espera un momento. Ésta es una de las empresas del difunto Salvatore Nervi, que ahora pertenece a Rodrigo y Damone. Están en la lista de personas valiosas. ¿Por qué necesitas burlar su sistema de seguridad?

—Puede que ya no sean tan valiosos —respondió Swain—. Lo cierto es que acaban de recibir un cargamento de armas nucleares.

—Eso sonaba lo bastante funesto como para pasar a la acción.

—¿Has hecho un informe al respecto?

—A primera hora de esta mañana, pero nadie ha contactado conmigo.

—Eso es por lo del señor Vinay. Ya te he dicho que las cosas estaban alborotadas por aquí.

—¿Qué pasa con Vinay? ¡Por Dios! ¿Han reemplazado a Frank?

—¿No te has enterado?

Era evidente que no o no lo estaría preguntando.

—¿Enterado de qué?

—Ha tenido un accidente de coche esta mañana. Se encuentra en estado crítico en Bethesda. El director adjunto de operaciones se ha hecho cargo hasta que vuelva, si es que vuelve. A decir verdad, los médicos no son muy optimistas.

—¡Mierda! —Esas noticias fueron como un puñetazo en el plexo solar. Llevaba años trabajando para Frank Vinay y le respetaba como a nadie. Frank tenía una diplomacia especial para tratar a los políticos, pero con los oficiales superiores que tenía a sus órdenes siempre había sido muy estricto y estaba dispuesto a defenderlos a toda costa. Esa actitud, en Washington, no sólo era inusual, sino suicida para una carrera profesional. El hecho de que Frank no sólo hubiera sobrevivido sino que hubiera progresado en su trabajo, primero como director adjunto y luego como jefe de operaciones, era prueba de su valía y de su habilidad como diplomático.

—De acuerdo —dijo la mujer—. Veré qué puedo hacer.

Swain podía darse por satisfecho con eso, porque podía imaginar la incertidumbre y las luchas por el poder que debían estar teniendo lugar en el frente. Conocía al director adjunto, Garvin Reed. Garvin era un buen hombre, pero no era Frank Vinay. Frank había olvidado más sobre las artes de espía de lo que Reed había sabido jamás. Además Frank era un genio conociendo a la gente, desenmascarándola y viendo distintos aspectos de su personalidad, que nadie era capaz de descubrir.

Swain tampoco tenía muy clara cuál era ahora su situación. La solución de Frank para el problema de Lily quizás no fuera la misma que la de Garvin. La visión de Garvin sobre los Nervi podía no ser la misma que la de Frank. Swain sintió como si le hubieran cortado las amarras que le unían al buque nodriza y ahora fuera a la deriva o, utilizando otra metáfora, había estado patinando sobre una pista de hielo quebradiza retrasando el fin de su misión y ahora notaba que el hielo empezaba a resquebrajarse bajo sus pies.

¡Joder! Seguiría del mismo modo hasta que le retiraran de la misión o le dijeran que la cambiara, no era que él no la hubiera cambiado ya, o al menos retrasado, pero nadie lo sabía. Cuando dudes, sigue adelante. Probablemente, el capitán del Titanic debía tener la misma filosofía.

Ya no pudo dormir bien el resto de la noche, por lo que al levantarse a la mañana siguiente estaba algo malhumorado. Hasta que los malditos informáticos contactaran con él, si es que lo hacían, no tenía nada que hacer, aparte de acercarse por el laboratorio y observar a los guardias. Pero, puesto que hacía frío, se le enfriaría el trasero, por lo que sentarse a observar quedaba descartado a menos que hubiera una muy buena razón.

En un acto impulsivo tomó el móvil y marcó el número de Lily, sólo para ver si respondía.

—*Bonjour* —contestó ella, lo que le hizo preguntarse si no tenía un identificador de llamadas en su teléfono. No podía imaginar que no fuera así, pero quizás había respondido en francés por costumbre o por precaución.

—Hola. ¿Has desayunado?

—Todavía estoy en la cama, por lo que aún no he comido nada.

Él miró su reloj: aún no eran las seis. La perdonaría por ser perezosa. De hecho, estaba contento de haberla pillado en la cama porque tenía una voz adormilada y dulce, carente de su habitual tono de crispación. Se preguntaba qué llevaría puesto para dormir. Quizás una camiseta corta y un tanga, quizás no llevaba nada. Sin duda no llevaría nada sexy y transparente. Intentaba imaginársela con un camisón largo o con una camisola para dormir, pero no podía. Sin embargo, sí podía imaginarla desnuda. Se la imaginaba tan bien que su miembro se levantó, empezó a engrosarse y necesitó una mano firme que lo controlara.

—¿Qué llevas puesto? —Su manera de hablar era más profunda y lenta de lo habitual.

Ella se rió, con un sonido de asombro que pareció salir espontáneamente de su interior.

—¿Qué es esto, una llamada erótica?

—Podría serlo. Creo que noto que se me acelera la respiración. Dime qué llevas puesto. —Se la imaginaba sentándose apoyándose en la almohada, colocándose las mantas debajo de los brazos y sacándose el pelo de la cara.

—Un camisón de franela de la abuela.

—Mentirosa. No eres de ese tipo de mujer.

—¿Has llamado por alguna otra razón que no sea la de despertarme y saber lo que llevo puesto?

—Sí, pero me he desviado del tema. Venga, dímelo.

—No practico el sexo telefónico. —Ella parecía divertirse.

—Preciosa, por favor, no seas tan dura conmigo.

Ella volvió a reírse.

—¿Por qué quieres saberlo?

—Porque mi imaginación me está matando. Cuando has contestado tu voz sonaba adormilada y te he imaginado relajada y cálida bajo tus mantas. Todo ha empezado a crecer a raíz de eso —dijo mirándo irónicamente su erección.

—Puedes dejar de imaginar. No duermo desnuda, si eso es lo que estás preguntando.

—Entonces, ¿qué llevas puesto? He de saberlo, para ser más exacto en mis fantasías.

—Un pijama.

¡Mierda! Se había olvidado de los pijamas.

—¿Un pijama corto? —preguntó esperanzado.

—En octubre me pongo el largo y en abril paso al corto.

Ella estaba acabando con todas sus fantasías. Ahora se la imaginaba con un pijama de confección y el efecto no era el mismo. Swain suspiró.

—Podías haber dicho que sólo llevabas la parte de arriba —dijo refunfuñando—. ¿Qué mal te habría hecho? Me lo estaba pasando bien por aquí.

—Quizás demasiado —respondió secamente.

—No lo bastante. —Su erección estaba empezando a bajar, había sido un esfuerzo inútil.

—Siento no haber sido más complaciente.

—No te preocupes. Puedes complacerme en persona.

—Como *gustes*.

—Nena, no sabes cuánto me gustaría. Ahora, la razón de mi llamada...

Lily se rió y él sintió un cosquilleo en la boca del estómago. Sus entrañas daban brincos sólo por haberla hecho reír otra vez.

—No tengo nada que hacer hoy y estoy aburrido. ¿Por qué no vamos a Disneylandia?

—¿Qué? —respondió ella como si le estuvieran hablando en otro idioma.

—Disneylandia. Sí, la que está a las afueras de la ciudad. Nunca he estado en uno de estos parques en los Estados Unidos. ¿Has estado en éste?

—Un par de veces. Tina y yo llevamos a Zia en dos ocasiones. Averill no vino porque no le gustaba hacer colas.

—Hace falta ser un verdadero hombre para hacer una cola.

—Y sin echar pestes —añadió ella.

—Y sin echar pestes. —¿Qué otra cosa podía hacer sino estar de acuerdo?—. Tengo a alguien averiguando lo del sistema de seguridad, pero no creo que hoy sepa nada. Tengo que matar el tiempo, tú también tienes que matar el tiempo, entonces ¿por qué hemos de quedarnos mirando a las musarañas cuando podemos ver el castillo de Cenicienta?

—De la Bella Durmiente, no de Cenicienta.

—De quien sea. Siempre me ha gustado más Cenicienta que la Bella Durmiente, porque era rubia. Me gustan las rubias.

—No me había dado cuenta.

Parecía que estuviera a punto de reír de nuevo.

—Míralo de este modo: ¿crees que alguien te buscará en Disneylandia?

Hubo un pequeño silencio mientras reflexionaba sobre la verdad de su propuesta. No podía decirle que estaba preocupado e inquieto por Frank y que podría volverse loco si se quedaba encerrado entre las cuatro paredes de su habitación. No le entusiasmaban los parques de atracciones, pero así harían algo y no tendrían que estar en guardia. A Nervi jamás se le ocurriría poner vigilantes en las entradas de Disneylandia, porque ¿a qué idiota se le ocurriría tomarse un descanso en un juego mortal del gato y el ratón para ir a montar en la montaña rusa?

—Han dicho que hoy hará sol. Vamos —le dijo intentando seducirla—. Será divertido. Podemos montar en las tazas giratorias, marearnos y vomitar un poco.

—Suena estupendo, me muero de impaciencia. —Ella se estaba riendo, aunque intentaba controlarse, pero él podía oír los pequeños sonidos sordos que emitía.

—Entonces, ¿vamos?

Lily suspiró.

—¿Por qué no? Puede ser una idea funesta o brillante, todavía no estoy segura.

—Genial, ¿por qué no te pones un sombrero y unas gafas de sol y vienes camuflada hasta aquí? Desayunaremos antes de salir. Estoy deseando probar este cochecito por el que he reemplazado al Jaguar. Tiene doscientos veinticinco caballos y quiero dejar correr al menos doscientos.

—¡Oh, oh! Ahora ya sé por qué has llamado. Quieres conducir como un maníaco con una mujer a tu lado para fardar y conseguir que el coche haga los ruidos típico que me harán gritar «¡Oh!¡Ah!».

—Te pido disculpas. No he oído muchos de esos gritos últimamente.

—Haré todo lo que pueda. Intentaré llegar a eso de las ocho, si tienes hambre antes, pide el desayuno y come. Yo puedo comer más tarde.

Su margen de dos horas no le servía para indicarle dónde estaba. En dos horas podía llegar hasta allí desde cualquier parte. ¡Maldición!, probablemente, hasta podría llegar desde Calais.

—Te estaré esperando. Dime lo que quieres y lo pediré unos veinte minutos antes de las ocho.

Lo único que quería era una pasta y un café, pero él pensó también en añadir algo de proteína. Justo cuando ella estaba a punto de colgar él le dijo: «Por cierto...»

Ella hizo una pausa.

—¿Qué?

—En caso de que tú también te lo estés preguntando, yo duermo desnudo.

Lily cerró su móvil, lo miró y se echó de nuevo sobre la almohada soltando una carcajada. No podía recordar la última vez que alguien le había gastado bromas y había flirteado con ella de ese modo, quizás nunca lo hubiera hecho nadie. Era estupendo, como lo era reírse. Al fin se sentía viva de nuevo. Incluso se sentía un poco culpable por reírse, porque Zia nunca volvería a reír.

Intentó refrenar ese pensamiento, pero volvió ese familiar dolor en el corazón. Pensaba que ese dolor nunca desaparecería, pero que quizás habría momentos en que podría olvidarlo un poco. Hoy iba a intentarlo.

Se levantó de la cama y se estiró, luego hizo la tanda de ejercicios que había estado haciendo todos los días para recuperar su estado físico. Estaba mejorando, su resistencia aumentaba un poco cada día. Después de treinta minutos de ejercicio estaba empapada de sudor, pero no estaba sin aliento, el corazón resistía bien. Se metió en la ducha sin tener que sacarse nada, porque dormía desnuda. Mentirle a Swain le había parecido una buena idea, además había sido divertido.

Diversión. Otra vez esa palabra. Parecía surgir a menudo cuando estaba en conexión con Swain.

No se había preguntado si él dormía desnudo, pero ahora su imaginación le suministraba una imagen de *él* despertándose, estirándose, con barba incipiente. Su piel cálida, su olor a almizcle y su erección matinal exigiendo atención.

Durante un momento casi pudo oler ese cálido olor a hombre, su recuerdo era tan vívido y concreto que por un momento se asombró de saber cómo olía. Luego recordó cuando lloró en su hombro y cómo la estrechaba entre sus brazos. En aquel momento debió captar inconscientemente su olor y su cerebro lo había archivado para futuras referencias.

No podía creerse que hubiera aceptado pasar el día con él, nada menos que en Disneylandia. Nunca pensó que volvería allí. El verano pasado Zia no había querido ir, pensaba que ya era demasiado mayor para eso, se lo había dicho con el típico desdén de una jovencita de trece años completamente inconsciente de que la mayoría de las personas que iban a ese tipo de parques eran mayores que ella.

Allí también había siempre muchos americanos, lo cual no dejaba de sorprender a Lily, porque pensaba que si cualquier americano quería disfrutar de una de esas instalaciones Disney, las de casa estaban mucho más cerca. Ella y Swain pasarían desapercibidos, serían como dos americanos más.

Se secó el pelo y luego se puso a buscar en su bolsa de maquillaje los instrumentos adecuados. Pensó con el mismo grado de sorpresa como de diversión que se iba a arreglar para él y eso le gustaba. Siempre se había arreglado para las citas con Salvatore, pero eso era como ponerse una máscara para la función. Esto era como una cita de verdad y estaba tan nerviosa y excitada como si tuviera quince años.

Tenía una piel bonita, puesto que nunca se había expuesto demasiado al sol. No necesitaba base, aunque sí necesitaba rímel si no quería que sus pestañas parecieran inexistentes. Tenía unas pestañas largas y bonitas, pero sin rimel eran de un tono tan claro que parecía invisible. Se perfiló ligeramente los ojos y se puso sombra de ojos, también se maquilló un poco las mejillas de color rosado y se pintó los labios de rosa. Unos pocos polvos transparentes y un lápiz antiojeras terminaron el trabajo.

Se miró en el espejo mientras se ponía los pendientes, unos pequeños aros de oro que le parecieron apropiados para un día en un parque de atracciones. Nunca sería guapa, pero cuando tenía el día bueno era algo más que pasable. Hoy era un buen día.

Con un poco de suerte, todavía podría ser mejor.

Capítulo 19

Cuanto más se acercaban a Disneylandia, más tensa se ponía Lily, ya que su excitación empezaba a disminuir para dar paso a los recuerdos.

—No vayamos a Disneylandia —le dijo.

Swain frunció el entrecejo.

—¿Por qué no?

—Demasiados recuerdos de Zia.

—¿Vas a evitar todo lo que te la recuerde?

Su tono era práctico y no le planteaba ningún reto. Lily miró por la ventana.

—No todo. Ni para siempre. Sólo que... ahora no.

—Muy bien, ¿qué propones entonces?

—No estoy muy segura de querer ir a alguna parte. Debe haber *algo* que podamos hacer aparte de esperar a que tu amigo indague sobre el sistema de seguridad del laboratorio.

—Aparte de dar vueltas con el coche arriba y abajo por delante del laboratorio para que los guardias se queden con el modelo del coche, no se me ocurre nada.

¿Es que era incapaz de alquilar un coche normal y corriente? Sí, este Renault era gris, igual que el Jaguar, pero el Renault Mégane Sport no era precisamente un coche del montón. Al menos no había escogido uno rojo.

—¿Cuántas formas hay de acceder al edificio? —preguntó ella razonablemente—. Puertas y ventanas, evidentemente. También se podría acceder haciendo un agujero en el tejado...

—¿Crees que no te vería nadie en el tejado del edificio con una motosierra?

—... pero no es viable —concluyó ella con una mirada lasciva—. ¿Qué me dices de entrar por debajo? El complejo ha de tener una red de cloacas.

Swain miró pensativo.

—El París antiguo está lleno de túneles subterráneos, pero el laboratorio está en las afueras, por lo que probablemente no haya ningún túnel decente por allí cerca.

—Sólo por curiosidad, en caso de que terminemos en una cloaca, ¿qué tipo de laboratorio es? ¿Qué hacen?

—Investigación médica.

—¿Cómo se deshacen de sus residuos? ¿Son tratados primero? ¿Matan a todos esos bichos asquerosos?

Lily suspiró. El sentido común le decía que deberían ser tratados antes de verterlos en la cloaca, en cuyo caso no habría una conexión directa entre el complejo y la red de alcantarillado. Los residuos irían a parar a algún tipo de tanque donde serían procesados y de allí pasarían a la cloaca. El sentido común también le decía que no deberían entrar en contacto con ninguno de los residuos antes de ser procesados.

—Voto por que permanezcamos alejados de la cloaca —dijo él.

—De acuerdo. Las puertas y las ventanas son mejores o... podemos encontrar algunas cajas grandes y hacer que nos manden al laboratorio. —Esa idea vino de la nada.

—¡Guau! —Swain consideró la idea—. Hemos de averiguar si pasan por rayos X los paquetes y las cajas, si los abren inmediatamente, si alguna vez reciben grandes cargamentos, cosas por el estilo. Veamos, a nosotros no nos interesará salir de nuestras cajas hasta avanzada la noche, al menos hasta después de medianoche, cuando hay menos gente. ¿O trabajaban veinticuatro horas?

—No lo sé, pero eso es algo que hemos de comprobar. Tendremos que averiguarlo de todos modos, aunque consigamos las especificaciones del sistema de seguridad.

—Esta noche me acercaré por allí, revisaré cuántos vehículos hay en el parquing e intentaré calcular cuántas personas trabajaban por la noche. Lo siento, debí haberlo hecho ayer noche. Entre tanto, tenemos el día de hoy. Disneylandia queda descartado. ¿Damos la vuelta y volvemos a nuestras respectivas habitaciones a aburrirnos todo el día? ¿Qué otra cosa podemos hacer? Ahora que ya tenemos resuelto eso, no te aconsejaría que fuéramos de compras por París.

No, ella tampoco quería volver a su pequeño estudio. Ni siquiera era antiguo y pintoresco; sólo era conveniente y seguro.

—Conduzcamos. Podemos pararnos a comer cuando tengamos hambre.

Se dirigieron hacia el este y cuando ya estaban bastante lejos de París y de su denso tráfico, tomó una carretera recta y pisó el acelerador. Hacía mucho tiempo que Lily no corría en coche sólo por diversión, se acomodó en el asiento, con el cinturón bien abrochado, mientras una agradable sensación de miedo le aceleraba el pulso. Volvía a sentirse como una adolescente, cuando se montaba en coche con siete u ocho amigos y corrían por la autopista. Era un milagro que todos hubieran podido acabar sus estudios preuniversitarios.

—¿Cómo te metiste en este negocio? —le preguntó él.

Ella le miró asombrada.

—Conduces demasiado deprisa para hablar. Presta atención a la carretera.

Sonrió y aflojó el pedal del gas, la aguja bajó a cien por hora.

—Puedo caminar y comer chicle al mismo tiempo —dijo en tono de leve protesta.

—Ninguna de las dos cosas requiere demasiada atención, pero hablar y conducir es distinto.

—Para alguien que tiene un trabajo como el tuyo, que asume tantos riesgos, no eres una gran amante del riesgo —dijo él reflexivo.

Ella miraba el paisaje.

—No me gustan nada los riesgos. Siempre planifico cuidadosamente, no corro riesgos.

—¿Quién se bebió el vino sabiendo que estaba envenenado arriesgándose a que esa dosis fuera letal? ¿A quién están persiguiendo por todo París, pero sigue en la ciudad porque quiere vengarse?

—Esto son circunstancias anormales.

Ella no mencionó el riesgo que había corrido confiando en él, pero él era lo bastante inteligente para caer en la cuenta.

—¿Te sucedió algo especial para que empezaras a dedicarte a matar gente?

Ella guardó unos minutos de silencio.

—No me considero una asesina —respondió con calma—. Nunca he matado a un inocente. He hecho los trabajos autorizados para los que me ha contratado mi país y no creo que las decisiones hubieran sido tomadas a la ligera. Nunca lo pensé cuando era más joven, pero ahora sé que hay personas que son tan malvadas que no merecen vivir. Hitler no fue un fenómeno único. Mira Stanlin, Pol Pot, Idi Amin, Baby Doc, Bin Laden. ¿No me digas que el mundo no está mejor o estaría mejor sin ellos?

—Y un montón más de dictadores de pacotilla, más los magnates de la droga, los pervertidos y los pederastas. Lo sé. Estoy de acuerdo. Pero ¿ya pensabas así cuando hiciste tu primer trabajo?

—No. Dieciocho años generalmente no dan para mucha filosofía profunda.

—¡Dieciocho! ¡Eso es ser muy joven!

—Lo sé. Creo que por eso me eligieron. Tenía aspecto de paleta —dijo ella, con una ligera sonrisa—. Un rostro nuevo e inocente, sin la más mínima sofisticación, aunque por aquel entonces yo pensaba que era el no va más y que lo sabía todo de la vida. Incluso me adularon cuando contactaron conmigo.

Él movió la cabeza ante tanta inocencia. Al ver que no proseguía la animó a hacerlo.

—Venga sigue.

—Se fijaron en mí porque me apunté a un club de tiro. El chico del que me había enamorado entonces era un gran cazador y quería impresionarle siendo capaz de hablar de los diferentes tipos de armas, de los calibres, de las gamas y de todas esas cosas. Pero resultó que estaba hecha para eso, tener una pistola en la mano me resultaba algo muy natural. Antes de darme cuenta, había superado a casi todos los mejores tiradores del club. No sé de dónde vino ese don —dijo ella mirándose las manos como si éstas tuvieran la respuesta—. Mi padre no era cazador, ni había sido militar. Mi abuelo materno era abogado, no era para nada una persona campestre, mi otro abuelo trabajaba en una fábrica de la Ford, en Detroit. A veces iba a pescar, pero jamás fue a cazar, al menos que yo sepa.

—Puede que sea una mezcla particular de ADN. Quizás a tu padre nunca le interesó la caza, pero eso no significa que no hubiera podido descubrir que tenía un talento natural para disparar. También puedes haberlo heredado de tu *madre*.

Lily parpadeó y se rió entre dientes.

—Nunca me lo había planteado. Mi madre es una pacificadora, pero la personalidad no tiene nada que ver con la habilidad física ¿verdad?

—No, que yo sepa. Volvamos al club de tiro.

—No hay mucho más que decir. Alguien se fijo en mí, se lo dijo a otro y un día un hombre de mediana edad de aspecto agradable vino a hablar conmigo. Primero me habló de una persona, un hombre, de todo lo que había hecho y de las personas a las que había matado, me lo ratificó con recortes de periódico y copias de los informes policiales. Cuando ya estaba bastante horrorizada, ese hombre agradable me ofreció mucho dinero. Otra vez me horroricé, le dije que no, pero no podía dejar de pensar en lo que me había contado. Él debía saberlo, puesto que me llamó dos días después y entonces le dije que sí lo haría. Tenía *dieciocho* años. —Lily se encogió de hombros.

—Me dieron un curso acelerado sobre lo que tenía que hacer, y como ya te he dicho, tenía tanta cara de niña atontada que nadie me veía como una amenaza. Me acerqué a la persona en cuestión sin problemas, hice el trabajo y me marché. Vomité durante una semana cada vez que pensaba en ello. Tuve pesadillas durante mucho tiempo.

—Pero cuando ese hombre te ofreció otro trabajo, lo aceptaste.

—Sí. Me explicó el servicio que le había hecho a mi país con mi primer trabajo, y la cuestión es que no me estaba mintiendo ni manipulando. Era sincero.

—Pero ¿tenía razón?

—Sí —respondió ella suavemente—. La tenía. Lo que he hecho es ilegal, lo sé y siempre habré de vivir con ello. Pero tenía razón y lo que viene a continuación es que yo estaba dispuesta a hacer el trabajo sucio. Alguien tenía que hacerlo, ¿por qué no yo? Después de la primera vez ya me había manchado.

Swain le tomó la mano a Lily, se la llevó a la boca y la presionó dulcemente con un beso en sus dedos.

Lily parpadeó atónita, abrió la boca para decir algo, luego la cerró y miró por la ventana con los ojos muy abiertos. Swain sonrió y volvió a dejarle la mano sobre su regazo, luego durante treinta excitantes minutos se dedicó a conducir lo más deprisa que pudo.

Se detuvieron a comer en una pequeña cafetería de paso en el siguiente pueblo. Pidió una mesa al sol, pero protegida de la ligera brisa y estuvieron muy a gusto sentados allí fuera. Ella tomó una ensalada con queso de cabra fundido, él tomó costillas de cordero, los dos bebieron vino y tomaron un café fuerte. Mientras se deleitaban con el café, ella empezó a preguntarle.

—¿Qué hay de ti? ¿Cuál es tu historia?

—Nada fuera de lo corriente. Un muchacho salvaje del oeste de Texas que no podía sentar cabeza, lo cual es una verdadera vergüenza porque me casé y tuve dos hijos.

—¿Estás casado? —preguntó ella sorprendida.

Él movió la cabeza.

—Divorciado. Amy, mi ex mujer, llegó a la conclusión de que nunca sentaría cabeza y se cansó de educar sola a nuestros hijos, mientras yo estaba en alguna otra parte del país haciendo cosas que ella prefería no saber. No la culpo. Yo también me hubiera divorciado de mí. Ahora que soy más mayor, me doy cuenta de lo burro que fui y me abofetearía por haberme perdido la educación de mis hijos. No puedo recuperar esos años. Gracias a Dios que Amy hizo un buen trabajo. Son maravillosos, aunque no gracias a mí.

Se sacó la cartera y rescató dos pequeñas fotos, las puso sobre la mesa delante de ella. Eran fotos de sus graduaciones preuniversitarias, un chico y una chica y los dos se parecían mucho a él.

—Mi hija Chrissy y mi hijo Sam.

—Son muy guapos.

—Gracias —dijo él con una sonrisa. Sabía muy bien que se le parecían mucho. Cogió las fotos y las miró detenidamente antes de volvérselas a poner en la cartera.

—Chrissy nació cuando yo tenía diecinueve. Era demasiado joven y demasiado estúpido para estar preparado para el matrimonio, mucho menos para tener un bebé. Ser joven y estúpido significa que no escuchas a las personas que saben más que tú. Aunque si tuviera que volver a repetirlo, volvería a hacerlo, porque no puedo imaginarme la vida sin mis hijos.

—¿Estás en contacto con ellos ahora?

—Dudo que nunca pueda estar tan cerca de ellos como lo ha estado su madre, porque ella es mucho más importante para ellos que yo. Ha estado con ellos cuando yo estaba ausente. Sé que les caigo bien, que incluso me quieren porque soy su padre, pero no me conocen como conocen a Amy. Fui un esposo y un padre terrible —dijo francamente—. No fui ni maltratador, ni perezoso, ni nada por el estilo, pero nunca estaba en casa. Lo mejor que puedo decir es que siempre los he mantenido.

—Eso es más de lo que hacen muchos hombres.

Él murmuró entre dientes su opinión respecto a esos hombres, que empezaba por «estúpidos» y terminaba con «hijos de puta», con varios insultos más entre medio.

A Lily le conmovió ver que no intentaba disculparse. Había cometido errores y la madurez le había permitido verlos y lamentarlos. Con el paso de los años había sido capaz de apreciar todas las cosas que se había perdido de la vida de sus hijos y estaba agradecido de que su ex mujer hubiera paliado el daño que les había causado su ausencia.

—¿Estás pensando en sentar la cabeza ahora, en regresar a tu casa y vivir cerca de tus hijos? ¿Ésa es la razón por la que dejaste Sudamérica?

—No, me marché porque estaba hasta el gorro de los cocodrilos y todos estaban hambrientos. Me gusta un poco de riesgo en la vida, pero a veces un hombre ha de subirse a un árbol y volver a evaluar la situación desde arriba.

—¿Qué haces exactamente? Quiero decir para ganarte la vida.

—Soy una especie de «aprendiz de todo». La gente quiere algo y me contratan para hacerlo.

Esa frase daba mucho de sí, pensó ella, pero notó que había sido todo lo específico que quería ser. Se sentía mejor sin conocer todos los detalles sobre su vida. Sabía que quería a sus hijos, que estaba en el lado oscuro, pero que tenía conciencia, que le gustaban los coches rápidos y que la hacía reír. Además estaba dispuesto a ayudarla. De momento, ya era bastante.

Después de comer caminaron durante un rato. Swain divisó una pequeña bombonería y al momento le vino el deseo de comer chocolate, aunque acababan de comer. Compró una docena de distintos sabores y mientras caminaban fueron comiendo los dos hasta que desapareció el chocolate. En algún momento del paseo él le tomó la mano y ya no se la soltó hasta el final del mismo.

De algún modo ese día parecía estar extrañamente desconectado de la realidad, como si fuera una burbuja. En lugar de estar planeando cómo destruir a Rodrigo, estaba paseando por un pueblo sin nada más que hacer que mirar escaparates. No tenía preocupaciones, ni estrés. Estaba con un hombre atractivo que la tomaba de la mano y que posiblemente le haría alguna proposición antes de finalizar el día. Todavía no había decidido si aceptaría o no, pero no le preocupaba. Si decía que no, él no se enfadaría. No creía que Swain se hubiera enfadado nunca en toda su vida. Simplemente se encogería de hombros y pasaría a la siguiente diversión.

Ella había estado sometida a un estrés incesante en los últimos meses, y sólo ahora que podía relajarse se daba cuenta del precio que había pagado por ello. No quería pensar ese día, no quería revivir recuerdos dolorosos. Sólo quería vivir el momento.

Cuando se dirigieron de nuevo al coche, el sol ya había bajado y el día estaba pasando de fresco a frío. Ella fue a abrir la puerta del automóvil, pero él le cogió la mano y la estiró gentilmente girándola y, con un movimiento suave, la soltó y tomó su rostro con ambas manos, levantándole la barbilla mientras él bajaba su boca.

Notó que el beso era un fin en sí mismo, que él no tenía nada más planificado, al menos no de momento. Ella podía devolverle el beso, pues él no intentaría rasgarle la ropa o acorralarla contra el coche. Lily se inclinó un poco hacia él y sintió la calidez de su cuerpo, disfrutó de su contacto. Fue ella la que jugueteó ligeramente con su lengua pidiendo más. Él respondió no lanzándose a fondo sino jugueteando del mismo modo, mientras ambos se saboreaban, se sentían y aprendían a unir sus bocas. Luego, el liberó sus labios, sonrió y le pasó el pulgar por la boca antes de abrir la puerta del coche e invitarla a entrar.

—¿Adónde vamos ahora? ¿Volvemos a París?

—Sí —respondió ella, evidenciando su pena. Había sido un día de asueto, pero estaba tocando a su fin. No obstante, había llegado a una conclusión importante: Swain en modo alguno podía ser de la CIA porque todavía estaba viva. Si al final de la cita el chico no te mataba, era todo un logro.

Capítulo 20

A finales de esa misma tarde, Georges Blanc recibió otra llamada de Damone Nervi. Sabía quién le llamaba y su estómago se encogió de miedo. Estaba en su coche, por lo que no corría el peligro de que nadie le oyera, lo cual era una pequeña bendición y la única que podía ver en esa situación. Se apartó a un lado de la carretera y respondió a la llamada.

El tono de Damone era muy ecuánime.

—Soy más razonable que mi hermano. Sin embargo, no es aconsejable pasar de mí. ¿Tiene la información que le pedí?

—Sí, pero... —Blanc, dudó, pero se arriesgó—. Le aconsejo o espero que no use este número.

—¿Por qué?

Para alivio de Blanc, Damone parecía más curioso que enfadado. Respiró profundamente. Quizás había esperanza.

—Sólo hay un modo de conseguir este número y es que alguien de la propia CIA te lo dé. El hombre al que usted quiere llamar trabaja para ellos. ¿No cree usted que se preguntará cómo ha conseguido su número? ¿Cree que será tan estúpido como para no relacionar las cosas? Con el debido respeto señor, debería plantearse que si es leal, denunciará el incidente a sus superiores y éstos lo investigarán. Si utiliza este número, *monsieur*, es muy probable que también acabe conmigo y con mi contacto.

—Ya veo.

Hubo una pausa mientras Damone reflexionaba sobre todas las consecuencias. Al cabo de un momento respondió.

—Rodrigo está impaciente; creo que es mejor que él no sepa esto. A veces su afán de actuar puede superar a su prudencia. Le diré que esta persona tenía que alquilar un teléfono móvil aquí y que todavía no ha contactado con nadie

—Gracias, *monsieur*. Gracias. —Blanc cerró los ojos aliviado.

—Pero —prosiguió Damone— esto me indica que me debe un favor.

Blanc recordó que razonable o no Damone seguía siendo un Nervi, y por consiguiente, peligroso. Se le volvió a poner la tensión en el estómago.

—Sí —respondió apesadumbrado.

—Esto es algo personal. Quisiera que hiciera algo por mí, algo que no podrá decirle a nadie. Las vidas de sus hijos dependen de ello.

Las lágrimas corrían por las mejillas de Blanc y se las secó. El corazón le latía con tal fuerza que parecía que le iba a estallar. Nunca había cometido el error de subestimar la brutalidad de la que eran capaces los Nervi.

—Entiendo. ¿Qué tengo que hacer?

Estaban cerca del hotel cuando Swain le dijo a Lily:

—Deja que te lleve a tu casa. No deberías tomar el metro cuando es mucho más seguro para ti ir en un coche donde nadie puede reconocerte.

Lily dudó, instintivamente no quería revelar dónde se alojaba.

—He tomado el metro esta mañana —señaló ella. De todos modos, el transporte público era más rápido. Se había puesto un sombrero y unas gafas de sol, como él le había sugerido, por si los hombres de Rodrigo vigilaban las estaciones de metro. Había muchas estaciones en París, cubrirlas todas requeriría muchos recursos humanos, pero por supuesto Rodrigo no tendría que aportar los hombres. Con su influencia, otros lo harían por él.

—Sí, pero esta mañana hacía sol y ahora es de noche. Las gafas de sol llamarían la atención. —Dijo él sonriendo—. Además quiero ver tu cama y asegurarme de que es lo bastante grande para los dos.

Ella levantó los ojos. Un beso y ya esperaba que se iba a acostar con él. Le había gustado besarle, simplemente la había cautivado, pero no se había vuelto estúpida.

—No lo es, por lo tanto no es necesario que la veas.

—Eso depende. ¿Es estrecha o corta? Si sólo es estrecha no es problema, porque de todos modos estaremos uno encima del otro. Pero si es corta, tendré que plantearme mi enamoramiento, porque algo raro hay en una mujer que no compra una cama lo suficientemente larga para que un hombre pueda estirar las piernas.

—Las dos cosas. —Respondió Lily tragándose la risa. No se había tragado la risa desde los dieciocho años, pero ahora le estaba entrando y casi no podía controlarla—. Es corta y estrecha. La compré en un convento.

—¿Venden camas las monjas?

—Tenían un garaje muy grande lleno de cosas de segunda mano para recaudar fondos.

Swain echó atrás la cabeza y se empezó a reír, no se molestaba en absoluto por su negativa. Todas sus frases y proposiciones eran tan directas que pensaba que debía estar bromeando, aunque si le seguía alguna de sus bromas, aprovecharía la más mínima oportunidad para tener sexo como hacen la mayoría de los hombres.

La había distraído de su propuesta inicial, pero ella no lo había olvidado. Tenía que sopesar su precaución natural sobre divulgar su domicilio frente al riesgo de tomar el metro. A veces no podía evitar tomar el metro, pero ¿por qué tentar a la suerte? La cuestión era ¿a quién consideraba más peligroso a Swain o a Rodrigo? No cabía duda. Hasta el momento, Swain había estado de su parte, aunque no tuviera otra razón más importante para ayudarla que la de no aburrirse y querer acostarse con ella.

—Vivo en Montmartre. No te va de camino.

Él se encogió de hombros.

—¿Qué más da?

Si a él no le importaba, ¿por qué habría de importarle a ella? El factor seguridad era la única razón para dejar que la llevara a casa, porque el metro era mucho más práctico para moverse por París, pero la razón era importante.

Le dio instrucciones y se recostó en su asiento, que se preocupara él de luchar contra el tráfico. Lo hacía con bastante naturalidad, lanzaba insultos y gestos varios. Asimilaba demasiado deprisa las costumbres del lugar, como una vez que pisó el acelerador cuando iba a cruzar la calle un grupo de turistas. Puesto que era París, el coche que llevaba detrás hizo lo mismo. Arremetieron contra una mujer corpulenta de mediana edad y Lily gritó horrorizada. Los ojos de la mujer se abrieron como faros al verse venir encima a los dos coches.

—¡Mierda! —gritó Swain—. ¡Hija de perra! —giró el volante hacia el coche que tenía al lado, mientras que el aterrado conductor movió el volante hacia la izquierda a la vez que pisaba el pedal del freno. Swain redujo la marcha y se metió en un hueco entre la peatona y el vehículo que le pisaba los talones, aun cuando la mujer intentaba volver al bordillo.

Los frenos chirriaban tras él y Lily se giró para ver qué carnicería habían dejado atrás. El coche que había intentado bloquearles para que no se metieran a la izquierda quedó girado de lado en la amplia avenida, rodeado desde varios ángulos por otros vehículos. Las bocinas no dejaban de sonar y los conductores furiosos empezaban a salir de sus coches levantando los brazos y moviendo los puños. No vio ningún cuerpo en el suelo, era evidente que los peatones estaban a salvo.

—¡Déjame bajar! —dijo ella furiosa—. Estaré más a salvo en el metro con los hombres de Rodrigo que en un coche conducido por ti.

—Tenía sitio para girar hasta que ese cabrón se me ha puesto detrás acelerando —dijo el defendiéndose.

—¡*Claro ha sido él quien ha acelerado!* —gritó ella—. ¡Esto es París! Habría muerto antes de dejar que le cortaras el paso.

Lily volvió a sentarse, respirando fuerte y furiosa. A los pocos minutos le volvió a decir:

—Te he dicho que me dejaras bajar.

Puesto que él no reducía la velocidad para dejarla salir, supuso que tendría que quedarse en el coche con ese lunático. El único recurso era dispararle y cada vez le parecía la idea más acertada. ¡Esa pobre mujer! Si hubiera padecido del corazón, el susto podía haberla matado. No obstante, parecía estar bien, porque ella era uno de los que levantaban el puño cuando volvió a la acera para mirar la matrícula mientras ellos aceleraban con la intención de alejarse del caos que Swain había generado.

A los cinco minutos de conducción prudente y silencio total, Swain volvió a hablar.

—¿Le viste la cara a la mujer?

Lily soltó una carcajada. Era terrible por su parte, lo sabía, pero la imagen del rostro rojo y encolerizado, con los ojos como platos por el pánico se le quedaría grabada para siempre. Intentó controlarse, porque lo que él había hecho no era divertido y no quería que pensara que había hecho una gracia.

—No me puedo creer que te estés riendo —dijo en desaprobación, aunque la comisura de sus labios le delataba—. Eso no está bien.

Era cierto, aunque estuviera de broma. Tragó saliva, se secó las lágrimas y con una gran fuerza de voluntad intentó dejar de reírse.

Cometió el error de mirarlo. Como si él hubiera estado esperando a que ella lo hiciera, entonces abrió los ojos imitando a la perfección la expresión de la mujer y Lily volvió a soltar la carcajada. Se balanceó a pesar de la presión del cinturón de seguridad y se ponía las manos en el estómago. Le dio un puñetazo en el brazo para castigarlo, pero se reía tanto que el golpe no tuvo ninguna fuerza.

Giró rápidamente para salirse del boulevard principal y milagrosamente encontró un lugar para aparcar. Lily dejó de reírse.

—¿Qué pasa? —le preguntó alarmada, mirando a su alrededor en busca de alguna amenaza y poniéndose la mano en la pistola de su tobillo.

Swain apagó el motor y la agarró por los hombros.

—No necesitas un arma —le dijo en un tono brusco mientras la estiraba hacia el salpicadero en la medida que el cinturón de seguridad se lo permitía. Entonces la besó ardientemente, ferozmente, sosteniendo su cabeza con su mano izquierda mientras que con la derecha acariciaba y masajeaba sus pechos. Tras el chillido inicial de sorpresa, Lily se abandonó en sus brazos. La palanca de cambio se le clavaba en la cadera y una de sus rodillas estaba en una posición bastante difícil, aunque no le importaba.

Hacía tanto tiempo que no sentía pasión que la cogió por sorpresa. No se había dado cuenta de cuánto lo necesitaba, de cuánto deseaba que alguien la tuviera entre sus brazos. Necesitada de más, abrió la boca para él y le pasó los brazos por el cuello.

Hacía el amor del mismo modo que conducía, deprisa y con mucho entusiasmo. Apenas se había detenido en la segunda fase, que ya había pasado a la tercera, deslizando su mano entre sus piernas y masajeándola con suavidad. En un acto reflejo, ella le tomó la muñeca, pero le flaquearon las fuerzas para apartarle la mano. Entonces él le colocó la base de la mano en la costura central de sus pantalones y la balanceó hacia delante y hacia atrás, hasta que Lily se dejó ir por completo.

Sólo la salvó el hecho de que estaban en el coche. La pierna que tenía doblada empezó a darle calambres y con un grito ahogado se apartó de su boca, intentando torpemente girarse para enderezar la pierna, salvando el obstáculo del cinturón de seguridad y de los brazos de Swain. Lanzó un grito ronco de dolor y cerró los dientes.

—¿Qué pasa? —preguntó él enseguida, ayudándola a enderezarse en su asiento. Empezaron a mover los brazos entre el volante, el salpicadero y la consola, interfiriéndose el uno al otro como un par de idiotas. Al final, Lily consiguió regresar a su asiento y con un quejido de alivió estiró su dolorida pierna todo lo que pudo. Pero no era suficiente, por lo que se soltó el cinturón y llevó hacia atrás el asiento todo lo que pudo.

Empezó a dar patadas, intentando recuperar la respiración mientras se masajeaba el muslo.

—Es una rampa —murmuró ella. Sus músculos agarrotados empezaron a relajarse y el dolor bajó.

—Soy demasiado mayor para hacerlo en un coche deportivo —dijo ella dando un suspiro. Recostándose de nuevo en el asiento, se rió de nuevo.

—Espero que no nos hayan estado filmando con una cámara oculta.

Él todavía estaba girado hacia ella, las luces de la calle iluminaban su rostro. Sonreía, su expresión era curiosamente tierna.

—¿Crees que podrían chantajearnos?

—Por supuesto. Creo que nuestras reputaciones se verían seriamente lastimadas. Pero ¿qué ha provocado este arrebato?

La sonrisa de Swain se volvió irónica.

—¿No te he dicho que me pongo cachondo cuando te ríes?

—No, creo que no. Estoy segura de que me acordaría. —Él estaba equivocado, sin duda hubiera necesitado su arma. Debía haberle disparado antes de dejar que la besara de ese modo, porque ahora no estaba segura de si podría pasar otro día sin sus besos.

Puso el asiento en su posición original y se arregló el pelo.

—Si lo intentas, ¿crees que podrás realizar el resto del trayecto sin dejar medio muertos del susto a más peatones, sin poner en peligro nuestras vidas o desviarte de nuevo para atacarme? Me gustaría llegar a casa antes de medianoche.

—Te ha gustado que te atacara. Admítelo. —Fue a buscar su mano y la tomó, entrelazándole los dedos—. Si no hubiera sido por la rampa de la pierna, te habría gustado mucho más.

—Ahora no lo sabremos nunca, ¿verdad?

—¿Qué te apuestas?

—No importa cuánto me haya gustado, no me acuesto con alguien al que he conocido hace solo unos días. Punto. De modo que no guardes esperanzas o cualquier otra cosa en lo que a esto respecta.

—Demasiado tarde para los dos.

Lily se tragó la risa, mordiéndose las mejillas por dentro. Él le dio un apretoncito de manos, la soltó y puso el coche en marcha. Un cambio de sentido les devolvió a la vía principal. Montmartre era famoso por ser un barrio plagado de artistas de todo tipo, pero el ambiente se había deteriorado desde su época dorada. Las calles eran estrechas, de una dirección, con una zanja en el medio para que corriera el agua, los edificios estaban abarrotados y pegados entre ellos y había un montón de turistas en busca de ambiente nocturno. Lily le guió por el laberinto de callejuelas hasta que llegaron.

—Allí, en la puerta azul. Allí es donde está mi apartamento.

Se paró delante de la puerta. No había sitio para aparcar sin bloquear la calle, por lo que era inútil preguntar si podía subir a su casa. Ella se inclinó y le dio un beso rápido en la mejilla, luego en la boca.

—Gracias por el día de hoy, ha sido divertido

—Ha sido un placer. ¿Mañana?

Dudó un momento y luego le respondió.

—Llámame. Ya veremos.

Quizás su amigo ya habría conseguido la información que necesitaban sobre el sistema de seguridad del laboratorio. Swain podía salir con otra invitación excéntrica, que la atrajera por alguna razón, por lo que pensó que sería más seguro que condujera ella, aunque su habilidad como conductora estaba tristemente oxidada.

Él esperó hasta que hubo entrado en el edificio, luego tocó suavemente la bocina para despedirse. Lily subió la escalera, más despacio de lo habitual, contenta de que sólo le faltara un poco la respiración cuando llegó a su pequeño apartamento en el tercer piso. Entró y cerró la puerta, luego dio un gran suspiro.

¡Maldita sea! Le estaba haciendo bajar la guardia y los dos lo sabían.

Tan pronto como Swain tomó el laberinto de Montmartre y pudo prestar atención a otra cosa que no fuera orientarse, puso en marcha su teléfono móvil para revisar los mensajes. No había ninguno, por lo que llamó a Langley mientras conducía, pidió hablar con la oficina del jefe de operaciones Vinay; quizás su secretaria todavía estuviera allí, aunque en Estados Unidos eran casi las cinco de la tarde. Cuando reconoció su voz, se sintió aliviado.

—Soy Lucas Swain. ¿Cómo está el jefe de operaciones? —Entonces retuvo la respiración, rezando para que Frank estuviera vivo.

—Sigue en estado crítico —respondió. Parecía abatida—. No tiene familia directa, sólo dos sobrinas y un sobrino que viven en Oregón. Les he llamado, pero no sé si alguno de ellos podrá venir.

—¿Sabes el pronóstico?

—Los médicos dicen que si supera las veinticuatro horas siguientes, tendrá más probabilidades.

—¿Te importa que te vuelva a llamar para tener noticias de él?

—Claro que no. No hace falta que te diga que todo esto se está llevando con suma discreción.

—No, señora.

Le dio las gracias y colgó, luego respiró dando las gracias y rezando. Había conseguido que se distrajeran los dos, Lily y él, pero en todo momento tenía presente que Frank estaba entre la vida y la muerte. No sabía qué era lo que habría hecho de no haber sido por Lily. El hecho de estar con ella, de dedicarse a hacerla reír, le había dado la oportunidad de pensar en otra cosa.

Le rompía el corazón pensar en Lily a sus dieciocho años, la misma edad que su hijo Sam, reclutada para matar a alguien a sangre fría. Dios, quienquiera que hubiera sido merecía que le pegaran un tiro. Ese hombre le había robado la oportunidad de tener una vida normal, cuando todavía era demasiado joven para darse cuenta del alto precio que estaba pagando por ello. Podía ver que había sido el arma perfecta, joven, nueva y muy inocente, pero eso no hacía que fuera correcto. Si alguna vez se enteraba del nombre de ese hombre —en el supuesto de que le hubieran dado su verdadero nombre, en lugar de un alias— iría tras ese bastardo.

Sonó su móvil. Frunció el entrecejo, el estómago se le encogió. Seguro que no era la secretaria de Frank que le llamaba para notificarle su muerte.

Cogió el teléfono y miró el número que aparecía en la pantalla. Era un número francés y se preguntaba quién sería, porque no era Lily —ella habría utilizado su propio móvil— y nadie más tenía su número.

—Sí.

Un hombre con un tono tranquilo y uniforme:

—Hay un topo en su central de la CIA que le pasa información a Rodrigo Nervi. Creo que debería saberlo.

—¿Quién es? —preguntó Swain, atónito, pero no hubo respuesta. Habían cortado la comunicación.

Apagó el teléfono soltando tacos y se lo metió de nuevo en el bolsillo. ¿Un topo? ¡Mierda! Sin embargo, no lo ponía en duda, porque de lo contrario ¿cómo había conseguido su número el francés? Y el que le había llamado sin duda era francés, le había hablado en inglés, pero su acento era francés. Aunque no era parisino, Swain había captado el acento de París en un solo día.

Un escalofrío le recorrió la columna. ¿Todo lo que había solicitado había pasado directamente a Rodrigo Nervi? De ser así, cualquier acción que llevaran a cabo Lily y él sería meterse directamente en una trampa.

Capítulo 21

Swain paseaba arriba y abajo por la habitación de su hotel, su habitual expresión de buen humor era ahora fría y dura. Lo mirara como lo mirara, estaba literalmente solo. El topo de Langley podía ser cualquiera: la secretaria de Frank, Patrick Washington, que a Swain le había gustado tanto esa vez había hablado con él, cualquiera de los analistas, los funcionarios que llevaban los casos, ¡demonios, podía ser cualquiera!, hasta el propio director adjunto del jefe de operaciones, Garvin Reed. Con esta revelación de su misterioso informador, Swain tenía que pensar que el accidente de coche de Frank quizás no hubiera sido un accidente.

Pero si él había pensado eso, probablemente también lo habrían pensado en Langley. ¿Qué pasaría si el topo estaba estratégicamente situado para desviar la atención del accidente?

El caso es que a pesar de que los accidentes de coche eran engañosos, sin duda no era la mejor forma de eliminar a alguien; se sabía que muchas personas se habían salvado de accidentes en los que sus vehículos habían quedado totalmente destrozados. Por otra parte, si querías matar a alguien y no querías que nadie se enterase, preparabas el escenario para que *pareciera* un accidente. La buena preparación dependería de las partes involucradas y del dinero que se manejara.

Pero ¿cómo podía alguien preparar un accidente de coche para eliminar al jefe de operaciones? Lógicamente, previendo dónde podría estar a una hora concreta en el imposible tráfico del distrito de Columbia, pero ¿qué pasaba con los choques involuntarios, los problemas mecánicos y los pinchazos que tenían lugar en la ciudad y que retrasaban y desvíaban el tráfico por otras rutas? A ello, había que añadir el factor humano, como el dormirse, detenerse a tomar un expreso. No veía viable cómo podía hacerse eso, cómo podía alguien calcular tan bien el tiempo.

Estaba seguro de que el conductor de Frank no tomaba cada día la misma ruta. Eso era básico. Frank no lo hubiera permitido.

Por lo que, lógicamente, el accidente tenía que ser lo que parecía: un accidente.

El resultado era el mismo. Tanto si Frank sobrevivía como si no, estaba fuera del servicio, inalcanzable. Hacía mucho tiempo que Swain era un oficial superior, pero había estado *en* el terreno, trabajando con varios insurgentes y grupos militares en Sudamérica. No había pasado mucho tiempo en el cuartel general de la CIA. No conocía a mucha gente allí, ni tampoco le conocían a él. Siempre había considerado una ventaja no haber estado apenas en la central, pero ahora eso le ponía en un aprieto, porque no conocía a nadie lo suficiente para confiar en alguien.

Por lo tanto, no habría más ayuda de Langley, no solicitaría más información. Intentó ver su situación desde todos los ángulos. Tal como él lo veía, tenía dos opciones: podía cortar por lo sano con Lily y completar la misión para la que le habían contratado, con la esperanza de que Frank viviera y se pudiera descubrir al topo, o podía quedarse en París, trabajar con Lily para burlar la seguridad de los Nervi e intentar descubrir por su parte quién era el topo. De las dos opciones prefería la segunda. Por una parte, porque ya estaba allí y, por muy bueno que fuera el sistema de seguridad de los Nervi, no sería nada comparado con Langley.

Luego estaba Lily. Le gustaba, le divertía y le excitaba más de lo que se hubiera imaginado. Sí, la encontró atractiva desde el principio, pero cuanto más la conocía, cuanto más tiempo pasaba con ella, más intensa era la atracción. Le estaba gustando más de lo que jamás hubiera imaginado, aunque sus sentimientos todavía no eran lo bastante profundos. Quería más.

Así que se quedaría allí y haría todo lo posible por averiguar las cosas desde donde se encontraba y por su cuenta. Había estado jugando con el esquema que había hecho Lily para entrar en el laboratorio por curiosidad —por eso, y por un fuerte deseo de meterse entre sus piernas—, pero ahora tenía que tomarse las cosas en serio. No estaba totalmente solo, tenía a Lily, que no era una aprendiza y a su informador misterioso. Quienquiera que fuese, estaba en una posición desde donde podía saber lo que estaba pasando y al avisar a Swain se había puesto del lado de los ángeles.

Gracias al práctico teléfono móvil que listaba las llamadas entrantes, Swain tenía el número del informador, literal y figurativamente. Hoy en día no se podía dar un paso sin dejar una huella electrónica o impresa en alguna parte. Unas veces eso era una bendición, otras una maldición, dependiendo de si estabas buscando o te estabas ocultando.

A lo mejor ese hombre también conocía el nombre del topo, pero Swain lo dudaba. De lo contrario, ¿por qué le habría dado una pista genérica? Si tanto le importaba avisar a Swain, también le habría proporcionado el nombre de haberlo sabido.

No obstante, nunca podías saber cuánta información tenía alguien que ni tan siquiera sabía que la tenía, detalles y piezas sueltas que simplemente no se había molestado en unir. El único modo de averiguarlo era preguntando.

No quería llamar a su informador utilizando su móvil, por si al ver su número no quería hablar con él. Por otra parte, tampoco quería que supiera dónde se alojaba, le parecía que era más seguro. El día que llegó a Francia había comprado una tarjeta para llamar por teléfono, aunque pensó que no la iba a usar, pero quería tenerla por si acaso se quedaba sin batería en el móvil o tenía algún otro percance. Salió del hotel, caminó por la calle Faubourg-Saint-Honoré, pasando de largo la primera cabina pública para ir a buscar otra que estuviera más lejos.

Mientras marcaba sonreía, pero era una sonrisa carente de humor. Más bien era la sonrisa de un tiburón al ver una presa. Miró su reloj de pulsera mientras escuchaba el sonido de llamada, era la 1:43 de la madrugada. Bien. Probablemente le estaba sacando de la cama, que es lo que se merecía por haberle colgado de ese modo.

—¿Sí?

El tono era precavido, pero Swain reconoció la voz.

—Hola, ¿qué tal? —dijo alegremente, en inglés—. ¿No he molestado a nadie verdad? No me cuelgue ahora. Siga el juego y todo quedará en una llamada. Cuelgue ahora y recibirá una visita.

Se hizo un silencio.

—¿Qué quiere? —A diferencia de Swain, el hombre que estaba al otro lado de la línea hablaba en francés; Swain se alegraba de saber lo suficiente como para entenderse.

—No demasiado. Sólo quiero saber lo mismo que usted sabe.

—Un momento, por favor. —Swain oyó que el hombre hablaba en tono bajo a alguien, a una mujer. Aunque era difícil entender lo que le estaba diciendo porque debía tener el teléfono apartado de la boca, Swain pensó que captó algo como «cogeré el teléfono abajo».

Por lo tanto, estaba en casa.

El hombre regresó al teléfono y le respondió con un tono de eficiencia.

—Sí, ¿qué puedo hacer por usted?

Una cortina de humo para su esposa, pensó Swain.

—Podría darme un nombre para empezar.

—¿Del topo? —Debía estar lejos de su esposa, porque cambió al inglés.

—Sin duda, pero estaba pensando en el suyo.

El hombre volvió a hacer una pausa.

—Será mejor que no lo sepa.

—Mejor para usted, seguro, pero no me preocupa facilitarle a usted las cosas.

—Pero, *monsieur*, soy *yo*. —Ahora su tono era firme, el hombre no se andaba por las ramas—. Estoy arriesgando la vida de mi familia. Rodrigo Nervi no es alguien que se tome la traición a la ligera.

—¿Trabaja usted para él?

—No. No en ese sentido.

—Me estoy perdiendo un poco. Le paga a usted o no le paga. ¿Cuál de los dos?

—Si le paso información, *monsieur*, no matará a mi familia. Sí, también me paga; el dinero me incrimina más ¿verdad? —La amargura se delató en su tranquila voz—. Es un seguro para que no hable.

—Ya veo. —Swain dejó de actuar como el chico duro que lo sabe todo, o al menos suavizó algo su conducta, aunque, le salía de un modo tan natural, que probablemente no estuviera actuando—. Hay algo que me intriga. ¿Cómo sabía Nervi que yo estaba aquí? ¿Cómo es que ha preguntado por mí? Supongo que es así cómo ha surgido mi nombre y como usted ha conseguido mi número.

—Él quería conocer la identidad de una de sus asesinas a sueldo. Creo que la identificó a través de un programa de reconocimiento facial. El topo accedió a su archivo y había una nota de que le habían enviado a usted para hacerse cargo del problema que ella había provocado.

—¿Cómo se enteró de que era una asesina a sueldo?

—No se enteró. Simplemente estaba indagando por distintas vías para identificarla.

Así es cómo Rodrigo había conseguido una foto de Lily sin el disfraz que usaba cuando salía con Salvatore. Conocía el aspecto de Lily y su nombre real.

—¿Sabe mi nombre Nervi? —preguntó Swain.

—No lo sé. Yo soy el enlace entre la CIA y Nervi, pero yo no le he dado su nombre. Me pidió su teléfono para hablar con usted.

—¡Por el amor de Dios! ¿Por qué?

—Supongo que para ofrecerle un trato. Mucho dinero a cambio de información sobre el paradero de la mujer que está buscando.

—¿Qué le hizo pensar que yo aceptaría?

—Usted es un asesino a sueldo, ¿verdad?

—No —respondió Swain brevemente.

—¿Usted no es un asesino a sueldo?

—No. —No dijo más. Si la CIA le había enviado a él y no era un asesino a sueldo, sólo existía otra categoría para él: oficial superior. Swain imaginó que sería lo bastante inteligente como para suponérselo.

—¡Ah! —Emitió un suspiro de haber hecho una respiración profunda—. Entonces, he tomado la decisión correcta.

—¿Cuál es?

—No le he dado su número de teléfono.

—¿Aunque su familia esté en peligro?

—Tengo un encubridor. Es otro Nervi, el hermano menor, Damone, que no es... tan parecido al resto de la familia. Es inteligente y razonable. Le indiqué el peligro que suponía contactar con alguien que trabajara para la CIA, que esa persona se daría cuenta de que el único modo de que Rodrigo hubiera conseguido su teléfono era porque alguien de la propia CIA se lo hubiera dado. Además, esa persona podía ser legal. Entonces, Damone se dio cuenta de que lo que le estaba diciendo era razonable. Me dijo que le diría a Rodrigo que el agente de la CIA, usted, por supuesto, había alquilado un teléfono móvil en Francia y que todavía no había contactado con la sede central, por lo que aún no tenían ningún número.

Eso era razonable, aunque la explicación fuera una tanto rebuscada. Probablemente, Rodrigo no sabría que los oficiales superiores, cuando están fuera de su país, utilizan sus teléfonos móviles de seguridad o los teléfonos por vía satélite.

Había otra pieza que también encajaba perfectamente en este pequeño rompecabezas. Para que la información de la CIA llegara a través de este hombre a Rodrigo Nervi, el hombre con el que estaba hablando debía tener un puesto que le capacitara a solicitar tal información y tendría mucho que perder si alguien se enteraba.

—¿Dónde trabaja usted? —le preguntó—. ¿En la Interpol?

Oyó una breve inhalación y pensó triunfalmente que había dado en el clavo. «Ya tengo a uno». Según parecía, Salvatore Nervi se había metido en demasiados sitios que no debía estar.

—Entonces, lo que usted está haciendo —prosiguió Swain— es informar a Nervi sin poner en peligro a su familia. Usted no puede negarse abiertamente a hacer todo lo que él le pide, ¿no es cierto?

—Tengo hijos, *monsieur*. Quizás usted no lo entienda.

—Yo también tengo dos, así que le entiendo perfectamente.

—Los mataría sin dudarlo, si no coopero. En este asunto con su hermano, no me negué a cooperar; fue su hermano el que tomó la decisión.

—Pero, puesto que usted tenía mi número, pensó que podría utilizarlo convenientemente realizando una llamada anónima para avisarme del topo.

—*Oui*. Una investigación iniciada por una sospecha interna es muy distinta a otra realizada desde fuera, ¿no es así?

—Por supuesto. —Ese hombre quería que atraparan al topo, quería terminar con su contacto. Debía sentirse culpable por la información que había estado pasando todos estos años y de algún modo intentaba compensar el mal que había hecho—. ¿Cuánto perjuicio ha causado usted?

—A la seguridad nacional, muy poco, se lo aseguro, *monsieur*. Cuando se solicita mi ayuda he de suministrar una dosis de información auténtica, pero siempre he eliminado los detalles más importantes.

Swain aceptó lo que le decía. Al fin y al cabo el hombre tenía conciencia o de lo contrario no le habría llamado.

—¿Conoce el nombre del topo?

—No, nunca usamos nombres. Él tampoco sabe el mío. Con eso me refiero a nuestros nombres reales. Tenemos identificadores, por supuesto.

—¿Cómo le pasa información? Supongo que lo hará a través de canales habituales, de modo que todo lo que le envíe por fax o escaneado irá a su atención.

—He creado una identidad ficticia en el ordenador de mi casa para lo que me han de enviar a través del correo electrónico, que son la mayoría de las cosas. Rara vez se envía algo por fax. Se le podría seguir la pista, en el supuesto que se supiera lo que se busca. Puedo acceder a mi cuenta desde mi... no me sale la palabra. El pequeño ordenador de mano donde anotas tus citas.

—PDA —dijo Swain.

—*Oui*. El PDA. —dijo con acento francés.

—El número que usa para contactar con él...

—Es un número móvil, eso creo, pues siempre puedo contactar con él.

—¿Le ha seguido la pista a ese número?

—Nosotros no investigamos *monsieur*, coordinamos.

Swain sabía bien que las reglas de la Interpol prohibían expresamente que la organización llevara a cabo sus propias investigaciones. Con eso su hombre le acababa de confirmar que era de la Interpol, aunque no lo había dudado ni por un momento.

—Estoy seguro de que el móvil estará registrado bajo un nombre falso —prosiguió el francés—. Creo que eso sería muy sencillo para él.

—Como chasquear los dedos —asintió Swain, pellizcándose el puente de la nariz. Un permiso de conducir falso era muy fácil de conseguir, especialmente para las personas que trabajaban en esto. Lily había utilizado tres identidades distintas al huir de Rodrigo. Para alguien que trabajaba en Langley, ¿qué dificultad podría tener?

Intentó pensar en los diversos medios de descubrir al topo.

—¿Cuántas veces están en contacto?

—A veces no hablamos durante meses. Dos veces en los últimos días.

—Por lo que un tercer contacto pronto sería poco corriente.

—Muy raro. Pero ¿cree que sospecharía? Puede que sí, puede que no. ¿En qué está pensando?

—Estoy pensando, *monsieur*, que usted se encuentra entre la espada y la pared y que le gustaría salir de esta situación. ¿Estoy en lo cierto?

—¿Entre la espada y...? ¡Ah, ya entiendo! Me gustaría mucho.

—Lo que necesito es una grabación de su próxima conversación con él. Conecte la grabadora mientras está hablando, si lo desea. El contenido de la conversación no me importa, sólo su voz.

—Conseguirá una huella vocálica.

—Sí. También necesitó la grabadora que va a usar. Luego todo lo que tengo que hacer es encontrar su homólogo. —Los análisis de la huella vocálica eran bastante exactos; éstos junto con los de reconocimiento facial se habían utilizado para diferenciar a Sadam Hussein de sus dobles. La voz es producto de la estructura única de la garganta de cada individuo, de las fosas nasales y de la boca y es difícil de fingir. Ni los imitadores pueden imitar a la perfección una voz. Las variables se evidenciaban con los micrófonos, grabaciones, equipos de audio y demás. Al utilizar la misma grabadora, eliminaba esa variable.

—Estoy dispuesto a hacerlo —dijo el francés—. Es un riesgo para mí y para mis seres queridos, pero creo que con su cooperación podré asumirlo.

—Gracias —dijo Swain sinceramente—. ¿Está usted dispuesto a dar un paso más y quizás eliminar para siempre el peligro?

Hubo una pausa bastante larga.

—¿Cómo lo haría?

—¿Tiene contactos de confianza?

—Por supuesto.

—¿Alguien que pudiera conseguir especificaciones del sistema de seguridad de cierto complejo?

—¿Las especificaciones...?

—Los planos. Los detalles técnicos.

—¿Supongo que ese complejo pertenece a los Nervi?

—Así es. —Swain le dio el nombre del laboratorio y la dirección.

—Veré qué puedo hacer.

Capítulo 22

Lily sonrió cuando sonó su móvil a la mañana siguiente. Al esperar otra llamada medio cómica medio erótica de Swain, no miró el número en la pantalla. Para seguirle la broma, cambió su voz y le dio un tono más profundo, casi masculino y lanzó un impaciente «¡Hola!».

—¿*Mademoiselle* Mansfield? La voz no era la de Swain, estaba distorsionada electrónicamente y las palabras sonaban como si salieran de un tambor.

Lily se quedó helada y conmocionada y sin pensar intentó colgar la llamada, pero la razón se antepuso. Sólo por el hecho de que alguien tuviera su número no significaba que intentara localizarla. El móvil estaba registrado con su verdadero nombre, pero el apartamento y todo lo relacionado con el mismo estaba a nombre de Claudia Weber. De hecho, quien la llamaba lo había hecho por su nombre «Mansfield»; su identidad como «Claudia» todavía estaba a salvo.

¿Quién había podido acceder a su número de teléfono? Era su móvil personal, el que sólo usaba para asuntos privados. Tina y Averill tenían el número, por supuesto, y Zia; también lo tenía Swain. ¿Quién más? Hacía tiempo había tenido un círculo de amistades bastante amplio, pero eso había sido prácticamente antes de tener teléfono móvil, desde el día en que recogió a Zia su círculo de amistades se había reducido cada vez más, puesto que se había dedicado al bebé y todavía más desde su desastrosa relación con Dmitri. No se le ocurría quién podía tener ahora su número.

—¿*Mademoiselle* Mansfield? —volvió a preguntar la voz distorsionada.

—¿Sí? —respondió Lily, intentando parecer calmada—. ¿Cómo ha conseguido este número?

No respondió a la pregunta, pero dijo en francés.

—Usted no me conoce, pero yo conocí a sus amigos, los Joubran.

Las palabras sonaban extrañas, aparte de la distorsión que disfrazaba la voz, como si la persona que estaba al otro lado tuviera problemas en el habla. Ella se puso aún más tensa al oír mencionar a sus amigos.

—¿Quién es usted?

—Lo siento, pero no puedo decírselo.

—¿Por qué?

—Es más seguro.

—¿Más seguro para quién? —preguntó ella tajante.

—Para los dos.

Muy bien, eso podía aceptarlo.

—¿Para qué me ha llamado?

—Fui yo quien contrató a sus amigos para destruir el laboratorio. Nunca pensé que podría suceder lo que sucedió. Se suponía que no debía morir nadie.

De nuevo conmocionada, Lily buscó una silla y se dejó caer sobre ella. Ella quería respuestas y estaban llegando sin avisar. La frase «a caballo regalado no le mires el dentado» se debatía contra la de «ojo, que puede haber gato encerrado». ¿Qué era la persona que la llamaba, un caballo o un gato?

—¿Para qué les contrató? —preguntó por fin—. Más exactamente, ¿por qué me llama a mí?

—Sus amigos tuvieron éxito temporalmente en su misión. Por desgracia, la investigación se ha reiniciado y se ha de detener. Usted tiene una razón para conseguirlo: la venganza. Ésa es la razón por la que mató a Salvatore Nervi. Por lo tanto, me gustaría contratarla para completar la misión.

Un sudor frío le recorrió la columna. ¿Cómo sabía que había matado a Salvatore? Se pasó la lengua por sus labios secos, pero no se detuvo en esa parte. Por el contrario, se centró en el resto de la frase. Ese hombre quería contratarla para hacer lo que ella pensaba hacer de todos modos. La ironía de la situación casi la hizo reír, salvo por que sentía más amargura que diversión.

—¿De qué se trata exactamente la misión?

—Hay un virus, un virus de gripe aviar. El doctor Giordano lo ha alterado para que se transmita entre los seres humanos para provocar una pandemia y por consiguiente una gran demanda de la vacuna que también están desarrollando. La gente no tiene resistencia a ese virus, la humanidad todavía no se ha enfrentado a él. Para provocar un pánico aún mayor, el doctor Giordano ha diseñado específicamente este virus con el fin de que provoque mayores estragos en los niños, que no tienen el sistema inmunitario totalmente desarrollado como los adultos. Morirán millones de personas, *mademoiselle*. Será una pandemia peor que la de 1918, que se cree que mató entre veinte y treinta millones de personas.

—... Provocará más daño a los niños. Zia. Lily odiaba haber tenido razón, se trataba de algo que podía afectar a Zia lo que había impulsado a Averill y Tina a actuar y que al final les había costado la vida. Tenía ganas de gritar por la injusticia y la ironía final. Apretó el puño, intentando controlarse, controlar la furia y el dolor que surgían desde su garganta como si fuera lava.

—El virus ha sido perfeccionado. En cuanto la vacuna esté lista, se enviará a las grandes ciudades de todo el mundo, donde hay mayor número de personas en contacto. La gripe se propagará con rapidez. Cuando haya cundido el pánico en todo el mundo, ya habrán muerto millones de personas. Entonces, el doctor Giordano anunciará que ha creado una vacuna para la gripe aviar y los Nervi podrán pedir lo que quieran por ella. Amasarán una enorme fortuna.

Sí, lo harían. Era un clásico. Controlar el suministro y luego crear una demanda. De Beers lo hizo con los diamantes; limitando cuidadosamente la existencia de los mismos en el mercado y los precios se mantuvieron artificialmente altos. Los diamantes no eran tan escasos, pero el suministro estaba restringido. En términos generales era la misma situación que con el crudo y la OPEP, salvo que en el caso del petróleo el mundo había creado su propia demanda.

—¿Cómo sabe todo esto? —preguntó ella furiosa—. ¿Por qué no ha avisado a las autoridades?

Hubo una pausa y la voz distorsionada volvió a hablar.

—Salvatore Nervi tenía muchos contactos políticos, personas en puestos muy altos que le debían muchos favores. Este mismo laboratorio es el que ha desarrollado la vacuna contra el virus, por lo que eso explica que ellos tengan el virus. No existe ninguna prueba que pueda superar sus influencias. Por eso recurrí a contratar a profesionales.

Por desgracia, era cierto, había muchos políticos influyentes comprados por Salvatore, por lo que era prácticamente intocable.

También era cierto que no tenía ni idea de con quién estaba hablando, si era verdad lo que le decía o si Rodrigo había conseguido su número y le estaba tendiendo una trampa. Tendría que estar loca para aceptar todo lo que le decía ese hombre sin más.

—¿Lo hará? —preguntó.

—¿Cómo puedo aceptar si no le conozco? ¿Cómo puedo confiar en usted?

—Entiendo el problema, pero no puedo ofrecerle ninguna solución.

—Soy la única persona a la que puede contratar.

—No, pero su motivación es mayor y se encuentra aquí en estos momentos. No puedo perder el tiempo buscando a otra persona.

—Tina Joubran era una experta en sistemas de seguridad. Yo no.

—No lo necesita. Fui yo quien dio a los Joubran los detalles del sistema de seguridad del laboratorio.

—Deben haber cambiado desde el incidente de agosto.

—Sí, pero también tengo esa información.

—Si usted sabe todo eso es porque debe trabajar en el laboratorio. Usted mismo podría destruir el virus.

—Hay razones por las que no puedo hacerlo.

De nuevo notó una extraña dificultad en su habla y de pronto se preguntó si no tendría alguna discapacidad física.

—Le pagaré un millón de dólares americanos.

Lily se frotó la frente. Algo iba mal, la cantidad era excesiva. Su señal de alarma interna se disparó.

Al no responder, el hombre prosiguió.

—Hay una cosa más. También hay que matar al doctor Giordano. Si vive volverá a replicar su éxito con algún otro virus. Todo debe quedar destruido: el doctor, los documentos de la investigación, los archivos informáticos, el virus. Todo. Ésa es la equivocación que cometí la primera vez, no ser bastante radical.

De pronto, la suma ya no parecía tan exorbitada. Hasta el momento todo lo que le había dicho era razonable y respondía a muchas de las preguntas que ella se había planteado, pero su cautela innata volvió. Debía tener alguna forma de salvaguardarse en caso de que fuera una trampa, pero toda esa conversación la había pillado por sorpresa y no había tenido tiempo de organizar adecuadamente sus pensamientos. Tenía que pensar en todo antes de tomar una decisión.

—No puedo responderle hoy. Tengo que considerar varias cosas.

—Lo entiendo, esto podría ser una trampa. Es normal que considere todas las posibilidades, pero recuerde que no disponemos de mucho tiempo. Creo que el trabajo que le he ofrecido es una meta que usted ya tenía y que es más probable que alcance con mi ayuda. Cuanto más espere, más probabilidades hay de que Rodrigo Nervi la localice. Es inteligente, no tiene modales y el dinero no es un impedimento. Tiene gente por todo París, por toda Europa, en comercios y en los departamentos de la policía. Si le damos tiempo, la encontrará. Con el dinero que le pagaré tendrá los medios para desaparecer.

Tenía razón. Un millón de dólares mejorarían mucho su situación. Sin embargo, no podía precipitarse, no podía olvidar la posibilidad de que quizás estuviera mordiendo el anzuelo.

—Piénselo. Volveré a llamarla mañana. Para entonces, necesito una respuesta, de lo contrario tendré que considerar otras vías.

Se cortó la comunicación. Lily buscó enseguida el número desde el que la había llamado, pero no le sorprendió descubrir que salía «identidad oculta»; un hombre que le estaba haciendo semejante propuesta no iba a cometer el error de marcar el número sin una clave para proteger su identidad, también podía pagarse medidas de seguridad.

Pero ¿tendría tanto dinero alguien que trabajara en el laboratorio? No era muy probable. Entonces, ¿cómo tenía esa información? ¿Cómo había podido conseguir los esquemas del sistema de seguridad?

Quién era esa persona y cómo había conseguido la información era muy importante. Podía ser un socio de Salvatore al que se le hubiera despertado la conciencia al pensar en todos los inocentes que morirían, aunque según la experiencia de Lily, a la gente como los Nervi le traía sin cuidado cuántas personas murieran, mientras ellos consiguieran su meta.

¿Podría tratarse del propio Rodrigo Nervi, que le estaba diciendo la verdad para hacerla caer en una trampa? Era lo bastante inteligente y atrevido como para idear y poner en marcha semejante trama, para conseguir el máximo realismo hasta el último detalle, como decirle que quería que matase al doctor Giordano.

Rodrigo Nervi también disponía de los medios para conseguir su número de móvil, que por motivos de seguridad no había dejado que lo incluyeran en las *Pages Blanches*.

Le temblaban los dedos mientras marcaba el número de Swain.

A la tercera llamada oyó su voz adormecida.

—Buenos días, sexy.

—Ha sucedido algo —le dijo con un tono nervioso, no haciendo caso de su saludo—. He de verte.

—¿Quieres venir a buscarme o prefieres que vaya yo a buscarte? —Al momento, su voz sonó más despierta.

—Ven a buscarme —respondió ella, el aviso de la persona que la había llamado de que Rodrigo tenía gente en todas partes la puso nerviosa. Eso ya lo *sabía*, se había sentido segura en el metro cubriéndose el pelo y llevando gafas de sol, pero haber sido localizada con tanta facilidad por alguien que evidentemente lo sabía todo de ella, la había inquietado. La mayoría de los parisinos utilizaban el metro por lo caótico que era el tráfico en París. Tener a gente en el metro buscando a alguien con su descripción era una tontería.

—Según cómo esté el tráfico tardaré... entre una hora y dos días.

—Llama cuando estés cerca y bajaré a la calle —dijo ella y colgó sin responder a su broma.

Se duchó y se vistió, con sus pantalones y botas habituales. Echó un vistazo por la ventana y vio que hacía sol, afortunadamente, porque así no llamaría la atención con sus gafas de sol. Se recogió el pelo para podérselo cubrir con un sombrero, luego se sentó a la pequeña mesa que tenía para comer, revisó meticulosamente su arma y se puso munición extra en el bolso. La llamada la había asustado de verdad, lo cual no era muy habitual.

—Estoy a cinco minutos de tu casa —le anunció Swain una hora y cuarto después.

—Te estaré esperando —respondió Lily. Se puso el abrigo, el sombrero y las gafas de sol, cogió el bolso y bajó rápidamente por la escalera. Oyó el ruido de un motor potente rondando por la estrecha y sinuosa calle a una velocidad temeraria y el coche plateado apareció de pronto y se detuvo derrapando justo delante de ella. Ya estaba arrancando casi antes de que cerrara la puerta.

—¿Qué pasa? —preguntó Swain, sin el habitual tono de broma en su voz. También llevaba gafas de sol y conducía deprisa, pero de un modo aceptable, sin hacer salvajadas.

—He recibido una llamada en mi móvil —le dijo mientras se abrochaba el cinturón—. Sólo te he dado mi número a ti, por eso respondí sin mirar el número. Tampoco me habría servido de mucho, porque llamaba con identidad oculta. La voz estaba distorsionada electrónicamente, pero era la de un hombre y me ofreció un millón de dólares americanos por destruir el laboratorio Nervi y matar al doctor que lo dirige.

—Sigue —le dijo él, reduciendo de marcha para tomar una curva muy cerrada.

Lily le contó el resto, incluidos todos los detalles que pudo recordar. Cuando llegó a la parte del virus de la gripe aviar, él dijo con un tono muy suave «¡Hijo de puta!» y escuchó el resto del comentario.

Cuando hubo terminado, Swain le preguntó a Lily:

—Cuánto tiempo has hablado?

—Unos cinco minutos. Quizás un poco más.

—El tiempo suficiente para localizar tu posición. No con exactitud, pero sí la zona. Si era un Nervi, podría rastrear la zona con gente que mostraran tu foto y podría acabar descubriéndote.

—No tengo ningún conocido aquí. El apartamento está alquilado a nombre de otra persona que está fuera del país.

—Eso ayuda, pero tus ojos son particulares. Debes ser medio husky. Cualquiera que te vea recordaría tus ojos.

—Gracias —dijo ella, con un tono seco.

—Creo que deberías coger lo que necesites de tu apartamento y quedarte conmigo. Al menos hasta que vuelva a llamar. Si es un Nervi y ve otra localización totalmente distinta, se desconcertará.

—Pensará que me voy trasladando de un sitio a otro.

—Con suerte sí. La posible interferencia del propio hotel evitaría que localizaran la señal. Los grandes edificios distorsionan realmente las señales electrónicas.

Estar con él. Parecía un buen plan, estarían juntos, no tendría que registrarse con su nombre, y ¿quién la buscaría en un hotel de lujo?

Además el plan tenía varias ventajas y sólo una desventaja que ella pudiera ver. Una tontería por su parte, pero todavía era reticente a intimar con él y no era tan inocente como para pensar que eso no iba a suceder si dormían en la misma habitación. Tenían cosas más importantes de qué preocuparse que pensar en el sexo, pero todavía dudaba.

Él le lanzó una mirada dura y clara que indicaba que le estaba leyendo los pensamientos, pero no se apresuró a decirle que mantendría sus manos alejadas de ella y que no intentaría aprovecharse de la situación. Era evidente que lo iba a hacer. Eso lo daba por hecho.

—Muy bien —dijo ella.

Él ni se inmutó, ni siquiera sonrió.

—Bien. Ahora vuelve a contarme todo eso del virus de la gripe aviar. Conozco a alguien en Atlanta que puede decirme si eso es posible o no, antes de que nos lancemos a salvar al mundo de un proyecto a medio hacer que puede que ni siquiera funcione.

Le repitió todo lo que recordaba mientras conducía de nuevo por las estrechas calles de Montmartre para dirigirse a su apartamento.

—¿Puedes conducir por estas calles durante unos minutos mientras yo subo a tu apartamento y me aseguro de que no hay nadie? —Le dijo él mientras se acercaba al bordillo.

Lily se tocó el lateral de su bota.

—Gracias, pero puedo hacerlo yo.

—Iré dando vueltas, puesto que no parece haber nadie en una manzana. Mientras doy vueltas, haré la llamada.

—Me parece bien.

Ella subió la escalera que había bajado hacía menos de media hora. Al marcharse, se había arrancado un pelo, lo había mojado y lo había pegado entre la puerta y el marco, a unos dos centímetros del suelo. Su pelo rubio era invisible como un fino hilo de pescar en la madera. El pelo seguía allí. El apartamento todavía era seguro. Abrió la puerta, entró y se apresuró a coger su ropa y cosas de aseo, todo lo que pensaba que iba a necesitar. Sólo Dios sabía cuándo iba a regresar, si es que regresaba, para recoger el resto de sus cosas.

Capítulo *23*

Tenía el número de teléfono de algunos viejos amigos en los que siempre podría confiar. Micah Sumner era uno de ellos. Mientras Lily estaba en su apartamento recogiendo sus cosas, Swain intentaba aclararse por las estrechas callejuelas, cambiando de marcha y marcando lo que parecía una serie infinita de números, mientras se adentraba en el enjambre electrónico al que había que acceder para obtener información de los Estados Unidos, todo ello a la vez. Entonces se dio cuenta de que no tenía nada para anotar el número, mucho menos la cuarta mano que necesitaba para hacerlo. Luego, cuando la locución le preguntó si quería que le conectara, respondió: «¡Sí, mierda!» y apretó el número que correspondía a «¡Sí, mierda!».

Cuando ya llevaba cinco señales de llamada empezó a dudar de que fuera a responder alguien. Pero a la sexta, hubo una voz somnolienta y torpe que respondió:

—¡Sí, hola!

—Micah, soy Lucas Swain.

—¿Qué hay hijo de perra? —Se pudo oír un enorme bostezo—. No he sabido nada de ti en siglos. Me gustaría no saber nada de ti en estos momentos. ¿Sabes qué condenada hora es aquí?

Swain miró su reloj.

—Veamos aquí son las nueve en punto, por lo que allí deben ser... las tres de la madrugada, ¿correcto?

—¡Cabrón! —Se oyó otro bostezo—. ¿Para qué me despiertas? Más te vale que sea importante.

—No estoy seguro. —Swain sujetaba el teléfono entre el hombro y la mandíbula mientras cambiaba de marcha—. ¿Qué sabes de la gripe aviar?

—¿La gripe del pollo? Me estás tomando el pelo, ¿verdad?

—No, es tan serio como un infarto. ¿Es peligrosa la gripe del pollo?

—No para las aves salvajes, pero sí para las de crianza. ¿Recuerdas las noticias hace algunos años... en 1997, creo... que hubo una epidemia de gripe aviar en Hong Kong y mataron a casi dos millones de aves?

—Era muy difícil ver la televisión donde yo estaba. ¿De modo que mata a las aves?

—Sí. No a todas, pero a muchas. El problema es que a veces el virus muta y se transmite de las aves a los humanos.

—¿Es más peligrosa que la gripe normal?

—Sin duda. Si se trata de un virus al que el cuerpo humano no ha sido expuesto antes, el sistema inmunitario no ha creado defensas y puedes enfermar gravemente. Puedes morir o no.

—Eso es un consuelo.

—Hasta la fecha hemos tenido mucha suerte. Ya se han producido algunas mutaciones que han permitido la infección de ave a humano, pero ninguno de los virus aviares ha dado el salto mágico que propicie el contagio entre seres humanos. Esto es lo que hay por ahora. No obstante, ya ha vencido el tiempo habitual entre epidemias para que un virus recombinado nos ataque gravemente, pero la gripe aviar que afectó a Hong Kong no parece que fuera por un virus recombinado, parece un verdadero virus aviar. Aunque también infecta a las personas. Si muta y se produce ese poco que se necesita para el contagio entre humanos, nos encontraremos con un gravísimo problema, porque tendremos menos resistencia que a un virus recombinado con el que al menos habríamos estado parcialmente en contacto.

—¿Qué me dices de las vacunas? —Swain giró una calle y allí estaba el edificio del apartamento de Lily, pero ella todavía no se hallaba en la calle con todas sus cosas, por lo que pasó de largo y dio otra complicada vuelta.

—No tendríamos ninguna. Los virus nuevos atacan fuerte y deprisa, las vacunas pueden tardar meses en probarse y en lanzarse al mercado. Para cuando hubiera una vacuna eficaz lista contra el virus aviar, mucha gente ya habría muerto. Es más difícil conseguir una para la gripe aviar que para los virus normales de la gripe, porque las vacunas se cultivan en huevos y, adivina qué, la gripe aviar mataría a los huevos.

—¿Es éste un tema que preocupe realmente a los CCPE*?

—¿Bromeas? La gripe mata a mucha más de gente que los virus exóticos que acaparan la atención de la prensa, como las fiebres hemorrágicas.

—Entonces, si algún laboratorio hubiera desarrollado la vacuna con antelación y luego soltara el virus, ¿podría ganar mucho dinero?

—Espera un momento. —Toda la somnolencia del tono de voz de Micah se desvaneció—. Swain, ¿me estás diciendo lo que creo que me estás diciendo? ¿Cabe esa posibilidad?

—He oído algo, pero todavía no lo he comprobado. No sé si hay algo de cierto en ello. Primero quería saber si eso era posible.

—¿Posible? Es brillante, pero una maldita pesadilla. Hasta ahora hemos estado esquivando la bala durante estos últimos años y sólo nos han atacado los virus habituales de la gripe, pero estamos conteniendo la respiración e intentando conseguir un método fiable para producir una vacuna antes de que esos malditos bichos se vuelvan contra nosotros. Incluso con medicación antigripal para tratar las complicaciones, morirían millones de personas en todo el mundo.

—¿Atacaría con más fuerza a los niños?

—Sin lugar a dudas. Los niños todavía no han desarrollado todo su sistema inmunitario como lo hemos hecho los adultos. No han estado expuestos a tantos virus y microbios.

—Gracias, Micah, eso es lo que necesitaba saber. —No era lo que hubiera querido oír, pero al menos ahora sabía a lo que se enfrentaba.

—Swain, ¡no cuelgues! Si se trata de algo que estás investigando, tienes que decírmelo, no puedes dejar que algo así nos coja por sorpresa.

* Centros para el Control y Prevención de Enfermedades *(N. de la T.)*

—No lo haré. —Esperaba poder tomar algunas precauciones de seguridad—. Es sólo un rumor, no tengo nada concreto. Ya ha empezado la temporada de gripe, ¿verdad?

—Sí, de momento parece normal. Pero si descubres que hay algún bastardo que está intentando hacer una fortuna con un virus de este tipo, hemos de saberlo.

—Serás el primero —le dijo Swain mintiéndole—. Te llamaré la semana siguiente y te pondré al corriente de lo que está pasando, ya sea bueno o malo. —*Llamaría*, pero Micah probablemente no sería el primero.

—Aunque sea a las tres de la madrugada —replicó Micah.

—Seguro. Gracias, amigo.

Swain colgó y se puso el teléfono en el bolsillo. Mierda. Muy bien, la persona que había llamado a Lily no sólo le había dicho algo que era posible sino una amenaza real. Swain intentaba pensar en los medios para hacer frente a la situación. No podía llamar a Langley porque Frank no estaba, había un maldito topo que pasaba información a Rodrigo Nervi y no tenía ni idea de en quién podía confiar. Si Frank estuviera allí... bueno, una llamada bastaría para mandar al infierno a todo el maldito laboratorio a la mañana siguiente. Pero no estaba, de modo que Swain, de algún modo, tenía que decidir por sí mismo.

Podía haberle dado más detalles a Micah, pero ¿qué harían los CCPE? Alertar a la Organización Mundial de la Salud. Pero si la OMS hacía registrar el lugar, aunque no hubiera nadie de la policía local que diera el chivatazo a los Nervi, encontrarían el virus, pero el laboratorio Nervi estaba trabajando en una vacuna para el virus, por lo tanto deberían tenerlo, para hacer las pruebas, etcétera. Era un plan perfecto, con una explicación convincente ante una señal de alarma. Era admirable.

Regresó al apartamento de Lily y esta vez ya estaba en la puerta, con dos bolsas de viaje hechas de kilim y un bolso de mano colgado del hombro, que ya le resultaba familiar. Sonrió al ver ese bolso, sin él quizás nunca la hubiera encontrado.

Salió del coche para ayudarla con las bolsas. Eran muy pesadas y observó que a ella le faltaba un poco el aliento, lo que le recordó que le había dicho que el veneno le había dañado un poco una válvula. Procuraba no recordar eso porque ella era una persona muy fuerte, pero el hecho era que sólo habían pasado unas dos semanas desde que había matado a Salvatore Nervi y casi había muerto en el intento. Incluso aunque el daño sufrido en su corazón fuera mínimo, no podía haber recuperado la fuerza en tan poco tiempo.

Él la estudiaba mientras le abría la puerta del coche. No tenía los labios amoratados y sus uñas sin pintar tenían un saludable color rosado. Conseguía suficiente oxígeno. Había estado recogiendo cosas a toda prisa, había subido y bajado tres pisos sin ascensor, era normal que estuviera sin aliento. Él también lo estaría. Algo más tranquilo, la detuvo antes de entrar en el coche. Ella le miró con una expresión interrogante y él la besó.

Su boca era suave y ella se acopló a sus labios con una aceptación tan natural que su corazón latió como si fuera al galope. La calle no era el lugar más apropiado para besarla como él quería, sin embargo, se contentó con saborearla brevemente. Ella sonrió, con una de esas sonrisas típicamente femeninas que dejaba a un hombre embriagado y confundido, luego se introdujo en el coche y cerró la puerta.

—¡Mierda! —dijo él cuando se metía en el automóvil—. Probablemente tendré que cambiarme de coche.

—¿Por qué pueden haberme visto entrar?

—Sí. Aunque probablemente parezcamos una pareja que se va de vacaciones, vale más no arriesgarse. ¿Qué voy a alquilar ahora?

—Quizás algo más discreto, como un Lamborghini rojo. —Eso no era justo, porque el Renault Mégane no se parecía en nada a un Lamborghini, pero seguía siendo un coche que llamaba la atención.

—Me gustan los coches buenos. Qué me juzguen por ello.— Dijo él sonriendo.

—¿Has hablado con tu amigo de los Estados Unidos?

—Sí, pero estaba de mal humor por la diferencia horaria. La mala noticia es que no sólo es posible todo eso del virus, sino que es la peor pesadilla de los CCPE.

—¿Cuál es la buena noticia?

—No hay ninguna. Salvo que Nervi no liberará el virus hasta que tenga la vacuna, porque, como es natural, él será el primero en querérsela inocular, ¿no te parece? Lleva meses desarrollar una vacuna. Puesto que tus amigos causaron algunos destrozos en el programa en el mes de agosto y probablemente el médico loco tuvo que empezar todo el proceso, creo que no corremos riesgo si pensamos que no lo van a liberar durante esta temporada de gripe. Esperarán al año que viene.

Ella dio un suspiro de alivio.

—Algo no me cuadra —dijo Lily—. He estado pensando. Antes no sabía nada del virus, pero ahora... Esto no es algo que debamos hacer solos. Aunque no estoy en muy buena relación con la CIA en estos momentos, todavía podría hacer una llamada desde un teléfono de pago y llamar a mi contacto allí, para informarle de lo que está sucediendo. Ellos podrán manejar algo de tal magnitud mejor que nosotros dos solos.

A Swain casi se le corta la respiración.

—¡Por el amor de Dios, no hagas eso! —Ella tenía razón, pero no sabía nada del topo y él no se lo podía decir sin levantar sospechas.

—¿Por qué no? —Su tono era más de curiosidad que de sospecha, pero podía notar esos ojos azul pálido clavándosele como rayos láser. Podía cortar el acero con esa mirada.

No se le ocurría una buena razón en aquel momento y durante una décima de segundo pensó que todo se le iba a ir de las manos, pero al final tuvo una idea genial. Podía decirle casi todo lo esencial, sin descubrirlo todo. Todo dependía de cómo lo expusiera.

—Los Nervi tienen contactos e influencias allí.

—Es una persona valiosa, un informador, pero...

—Pero también es un hombre muy rico. ¿Cuántas probabilidades hay de que alguien de allí esté en su nómina? —Era una explicación simple, pero auténtica. Sólo que estaba omitiendo algunos detalles.

Ella se giró en su asiento y frunció el entrecejo.

—Muchas. Salvatore era meticuloso, pero Rodrigo lo es aún más. Por lo que no vamos a arriesgarnos a contactar con nadie ¿verdad?

—No puedo pensar en nadie que no haya intentado comprar. Ni la policía francesa, ni la Interpol... —Dejó que su voz hiciera un interrogante—. Me temo que tendremos que salvar al mundo nosotros solos.

—No quiero salvar al mundo —dijo ella molesta—. Me gustan las cosas a menor escala. Quiero que sea algo *personal*.

Él no tuvo más remedio que reírse, porque sabía lo que quería decir. Ella había deseado con toda su alma acabar con los Nervi, pero ahora resultaba que *tenían* que hacerlo.

El trabajo iba a ser mucho más duro de lo que él había imaginado al principio. Con un virus de ese tipo en juego, la seguridad sería similar a la del CCPE de Atlanta. Para entrar se requeriría algo más que tener información sobre el sistema de seguridad, necesitarían ayuda desde dentro. Otra cosa era cómo iban a conseguir esa ayuda.

—Lo más probable es que la persona que te ha llamado esté muy arriba. De lo contrario, estamos jodidos.

—Yo estaba pensando lo mismo —respondió ella, sorprendiéndole. A veces les asustaba comprobar que sus mentes parecían estar sintonizadas.

—La seguridad del lugar estará reforzada y el virus en estricta cuarentena. Necesitamos a alguien dentro.

—Tendrás que encontrarte con él. También es el único modo en que podemos saber que no es Rodrigo Nervi. Si es Rodrigo, no perderá la oportunidad de tener un encuentro contigo. Él no sabe nada de mí, bueno, puede tener una idea después del tiroteo del otro día, pero no conoce mi aspecto, por lo que puedo cubrirte las espaldas.

Ella le sonrió.

—Si *es* Rodrigo, tendrá tantos hombres vigilando que no podrás hacer nada por ayudarme. Pero estoy de acuerdo, es la única manera. Tendré que hacerlo. Pero si es Rodrigo y me atrapan, hazme un favor: mátame. No dejes que se me lleven con vida, porque supongo que Rodrigo querrá divertirse conmigo antes de matarme. Preferiría ahorrarme esa parte.

El estómago de Swain se contrajo al pensar en que Nervi pudiera ponerle las manos encima. Tenía que tomar decisiones difíciles, pero ésa no era una de ellas.

—No dejaré que eso ocurra —respondió con serenidad.

—Gracias. —La sonrisa de Lily volvió a iluminarse un poco, como si él le hubiera hecho un regalo y a Swain se le contrajo todavía más el estómago.

Ninguno de los dos había desayunado todavía, así que, con Lily equipada con sus gafas de sol y su sombrero, se pararon en un café que les venía de paso y tomaron unos brioches y unos cafés. Él la observaba mientras comía, el corazón le retumbaba al tiempo que se preguntaba si ése iba a ser el último día que pasaría con ella. Él había pensado que podría alargarlo más, pero las circunstancias les estaban acorralando. Si su misterioso informador era Rodrigo Nervi, no había modo alguno de saberlo antes del encuentro y entonces sería demasiado tarde.

Le hubiera gustado que hubiera otro modo para hacerlo, pero no era así. Tenían que reunirse con esa persona. Ella tenía que aceptar la propuesta cuando volviera a llamarla al día siguiente, concertar una cita y asistir a la misma. Entonces... el informador sería Nervi u otra persona. Swain quería más que un sólo día con ella. Quería más que una noche.

Él mismo había realizado todos los trabajos sabiendo que cada uno podría ser el último, que cuando trabajas con gente violenta, esa violencia a veces se puede girar contra ti. Lily era igual, tenía que ponerse en primera fila y aceptar los avatares del destino. Saber que ella estaría allí por elección propia no facilitaba las cosas.

Pero si eran Nervi y sus hombres los que se presentaban y perdía a Lily, juró por Dios que ese bastardo pagaría por ello y lo haría con creces.

Capítulo 24

Swain devolvió su Mégane y, ante la insistencia de Lily, alquiló un Fiat azul pequeño de cuatro cilindros, en otra compañía de alquiler de coches.

—¡No! —se quejó horrorizado cuando ella le dijo lo que quería que alquilase—. Alquilemos un Mercedes. Hay muchos Mercedes circulando. —Entonces se le iluminó la cara—. Ya sé, alquilemos un Porsche. Puede que necesitemos los caballos o un BMW. Los dos pueden estar bien.

—Fiat —dijo ella.

—¡*Gesundheit*!

Los labios se le curvaron, pero consiguió no reírse.

—No queremos nada llamativo.

—Vale, de acuerdo —dijo cabezonamente—. No importa quién se fije en mí porque nadie me conoce. Si yo buscara a alguien, miraría a las personas que conducen Fiat, porque eso es lo que eliges cuando quieres pasar desapercibido.

Con esa misma teoría ella había utilizado una peluca pelirroja como disfraz, por lo que en realidad tenía razón. Pero, por el momento, se estaba divirtiendo tanto que quería verle conducir uno de esos pequeños Fiat, al menos durante un día, sólo para descubrir lo creativo que podía ser con sus quejas.

—Empezaste conduciendo un Jaguar, hoy me has recogido con

un Mégane, si es que alguien nos ha visto, de modo que cualquiera que te busque sabrá que te gustan los coches rápidos. Un Fiat sería el último coche en el que te buscarían.

—No tiene gracia —refunfuñó él.

—El Fiat es un buen coche. Podemos alquilar un Stilo de tres puertas, es bastante deportivo.

—¿Qué quieres decir que en vez de ir a cinco por hora podré ir a diez?

Ella tuvo que morderse las mejillas para controlar la carcajada, de pronto se lo imaginó en el troncomovil de los picapiedra, con sus largas piernas pedaleando como un loco.

Renegaba de tal forma que ni siquiera se acercó al mostrador de la empresa de alquiler de coches hasta que ella se giró y le dijo algo susurrando.

—¿Quieres que utilice *mi* tarjeta de crédito? Rodrigo lo sabría antes de que hubiera pasado una hora.

—*Mi* tarjeta de crédito podría caducar de bochorno cuando le pasen el cargo de haber alquilado un coche como éste —dijo refunfuñando, luego se puso derecho y se acercó al mostrador como un hombre. No rechistó ni siquiera cuando les trajeron el vehículo y les explicaron su funcionamiento. El Fiat Stilo era un coche pequeño y rápido, con una buena aceleración, pero ella se daba cuenta de que él consideraba que se quedaba muy corto de caballos.

Swain puso las bolsas de Lily en el maletero, mientras ella se acomodaba en el asiento y se abrochaba el cinturón. Swain corrió el asiento del conductor antes de sentarse, para que le cupieran las piernas.

Puso la llave y le dio al contacto.

—Tiene un navegador —le indicó Lily.

—No necesito ningún navegador. Puedo mirar el mapa. —Puso la primera y luego emitió un agudo sonido de lamentación con la nariz mientras aceleraba. Por desgracia, el sonido que hizo era idéntico al del motor del coche y Lily ya no se pudo contener la risa. Intentaba controlarse, tapándose la nariz y mirando por la ventana, pero él vio cómo movía los hombros y le habló un tanto abochornado.

—Me alegro de que alguien encuentre esto divertido. Me alojo en el Bristol, ¿no crees que alguien puede pensar que es un poco extraño que conduzca un Fiat en lugar de llevar algo más llamativo?

—¡Eres un fanático de los coches! La mayoría de la gente alquila coches que consuman poco. Es una apuesta inteligente.

—Siempre y cuando no tengan que salir zumbando de algún sitio y no les persigan otros vehículos de mayor potencia. —Se le veía desilusionado—. Siento como si me hubieran castrado. Probablemente no podré empalmarme mientras conduzco esto.

—No te preocupes —le tranquilizó ella—. Si no puedes, mañana dejaré que alquiles el coche que te guste.

Como por arte de magia se le iluminó el rostro y empezó a sonreír, sólo para transformarse de nuevo en una mueca de sufrimiento agudo cuando se dio cuenta de la condición que ella le había puesto.

—¡Vaya! ¡Mierda! —gruñó—. Eso es diabólico, irás al infierno por pensar algo tan terrible.

Ella le lanzó una mirada inocente y levantó un hombro como queriendo decir «¿Y qué?». Había sido él quien había llevado el tema por derroteros sexuales, si no le gustaba el resultado, era culpa suya.

Lily no salía de su asombro al comprobar que podía pasárselo tan bien, teniendo en cuenta lo que llevaban entre manos, pero era como si por acuerdo tácito hubieran decidido que ese día iba a ser sólo para ellos, puesto que ese día podría ser el último. Había conocido a algunos asesinos a sueldo que, debido a la naturaleza de su trabajo, vivían plenamente el momento. Ella no lo había hecho nunca, pero hoy comprendía la fascinación de no preocuparse por el mañana. Había algo que la conmovía cuando observaba sus expresiones, un reconocimiento de lo que podría haber entre ellos si ella le daba la oportunidad de que se produjera. Él la ablandaba por dentro y sentía tanto afecto que casi le asustaba. Pensaba que podría amarle. Podía ser que ya le amara un poco por su sentido del humor y su auténtica *joie de vivre* que le levantaban el ánimo desde las profundidades de su alma. Ella necesitaba reír y él lo había conseguido.

—Volvamos a negociar —dijo él—. Si se me levanta, como recompensa podré escoger otro coche mañana.

—¿Y si no puedes conducirás éste todo el tiempo?

—Sí, que así sea. —Dijo resoplando y con aire de suficiencia.

—Entonces, ¿dónde está la negociación? —Lily acarició el asiento—. Me gusta este coche. Le estoy cogiendo cariño. A diferencia de ti, mi sexualidad no está vinculada a una máquina.

—Los hombres no podemos evitarlo. Nacemos con una palanca de cambio y es nuestro juguete favorito desde que nuestros brazos son lo bastante largos para llegar hasta ella.

—Este coche tiene palanca de cambio —dijo Lily.

—No seas técnica. Aquí no hay testosterona. —volvió a emitir ese tono agudo de lamento—. ¿Lo ves? Es una soprano. Una soprano de cuatro cilindros.

—Es un coche estupendo para la ciudad. Es muy fácil maniobrar, es económico y seguro.

Al final se rindió.

—Muy bien, tú ganas. Lo llevaré, pero después necesitaré terapia para paliar el daño emocional que me estás causando.

Ella miró al frente por el parabrisas.

—¿Terapia de masaje?

—Hum. Sí, creo que podría servir, pero necesitaré mucha.

—Creo que podré hacerlo.

Él sonrió y le guiñó el ojo. De pronto ella se preguntó si no se había pasado y le había dado a entender algo de lo que no estaba segura al cien por cien. Ese viejo sentido de la precaución todavía la acechaba.

Con esa asombrosa cualidad de captar lo que estaba pensando, de pronto se puso serio.

—No dejes que te presione a hacer algo que no quieres hacer —dijo tranquilamente—. Si no quieres dormir conmigo, lo único que has de decir es «no».

Lily miró por la ventana.

—¿Te ha pasado alguna vez querer algo y tener miedo al mismo tiempo?

—¿Cómo subirte a una montaña rusa, cuando estás deseando hacerlo pero ya tienes el estómago en la garganta recordándote tu primera papilla?

Hasta sus temores eran divertidos, pensó ella y sonrió ligeramente.

—La última vez que me enamoré de alguien, intentó matarme. —Lo dijo como sin darle importancia, pero el sufrimiento y la tensión que todavía la poseían no eran casuales.

—Eso te dejaría destrozada. ¿Estaba loco o era celoso?

—No, le habían contratado para hacerlo.

—¡Vaya, cariño! —dijo él, con verdadera tristeza en su tono, como si lo sintiera por ella—. Lo siento. Entiendo que seas precavida.

—Eso es quedarse corto —murmuró ella.

—¿Desconfiada?

—Sobremanera.

Él dudo, como si no estuviera seguro de querer saber más.

—¿Hasta qué punto?

Ella se encogió de hombros.

—Fue hace seis años.

El volante se movió entre sus manos y el coche giró, provocando que el conductor que tenía en el carril de al lado tocara la bocina en señal de advertencia.

—¿Seis años? —Parecía no creérselo—. ¿No has estado con nadie en *seis años*? ¡Mierda! Eso es llevar la precaución a un grado extremo.

Eso es lo que él pensaba, pero a él no había intentado matarle alguien que amara. Ella pensaba que nada podía herirla más que la traición de Dimitri, hasta la muerte de Zia.

Swain reflexionó un minuto.

—Me siento honrado.

—No deberías. Si las circunstancias no nos hubieran unido de este modo, no estaría contigo —respondió Lily—. Si te hubiera conocido en un acto social, me habría olvidado de ti con la misma rapidez que de las noticias del día anterior.

Él se rascó la nariz.

—¿Mis encantos no te habrían seducido?

Ella emitió un sonido de burla.

—No te habrías podido acercar lo bastante para que pudiera descubrirlos.

—Puede sonar cruel, pero si es así, me alegro de que te dispararan el otro día. Si crees en el destino, entonces es que se suponía que yo debía estar allí sentado, sin tener nada que hacer, justo cuando llevabas las de perder en un tiroteo.

—O ha sido pura casualidad. Todavía está por ver si ha sido buena suerte o mala suerte, para ti, quiero decir. —Y quizás para ella también, aunque pensaba que debía contar sus bendiciones, que incluso aunque las cosas fueran mal, al menos se habría vuelto a reír durante un breve período de tiempo.

—Voy a decirte una cosa —le dijo perezosamente—. Es lo mejor que me ha pasado en mucho tiempo.

Ella le miró y se preguntó cómo debía ser vivir en su piel, siendo tan optimista y estando tan en paz consigo mismo. No podía recordar sentirse así desde que era adolescente, aunque había sido feliz con Zia.

Tras la muerte de Zia, la paz y la felicidad, eran algo totalmente ajeno a su vida. Se había centrado tanto en vengar la muerte de sus amigos por Zia. Ahora, Swain había entrado en su vida y su meta se había transformado de algo personal a algo de tales dimensiones que tenía que hacer un esfuerzo para captar su magnitud. Sus sentimientos personales en esos momentos eran insignificantes y la realidad la había llevado a tener una perspectiva diferente. Sabía que aunque una persona nunca dejara de sentir la desaparición de sus seres queridos, la intensidad del pesar pasaba de ser una agonía que le roía las entrañas a una aceptación y a recordar los buenos tiempos. Quizás había sentido todas esas cosas en un espacio muy corto, sin un orden en particular. Había pasado de estar centrada en sí misma, en su pérdida, a hacerlo en algo exterior y con ello el dolor se había transformado, era menos directo e insoportable.

No sabía cuánto duraría la tregua, pero se sentía agradecida por cada momento. Sabía que Swain era el responsable de ello, sólo por ser él mismo, americano hasta la médula, libre y desenfadado. Sin duda alguna podía levantar la moral de cualquier mujer tan sólo con sus andares de cadera suelta. Lo sabía porque había visto cómo le miraban otras mujeres y veía el efecto que tenía en ellas.

Él le tomó la mano y se la apretó.

—No te preocupes tanto. Todo saldrá bien.

Ella le brindó una espléndida risa.

—¿Quieres decir que mi informador misterioso *no* será Rodrigo; nos dirá todo lo que necesitamos saber sobre el sistema de seguridad del laboratorio; entraremos sin problemas, destruiremos el virus, mataremos al doctor Giordano para que no vuelva a repetir su experimento y nos escaparemos sin que nadie se entere?

Swain pensó en ello.

—Quizás no lo consigamos todo. Has hecho una lista muy larga. Pero debes tener fe en que las cosas serán para mejor de un modo u otro. No podemos fracasar, por lo tanto, no fracasaremos.

—¿Qué es esto, el poder del pensamiento positivo?

—No me lo tires por tierra. Hasta ahora me ha funcionado. Por ejemplo, estaba seguro de que me metería entre tus piernas desde el primer momento en que te vi y míranos ahora.

Estaban de nuevo en un punto muerto, con miles de cosas por hacer y sin nada que pudieran hacer por el momento. El experto en seguridad de Swain no había llamado, pero ahora que sabían a qué se enfrentaban, ambos tenían la certeza de que las medidas de seguridad serían mucho más complejas de lo que cualquier experto del montón podría conocer.

Para ver qué podían averiguar sobre la gripe se fueron a un cibercafé antes de ir al hotel. Había tanto interesante que leer que cada uno se fue a un ordenador para ganar tiempo.

Hubo un momento durante la tarde en que Swain miró la hora, sacó su teléfono móvil y marcó una larga serie de números. Desde donde se encontraba Lily no podía oír lo que estaba diciendo, pero su expresión era seria. La conversación fue breve y cuando hubo terminado, Swain se frotó el entrecejo como si le doliera la cabeza.

Mientras estaba entrando en una página que iba bastante lenta, ella se acercó a Swain.

—¿Algo va mal?

—Un amigo ha tenido un accidente de coche en los Estados Unidos. He llamado para ver cómo estaba.

—¿Cómo está?

—Igual. Los médicos dicen que eso es bueno. Ha sobrevivido las primeras veinticuatro horas, por lo que son algo más optimistas que ayer. —Swain movió la mano—. Puede sobrevivir o no.

—¿Tienes que ir allí? —preguntó ella. No sabía qué haría sin él, pero si realmente era un amigo íntimo...

—No puedo —dijo él brevemente.

Ella interpretó literalmente que no podía, que era persona *non grata* en los Estados Unidos y que no le dejarían entrar. Le puso la mano en el hombro porque sabía cómo se sentía. Probablemente ella tampoco podría regresar.

Él había entrado en la página de CCPE. La primera vez que había entrado, no había encontrado nada verdaderamente interesante, pero había estado entrando en las páginas que tenían vínculos con la misma, al final emitió un sonido de satisfacción cuando apareció en pantalla una larga lista.

—¡Por fin! —cliqueó en imprimir.

—¿Qué has encontrado? —preguntó Lily inclinándose sobre su hombro.

Él bajó la voz para que nadie pudiera oírles.

—Una lista de agentes infecciosos y de precauciones de seguridad que se han de tomar con cada uno de ellos. —Luego le hizo una señal con la cabeza señalando el ordenador de Lily—. ¿Qué has encontrado tú?

—Un pronóstico de enfermedades y muertes durante la próxima pandemia. Nada útil, eso creo.

—Eso debería decirnos lo que necesitamos. Si no es así, mi amigo de Atlanta solventará nuestras dudas. Tenía que haberle hecho muchas más preguntas esta mañana, pero no he tenido tiempo para pensar en ello y además también me ha llamado bastardo, puesto que le he telefoneado a las tres de la madrugada.

—Normal.

—Estoy de acuerdo. —Lily todavía tenía la mano sobre su hombro y el la cubrió con la suya—. Vamos a llevarnos este material al hotel para leerlo. Podemos llamar al servicio de habitaciones y tú puedes sacar tus cosas e instalarte.

—Tendremos que avisar en la recepción de que ahora somos dos.

—Les diré que eres mi esposa. Ningún problema. Lleva puestas tus gafas de sol y no dejes que nadie vea tus ojos y estaremos a salvo.

—Puedo parecer bastante excéntrica llevando gafas de sol en la habitación del hotel. Unas lentes de contacto de otro color será más sencillo.

—No son sólo tus ojos los que son tan distintivos. Es todo el conjunto, el color de tu pelo, tu estructura facial. Métete en el lavabo cuando entren en la habitación. Salvo por la camarera que limpia la habitación será el único momento en que nos interrumpirán.
—Swain desconectó y recogió todas las páginas que había impreso. Se fue a pagar mientras Lily desconectaba su ordenador y hacía lo mismo.

Salieron a la calle y el viento soplaba fuerte. Aunque hacía un día soleado, era bastante frío y el viento lo bastante gélido para que muchas personas llevaran gorros y bufandas. Lily se puso su sombrero para cubrirse el pelo mientras se dirigían a buscar el coche. Parecía tener una suerte increíble en encontrar aparcamiento en una ciudad famosa por la dificultad en aparcar, pero estaba empezando a pensar que Swain era una de esas personas que habían nacido con la estrella de la suerte. Si hubiera alquilado un Hummer, también habría encontrado sitio para aparcarlo.

Dejó de hacer más comentarios desagradables sobre el Fiat, aunque notó que daba algunos suspiros más de lamento. Los días eran muy cortos, el invierno estaba al caer, de modo que cuando llegaron al hotel el sol ya había bajado, lo que hacía que las gafas de sol de Lily fueran innecesarias. Se las sacó, pero recordó que todavía tenía unas gafas de sol de color rosa que había utilizado como complemento para su disfraz de Londres y las sacó de su bolsa. La lente era bastante clara y podía ver con ellas a esa hora sin parecer una idiota por llevar gafas de sol de noche, pero servían para ocultar el color de sus ojos.

Se las puso y miró a Swain.

—¿Qué tal?

—Sexy y sofisticada —le dijo levantando el pulgar—. Procura mantener los párpados medio cerrados, como si estuvieras cansada del viaje, y tendremos vía libre.

Tenía razón, nadie les prestó atención mientras entraban con las bolsas, él delante con el equipaje y ella algo más rezagada. Cuando estuvieron en la habitación, llamó a recepción y comunicó que había llegado su esposa, que ahora habría dos ocupantes allí, luego llamó al servicio de habitaciones y pidió más toallas. Lily se puso a sacar las cosas de las bolsas y a colocar la ropa en los cajones y en el armario, al lado de la ropa de Swain; también dejó sus cosas de aseo en el baño.

Cuado puso sus zapatos al lado de los de Swain en el fondo del armario se impresionó. Era la visión de algo íntimo, sus zapatos eran mucho más pequeños y refinados que los suyos, eso le hizo recapacitar sobre el hecho de que ahora, a efectos prácticos, vivía con él.

Miró hacia arriba y descubrió que él la estaba mirando y que notaba su incomodidad.

—Todo irá bien —le dijo cariñosamente y le abrió los brazos.

Capítulo 25

Lily se acercó a él para sentir la reconfortante calidez de su cuerpo, puso la cabeza en el hueco de su hombro y notó que parte de su tensión se aliviaba cuando la estrechó entre sus brazos. Él le dio un beso en la cabeza.

—No hemos de hacer el amor esta noche. Si tan incómoda te sientes con esa idea, podemos esperar.

—¿Podemos? —preguntó ella suavemente—. Normalmente espero bastante más, porque dos besos y un achuchón no hacen una relación.

Él soltó una carcajada.

—Supongo que no, pero aunque sé que nos hemos conocido hace sólo unos días, en el fondo siento como si nos conociéramos desde hace mucho. ¿Una semana, quizás? —dijo él bromeando—. ¿Sólo te he magreado una vez?

—Eso es todo lo que yo recuerdo.

—Entonces, seguro que es así, porque recordarías mis magreos. —Le pasó la mano arriba y abajo de la espalda para aliviar su tensión.

—Puede que ésta sea la única noche que tengamos —dijo ella, con un tono realista, pero incapaz de ocultar la nostalgia. Ese hecho lo había tenido presente durante todo el día. No se podía permitir tomarse su tiempo para conocerle, para entablar una relación. Visto de ese modo, su decisión era sencilla: mañana podía estar muerta y no quería pasar su última noche en la tierra sola. No quería morir sin haber hecho el amor con él, sin haber dormido entre sus brazos escuchando el latido de su corazón. Quería que él fuera su amor, aunque no tuviera la oportunidad de descubrir si era el amor de su vida. Al menos tendría la esperanza de que lo fuera.

—¡Eh! —le dijo él—. Recuerda el poder del pensamiento positivo. Hoy es la primera noche, no la última.

—¿Has sido siempre como Polyana?

—Polyana veía algo bueno en todas las cosas. Yo no veo nada bueno en ese Fiat.

Ese cambio de tema la tomó por sorpresa.

—Yo sí. Me reí un montón cuando vi tu reacción.

Él fingió que se enfadaba.

—¿Quieres decir que elegiste ese coche para burlarte de mí?

Ella no hizo ningún esfuerzo en negarlo, sólo un suspiro de satisfacción mientras frotaba su mejilla contra su pecho.

—Quería verte conduciéndolo, aunque sólo fuera un día. Es un buen coche, yo tuve uno, de modo que sé lo buenos que son y lo económicos que resultan, pero para ti es como si estuvieras agonizando.

—Me las pagarás —dijo moviendo la cabeza—. Y no va a ser con todo esos masajes que me prometiste. Esto es muy gordo. Tendré que pensar en algo especial.

—No te lo pienses mucho.

—Esta noche lo sabrás —le prometió él levantándole la cabeza para darle un beso largo y profundo. A diferencia de la noche anterior, esta vez se tomó su tiempo acariciando sus pechos, envolviéndolos con sus manos, pellizcándole suavemente los pezones a través de la ropa. Lily casi esperaba que la tumbara de golpe en la cama, pero no fue así, ni siquiera le pasó la mano por debajo de la ropa. Se alegró de ello, todavía no estaba lo suficiente excitada. Sus caricias eran muy agradables y, cuando la soltó, estaba más caliente y húmeda que antes.

Un brusco toque en la puerta indicaba la llegada del servicio de habitaciones con un montón de toallas. Swain se dirigió a la puerta y las tomó a la vez que le entregaba una propina a la camarera, sin dejarla entrar, aunque ésta gustosamente les hubiera arreglado las toallas en el cuarto de baño.

—Leamos de nuevo todos estos papeles y vamos a ver qué tenemos —dijo él tras dejar las toallas, refiriéndose a todo lo que habían recopilado en el cibercafé—. Hay mucho material extra en estos artículos que no necesitamos.

A ella le gustó que quisiera ocuparse de los negocios antes que de la diversión y de los juegos, de modo que se sentó junto a él en la zona de trabajo, donde había esparcido todos los papeles sobre la mesita de café.

—Ébola... Marburg... No necesitamos todo esto —murmuraba él tirando página tras página al suelo. Lily tomó un montón de papel y también empezó a hacer lo mismo, buscando cualquier información sobre la gripe.

—Aquí —dijo ella un momento después—. Cómo se manejan los virus de la gripe en los laboratorios. Veamos... «no hay documentación sobre las infecciones asociadas a los laboratorios», pero afecta a los hurones.

—¿Qué? —preguntó él sorprendido.

—Eso es lo que dice. Es evidente que los hurones infectados transmiten el virus a los humanos con bastante facilidad y viceversa. Nos transmiten la enfermedad y nosotros se la transmitimos a ellos. Eso es justo —dijo ella juiciosamente—. Qué más... «un virus alterado genéticamente... de potencial desconocido. Nivel recomendado de bioseguridad 2». ¿Qué es el nivel de bioseguridad 2?

—Yo lo tengo aquí... en alguna parte. —Rápidamente revisó toda una sección de papeles—. Aquí. Vale. Amenaza considerada moderada. «El personal del laboratorio ha de estar formado para manejar los virus, el acceso al laboratorio está restringido cuando se trabaja en él», pero creo que nosotros podríamos decir que el acceso al laboratorio Nervi siempre lo está. «El personal debe lavarse las manos... no puede comer, ni beber en el área... los desechos se tienen que descontaminar antes de ser eliminados», eso es bueno saberlo. Creo que, a fin de cuentas, podríamos haber entrado por la cloaca.

—Me alegro de que no lo hayamos hecho.

—Todavía no lo hemos descartado.

Ella arrugó la nariz ante la idea. Aunque la cloaca había sido idea suya en un principio y entraría por allí si no había otra opción, prefería no tener que hacerlo.

—«Tiene que haber un cartel de peligro biológico» —prosiguió él—. «Se han de tomar medidas extraordinarias de precaución al utilizar instrumentos afilados.» Buf, éstas son todas las medidas de precaución que deben tomar los empleados cuando manejan los bichos. «El laboratorio ha de tener puertas que se puedan cerrar con llave; no se requiere un sistema de ventilación específico». ¡Vaya! —Puso los papeles sobre la mesa y se rascó la mejilla—. Aquí parece que hable de un laboratorio básico, sin cámaras herméticas, escáneres de retina, dispositivos de entrada con reconocimiento de huella digital, ni nada por el estilo. Parece como si estuviéramos buscando las complicaciones, porque si el doctor Giordano sigue estas instrucciones, lo único que tenemos que hacer es enfrentarnos a una cerradura.

—Y a mucha gente armada.

Él levantó la mano.

—Eso es llevadero. —Dejó los papeles sobre la mesita de café y se recostó entrelazando los dedos detrás de la cabeza—. Estoy sorprendido. Pensaba que cuando trabajabas con bichos tenías que hacer todo tipo de malabarismos, pero eso es principalmente para la seguridad personal, no la externa.

Se miraron mutuamente y se encogieron de hombros.

—Hemos vuelto al punto de partida —dijo Lily—. Necesitamos información sobre el sistema de seguridad exterior. Cuando la obtengamos, buscaremos la puerta que tenga el cartel de peligro biológico.

—Una X indicará el lugar —él asintió. Aunque ambos sabían que no sería tan sencillo; por una parte el laboratorio podía hallarse en cualquier parte del inmenso complejo. Incluso subterráneo, lo cual limitaría sus vías de escape.

Tras averiguar lo que necesitaban saber, que era mucho menos de lo que esperaban, ya no necesitaban guardar todas las copias que habían impreso. Swain recogió las que había tirado al suelo, mientras Lily recogía el resto, luego lo tiraron todo a la basura.

Ahora ya no tenían nada qué hacer. Todavía era bastante pronto y aún no habían cenado. Lily aún no quería ducharse y afortunadamente él no parecía tener prisa por llevarla a la cama. Al final, sacó un libro que se había traído, se sacó las botas y se sentó a leer en el sofá.

Swain tomó la llave de la habitación.

—Me voy a recepción a buscar algunos periódicos. ¿Quieres algo?

—Nada, gracias.

Swain salió de la habitación. Lily contó hasta treinta y se levantó para revisar rápidamente sus cosas. Su ropa interior estaba pulcramente doblada en un cajón, no había nada escondido entre sus calzoncillos boxer. Revisó los bolsillos de todas las prendas que tenía colgadas en el armario y no encontró nada. No había ningún maletín, pero sacó su bolsa y hurgó en su interior. No parecía haber bolsillos ocultos ni dobles fondos, su arma Heckler y Koch de nueve milímetros estaba allí, bien colocada. En la mesilla de noche había una novela de suspense que tenía una página doblada hacia la mitad. Ojeó las páginas, pero no había nada entre ellas.

Pasó la mano por debajo del colchón y alrededor del mismo y miró debajo de la cama. Su chaqueta de piel estaba encima de la cama justo donde la había dejado. Miró en los bolsillos y encontró su pasaporte en un bolsillo interior con cremallera, pero ya lo había visto, por eso no lo sacó.

No había nada que indicara que era otra cosa de lo que le había dicho. Aliviada, volvió al sofá y siguió leyendo.

A los cinco minutos regresó con dos gruesos periódicos y una pequeña bolsa de plástico.

—Me hice la vasectomía cuando nació mi segundo hijo, pero he comprado unos preservativos, por si acaso, por si eso te ayuda a sentirte más segura.

Su preocupación la conmovió.

—¿Has corrido algún riesgo? Sexualmente, me refiero.

—Sí, una vez poniéndome de pie en una hamaca, pero eso fue cuando tenía diecisiete años.

—No me lo creo. Lo de la hamaca, quizás, pero de pie, no me lo creo.

—De hecho, la hamaca me tumbó al suelo y no he vuelto a intentarlo. Monté un verdadero número y al final no conseguí llevármela a la cama ese día.

—Ya me lo imagino. Ella se debió tronchar de risa.

—No, ella gritó. Era yo el que me reía. Ni siquiera un muchacho de diecisiete años puede mantenerla empinada cuando se está riendo a carcajada limpia. Por no decir que quedé como un verdadero idiota y las chicas a esa edad son muy sensibles respecto a la imagen y a cosas por el estilo. Decidió que era un memo y se largó de morros.

Ella debía haber sabido que sería él quien se reiría. Sonriendo le acercó la mano a la barbilla.

—¿Algún riesgo más?

Se sentó en la silla al lado de ella y estiró los pies colocándolos sobre la mesa.

—Veamos. Después de eso, Amy y yo empezamos a salir juntos y le fui fiel hasta el día en que nos divorciamos. Desde entonces he tenido algunas amigas íntimas, relaciones que han durado entre un par de meses hasta un par de años, pero ningún devaneo accidental. Principalmente he estado en sitios donde no había vida nocturna, salvo que contaras con las de los cuadrúpedos. Cuando estaba en alguna zona civilizada, no me gustaba ir a clubes nocturnos.

—Para ser alguien que ha estado en sitios salvajes la mayor parte de su vida de adulto, eres muy sofisticado —replicó ella, sintiéndose incómoda de repente ante el detalle discordante que había observado. Debía haberse dado cuenta antes, pero no se alarmó demasiado porque sabía que su arma estaba en la bolsa que estaba en el armario y la suya no.

—¿Porque hablo francés y me hospedo en un hotel de lujo? Siempre que puedo me alojo en este tipo de hoteles, porque en muchas ocasiones lo único que he tenido entre mí y el cielo era el aire. Me gusta conducir coches de lujo porque a veces he tenido que ir a caballo y eso en el supuesto de que hubiera caballos.

—No creo que en Sudamérica se hablara mucho el francés.

—Te sorprendería. Aprendí casi todo lo que sé de un ex patriado en Colombia. Aunque mi español es mejor que mi francés, también hablo portugués y chapurreo el alemán. —Le hizo una mueca deshonesta—. Los mercenarios somos políglotas por necesidad.

Nunca le había dicho directamente que era un mercenario, aunque, por supuesto, ella comprendió que o bien era eso o algo muy parecido. *La gente le contrataba para hacer que pasaran cosas,* eso era lo que le había dicho y ni por un momento se le había ocurrido pensar que se estuviera refiriendo a asuntos empresariales. Su desconfianza desapareció; era evidente que debía hablar varios idiomas.

—Estar casado contigo debía ser un infierno —dijo ella, pensando en su ex mujer en casa con dos niños pequeños, sin saber dónde estaba o lo que estaba haciendo, sin saber si regresaría o si moriría en algún país lejano donde ni siquiera pudieran recuperar su cuerpo.

—Muchas gracias —dijo él empezando a sonreír. Sus ojos azules centellearon al mirarla—. Pero soy muy divertido cuando sí estoy.

De eso no cabía la menor duda. En un acto impulsivo ella se levantó y se sentó en sus rodillas, le pasó la mano por el interior del cuello de la camisa mientras se acercaba a él. Su piel era cálida, su cuello musculoso. Él la sostenía con el brazo izquierdo en su espalda, mientras que su mano derecha enseguida empezó a acariciar su muslo y su cadera. Lily le besó en la parte inferior de la mandíbula, notó la barba incipiente y su aroma natural a hombre mezclado con loción para después del afeitado.

—¿A qué viene eso? —preguntó, aunque no esperó a la respuesta para darle otro de esos lentos y profundos besos que hacían que sus huesos se derritieran.

—Por ser divertido —murmuró ella cuando se despegó de sus labios, luego volvió durante unos segundos. Los labios de Swain eran más exigentes esta vez, al igual que su lengua. Su mano bordeó su cadera y se introdujo por debajo de su camisa hasta llegar a sus pechos. Ella contuvo la respiración cuando él le levantó el sujetador y moldeó su pecho desnudo con su palma. Su mano estaba caliente sobre su piel fría, su pulgar acariciaba gentilmente su pezón.

Lily separó su boca y respiró profundamente, enterrando su rostro contra su garganta a medida que un cálido placer empezaba a tensar sus nalgas. Hacía tanto tiempo que no sentía deseo que se había olvidado de lo despacio que se desplegaba, cómo recorría todo su cuerpo, haciendo que su piel fuera extraordinariamente sensible e incitándola a frotarse contra él como si fuera un gato.

Quería que Swain fuera más deprisa, que pasara rápido esa primera vez tan tensa, para así poder relajarse, pero por la actitud de su amado la prisa no parecía estar en su agenda esa noche. Le acarició los pechos hasta que estuvieron tan sensibles que la sensación rozaba el dolor, luego le volvió a colocar el sujetador y la abrazó con fuerza. Ella sabía que él estaba excitado, o eso, o tenía una pistola de reserva en su bolsillo, con un gran cañón del calibre cuarenta y cinco por lo que deducía por el tacto. Pero él le soltó la espalda y le besó la punta de la nariz.

—No hay prisa, cenaremos, nos relajaremos un rato. No me matará la espera.

—No, pero a mí quizás sí —respondió ella, incorporándose y mirándole.

Su boca moldeó una sonrisa.

—Ten paciencia. Ya sabes el refrán: «Todas las cosas buenas llegan a quienes saben esperar». Aunque yo tengo mi propia versión.

—¿Sí? ¿Cuál es?

—Los que esperan, se vuelven mejores.

Se merecía un bofetón, realmente se lo merecía.

—Ya te lo recordaré cuando llegue el momento —le dijo ella levantándose de sus rodillas. Tomó la carta y se la tiró—. Encarga la cena.

Pidió langosta y vieiras, una botella de Beaujolais fría y tarta de manzana. Dispuesta a jugar como él lo hacía, Lily volvió a leer mientras esperaban a que el servicio de restaurante les subiera la comida. Él ojeó los periódicos y utilizó su móvil para llamar a los Estados Unidos y saber sobre el estado de su amigo que había padecido el accidente de coche y que seguía sin novedad, lo que provocó que en su expresión se dibujara la preocupación.

No estaba tranquilo, pensó ella, al observar su rostro. Por más que se riera y bromeara, sus emociones no afloraban a la superficie. Había momentos en los que estaba perdido en sus pensamientos y su rostro y sus ojos no reflejaban ninguna felicidad, había observado destellos de una fría y lúgubre determinación. Tenía que haber algo más en él que sólo buenos momentos o no habría tenido éxito en su carrera, aunque se preguntaba si alguien escogía ser un mercenario o si poco a poco iba cayendo en ello. Era evidente que él había ganado dinero, lo que implicaba que era bueno. Ese aspecto agradable y encantador era sólo una parte de él, la otra debía ser rápida y letal.

Lily hacía años que no tenía relaciones con hombres normales, con trabajos normales y preocupaciones normales. Alguien así no sólo no comprendería nunca cómo ella podía hacer lo que hacía, sino que además a Lily le preocupaba ser más fuerte que un hombre así en una relación íntima. Ella *tenía* que ser fuerte y decidida y eso no era algo que pudiera ser o dejar de ser con tanta facilidad. Cuando se trataba de un romance, no quería dominar ella, quería ser una compañera, pero eso significaba que necesitaba a alguien con un carácter al menos tan fuerte como el suyo. Con Swain notaba una tranquilidad, una confianza en sí mismo que ella no sentía en absoluto como una amenaza. No tenía que ensalzarle su ego, ni refrenar su personalidad para que él no se sintiera intimidado. Le extrañaría que Swain se hubiera sentido alguna vez intimidado en su vida. Probablemente había tenido agallas y había sido un demonio desde pequeño.

Cuanto más le observaba, más le respetaba. Se estaba enamorando deprisa y de verdad, y no tenía ninguna red debajo para parar la caída.

Capítulo 26

Después de comer, Swain miró las Sky News durante un rato y Lily leyó un poco más. Parecían una pareja que llevara años junta por la calma que él mostraba, pero ella recordaba la erección que había notado en su cadera y sabía que no era así. A un hombre no se le ponía dolorosamente dura cuando no estaba interesado. Él le estaba dejando tiempo para que se relajara, no quería presionarla, por supuesto sabía que acabarían acostándose y que sucedería lo inevitable. Ella también lo sabía y saberlo era erótico en sí mismo. No podía mirarle sin pensar en que pronto estaría desnudo y ella también, que le sentiría dentro y que esa tensión que notaba en su interior por fin hallaría salida.

A las diez Lily le dijo que se iba a duchar y le dejó mirando las noticias. Los productos de aseo del hotel que habían puesto en el mármol del cuarto de baño eran de marca y olían de maravilla. Se tomó su tiempo, se lavó el pelo, se afeitó las axilas y las piernas —una costumbre americana que nunca había perdido—; luego, se puso una loción suavizante perfumada antes de secarse el cabello y de cepillarse los dientes. Se arregló cuidando todos los detalles y tras haber utilizado más de una hora, se puso uno de los gruesos albornoces del hotel antes de entrar descalza en la habitación.

—Eres una acaparadora del cuarto de baño —le dijo él, apagando la televisión y poniéndose en pie. La repasó con la mirada desde su pelo brillante hasta la punta de sus pies—. Esperaba que salieras con uno de tus pijamas. Y había pensando que te lo iba a quitar.

—No llevo pijama —respondió ella y bostezó.

Él levantó las cejas.

—Me dijiste que llevabas pijama.

—Te mentí, duermo desnuda.

—¿Me estás diciendo que arruinaste una fantasía estupenda sólo por que sí?

—No era asunto tuyo lo que yo llevara para dormir. —Le sonrió con suficiencia y se dirigió al sofá, donde tomó el libro y se sentó con las piernas cruzadas. Estaba bastante segura de que le había impresionado —eso era lo que pretendía— porque de pronto se giró y entró en el cuarto de baño sin mediar más palabras y treinta segundos después oyó correr el agua de la ducha. Ahora era él quien tenía prisa.

Miró el reloj que había en la mesita de noche y cronometró el tiempo. Su ducha duró sólo dos minutos. Luego oyó correr el agua del lavabo durante cuarenta y siete segundos. Veinte segundos después salía del cuarto de baño con una toalla húmeda envuelta alrededor de la cintura y nada más.

Lily miró sus mejillas recién afeitadas.

—No me puedo creer que te hayas afeitado tan deprisa. Es un prodigio que no te hayas rebanado el cuello.

—¿Qué importancia puede tener una yugular cortada comparado con llevarte a la cama? —dijo él, caminando hacia el sofá, tomándola de la mano y estirándola para que se levantara. Apagó la lámpara y la llevó hacia la cama, apagando las luces que encontraba a su paso hasta que la habitación quedó a oscuras salvo por la lámpara de la mesita de noche. Destapó la cama y se giró hacia ella.

De pie junto a la cama, tomó su rostro entre sus manos y la besó. Sabía a pasta de dientes, en su carrera hacia el cuarto de baño también se las había arreglado para lavarse los dientes. Lily estaba atónita con su destreza, no se había hecho ningún corte, moviéndose a semejante velocidad, pero al menos tenía que haberse metido el cepillo de dientes en el ojo.

A pesar de que su urgencia era evidente, se tomó su tiempo para besarla. Ella le rodeó con sus brazos y presionó sus palmas contra su espalda, notando la suavidad húmeda de su piel, la forma de sus músculos. Durante el beso él perdió la toalla y el cinturón del albornoz de Lily acabó desabrochado. Ella dejó caer los brazos a los lados y el albornoz se deslizó por sus hombros hasta acabar en el suelo. No había nada entre los dos salvo suspiros y expectación, apagó la última luz y la echó sobre las sábanas frescas.

Ella le buscó mientras él se metía en la cama, dejando que sus manos le palparan hasta que sus ojos se adaptaron a la oscuridad. Notó el pelo encrespado de su pecho, su abdomen duro y sus delgados costados. Pasó sus manos por sus musculosos brazos y sobre las gruesas curvas de sus hombros. Él también estaba ocupado con su exploración personal, acariciándole las nalgas, los muslos y luego colocándola boca arriba y besándola empezando por los labios, bajando por las mejillas y la garganta. Luego siguió deslizándose con la boca abierta hasta llegar a un pecho donde uno de sus ardientes pezones se introdujo en su boca. Él lo succionó con suavidad y sin prisas y Lily emitió un suave sonido de placer.

—Me gusta —le susurró ella colocando su mano en su cabeza para mantenerle allí.

—Ya lo veo. —Él le dedicó al otro pezón el mismo tiempo dejándolos a ambos duros, mojados y firmes.

—¿Qué te gusta? —Ella movió la mano con suavidad a través de su estómago, rozando ligeramente la punta de su tensa erección, luego cambió de dirección y fue en busca de sus aplanados pezones, jugó con ellos hasta que se pusieron en pie.

—Sí, así —dijo él con voz ronca—. Todo esto me gusta. —Se estremecía a medida que las olas de sensaciones invadían su cuerpo. Le tomó la mano y se la llevó donde él quería que estuviera. Ella cerró sus dedos alrededor de su pene y él dio una sacudida, luego otra, su miembro palpitaba con su contacto. Le acarició unas cuantas veces con un movimiento largo, sus dedos apenas podían acabar de cerrar el círculo y sus músculos internos respondieron a ese grosor con una contracción.

Él exhaló y le sacó la mano a la fuerza. Lily refunfuñó y le agarró con la otra, acariciándole un par de veces más antes de que él pudiera agarrarle también la otra mano.

—Vale más que dejes que me calme un poco o esto acabará antes de empezar.

—Después de todo lo que has fanfarroneado, ¿sólo vales para un asalto? —murmuró ella—. Estoy sorprendida.

—Impertinente. —Le puso las manos a ambos lados de la cabeza y las sujetó con las suyas.

—Te enseñaré lo que es un asalto. —Por fin, por fin, su peso se puso encima de ella y las piernas de Lily se abrieron espontáneamente para acogerle entre ellas, flexionándose de modo que sus muslos aprisionaron sus caderas. Ella notaba cómo se abría; él le soltó la mano izquierda para colocar bien su miembro. Hubo una fuerte presión en la entrada del cuerpo de Lily y ella se elevó, queriendo sentir esa primera y larga penetración del músculo en su carne, pero la presión produjo ardor y no sucedió nada. Él retrocedió un poco y empujó de nuevo. Esta vez no pudo evitar un pequeño gemido de dolor al notar que su cuerpo se negaba a aceptarle.

Desilusionada, notó que la cara empezaba a arderle.

—Lo siento. —Se sentía abochornada por su sequedad—. Siempre me ha costado cuando llega este momento. Me parece que no puedo dejar de pensar.

El sonido de su risa ronca chocó contra su pelo y le acarició la sien.

—Si *no pensar* es un requisito, entonces yo tampoco lo hago bien, porque creo que nunca dejo de pensar. Retiro lo dicho. Creo que durante unos diez segundos consigo no pensar. —Sus labios se desplazaron hacia el lóbulo de Lily y lo mordisqueó con los dientes—. Soy yo quien ha de disculparse cariño, por asaltarte de este modo. —Su acento era más fuerte, del oeste de Texas, arrastrando las palabras—. Una mujer que no ha hecho el amor en seis años necesita ternura y creo que me he dejado algunos pasos importantes.

—¿Pasos? —Parecía como si estuviera programando un vídeo. Estuvo a punto de indignarse, pero los dulces besos acompañados de los mordisquitos que le estaba dando rompían su concentración.

—¡Ooh, ooh! —Ahora le estaba mordisqueando el cuello, luego la clavícula—. O puntos como este de aquí. —Él mordió ligeramente la zona donde se unían el cuello y el hombro y Lily retuvo la respiración al notar un sorprendente placer por todo el cuerpo.

Le apretó por los costados.

—Vuelve a hacerlo.

Él, obediente, la besó y la mordió hasta que ella se arqueó debajo de él, su respiración se producía en rápidos jadeos. Esos pequeños mordiscos eran tan excitantes que pensaba que casi la harían llegar al orgasmo. Él le pellizcó el pezón, con una presión fuerte y mantenida que unos momentos antes habría sido dolorosa, pero que ahora la hacía gemir y acercar su pecho a su mano.

Él bajó por su cuerpo colocando la punta de su dedo meñique en su ombligo, mordisqueándole el costado de su cintura, de su cadera, deslizando sus manos y apretando sus nalgas con un movimiento rítmico. Intentó tocarle para devolverle parte del placer que él le estaba proporcionando, pero le apartó las manos.

—¡Oh! ¡Oh! —dijo él con un tono áspero y casi sin aliento—. Sólo me queda un paso y ése ya ha empezado.

—¿Cuál es? —preguntó ella, en un esfuerzo por ser coherente.

—La respiración.

Ella no pudo contenerse y se echó a reír, él la castigó con un mordisco en el interior del muslo que tuvo el efecto de pararle la respiración y hacer que sus piernas se abrieran todavía más. Sabía lo que iba a hacer y se moría de ganas mientras él recorría su cuerpo hacia abajo, pero aún así, el primer roce de su lengua le produjo una sensación de descarga eléctrica. Lily dio un grito, clavó sus talones en el colchón y arqueó su espalda levantándola de la cama. Él la atrapó y la atrajo hacia sí para saborearla mejor, para sentirla más profundo con la lengua y con los dedos. La sensación de la penetración fue intensa, hizo que todas sus terminaciones nerviosas se estremecieran como si fueran pequeñas ondas que se intensificaran con cada movimiento lento de entrada y salida.

Lo hacía muy bien, era un gran amante. Incluso cuando ella ya estaba preparada, cuando podía notar su humedad entre las piernas, él parecía disfrutar con los besos y las caricias hasta que se contorsionaba de placer y le suplicaba que se detuviera, o no, ya daba igual. Al final, le cogió por las orejas y le dijo, «Ya estoy a punto», por si a él le quedaba alguna duda.

Swain giró la cabeza y le besó la mano.

—¿Estás segura?

Lily se sentó en la cama furiosa.

—¡O ahora o nunca! ¡Me estás volviendo loca!

Él se rió y la tumbó en la cama. Antes de que pudiera recobrar el equilibrio, estaba encima de ella, empujando con una presión lenta e inexorable que hacía que su respiración saliera produciendo un ligero silbido mientras él se adentraba en ella. Lily estaba muy quieta, con los ojos cerrados, intentando absorber todas las sensaciones, la presión, el calor y el peso.

Swain inició un sutil movimiento hacia delante, hacia atrás y meciéndose en su interior. Se contrajo instintivamente, apretando sus músculos internos en un intento de acogerle y controlar el acto. Él gimió, se quedó inmóvil y le dijo con voz ronca: «Vuelve a hacerlo». Esta vez era él quien estaba quieto mientras ella le hacía el amor con sus músculos internos. El acto de apretarle y luego relajar conscientemente los músculos la llevó casi al borde del orgasmo, pero no lo bastante cerca.

Él acomodó sus brazos bajo sus piernas y las puso en alto, tomando todo el control. Lily no podía limitar la profundidad de su penetración en esa postura, ni podía levantarse para encontrar sus empujes, no podía hacer nada salvo sentir los largos y lentos avances que iban adoptando un ritmo estable. Él estaba situado lo bastante alto, en la postura perfecta para que ella notara la máxima fricción, sin embargo, pasaban los minutos y el orgasmo seguía fuera de su alcance. Lily notaba como si la estuvieran partiendo por la mitad, la tensión era muy intensa. Los brazos de Swain empezaron a temblar, todo su cuerpo empezó a temblar y casi se puso a llorar al darse cuenta de que él no podría aguantar mucho más y que todavía no había llegado al orgasmo.

—Quiero hacerlo por detrás —le susurró él y salió. Antes de que ella pudiera cambiar de posición, se estiró a su lado y la puso encima de él boca arriba, con su cabeza echada hacia atrás sobre su hombro izquierdo. La respiración caliente de Swain le hacía cosquillas en la oreja, le acariciaba los pechos con las manos y bajaba hasta el estómago. Le abrió las piernas colocándoselas a ambos lados de su cuerpo y se sujetó el pene mientras empujaba hacia arriba. Ella gimió cuando el grueso miembro se introdujo de nuevo, vibrando en un paroxismo que la llevó muy cerca del clímax, pero sin conseguirlo de nuevo. Se sentía muy desprotegida sin tenerle a él encima. El aire fresco envolvía su recalentado cuerpo, sus piernas estaban muy abiertas y tenía la cabeza inclinada hacia atrás, se encontraba extrañamente desorientada y sin equilibrio.

—¡Shuuh! Te tengo —le dijo él con un tono tranquilizador, entonces ella se dio cuenta de que debía haber emitido algún sonido de pánico. Sus caderas se aflojaron y se curvaron hacia atrás, facilitando su movimiento de entrada y salida dentro de ella. Esa posición le proporcionaba una sensación más aguda del movimiento. Él deslizó su mano derecha por su vientre curvando sus dedos hacia abajo entre sus piernas hasta alcanzar el clítoris con los dedos índice y corazón en forma de tenedor. Luego los fue cerrando delicadamente, lo suficiente, pero no del todo, sosteniéndola mientras sus empujones la movían hacia arriba y hacia abajo, delante y atrás y la sensación de ardor en el interior de Lily alcanzó un grado casi insoportable.

Ella emitió un sonido ahogado y clavó sus talones en el colchón, contorsionándose, llevando atrás las caderas para acoger cada centímetro de él y luego presionando hacia arriba contra esos dedos que la enloquecían. Temblaba de la cabeza a los pies, los muslos vibraban, su respiración era una serie de sollozos atrapados en la garganta. Cada vez más cerca, más cerca...

Un pequeño llanto surgió de su garganta y de pronto entró en el camino sin retorno. Grandes pulsaciones recorrieron sus nalgas, acabando con los últimos vestigios de control. Por fin, por fin, ya estaba llegando, estaba sucediendo, con más fuerza de lo que hubiera sentido jamás, cegándola a todo salvo al placer que la poseía y atravesaba.

Apenas se daba cuenta de que lloraba, aunque no sabía por qué. Todavía temblaba, estaba tan retorcida y magullada que no podía ni levantar un brazo. Tampoco tenía necesidad de hacerlo. Swain se salió de debajo de ella y volvió a colocarse encima para penetrarla de nuevo. Sus arremetidas eran profundas y rápidas, llevándole casi al clímax cada vez. El sudor empapó su cuerpo y temblaba como ella había temblado, todos sus músculos temblaban mientras él fondeaba en sus profundidades en busca de su propio placer. Su ritmo se perdió, se desintegró y un largo y profundo rugido salió de su pecho, de su garganta y con un grito agudo se arqueó hacia atrás, vibrando en su interior mientras la asía por las caderas con tanta fuerza que sus dedos se quedaron marcados en su piel. Luego, lentamente se dobló hacia delante, todavía estremeciéndose, con sacudidas, con los ojos cerrados mientras sus temblorosos brazos cedían dejando caer su peso sobre ella.

Sus pulmones resoplaban como fuelles, las respiraciones eran profundas. Lily todavía intentaba recobrar su ritmo respiratorio y el movimiento de algunos de sus miembros, mientras su corazón latía con tanta fuerza que parecía que iba a estallar. Podía notar su pulso incluso en las yemas de sus dedos.

Le vino el funesto pensamiento de que si era su último orgasmo, al menos habría sido de primera.

Al final pudo levantar la mano y secarse las lágrimas de sus mejillas. ¿Por qué caray estaba llorando? Conseguirlo había supuesto un esfuerzo hercúleo, pero había merecido la pena.

Swain gemía boca abajo al lado de su oreja izquierda.

—Dios mío. Lo he sentido hasta la punta de los dedos de los pies. —No salía de encima de ella y cada vez pesaba más, aunque a Lily no le importaba. Lo envolvió entre sus brazos y lo abrazó lo más fuerte que pudo.

—Me levantaré en un minuto —le prometió con voz de estar agotado.

—No —dijo Lily, pero él ya estaba moviéndose trabajosamente para yacer a su lado. Le puso una mano en la cintura y la estiró hacia él, abrazándola, dejando que su cabeza reposara en su hombro.

—El primer asalto ha concluido oficialmente —murmuró él.

—Retiro lo dicho. No creo que pueda soportar un segundo asalto —consiguió decir ella, pero su respiración profunda y regular le indicó que ya estaba durmiendo. Ella respiró profundamente un par de veces más y también cayó dormida. Estaba entre sus brazos y por primera vez en su vida se sentía segura.

Capítulo 27

Lily se despertó en los brazos de Swain y sintió que le pertenecía. Le hubiera gustado poder parar el tiempo en ese preciso momento, para no perder jamás ese sentido de satisfacción y seguridad. No quería pensar en el posible desastre que podía aguardarle ese día, haría lo que tuviera que hacer, por lo tanto no valía la pena preocuparse. Si tenía suerte, esa noche la pasaría del mismo modo que la anterior.

Para su sorpresa, había podido aguantar dos asaltos más, aunque ahora estaba tan dolorida que casi lo lamentaba. Sólo casi. Él la había despertado a las dos en punto encendiendo la luz de la mesita de noche, porque esta vez quería verla. Se sentía un poco incómoda por el estado en el que estaba, pegajosa por haberse quedado dormida sin haberse limpiado, pero él le demostró que salvo con los coches, no tenía el más mínimo remilgo.

—El sexo es así —le dijo con una lenta sonrisa mientras la detenía cuando ella intentaba levantarse de la cama para asearse en el cuarto de baño—. Si yo soy el causante de todo esto, ¿por qué debería importarme?

Tener la luz encendida no le molestaba a Lily, aunque él pensó que la primera vez le resultaría más fácil a oscuras. Ella tenía treinta y siete años, no era ninguna niña, pero estaba en forma, era delgada y de pechos pequeños, por lo que aunque algunas partes empezaban a caer, como inevitablemente sucedía, no caían demasiado. Sin duda, Swain apreciaba cada milímetro de su cuerpo.

Llegar al orgasmo fue más fácil la segunda vez, era como si su cuerpo ya lo recordase. No estaba tan tensa ni desesperada, además Swain hizo que fuera divertido con su inagotable humor. Después se ducharon juntos y pusieron toallas sobre las zonas mojadas de la cama antes de volver a acostarse para dormir otro par de horas.

La tercera vez, justo pasadas las cinco en punto, fue larga y lenta, había desaparecido toda urgencia. Apenas recordaba haberse vuelto a tumbar en la cama y había dormido tan profundamente que si había soñado, no lo recordaba. Ahora la luz solar se colaba por los bordes de las pesadas cortinas, haciendo que Lily se preguntara qué hora debía ser, pero no le preocupó lo suficiente para mirar el reloj.

Él hizo un sonido ambiguo de hombre medio dormido y de oso refunfuñón, luego le levantó el pelo y le besó la nuca.

—Buenos días —le dijo acomodándose cerca de ella.

—Buenos días. —A ella le encantaba sentir toda esa calidez muscular en su espalda, le encantaba el tacto de su pierna empujando entre las suyas y el peso de su brazo alrededor de su cintura.

—¿Tengo que seguir conduciendo el Fiat? —Todavía parecía estar medio consciente, pero el tema tenía que ser importante para él para que fuera la primera cosa en la que había pensado al despertarse. Ella le dio unas palmaditas en el brazo, contenta de estar dándole la espalda para que no pudiera ver su sonrisa.

—No, puedes alquilar el coche que quieras.

—¿Tan bien ha estado? —preguntó él con aire de suficiencia y un poco más despierto.

Se merecía algo mejor que una palmadita en el brazo, así que ella bajó el brazo y le dio una palmadita en el trasero.

—Has estado espectacular —dijo Lily con un tono ligeramente monótono y mecánico—. Tu técnica es fabulosa y tu pene el más grande que he visto nunca. Soy la mujer más afortunada del mundo. Esto es una grabación...

Él se giró y soltó una carcajada. Lily saltó de la cama y se escapó al cuarto de baño mientras él se reía, antes de que pudiera vengarse de ella. Se miró al espejo y se sorprendió al ver la suavidad de sus facciones. ¿Una noche de sexo y parecía haber rejuvenecido?

No era el sexo, aunque reconoció que la relajación profunda de su cuerpo había contribuido considerablemente. Era el propio Swain, su ternura, la consideración con que la había tratado y el sentimiento de que le importaba a alguien. Era la proximidad, el vínculo, no estar sola. Durante meses se había sentido totalmente sola, alejada del mundo que veía a su alrededor como si nada ni nadie pudiera alcanzarla, rodeada por un foso de dolor y de sufrimiento. El entusiasmo de Swain y su personalidad la habían sacado de su soledad y la habían vuelto a conectar con la vida.

¡Maldición!, era evidente que se estaba enamorando de él. Qué cosa más absurda que le pasase en esos momentos, con todo lo que tenían entre manos, pero ¿cómo podía evitarlo? No podía marcharse, necesitaba su ayuda, pero lo que era peor es que *no quería* dejarlo. Quería todo lo que él pudiera darle, cada minuto. Ni siquiera podía preocuparse de si estaría con ella para siempre, porque ¿qué era eso de para siempre? Hoy podía ser todo lo que le quedara de vida, como máximo mañana. Lo único que tenía era el ahora y con eso le bastaba.

Como sólo había un cuarto de baño se dio prisa para que él pudiera entrar. No tenía nada para vestirse en el cuarto de baño y el albornoz estaba tirado al lado de la cama, así que tuvo que salir tan desnuda como había entrado, lo cual no le importó porque a Swain tampoco le preocupaba la ropa. Cuando ella salió del cuarto de baño, él se levantó de la cama, sus ojos adormilados recorrieron las zonas de interés antes de acercarse a ella y darle un largo abrazo. Su erección matinal se clavaba en el vientre de Lily, que hubiera deseado no estar tan dolorida.

—¿Vamos a ducharnos juntos? —le dijo por encima de la cabeza.

—Creo que prefiero darme un buen baño —respondió ella un poco compungida.

Él le masajeó las nalgas colocándola de puntillas.

—Estás dolorida, ¿eh?

—Pues sí.

—Lo siento, no lo pensé. Dos veces hubiera sido suficiente. Debía haber dejado mis manos quietas la última vez.

—Fue esa tercera vez la que te liberó de conducir el Fiat hoy.

—Lily acarició sus costillas, le pasó las manos por la espalda y clavó sus dedos en los profundos surcos que se marcaban entre sus vértebras.

Ella notó que sus labios le besaban el pelo.

—En tal caso, considera que tu sacrificio ha valido la pena.

—Sabía que dirías algo parecido. —Pero ella también sonreía, mientras restregaba su nariz por su hombro—. Es bueno saber qué lugar ocupo entre tus prioridades.

Tras una pausa Swain le preguntó delicadamente:

—¿Se suponía que tenía que haber dicho algo más agradable?

—Así es y has fracasado en el apartado de romance.

Tras otra pausa, la empujó suavemente con su erección.

—¿Esto no cuenta?

—Teniendo en cuenta que también la tienes cuando estás solo, no.

—Normalmente ya habría bajado. Eres tú quién la mantiene así. Como ves, *soy* un romántico.

Le estaba devolviendo la broma de la grabación, pero el ligero temblor de sus hombros le descubrió. Lily miró sus ojos azules que brillaban con una risa apenas contenida, pero dado que ella iba a echarlo todo a perder con la suya decidió perdonarle. Le dio una palmadita en el trasero y se fue a buscar el albornoz.

—Date prisa hombretón. ¿Tienes hambre ahora? ¿Quieres que encargue el desayuno?

—No me importaría tomarme un café, también puedes encargar algo de comer. —Miró el reloj—. De todos modos, ya son casi las diez.

—¡Tan tarde! —Lily estaba maravillada de lo bien que había dormido, pero también se acordó de que su misterioso informador podía llamarla de un momento a otro. Mientras Swain estaba en el baño miró su teléfono móvil, que había puesto a cargar por la noche. Lo tenía conectado y había buena cobertura, por lo que estaba segura de no haber perdido ninguna llamada. Desconectó el teléfono del cargador y se lo puso en el bolsillo del albornoz.

Llamó al servicio de habitaciones y encargó cruasanes con mermelada, café y zumo de naranja fresco. Swain no había manifestado ninguna preferencia por algún otro tipo de desayuno que no fuera el tradicional francés, así que eso fue lo que pidió. En lo que respectaba a la comida también había demostrado ser muy flexible y sofisticado. Había muchas cosas que no le había contado sobre su pasado, pero ella tampoco se lo había contado todo, y probablemente, nunca lo haría. Era sano, con un gran corazón y por el momento era suyo. Con eso le bastaba.

Swain sacó la cabeza del cuarto de baño.

—¿Quieres darte el baño ahora mientras yo espero al servicio de habitaciones o prefieres esperar a después de desayunar?

—Después, no quiero que mi baño quede interrumpido por la comida.

—Entonces, yo me ducharé ahora. —Volvió a desaparecer en el aseo y al momento se oyó correr el agua de la ducha.

Salió un momento antes de que llegara el desayuno, tenía un aspecto formidable con sus pantalones negros, una sencilla camisa blanca sin cuello y con las mangas arremangadas sobre sus musculosos antebrazos. Firmó la cuenta, mientras Lily estaba de espaldas mirando por la ventana, y despidió al camarero. Acababa de cerrar la puerta cuando sonó el teléfono de Lily.

Ella respiró profundo y sacó el teléfono del bolsillo. Miró rápidamente la pantalla y vio que aparecía con identidad oculta en la pantalla.

—Creo que es él —dijo abriendo el teléfono—. Sí. Hola. —Enseguida cambió al francés.

—¿Ha tomado una decisión?

Al oír la voz distorsionada le hizo una señal a Swain con la cabeza y él se acercó a escuchar la conversación. Separó un poco el teléfono para que también pudiera oír.

—Sí, lo haré, pero con una condición. Hemos de vernos cara a cara.

Hubo una pausa.

—Eso no es posible.

—Tendrá que serlo. Me está pidiendo que arriesgue mi vida, pero usted no está arriesgando nada.

—Usted no me conoce. No entiendo de qué le servirá un encuentro para sentirse más segura.

Tenía razón, pero ella ya estaba más tranquila. Si hubiera sido Rodrigo, enseguida habría aceptado su propuesta de encontrarse.

Habría enviado a otra persona, atrayéndola a la trampa utilizando a alguien que ella no pudiera reconocer, habría sido muy sencillo. Ese hombre no era Rodrigo, ni trabajaba para él.

Lily ya estaba empezando a decir que tenía razón en cuanto a lo del encuentro, pero Swain le hizo una señal y le vocalizó «Encuentro» y asintió con la cabeza. Quería que ella insistiera en que se vieran.

No se le ocurría cuál podía ser la razón, pero se encogió de hombros y siguió.

—Quiero verle la cara. Usted me conoce, ¿no es así?

El hombre dudó y ella supuso que había acertado.

—¿De qué le sirve saber qué cara tengo? Podría darle cualquier nombre y usted no sabría si le estoy mintiendo.

Eso también era cierto y no se le ocurría ninguna razón lógica para insistir, de modo que siguió siendo ilógica.

—Esa es mi condición —dijo tajante—. La acepta o la rechaza.

Escuchó una respiración profunda y de frustración.

—Acepto. Estaré delante del jardín del Palais Royal mañana a las dos en punto. Lleve una bufanda roja y la encontraré. Venga sola.

Swain movió la cabeza, con una expresión que decía que él no aceptaría eso.

—No —respondió ella—. Vendrá un amigo. Insiste en venir. Usted no corre ningún peligro conmigo *monsieur* y él quiere estar seguro de que yo no lo corro con usted.

El hombre se rió, sonido que con la electrónica se transformó en un tosco ladrido.

—Usted es difícil. Muy bien, *mademoiselle*. ¿Alguna otra condición?

—Sí —dijo, para llevarle la contraria—. Lleve usted también una bufanda roja.

Se volvió a reír y colgó. Lily cerró el teléfono y exhaló aliviada.

—No es Rodrigo —dijo innecesariamente.

—Parece que no. Eso es bueno. Puede que tengamos un respiro.

—¿Para qué queremos verlo?

—Porque alguien que tiene tanto rechazo a que le conozcan debe tener algo que esconder.

Swain tomó el café de Lily y se lo dio, luego le guiñó el ojo.

—Adivina lo que eso quiere decir.

Lily parpadeó todavía tan concentrada en la llamada y en sus implicaciones que estaba en las nubes.

—¿Qué? —preguntó asombrada.

—Significa que tenemos el día de hoy. —Hizo un brindis con su taza de café—. Y esta noche.

Sin nada más que hacer que divertirse, quería decir. Una lenta sonrisa curvó los labios de Lily. Se acercó a la ventana, corrió las cortinas y miró el espléndido día.

—Si te aburres podemos ir a Disneylandia —dijo ella.

Ahora pensaba que ya sería capaz de ir y de disfrutar de los recuerdos de Zia, en vez de sufrir con ellos.

—¿Se puede ir desnudo? —preguntó él tomándose el café.

—No creo —respondió ella sabiendo exactamente hacía dónde se decantaba la conversación.

—Entonces, no voy a salir de esta habitación.

Capítulo 28

Al día siguiente, sábado, era otro día fresco y soleado que atraía a los turistas en masa. Swain pensaba que no habría muchos turistas en esta época del año, pero era evidente que no era así. Muchos sintieron la necesidad de visitar los jardines del Palais Royal o quizás había algún festival. Tenía que haber algo que explicara esa afluencia de gente.

Por desgracia, «delante del Palais Royal» resultó ser una indicación bastante vaga. El ornamentado parque era grande y estaba rodeado de tiendas, restaurantes y galerías de arte por los tres lados. Se entraba al parque a través de un enorme patio adornado con columnas de piedra y rayas, que se suponía que era la idea de algún artista... o algo por el estilo, pero resultaban extravagantemente modernas y anacrónicas entre una arquitectura del 1600. Había una larga hilera de columnas más altas y majestuosas que todavía limitaban más la visibilidad. Entre las columnas y los montones de gente, con muchas personas que llevaban bufandas rojas, divisar a una persona era mucho más difícil de lo que esperaban.

En resumen, le parecía una forma muy poco fiable de contactar, pero de algún modo eso era una buena señal. Un profesional habría escogido un sitio mejor, lo que significaba que la persona con la que estaban tratando se encontraba dentro del rango de los *amateur*, probablemente era alguien que trabajaba en el laboratorio y que estaba alarmado por lo que estaba sucediendo allí. En tal caso, ellos tendrían ventaja sobre él.

Lily estaba al lado de Swain, mirando a su alrededor. Llevaba gafas de sol para disimular sus ojos y lentes de contacto de color castaño por si tenía que sacarse las gafas y el mismo gorro que solía ponerse para cubrirse el pelo. Swain la miró y le tomó la mano acercándosela.

Se consideraba un hombre poco complicado en cuanto a sus deseos y necesidades, gustos y aversiones, pero su situación con Lily y el modo en que le hacía sentirse nada tenían de sencillos. Estaba atrapado en un condenado dilema y lo sabía. Lo máximo que podía hacer era una cosa a la vez, por orden de importancia, con la esperanza de que todo fuera bien. No podía pasar sin Lily, por supuesto, pero cada vez que pensaba en lo que tenía que hacer se le encogía el corazón.

Si pudiera hablar con Frank. Frank estaba vivo, consciente, pero muy sedado y todavía en la UCI. Según Swain «consciente» no era lo que describía exactamente su estado, porque según la secretaria de Frank respondía a peticiones como «apriétame la mano» y de vez en cuando murmuraba la palabra «agua». Para Swain, consciente significaba que podía mantener una conversación con un proceso racional de pensamiento. A Frank todavía le quedaba mucho para eso. No podía recibir una llamada aunque su box tuviera teléfono, que evidentemente no era así.

Tenía que haber alguna otra solución para Lily. Quería hablar con ella; sentarla, tomarle las manos y explicarle exactamente lo que estaba pasando. Las cosas no tenían que suceder como Frank había decretado.

No lo había hecho porque sabía cómo reaccionaría. En el mejor de los casos, le abandonaría. En el peor, intentaría matarle. Teniendo en cuenta su pasado y lo recelosa y desconfiada que era, seguramente habría optado por la segunda opción. Si no hubiera sido traicionada por un amante que había intentado matarla... quizás tendría alguna oportunidad. Casi se le escapa un grito cuando ella le contó ese episodio, porque se dio cuenta de que había sentado un terrible precedente en su mente. Tras haber escapado con vida esa vez, seguramente no le concedería el beneficio de la duda para hablar antes de disparar.

Sus emociones estaban a flor de piel y él lo sabía. Había estado tan abatida por la pérdida y la traición que casi se había retraído por completo, por su incapacidad de soportar otro golpe de esa índole. Swain sabía muy bien que habían sido las circunstancias las que la habían llevado hacia él, aunque se había aprovechado rápidamente de la situación. Había estado sedienta de calor humano pero, aunque lo necesitaba, en su vida hacía tiempo que no había risa, diversión ni felicidad. Al menos, él podía proporcionarle eso, durante algún tiempo y, tal como ya le había dicho, era un afortunado hijo de perra porque era justamente a lo que ella no se podía resistir.

El modo en que se había abierto esos días le había roto el corazón. No alardeaba de que se debiera a su exquisita técnica de hacer el amor o ni tan siquiera a su personalidad, había sido el contacto humano lo que la había sacado de su burbuja, la había hecho reír, bromear y aceptar el afecto, así como darlo. Pero era imposible que unos pocos días pudieran borrar meses, años de condicionamiento, su equilibrio era todavía tan precario que el más mínimo indicio de traición acabaría con la confianza que él había construido entre ambos.

Se encontraba en un infierno de dudas, porque estaba tan atrapado como ella. Si él le había llegado al corazón, ella también había llegado al suyo. Esas dos últimas noches, haciendo el amor, habían sido... ¡maldición, las mejores de su vida! Perderla le destrozaría el corazón y había dejado que las cosas fueran demasiado lejos como para no perderla hiciera lo que hiciera, porque si le decía quién era y cómo la había encontrado, lo único que vería sería una traición. *Cabrón*, pensaba que podría controlarlo, pasárselo bien, hacérselo pasar bien a ella durante un tiempo, pero no se imaginaba lo importante que sería ella para él. Tampoco sabía lo emocionalmente rota que estaba, lo cual regiría su respuesta si se iba de la lengua en esos momentos. Había sido estúpido y arrogante, había pensado con su pequeño cerebro en lugar de hacerlo con el grande y ahora los dos iban a pagar por ello.

De acuerdo, él se lo merecía, pero Lily no. Por lo que a él respectaba ella era la buena en esa situación. Por haber matado a una persona valiosa para la CIA, a un hijo de puta que se merecía morir, especialmente al saber lo que estaba planeando con el virus de la gripe. No es que ella lo supiera cuando lo hizo, era pura venganza, pero para Swain eso no tenía importancia. Lo que importaba era que Lily no se había rendido. Seguía arriesgándose dispuesta a sacrificarse por lo que creía que era justo. No había muchas personas que tuvieran esa fuerza moral o tozudez, como se prefiera llamar.

Se le cerró la boca del estómago y el corazón le empezó a latir con fuerza cuando se dio cuenta exactamente de lo que había sucedido, hasta qué punto estaba ciego.

—Dios mío—, dijo en voz alta. A pesar del frío que hacía empezó a sudar.

Lily le miró asombrada.

—¿Qué?

—¡Me he enamorado de ti! —Lo dijo con crudeza, aterrado al darse cuenta de lo que estaba sintiendo y del desastre que se le venía encima. Apretó los dientes y selló su mandíbula para evitar soltarlo todo. Lo que acababa de decir bastaba para tener la sensación de haberse lanzado al abismo.

Como ella llevaba puestas las gafas de sol no pudo ver sus ojos, pero casi hubiese asegurado que parpadeaba rápidamente y su boca se abrió un poco.

—¿Qué? —repitió ella, sólo que esta vez con un tono muy tenue.

Entonces sonó de nuevo su móvil.

Hizo una mueca de desagrado.

—¡Estoy harta de estas malditas llamadas! —murmuró mientras sacaba el teléfono de su bolsillo.

Frustrado por la interrupción, él le cogió el teléfono.

—Te entiendo —dijo refunfuñando mientras miraba la pantalla. Se detuvo un momento a mirar el número. Conocía ese número, era el que le había llamado unos días atrás—. ¿Qué demonios? Esta vez tenemos un número —dijo para concluir con la pausa, acabó de abrir el teléfono y respondió—. Sí, ¿qué pasa?

—Perdón, quizás me he equivocado de número.

—No lo creo —dijo Swain, pensando enfurecido mientras la tranquila voz le confirmaba sus sospechas—. ¿Llamaba por lo del encuentro?

Quizás el que llamaba también reconoció su voz porque se hizo un largo silencio, tan largo que Swain empezó a preguntarse si había colgado. Al final, respondió «*Oui*».

—Yo soy el amigo del que le habló —dijo Swain, esperando que no le delatara. Él sabía que Swain era de la CIA, si le preguntaba a Lily al respecto, se habría terminado el juego.

—No lo entiendo.

No, no podía, porque suponía —correctamente, por cierto— que Swain había sido enviado a Francia para encargarse del problema, concretamente de Lily. Sin embargo, allí estaba aparentemente trabajando con ella.

—No tiene que entender —respondió Swain—, sólo díganos si la entrevista sigue en pie.

—*Oui*. No pensé que este parque estuviera tan... estoy en el estanque que hay en el centro. Es un sitio fácil para quedar. Estaré sentado en el borde del estanque.

—Estaremos allí dentro de cinco minutos —respondió Swain y cerró el teléfono.

Lily le quitó el teléfono de la mano.

—¿Por qué lo has hecho? —le preguntó bruscamente.

—Así sabrá seguro que no has venido sola —replicó él.

Era una razón tan buena como cualquier otra, además era la única que se le había ocurrido—. Nos está esperando en el centro del parque, en el estanque. —La tomó del brazo para conducirla al parque.

Ella se soltó.

—Espera.

Él se detuvo y miró hacia atrás para verla.

—¿Qué?

Temía que insistiera en hablar sobre su afirmación caída del cielo, porque según su experiencia a las mujeres les encantaba hablar las cosas hasta la saciedad, pero su mente iba en una dirección totalmente distinta.

—Creo que debemos volver al plan original, quédate atrás donde puedas verme. Rodrigo podría pensar que sospecharíamos si aceptaba enseguida el encuentro.

Pero Swain no iba a dejar que se viera a solas con alguien que sabía que él era de la CIA.

—No era Rodrigo —dijo él.

—¿Cómo lo sabes?

—Porque no estaba familiarizado con el parque; no sabía que la entrada en un sábado no era el mejor sitio para quedar. ¿No crees que Rodrigo habría pensado en ello? Mira a tu alrededor, ¿crees que Rodrigo intentaría secuestrar a una mujer con toda esta gente alrededor? Probablemente se trate de alguien honesto.

—Probablemente, pero no lo sabemos seguro —señaló ella.

—Muy bien, míralo de este modo. Si *es* Rodrigo, ¿crees que la presencia de una persona le detendrá para llevar a cabo sus planes?

—No, pero le resultaría imposible llevarlo a cabo sin acaparar la atención.

—Exactamente. Confía en mí, no estoy arriesgando tu vida, ni siquiera la mía. Rodrigo habría escogido un lugar más retirado para la cita, porque sería absurdo no hacerlo.

Ella reflexionó sobre todo lo que le había dicho y asintió con la cabeza.

—Tienes razón. Rodrigo no es estúpido.

Entrelazó sus dedos con los de Lily y empezaron a caminar. El tacto de su delgada mano con la suya le encogió de nuevo el estómago. La confianza que ella había depositado en él le pesaba como un yunque. ¡Dios! ¿Qué iba a hacer?

—Para que lo sepas, he oído lo que has dicho. —Ella le miró por encima de sus gafas de sol. Swain se sobresaltó al ver unos ojos castaños que le miraban en lugar de los azul pálido, como si hubiera sido absorbido por un universo distinto.

Le apretó los dedos durante un momento.

—¿Y..?

—Y... Estoy contenta. —Lo dijo de forma sencilla, pero le llegó al corazón. A la mayoría de las mujeres les resultaba fácil decir «Te quiero», mucho más que a los hombres, pero Lily no era como la mayoría. Para ella, amar y admitirlo debía haber supuesto hacer acopio de todas sus fuerzas y eso era mucho. Le había dado una lección de humildad que nunca hubiera esperado y no tenía idea de cómo hacer frente a la situación.

Caminaron cogidos de la mano hacia la parte interior del parque, que en su día había pertenecido al cardenal Richelieu. El gran estanque con su fuente estaba justo en el centro. La gente paseaba alrededor de la misma, algunas personas disfrutando de los jardines, aunque en noviembre no estaban tan espléndidos como unos meses antes, otras estaban sentadas en el borde del estanque tomando fotos para el álbum de recuerdos de viaje. Swain y Lily circundaron el estanque en busca del hombre con la bufanda roja.

Se puso en pie cuando les vio acercarse. Swain le evaluó rápidamente. Era un hombre pulcro y esbelto, de 1,55 metros de estatura, pelo y ojos oscuros y la típica estructura facial que decía «¡Francés!». Por el modo en que le encajaba la chaqueta o iba desarmado o la llevaba en el tobillo como Lily. Llevaba un maletín, detalle que le hacía destacar del resto de los visitantes; era sábado, no era un día para administrativos. No tenía artes de espía, pensó Swain, o de lo contrario sabría que debería intentar pasar desapercibido en lugar de destacar.

Los oscuros ojos de su contacto buscaron primero su rostro, luego el de Lily. Curiosamente, su expresión se suavizó. *«Mademoiselle»*, dijo él, y se inclinó ligeramente de un modo muy natural y respetuoso. Sí, no cabía duda de que era la voz tranquila que recordaba Swain. No le gustaba el modo en que miraba a Lily, por lo que la acercó un poco más a sí, uno de esos gestos típicos que los hombres utilizan para indicar a otros hombres que están entrando en su territorio.

El hombre de la Interpol ya sabía su nombre, pero para evitar un desliz delante de Lily que no podría explicar, Swain se adelantó.

—Llámeme Swain. Ahora ya sabe el nombre de los dos. ¿Cuál es el suyo?

Sus sagaces ojos oscuros le estudiaron. El hombre de la Interpol no dudó porque no estuviera seguro de lo que tenía que hacer, sino porque estaba pensando en todas las consecuencias. Era evidente que debía haber decidido que no había razón para guardar secretos, puesto que Swain tenía su número de teléfono y, si lo deseaba, los recursos para averiguar su nombre.

—Georges Blanc —respondió. Les señaló el maletín—. Todo lo que necesitan está aquí, pero después de pensarlo detenidamente me doy cuenta de que entrar de forma clandestina probablemente no sea posible en estos momentos.

Swain miró a su alrededor para asegurarse de que nadie podía oírlos. La voz tranquila de su interlocutor era una buena señal.

—Deberíamos ir a un lugar más privado —dijo Swain.

Blanc miró también a su alrededor y asintió.

—Lo siento, no estoy muy versado en este tipo de procedimientos.

Caminaron junto a una hilera de árboles perfectamente podados. A Swain no le interesaban los jardines, prefería la naturaleza en su estado más salvaje, pero había bancos de piedra por todo el parque y supuso que en un día más tranquilo debía ser un entorno sereno. Parecía atraer a mucha gente, aunque no era lo que a él le entusiasmaba. Encontraron uno de esos bancos de piedra libres y Blanc invitó a Lily a sentarse. Colocó el maletín a su lado.

Swain, alarmado de pronto, se adelantó y cogió el maletín, apartándolo de ella. Se lo lanzó a Blanc.

—Ábralo —le ordenó en un tono crispado y duro. Un maletín fácilmente podía contener una bomba.

Lily se había puesto de pie y Swain se apartó cubriéndola, a la vez que llevó la mano al interior de su chaqueta. Si el maletín contenía una bomba, quizás podría cubrirla, aunque dudaba de que Blanc la hiciera estallar mientras él todavía estaba tan cerca. Pero ¿y si Blanc no tenía el detonador y alguien les estaba observando?

El rostro de Blanc se alarmó al ver la rapidez con la que se había movido Swain y la dureza de su expresión.

—Sólo hay papeles —dijo él, tomando el maletín, abriendo los cierres y dejando al descubierto un montón de papeles. Había un bolsillo interior que también abrió para que Swain lo revisara, luego ojeó los papeles.

—Puede confiar en mí —le dijo mirando a Swain a los ojos y éste captó el mensaje.

Sus hombros se relajaron y sacó la mano de la culata de su arma.

—Lo siento. De Rodrigo Nervi me espero cualquier cosa.

Lily le dio un puñetazo en la espalda.

—¿Qué crees que estás haciendo?

Sabía que se enfadaría por haber intentado protegerla. Si ella hubiera sabido todo lo que estaba pasando, habría hecho lo mismo para protegerle, pero no tenía entrenamiento en ese tipo de basura, como no lo tenía Blanc y durante un par de segundos no se dio cuenta de lo que estaba haciendo Swain. Le había condenado antes de poder disculparse por hacer algo que ella también hubiera hecho. La miró por el rabillo del ojo y por encima de su hombro.

—Tendrás que aceptarlo.

Ella le miró y deliberadamente giró alrededor de Swain y volvió a sentarse en el banco.

—Por favor, siéntese, Monsieur Blanc —le dijo en un francés perfecto.

Blanc así lo hizo con una mirada divertida a Swain.

—Acaba de decirnos que una entrada clandestina no sería viable en estos momentos —dijo Lily incitándole a hablar.

—Sí, las medidas adicionales de seguridad externa lo han complicado, especialmente por la noche, cuando hay más guardias en todas las entradas, en todos los pasillos. En realidad, hay menos medidas durante el día, cuando hay más empleados.

Eso era lógico, pensó Swain. No era bueno para sus fines, pero era lógico.

—Les propongo que lo hagan durante el día.

—¿Cómo vamos a hacerlo? —preguntó Swain.

—Lo he arreglado para que el menor de los Nervi, Damone, que ha venido desde Suiza para ayudar a su hermano, les contrate. ¿Le conoce usted, *mademoiselle*? —le preguntó a Lily.

Ella movió negativamente la cabeza.

—No, siempre estaba en Suiza. Creo que es una especie de genio de las finanzas. Pero ¿por qué necesitaría contratar a nadie? ¿No lo haría Rodrigo?

—Como le he dicho, está aquí para respaldarle en algunos asuntos administrativos. Quiere que una empresa de fuera revise las medidas de seguridad y se asegure de que son infalibles. Como es para la protección de laboratorio, Rodrigo está de acuerdo.

—Rodrigo me conoce —señaló Lily—. Todos sus empleados me conocen.

—Pero no conoce a *monsieur* Swain, ¿verdad? Eso es una suerte y además creo que usted es especialista en disfraces.

—Hasta cierto punto —dijo Lily, sorprendida de que supiera eso.

—Entonces, ¿este tal Damone va a contratarnos sin conocernos? —preguntó Swain con incredulidad.

Blanc le sonrió ligeramente.

—Me ha encomendado la tarea de buscar a alguien. Él confía en mí y no pondrá en duda mi criterio. El propio Damone Nervi les guiará para entrar en el laboratorio. —Blanc abrió los brazos— ¿Qué podía haber mejor que eso?

Capítulo 29

—No es un trabajo sencillo —dijo Swain.

Para tener un poco más de privacidad se fueron a un pequeño café, donde se sentaron a la mesa más aislada con sus bebidas para revisar el contenido del maletín. Hablaban en inglés y en francés, ya que vieron que esa mezcla de idiomas les funcionaba bien para entenderse. Blanc se expresaba mejor en francés, pero Swain podía entenderle y viceversa. Lily utilizaba los dos idiomas indistintamente, según con cuál de los dos hablara.

—Tardaré al menos una semana en completar mi lista de la compra —prosiguió.

Para fastidio de Swain, Blanc miró inmediatamente a Lily como para buscar una confirmación. Ella se encogió de hombros.

—No sé nada de explosivos ni demoliciones. Swain es el experto.

Él no le había dicho que fuera un experto, pero apreció el voto de confianza. Aunque resultaba que conocía cómo activar un detonador.

—La historia que ha montado para Damone es buena, pero tendremos que respaldarla. Por lo que ha dicho, este Damone no es estúpido.

—No —murmuró Blanc—. En absoluto.

—... y puede estar seguro de que Rodrigo al menos sentirá curiosidad por revisar nuestras credenciales.

—Como poco —dijo Lily irónicamente—. Si tiene tiempo hará una investigación en toda regla.

—Debemos asegurarnos de que no tenga tiempo. Tendremos que colocar los explosivos la primera vez que entremos, porque puede no haber una segunda oportunidad. ¿Confía Damone lo suficiente en usted para llevarnos al laboratorio *antes* de que Rodrigo tenga la oportunidad de investigarnos?

—Sí —respondió Blanc sin dudarlo—. Le diré que yo mismo he investigado a fondo.

Swain estuvo a punto de preguntarle si Damone no sabía que la Interpol no realizaba este tipo de investigaciones, pero se mordió la lengua porque no había modo alguno en que pudiera explicarle a Lily cómo sabía que Blanc era de la Interpol. Blanc no era el único que tenía que andarse con cuidado en la conversación.

—Necesitaremos un camión o una furgoneta, tarjetas de la empresa, papel con membrete, monos de trabajo, todas las cosas típicas de un negocio. La furgoneta puede llevar todo lo que necesitamos; al menos estos planos del complejo me darán una idea del área que puede que tengamos que cubrir. No creo que usted sepa exactamente dónde se encuentra el laboratorio en cuestión dentro del complejo

Blanc movió negativamente la cabeza.

—Tampoco sé si todo lo que les interesa está en una misma zona. Puede haber archivos por todo el complejo, aunque eso sería una forma muy chapucera de guardar los archivos, ¿no cree?

—O inteligente, si han hecho copias extras, de ese modo si se destruye un centro de información hay copias de seguridad. Eso es algo que tendremos que averiguar cuando estemos allí. ¿Podría Damone conseguir que fuera el propio doctor Giordano el que nos hiciera de guía? Puesto que eso supondría seguridad para su trabajo, es probable que nos mostrara dónde se encuentran las copias de seguridad para cerciorarse de que están debidamente protegidas —dijo Lily.

Tenían que enfrentarse a muchas incertidumbres, pero Swain recordó que Lily tenía fama de saber conocer a la gente. Ésa era la razón por la que, salvo por una cosa, había sido totalmente sincero con ella. No quería que hubiera detectado ninguna falsedad en él. Lily había conocido al doctor Giordano y le había calado. Le había contado que se sentía orgulloso de su trabajo, que en el aspecto profesional era un genio. Por lo que, sí, era posible que les mostrara todas las medidas de seguridad para su material de investigación. Ya lo habían destruido una vez; no querría que volviera a sucederle.

De pronto se dibujó una expresión de preocupación en los ojos de Blanc.

—¿Detonarán los explosivos cuando haya tanta gente o esperarán a la noche cuando el laboratorio esté más vacío?

—No podemos arriesgarnos a que alguien vea los paquetes si los dejamos hasta la noche. Tendremos que detonarlos lo antes posible una vez los hayamos colocado.

—Podríamos hacer un simulacro de alarma de bomba —dijo Lily—. Anunciar inmediatamente que en algún momento del día sonará la alarma y que se les pedirá que realicen una salida rápida y ordenada. Si alguien ve algo sospechoso, probablemente piense que es parte del simulacro. De hecho, podemos hacer que forme parte del ejercicio: decirles que se han colocado explosivos ficticios por el edificio y la prueba consistirá en que los empleados sean capaces de descubrirlos durante su rutina normal. No se tratará de que organicen búsquedas, sólo de que estén alerta, en fin, ese tipo de cosas. Habrá un premio para cualquiera que divise un dispositivo. No deberán tocarlos, sólo notificar su localización.

—¿Hacer que los trabajadores formen parte del plan? —Swain entrecerró los ojos mientras reflexionaba sobre ello. Eso evitaría muchas incertidumbres en el plan, porque entonces *esperarían* que Lily y él colocaran paquetes siniestros por todas partes. Incluso el doctor Giordano podría enseñarles buenos escondites para los explosivos. El plan sería tan astuto y descarado que todos estarían desprevenidos. El reto más importante probablemente sería disfrazar a Lily para que el doctor Giordano no la reconociera.

—Es diabólico. Me gusta. Hasta tendríamos una excusa para introducir los explosivos, si los detectan, podríamos incluso enseñar a los empleados cómo es exactamente el Semtex o el C-4, a fin de que puedan reconocerlos en el futuro.

—¿Utilizarán explosivos plásticos? —preguntó Blanc.

—Son los más seguros, los más seguros para el manipulador, y los más estables.

Swain no sabía de qué tipo podría conseguir, Semtex o C-4, pero en lo que a manipulación se refería, había mucha diferencia entre ambos. Los dos eran estables, los dos eran potentes y necesitaban detonadores para explotar. El Semtex puede que fuera más fácil de conseguir, puesto que se fabricaba en la República Checa, pero la nueva versión perdía su plasticidad después de tres años, por lo que si conseguía Semtex, tendría que asegurarse que no fuera demasiado viejo.

—Consíganos una cita con Damone dentro de una semana —le dijo Swain a Blanc—. Me pondré en contacto con usted si me retraso en conseguir todo lo que necesitamos.

—¿Quiere que le concierte una cita para el sábado?

—Si hay menos trabajadores en el complejo el sábado, tanto mejor.

—Sí, ya entiendo. Intentaré concertar una entrevista para ese día.

—Otra cosa más —dijo Lily.

—¿Sí, *mademoiselle*?

—El millón de dólares. Quiero que lo deposite en mi cuenta antes de que empecemos a actuar. Por una razón, necesitaremos fondos para comprar todo lo que necesitamos.

Blanc la miró asombrado.

—Americanos —especificó Lily—. Ése era el trato.

—Sí, por supuesto. Me encargaré... de que se haga.

—Ésta es mi cuenta numerada y mi banco. —Garabateó un nombre y un número y se lo dio—. El lunes por la tarde revisaré mi saldo.

Blanc tomó el papel. Swain observó que todavía había sorpresa en sus ojos, como si no pudiera creer que Lily quisiera el dinero en lugar de actuar por el bien de la humanidad. Swain sabía que haría el trabajo aunque tuviera que pagar por hacerlo, pero puesto que Blanc le había ofrecido pagarle, no era tan tonta como para rechazar esa suma.

Swain pagó el café mientras Lily volvía a colocar todos los papeles cuidadosamente en el maletín. Levantó la mano para dársela a Blanc, pero el francés se la llevó a la boca y la besó. Swain, exasperado, le apartó la mano para liberarla del agarre de Blanc.

—¡Basta ya! No está libre.

—Yo tampoco, *monsieur* —murmuró Blanc—. Aunque no por eso no voy a saber apreciar la belleza.

—Me alegro. Ahora vaya a apreciar la de otra.

—Entiendo —dijo Blanc y de nuevo sus palabras tenían un significado más profundo.

Lily se reía mientras se alejaban.

—Los franceses besan la mano. No supone ninguna insinuación.

—Pamplinas. Es un hombre, ¿verdad? Seguro que quiere dar a entender algo con eso.

—¿Lo sabes por experiencia propia?

—Claro. —Swain le tomó la mano—. Malditos franceses, besan todo lo que pueden. Nadie puede decir dónde han estado sus labios.

—¿Quieres decir que debería hervirme la mano para eliminar los gérmenes?

—No, pero si te vuelve a besar, le herviré los labios.

Ella se rió y se apoyó en su brazo. Tenía las mejillas ligeramente sonrojadas, lo que indicaba que una parte de ella disfrutaba con su petulancia. Él le pasó el brazo por los hombros y la abrazó mientras caminaban.

¡Una semana! Aunque estuvieran ocupados una semana entera, Swain sentía como si le hubieran concedido un indulto. Tendría a Lily durante siete noches más. En una semana, Frank podía haber mejorado lo bastante para poder hablar por teléfono, siempre que no tuviera ninguna recaída.

—No he pretendido dejarte fuera con lo del dinero —dijo Lily de repente, lo que captó la atención de Swain, que la volvió a agarrar—. Te transferiré la mitad.

—Ni siquiera he pensado en el dinero —dijo con franqueza total. Él estaba trabajando por cuenta del Tío Sam, aunque sus acciones no estuvieran autorizadas, él estaba cobrando—. Quédatelo. Yo tengo dinero y por lo que me has dicho necesitas recuperarte económicamente. —Eso también era cierto. Otra cosa sería vivir para disfrutar de ese dinero.

Tendría que vivir. Él no soportaría que no fuera así. Frank tendría que entenderlo.

Esa noche, cuando estaban en la habitación del hotel, ella se acercó a él mientras estaba sentado a la mesa revisando los planos y los esquemas que había en el maletín. Blanc había marcado la función de cada habitación en el plano del complejo, por lo que Swain había podido reducir el área que tendrían que cubrir. No tendrían que volarlo todo, sólo algunas partes seleccionadas. Por ejemplo, no era necesario revisar los lavabos ni las salas de juntas, eso sería malgastar material. Cuando Swain hubiera condensado toda la zona en metros cuadrados, podría calcular la cantidad de explosivo que necesitaba.

Lily se apoyó en su espalda y dejó caer sus brazos alrededor de él, luego le dio un beso debajo de la oreja.

—Te quiero —le dijo en un tono apagado—. Creo, estoy bastante segura. Asusta, ¿verdad?

—Es aterrador. —Él soltó el bolígrafo que había estado utilizando para hacer sus cálculos de las habitaciones y giró la silla para sentársela en las rodillas—. Pensé que sólo íbamos a pasar un buen rato juntos; luego me di cuenta de que me estaba preocupando si comías suficiente en tu desayuno. Eres como una terrorista. Mi radar nunca dio ninguna señal de alarma —le dijo frunciendo en entrecejo.

—No me mires —protestó ella—. No he tenido la culpa de nada de esto. Yo sólo me estaba ocupando de mis asuntos, participando en un pequeño tiroteo donde estaba en desventaja, cuando tú apareciste de pronto. Por cierto, fue una buena entrada la que hiciste con el Jaguar.

—Echo de menos ese coche —dijo apenado—. Gracias a usted, señora. Eso se llama hacer un trompo, cuando necesitas cambiar de dirección y no quieres perder el tiempo con detalles como pararte y dar marcha atrás.

—Pensaba que te gustaba el Mercedes.

La tarde anterior, habían devuelto el Fiat y habían ido a buscar otro coche de lujo con un motor más potente, un Mercedes clase-S. De hecho, Lily se sentía más cómoda con el Fiat, pero era evidente que el ego de Swain estaba directamente conectado con los cilindros que había bajo el capó del coche que condujera, así que no tenía más remedio que aceptarlo. El Fiat fue divertido mientras duró y, puesto que era él quien pagaba, también podía alquilar lo que quisiera. Afortunadamente no tenían ningún Rolls.

—Así es —respondió él—. Nadie hace motores como los alemanes. Pero el Jaguar era sofisticado, aunque el Mégane se manejaba bien.

Lily se preguntaba cómo habían pasado de una conversación sobre su amor a otra sobre coches. Le pasó los brazos alrededor del cuello y le abrazó. ¿Qué harían a partir de ese momento? ¿Había algún motivo para preocuparse sobre el futuro hasta que estuvieran seguros de que lo tenían?

—Quédate en... empezó Swain.

—Ni lo digas —interrumpió Lily—. No voy a quedarme en el coche.

—Estarás más segura —señaló él con una lógica impecable.

—Pero tú no —respondió ella con la misma lógica. Swain le hizo un gesto de desaprobación, no soportaba que su lógica fuera tan impecable como la suya. Ella se lo devolvió exagerado para hacerle broma.

—No necesito que nadie me cubra.

—Estupendo. Entonces lo haré, puesto que no hay peligro.

—Mierda. —Se pasó la mano por la frente y luego puso las manos en el volante. Al menos el volante pertenecía a un coche de verdad, un Mercedes clase S era el único consuelo que podía hallar en esos momentos.

Esta situación le ponía tan nervioso como un gato de cola larga en una habitación llena de mecedoras. Tenía una estremecedora sensación en la nuca, todos sus instintos le decían que la cosa podía ponerse fea. Si hubiera estado solo, podía haber llevado mejor la situación, lo hubiera contemplado más como un reto a sus habilidades, pero Lily también estaba involucrada y eso lo cambiaba todo.

Tardó tres días en encontrar un proveedor que le suministrara todo el explosivo plástico que necesitaban y su contacto había insistido en que se encontraran en una zona poco recomendable de París, donde se suponía que los explosivos y el dinero cambiarían de manos. En cuanto a barrios malos, Swain supuso que ése era el peor. Los barrios bajos eran los barrios bajos, pero aquí algo le olía mal y le hacía estar especialmente alerta.

Se suponía que el nombre del proveedor era Bernard. Era un nombre bastante común, por lo que quizás fuera auténtico. Swain lo dudaba, pero no le importaba demasiado. Lo único que le interesaba era cerciorarse de que el explosivo se podía utilizar, entregarle el dinero y salir con vida. Algunos desaprensivos se ganaban muy bien la vida vendiendo la misma mercancía una y otra vez, mataban al comprador y se quedaban con la mercancía y el dinero.

Era muy probable que algunos compradores se presentaran con la misma idea en la cabeza: matar al vendedor, quedarse con el dinero y llevarse la mercancía. El beneficio podía producirse por ambas partes. Eso significaba que este Bernard probablemente estuviera tan nervioso como Swain, lo cual no era bueno.

—No puedo cubrirte desde el coche —le dijo Lily, revisando lo que podía ver desde el retrovisor del coche. Se había estado probando disfraces. Esa noche iba de negro de los pies a la cabeza con un abrigo de piel negro que tenía una caída recta que disimulaba su esbelta y sin duda femenina figura. En lugar de sus habituales y sofisticadas botas, llevaba botas de motociclista con tacones de seis centímetros que aumentarían su estatura y también eran lo bastante bastas para disimular el tamaño de su pie. Se había comprado látex del color de la piel en una tienda especializada y consiguió disimular las líneas de sus mandíbulas y cejas para parecer más masculina. También llevaba lentes de contacto marrones y su pelo rubio estaba cubierto por un gorro de punto negro que le llegaba casi hasta las cejas, previamente oscurecidas para que no desentonaran con el bigote negro que se había pegado debajo de la nariz.

Cuando Swain la vio se echó a reír, pero en esos momentos en que la única luz que había era la del salpicadero del coche, el atuendo parecía más auténtico. Se la veía masculina e imponía. Se había recortado las pestañas para que no parecieran tan femeninas, luego se había puesto rímel para oscurecerlas, pero Swain la había detenido. Si alguien la miraba tan de cerca como para verle las pestañas es que tenían problemas.

Lily llevaba la pistola en la mano. Si tenía que usarla, los segundos que emplearía en sacarla de la bota o del bolsillo podían ser muy valiosos.

Swain sudaba sólo de pensar que tenía que salir del vehículo. Si lo hubiera hecho a su manera, la habría enfundado en una armadura y quizás él se hubiera puesto un chaleco antibalas. Por desgracia había perdido la discusión sobre si ella debía ir con él o quedarse en el hotel y ahora acababa de perder la de si debía quedarse en el coche. Parecía que últimamente perdía todas las discusiones que entablaba con ella y no sabía qué hacer al respecto. Había pensado en dejarla atada a la cama, pero habría acabado desatándose, y ella era Lily Mansfield, no precisamente una ama de casa de vacaciones. No sabía qué era lo que haría ella, pero estaba seguro de que le haría sufrir.

Había entrado un frente frío durante el día y lo que había empezado siendo un día fresco pero agradable se había convertido en nubes y frío al ponerse el sol. No obstante, Swain tenía las ventanillas medio bajadas para poder ver si se acercaba alguien y había enfocado los retrovisores hacia abajo para comprobar si se acercaba alguien por el suelo. En cuanto al resto de la zona, tanto él como Lily tenían que estar vigilando. El único lugar por donde no esperaba ser atacado era por el frente, pero eso era porque había aparcado lejos de los edificios abandonados con el fin de que nadie pudiera salvar esa distancia.

Apagó las luces del salpicadero para que reinara una oscuridad total y buscó la mano de Lily. Llevaba guantes, porque sus manos también podían delatarla y ése también era un problema que debía resolver si entraba en el laboratorio vestida de hombre. Le apretó los dedos. Estaba quieta como una roca, sin la menor muestra de nerviosismo. En realidad, prefería tenerla a ella cubriéndole las espaldas que a ninguna otra persona.

Un coche giró la esquina y se acercó lentamente hacia ellos. Llevaba las largas puestas y oyó un sonido agudo y familiar. El cabrón de Bernard llevaba un Fiat.

Inmediatamente, Swain puso en marcha el coche y encendió las luces. Si Bernard no quería que vieran cuántos iban en el vehículo, él tampoco.

Puesto que había desconectado las luces del salpicadero, no hubo ninguna luz que avisara de que Lily había abierto la puerta para salir sin ser vista, prácticamente se deslizó, en lugar de salir y quedarse en pie como hubiera hecho normalmente. Con sus luces cegando a los ocupantes del Fiat, ese ligero movimiento pasó desapercibido y no la vieron abandonar el vehículo y rodearlo agachada hasta situarse detrás del mismo.

Swain se deslizó un poco por detrás del volante, posicionándolo de modo que bloqueara la parte superior de las luces del otro vehículo que le daban en la cara.

El Fiat se acercó. Se detuvo cuando les separaba una distancia de unos seis metros. Para comprobar si Bernard seguía su ejemplo, apagó las largas del Mercedes. Las luces largas habían jugado su papel, pero ahora ya había terminado el juego. A los pocos segundos, las luces del Fiat también se apagaron.

Bueno, gracias a Dios. Al menos ahora no estaban todos cegados. Miró por los retrovisores, pero no pudo ver a Lily por ninguna parte.

La puerta del pasajero del Fiat se abrió y salió un hombre alto y corpulento con una barba oscura incipiente.

—¿Quién eres?

Swain salió del Mercedes con el maletín de Georges Blanc en la mano izquierda. No le gustaba no tener el motor del coche para que le cubriera, pero se sintió algo más aliviado al comprobar que el otro hombre sólo tenía la puerta del vehículo entre él y una bala, lo cual no era gran cosa. Una bala atravesaba la puerta de un coche como un cuchillo caliente cortaba la mantequilla. La única parte de un coche que proporcionaba protección era el motor.

—Swain. ¿Y tú?

—Bernard.

—Tengo el dinero —dijo Swain.

—Y yo la mercancía —respondió Bernard.

¡Por Dios! Swain casi no pudo contener levantar los ojos. Sonaba a película de espías barata.

Llevaba su arma en una pistolera debajo del brazo bajo su abrigo de piel, razón por la cual había dejado su mano derecha libre. No obstante, estaba muy pendiente de los otros dos hombres que había sentados en el coche.

Bernard no llevaba un arma en las manos, pero Swain estaba seguro de que los dos hombres que iban en el coche sí la llevaban.

Bernard no *llevaba* nada en las manos.

—¿Dónde está la mercancía? —preguntó Swain.

—En el coche.

—Vamos a verla.

Bernard se dirigió al coche y abrió la puerta del asiento del pasajero. Sacó una pequeña bolsa de tela que tenía algo dentro. Hasta que no lo viera por sí mismo, no confiaba en que contuviera el explosivo.

—Abre la bolsa —le dijo.

Bernard resopló y puso la bolsa en el suelo, luego la abrió. Las luces cortas de ambos vehículos mostraban un material parecido al ladrillo, envuelto en celofán.

—Saca uno —dijo Swain—. Del fondo, por favor. Desenvuélvelo.

Bernard emitió un sonido de impaciencia, pero introdujo la mano en la bolsa y escarbó hasta sacar uno de los ladrillos. Rompió el celofán y se lo mostró.

—Ahora pellizca un extremo y moldéalo con los dedos.

—Es nuevo —dijo Bernard con resentimiento.

—Yo no lo sé, ¿no te parece?

Emitió otro sonido de impaciencia. Bernard pellizcó un extremo del ladrillo e hizo una bola.

—¿Lo ve? Todavía es maleable.

—Bien. Aprecio tu honradez —dijo Swain con tono de ironía. Abrió el maletín para mostrarle el dinero. Dólares americanos, tal como habían quedado, ochenta mil. ¿Por qué nadie quería cobrar en euros? Luego cerró el maletín.

Bernard volvió a pegar la bola de plástico en el ladrillo de donde la había despegado y lo colocó de nuevo en la bolsa. Una leve sonrisa se dibujó en su rostro.

—Gracias, *monsieur*. Me llevó el dinero y usted tenga mucho cuidado, todo irá bien...

—*Monsieur*. —Era la voz de Lily, tan baja que sólo él y Bernard pudieron oírla—. Mire hacia abajo.

Se quedó helado ante la intrusión de esa voz inesperada. Miró hacia abajo, pero no pudo ver nada, las luces lo impedían.

—Ahora no puede verme, ¿verdad? —El tono de Lily era tan grave que si Swain no hubiera sabido que era ella nunca hubiera pensado que era una mujer—. Pero yo sí puedo verle. Desde este ángulo, me temo que mi mejor disparo iría directamente a sus huevos. La bala iría hacia arriba, por supuesto, le destrozaría la vejiga y el colon y parte de sus intestinos. Puede que sobreviviera, pero la cuestión es: ¿lo preferiría?

—¿Qué quiere? —dijo Bernard con voz ronca, aunque por supuesto ya lo sabía.

—Sólo la mercancía —dijo Swain. Sintió como si fuera él quien tuviera que decir esas palabras. La amenaza de Lily le había helado la sangre—. El dinero es suyo. No somos estafadores, pero tampoco nos gusta que nos timen. Realizaremos el intercambio muy lentamente. Luego le dirá a su conductor que se aleje y usted caminará detrás de él. No se meta en el coche hasta que llegue al final de la manzana. ¿Lo ha entendido?

Mientras Bernard no estuviera en el coche, era un blanco claro. Caminar detrás del coche era una garantía de que no arremetería contra el Mercedes mientras Lily todavía estaba debajo. El Mercedes era más pesado, pero un buen golpe con el Fiat todavía podría desplazarlo algunos metros.

Bernard se acercó cautelosamente.

—¡No dispare! —dijo levantando la voz para que sus compañeros le oyeran.

Swain le alargó el maletín con su mano izquierda y Bernard la bolsa de tela también con su izquierda. Swain soltó el maletín y durante una décima de segundo Bernard sostuvo el maletín y la bolsa, pero la mano izquierda de Swain atrapó el asa de la bolsa y enseguida se hizo con ella. Entretanto tenía su mano derecha en el interior de su abrigo.

Bernard retrocedió con el maletín en la mano.

—Hemos cumplido con nuestro trato —balbuceó—. No hay necesidad de que cunda el pánico.

—Yo no tengo miedo —dijo Swain con calma—, pero su coche no le está respaldando, por lo que podría producirse un ataque de pánico.

—¡Idiota! —dijo Bernard furioso, ya fuera por su conductor o por Swain, estaba en el ángulo de tiro—. ¡No dispare! —Probablemente se imaginaba la bala caliente atravesando sus partes bajas.

—Lily —susurró Swain—. ¡Sal ahora de debajo del coche!

—Ya lo he hecho —le respondió ella desde el otro lado del vehículo mientras abría la puerta y se deslizaba dentro.

Mierda. No había esperado a ver si Bernard hacía lo que le había dicho, pero ¿cuántos hombres desoirían esa particular amenaza? Swain le lanzó la bolsa al regazo, se metió rápidamente en el coche puso la marcha atrás, dio un volantazo girando el vehículo y aceleró haciendo chirriar los neumáticos. A su espalda, se cerró la puerta de un coche, se oyó un sonido agudo de aceleración del Fiat y éste salió tras ellos. A Swain le sonaba como una máquina de coser. Luego oyó un sonido agudo detrás.

—El cabrón nos está disparando —dijo Swain apesadumbrado. Si ahora tenía que volver a cambiar de coche, se iba a enfadar en serio.

—No pasa nada —dijo Lily, bajando la ventanilla y poniéndose de rodillas—. Se lo voy a devolver. —Disparar desde una plataforma móvil a un blanco en movimiento era más bien esperar un milagro que hacer uso de una habilidad, pero asomó medio cuerpo por la ventanilla y se estabilizó lo mejor que pudo antes de realizar un disparo lo más certero posible. Detrás de ellos, el Fiat se tambaleó salvajemente antes de volver a enderezarse, lo que le indicó que al menos había acertado en el parabrisas.

Swain apretó el acelerador y salió a toda velocidad. El Fiat enseguida se quedó atrás y Swain se rió imaginándoselos intentando correr desesperadamente con el troncomovil de los picapiedra.

—¿Qué te hace tanta gracia?

—Si hubiéramos ido con el troncomovil, no lo hubiéramos conseguido.

Capítulo 30

—Me has dado un susto de muerte —le dijo Swain enfadado, mientras se quitaba la chaqueta de piel, la lanzaba sobre la cama y se libraba de la pistolera.

—¿Por qué? —preguntó Lily con suavidad, sucumbiendo al impulso que sentía cada vez que veía el abrigo de Swain. Lo cogió, acarició su suave piel y se lo puso. Le quedaba demasiado grande, por supuesto, le colgaban los hombros y las mangas le sobrepasaban las manos, pero todavía retenía el calor de su cuerpo y el tacto de la piel era tan exquisito que casi ronroneó.

—¿Qué estás haciendo? —preguntó divertido.

—Probarme tu chaqueta —respondió ella mirándole como si le hubiera dicho «¡Buah!». ¿Qué parecía que estaba haciendo?

—¿Pensabas que te iba a sentar bien?

—No, sólo quería sentirla. —Se la abrochó, se situó delante del espejo y se rió al verse. Todavía llevaba el bigote, la ropa negra y el gorro que le cubría el pelo. Parecía entre un punk callejero y Charles Chaplin.

Cuidadosamente se arrancó el bigote y el látex, luego se quitó la gorra y se pasó las manos por el pelo para ahuecárselo. Seguía pareciendo un payaso. Se quitó el abrigo y lo dejó sobre la cama, luego se sentó y empezó a sacarse las botas.

—¿Por qué te he asustado? —le preguntó volviendo a lo que él le había dicho.

—Se me helaron las pelotas cuando le dijiste a Bernard dónde ibas a dispararle, pero creo que cualquier hombre habría tenido la misma reacción. Le acojonaste de verdad. Por Dios, Lily, ¿qué hubiera pasado si el Fiat hubiera arremetido contra nosotros mientras todavía estabas debajo? ¿Sabes cómo...? ¿Qué haces?

—Quitarme la ropa —le dijo de nuevo con la misma mirada de antes. Ahora estaba en ropa interior, se desabrochó el sujetador y lo tiró sobre la cama, luego se quitó el tanga. Totalmente desnuda, volvió a coger su chaqueta, se la puso y regresó al espejo.

Ahora podía sentirla mejor. Seguía perdiéndose en la chaqueta, pero ahora estaba sexy, con el pelo suelto y las piernas desnudas. Puso las manos en los bolsillos, encorvó los hombros y se giró para mirarse por detrás.

—Me encanta esta chaqueta —dijo, levantándosela para mostrar el inicio de la curva de su trasero. Le faltaba la respiración y también tenía demasiado calor, como si alguien hubiera subido el termostato de la calefacción. Se levantó más la chaqueta.

—Puedes quedártela —le dijo él con voz grave. Sus ojos irradiaban deseo. Se acercó a ella y tomó sus nalgas con las manos—. Pero sólo puedes ponértela cuando vayas desnuda.

—Eso es muy limitador. —Lily hizo todo lo posible para no empezar a jadear. Los pezones se le pusieron tan duros que le dolían y eso que ni siquiera se los había tocado. ¿De dónde surgía esa tremenda necesidad sexual? No lo sabía, pero sentía que se iba a morir si él no la penetraba enseguida.

—Lo tomas o lo dejas. —Sus manos estaban calientes mientras sostenía las redondas mejillas posteriores.

—Vale. Me la quedo. —Ella sacó las manos de los bolsillos y se acarició las mangas—. Sabes cómo conseguir lo que quieres.

—No todo lo que quiero es tan difícil —murmuró él, mientras se llevaba la mano a la cremallera de su pantalón—. Inclínate hacia delante.

Puesto que ya se estaba derritiendo, sus músculos internos se tensaron al sentir la lujuria que se apoderaba de ella, se inclinó y colocó los brazos en la pared, poniéndose de puntillas mientras él flexionaba las piernas. A Lily se le detuvo la respiración mientras le introducía su grueso glande. Luego, con un largo y firme empujón, la penetró hasta el fondo. Le puso las manos en las caderas inmovilizándola mientras él se movía dentro de ella.

A Lily casi se le levantaron los pies del suelo y se dio un golpe en la cabeza contra la pared. Él soltó un tacó y pasó un brazo por sus caderas, sosteniéndola pegada a su cuerpo mientras se giraba y la llevaba a la cama. No salió de ella, ni cambió su posición inicial, sólo la tumbó boca abajo sobre la cama y empezó a bombear de nuevo.

Normalmente, necesitaba estimulación directa para llegar al orgasmo, pero esta vez estaba tan preparada que le bastaba con la fricción de esos largos empujones. Había algo en esa combinación de adrenalina, la sensual piel de la chaqueta de cuero, su piel desnuda, el hecho de que no llevaba nada debajo de la chaqueta, mientras él seguía vestido, la postura primitiva, todo ello le provocaba una respuesta que la hacía volar. Ella apretó las piernas cerrándolas por detrás y el tacto del siguiente empujón adentrándose todavía más en ella fue la gota que colmó el vaso. Dio un grito enterrando la cabeza en la colcha y agarrando la tela mientras los espasmos del clímax movían todos los músculos de su cuerpo.

Swain se inclinó sobre ella, le tomó las manos; entraba con tal fuerza que cada impacto la estremecía. Emitió un sonido gutural, su pene ya no podía estar más duro, entonces empezó una serie de cortos empujones, su espalda se arqueó y llegó al orgasmo, asiéndola ahora por las caderas y hundiéndose con fuerza en ella.

A los cinco minutos pudieron empezar a moverse.

—No te muevas —le dijo él apartando la chaqueta de piel para verle el trasero. Emitió un gruñido y se estremeció—. ¡Oh, sí! Creo que he descubierto un fetiche.

—¿Mío o tuyo? —dijo ella con dificultad. Todavía podía sentir pequeñas descargas por todo su cuerpo y sospechaba que a él le había pasado algo parecido, porque aún seguía bastante duro.

—¿Qué más da? —Resopló y agarró con fuerza sus nalgas, las separó y llevó sus pulgares hacia la zona interna hasta encontrarse con la piel sensible alrededor de su pene, todavía un tanto estirada por su erección.

Todo su cuerpo se fue suavizando mientras la masajeaba, luego poco a poco se fue relajando por los efectos de sus manipulaciones.

—Esto es depravado —murmuró ella medio dormida—. Esta noche nos han disparado, deberíamos estar nerviosos, no cachondos.

—La adrenalina tiene efectos curiosos en el cuerpo y de algún modo hemos de quemarla. Pero si así es cómo reaccionas, voy a empezar a dispararte.

Ella empezó a moverse de la risa provocando su salida. Swain gruñó, se levantó y empezó a quitarse la ropa.

—Venga, vamos a darnos una ducha rápida, me he quedado empapado.

Lily se quitó la chaqueta de piel y se fue con él al cuarto de baño. Le habría gustado darse un gran baño, pero temía quedarse dormida, así que se dio una ducha. Se refrescó, se puso ropa interior limpia, una de las camisas de Swain y unos calcetines para que no se le helaran los pies. La habitación estaba desordenada, con ropa esparcida por todas partes, pero no tenía ganas de recogerla; él tampoco, por supuesto, a excepción del abrigo de piel —Swain tenía que cuidar ese abrigo. Se puso unos calzoncillos, abrió la bolsa de tela y comenzó a revisar las barras de Semtex.

Puso las buenas a un lado y las malas a otro. Tras comprobar todo el material, descubrió que sólo había cinco que eran demasiado antiguas para utilizarse.

—Está bien —dijo él—. Tenemos suficiente buen material. Ya contaba con que me iban a colar algunas caducadas. —Volvió a colocar las buenas en la bolsa.

Lily señaló una de las barras viejas con el dedo del pie.

—¿Qué vamos a hacer con éstas?

—Creo que tirarlas a la basura no sería muy acertado. El único modo que conozco de deshacerse del explosivo plástico es quemarlo o hacerlo explotar, así que supongo que tendremos que llevárnoslo al laboratorio e intentar detonarlo con el resto. Aunque no estallen, arderán.

Swain había conseguido una especie de navaja multiuso —cuchillo, tenazas, sierra en miniatura y un montón de cosas más, un instrumento muy curioso de todo en uno que estaba prohibido en todas las líneas aéreas— y utilizaba la navaja para marcar los explosivos caducados con el fin de no confundirlos con el resto. Los volvió a colocar en la bolsa y luego la puso en el estante de arriba del armario.

—Espero que este hotel tenga la suficiente clase y que no haya camareras fisgonas —dijo bostezando—. Creo que podría dormir un poco. ¿Y tú?

Lily se había ido quedando dormida desde que había salido de la ducha y su bostezo desencadenó el suyo.

—Nos estamos quedando dormidos. ¿Cuál es nuestro siguiente paso?

—Detonadores, controlados por radio. Tendremos que estar a una distancia de seguridad cuando haga estallar las cargas y pasar cientos de metros de cable para detonar por todo el laboratorio podría levantar sospechas. Cuando tengamos el hardware, trabajaremos sobre los periféricos: las tarjetas de visita, monos de trabajo, la furgoneta. No será tan difícil conseguirlos, un logo magnético para colocar en la furgoneta servirá para que parezca de la empresa.

—No hay nada más que podamos hacer esta noche. —Lily bostezó de nuevo—. Voto por ir a la cama. —Ahora que la subida de adrenalina había bajado y el brote de sexo terrenal la había relajado, notó como si sus huesos se hicieran de caucho. Se metió en la cama y dejó que él se encargará de las luces. Estaba tan cansada que lo único que pudo hacer fue quitarse los calcetines.

Apenas era consciente de que él le estaba quitando la camisa y luego el tanga. Podía haber dormido cómodamente con esas prendas puestas, pero le gustaba estar desnuda entre sus brazos. Ella suspiró cuando se metió en la cama y Swain la estrechó contra él. Lily le puso la mano en el pecho.

—Te quiero —balbuceó.

Él la rodeó con sus brazos.

—Yo también te quiero. —Notó cómo la besaba en la sien y las luces se apagaron para ella.

Swain estuvo despierto mucho rato esa noche, estrechándola entre sus brazos y mirando a la oscuridad.

El sábado, día D, Lily se pasó un buen rato delante del espejo para maquillarse. El disfraz tenía que ser lo mejor posible o no funcionaría. Si el doctor Giordano la descubría, no tendrían la menor posibilidad.

Tenía dos opciones: cortarse el pelo muy corto y teñírselo o comprarse otra peluca. No le importaba teñirse el pelo, pero no quería cortárselo salvo que no hubiera otro remedio. Afortunadamente, en París se podían encontrar muy buenas pelucas. La que compró era un poco larga para un hombre, pero no exageradamente. Tampoco quería volver a llevar el color castaño que había usado como Denise Morel, ni su propio color rubio. Eso dejaba sólo dos opciones: negro o pelirrojo. Optó por el negro, puesto que era mucho más común que el segundo. De hecho, la mayor parte de la población mundial tenía el pelo negro. Sobre la peluca llevaba un gorro con las iniciales de una empresa de seguridad ficticia que Swain había inventado, Swain Security Contractors, SSC. Le había puesto un nombre americano, puesto que no había modo de convencer a nadie de que no era americano.

Había practicado con el tipo de látex que empleaban en los maquillajes para películas. No era ni de lejos tan buena como una maquilladora profesional, pero no podía permitirse el lujo de años de práctica para perfeccionar su técnica. Podía ensanchar un poco su mandíbula, aumentar el puente de la nariz para conseguir un perfil romano clásico en lugar del suyo casi aguileño, eso era lo único que se le ocurría para disimular sus rasgos, que eran tan distintivos como su color de ojos; además de oscurecerse las cejas y pestañas y ponerse un bigote para llenar el labio superior. Decidió no retocarse la frente porque no le salía bien y siempre parecía del Neandertal. Las lentes de contacto marrones —más oscuras que el marrón castaño que había llevado como Denise Morel— y unas gafas metálicas completaban su disfraz facial. Debía tener mucho cuidado con el tono de maquillaje para colorear el látex y conseguir que fuera del mismo color que su piel, porque no quería que nadie notara que iba maquillada.

Hasta se había cubierto los pequeños orificios de las orejas con látex. Un hombre podía tener un lóbulo agujereado, incluso llevar un pendiente para ir a trabajar, pero sin duda la mayoría de los hombres no tenían perforados los dos lóbulos. Suponía que quizás algunos sí, pero no quería llamar la atención en modo alguno.

La ola de frío que había entrado a comienzos de ese mes de diciembre todavía seguía, lo cual era una bendición para ellos. Para ocultar su figura se había puesto un gran vendaje elástico alrededor del pecho y los oscuros monos que llevaban eran lo bastante amplios para disfrazar la forma de sus caderas. Como hacía bastante frío, pudo ponerse un ligero chaleco acolchado y ese último toque ocultaba por completo su cuerpo. Botas de suela gruesa con alzas para aumentar de estatura.

Las manos eran un problema. No llevaba las uñas arregladas y se las había cortado mucho, pero sus dedos eran delgados e innegablemente femeninos. Gracias al tiempo podía llevar guantes mientras estaba en el exterior, pero ¿qué haría dentro? No podía ayudar a Swain a colocar las cargas con las manos en los bolsillos. Lo mejor que podía hacer era utilizar la sombra de ojos azul para destacar las venas en la cara posterior de la mano y hacer que parecieran más prominentes y, como toque final, ponerse un par de tiritas en los dedos para que pareciera que era alguien que solía hacerse cortes y heridas al trabajar con las manos.

Al menos no tendría que hablar demasiado. Swain era el interlocutor, ella el trabajador. Podía modular su voz a un tono más grave, pero le costaba mantenerlo. Para hacer más ronca su voz se había provocado tos para irritarse la garganta.

A Swain, por supuesto, le parecía que su voz ronca era sexy. Estaba empezando a pensar que aunque estornudara seguiría pareciéndole sexy. Con la frecuencia con la que le había estado haciendo el amor durante la semana y media que llevaban juntos, empezaba a sospechar que le había mentido respecto a su edad y que en realidad tenía sólo veintidós años con algunas canas prematuras. Eso no quería decir que no considerara que sus atenciones fueran halagadoras; en realidad, ella las absorbía como una planta sedienta.

Sin embargo, tampoco era que no hubieran hecho otra cosa en todo ese tiempo. O Swain tenía un talento especial para localizar a la escoria de la ciudad o tenía unas amistades muy cuestionables. Mientras Lily —siempre disfrazada— se había encargado de los complementos que necesitaban, como localizar la furgoneta que se adaptara a sus necesidades, los logotipos magnéticos, imprimir las tarjetas de visita y formularios de la empresa con listas técnicas muy formales y las siglas «SSC» en el encabezamiento, sujetapapeles, instrumentos varios, monos y botas, Swain se había visto con algunos tipos duros para comprar los detonadores que necesitaban.

Quería construir él mismo el control remoto, algo que según Swain se podía hacer fácilmente con cualquier juguete controlado por radio —como un coche o un avión, que se pueden encontrar en las tiendas de juguetes o de electrónica— pero decidió que utilizar un control a la medida sería más profesional, de modo que había desembolsado el dinero necesario y se había quejado de ello durante días.

Luego, revisando la información de los planos, había visto los lugares donde deberían colocarse los explosivos y la potencia que deberían tener. Lily nunca había pensado en las explosiones en términos matemáticos, aunque sabía que Averill se enorgullecía de saber calcular sus cargas con la exactitud precisa para realizar el trabajo, sin pasarse. Swain se lo había explicado todo, recitándole los números como si se tratase de lo más normal: esta cantidad de Semtex producirá tales daños. Utilizaba los términos *plástico* y *Semtex* indistintamente, pero cuando ella le preguntaba, reconocía que no eran exactamente lo mismo. El C-4, el plástico y el Semtex pertenecían todos a la misma familia de explosivos, pero *plástico* era el término más vulgar que se utilizaba para incluirlos a todos, aunque fuera incorrecto. Lily no soportaba que los detalles no fueran exactos, demasiadas veces su vida había dependido de que los detalles fueran correctos, de modo que le insistió en que dijera Semtex cuando quería decir Semtex. Él llevó los ojos hacia arriba, pero le siguió la corriente.

Había pasado horas enseñándole cómo y dónde colocar las cargas y programar el detonador. Éste era la parte más sencilla, pero era muy meticuloso en la colocación de las cargas. Había numerado los lugares, luego había preparado las cargas para cada uno de ellos y las había etiquetado con el número correspondiente al lugar donde quería colocarla. Se lo habían estudiado hasta recitar de memoria cada localización y su número sin dudarlo, habían memorizado todos los mapas, luego se habían ido al campo, donde había marcado las distancias para hacerse mejor a la idea del tamaño del complejo y de cuánto tiempo les llevaría realizar el trabajo.

La buena noticia era que tenían una tapadera para estar en el complejo. La mala, que, según lo que encontraran al llegar, colocar todas las cargas podría llevarles al menos un par de horas. Cuanto más tiempo estuvieran allí, más posibilidades había de que les descubrieran. Swain estaba a salvo, pero Lily no, especialmente si por alguna razón aparecía Rodrigo. Sabría a través de Damone que los «expertos en seguridad» estaban visitando las instalaciones y quizás sintiera curiosidad. Si aparecía, Swain se encargaría de las presentaciones mientras Lily se ocupaba de hacer otras cosas, siempre y cuando Rodrigo no insistiera en conocer al otro «experto».

El doctor Giordano era el otro riesgo, en cuanto a lo de reconocer a Lily. Así mismo, procuraría no llamar su atención, aunque eso sería más difícil. Al fin y al cabo, las instalaciones eran para él y su trabajo era su orgullo y su felicidad. Estaría muy interesado en la opinión de Swain sobre las medidas de seguridad. Puesto que se suponía que Swain era el propietario de SSC, captaría más la atención que Lily, pero tampoco podía esperar pasar totalmente inadvertida.

Ninguno de los dos había olvidado que ese debía ser el último día del doctor Giordano. Lily recordó lo amable que había sido con ella cuando había estado tan enferma, pero también sabía que era el responsable de un plan diabólico. Mientras Giordano siguiera con vida, el conocimiento sobre cómo conseguir la mutación del virus para que se transmitiera entre los seres humanos se podría utilizar para provocar una pandemia. Si no era la gripe aviar, podría ser cualquier otro virus. Los virus ya eran bastante letales sin su ayuda. La pandemia podría producirse de todos modos, en cualquier momento, pero siempre se reprocharía no haber hecho nada para evitar que fuera un acto deliberado para ganar mucho dinero a su costa.

Una vez colocadas las cargas, el plan consistía en crear un simulacro de amenaza de bomba, controlando el tiempo en que se vaciaban los edificios. Cuando todo el mundo estuviera fuera, Swain detonaría las cargas y casi simultáneamente Lily ejecutaría al doctor Giordano. El estallido y el fuego de las explosiones sin duda alguna provocarían pánico y quizás algunas heridas. Ellos se pondrían tapones en los oídos antes de la detonación y se asegurarían de protegerse de la explosión colocándose detrás de algo. Con la confusión aprovecharían para introducirse en la furgoneta y huir, al menos eso esperaban. Nada se podía dar por hecho.

Un hotel de lujo no era el mejor lugar que podían haber escogido para preparar cargas de explosivos. Tenían que limpiarlo todo bien cada día antes de que entraran a hacer la habitación y no querían dejar los explosivos en la furgoneta a medida que los iban preparando, por si la abrían para robar. Lo último que querían es que algún chalado tuviera semejante cantidad de Semtex.

—¿Estás listo Charles? —preguntó Swain. *Charles Fournier* era el nombre que había elegido para Lily. Swain se había acostumbrado tanto a llamarla así que seguía haciéndolo cuando estaban solos.

—Creo que esto es todo lo que voy a conseguir —le dijo levantándose del tocador y dando una vuelta para que la viera con la dificultad que conllevaba hacerlo con esas pesadas botas—. ¿Estoy bien?

—Eso depende de lo que tú entiendas por «bien». No te pediría que fueras mi novia, si es eso lo que quieres decir.

—Con eso me basta —dijo ella satisfecha.

—Ni siquiera me apetece besarte. Ese bigote me pone los pelos de punta —dijo él sonriendo. Acababa de empaquetar las cargas, unas en una bolsa de tela y otras en una caja. Los detonadores estaban en una caja separada y como precaución había sacado las pilas de los controles remotos.

Él iba vestido con un mono como el de Lily, con las siglas SSC bordadas en el bolsillo izquierdo del pecho, pero debajo llevaba una camisa blanca y una corbata, para destacar que era el jefe y captar de ese modo la atención. El mono lo llevaba un tanto abierto para que se viera la corbata y era lo bastante holgado para ocultar la tira de la pistolera que llevaba. Ella había optado por su habitual pistolera en el tobillo, aunque con esas botas, llegar hasta la pistola era más difícil. No se trataba de un concurso de rapidez, cuando llegara el momento, si todo iba como habían previsto, tendría tiempo de sobra para sacar su arma.

Él cargaba con la bolsa y la caja de los explosivos, mientras que ella llevaba la de los detonadores. Subieron al ascensor pero aunque estaban solos no hablaron, ni repasaron el plan una vez más. Los dos sabían lo que tenían que hacer.

—Tú conduces —dijo Swain cuando llegaron a la furgoneta, sacándose las llaves del bolsillo y lanzándoselas.

Ella levantó las cejas sorprendida.

—¿Confías en mí al volante?

—A) Yo soy el jefe y a mí me llevan, no soy el conductor. B) No es divertido conducir una furgoneta.

—Eso es lo que me imaginaba —dijo ella desilusionada. Para que Lucas Swain le hubiera dado las llaves, la furgoneta debía ser tan manejable para él como una ballena embarrancada en la playa.

Se suponía que tenían que encontrarse con Damone Nervi en el complejo a las tres de la tarde. Swain había elegido esa hora porque por la tarde la gente estaba más cansada y menos alerta que por la mañana. Cuando llegaron al complejo, Lily no pudo evitar mirar al parque donde había tenido lugar el tiroteo sólo dos semanas antes. El incidente había salido en las noticias, pero como no había habido ningún muerto, al día siguiente ya se había olvidado. Se sintió más aliviada al ver que aunque era un sábado el frío había disuadido a la mayoría de las personas a salir a disfrutar del parque. Estaba casi desértico, salvo por algún alma en pena que paseaba al perro. Cuanta menos gente, mejor.

Cuando se acercaban a la verja donde había dos guardias vigilando, Lily volvió a toser para dejar más ronca su voz. Un guardia levantó la mano y ella se detuvo suavemente, luego bajó su ventanilla. Al notar el soplo de aire gélido se alegró de llevar ese chaleco adicional.

—*Monsieur* Lucas Swain tiene una cita con *monsieur* Nervi. —Antes de que ella se lo pidiera, Swain le entregó su permiso de conducir internacional para que el guardia lo comprobara. Ella sacó su nuevo permiso falso y también se lo entregó.

—Fournier —dijo el guardia, leyendo el nombre del permiso. Revisaron los nombres en la lista de visitas, que por cierto, eran los únicos para ese día, por lo que no les llevó mucho rato realizar su tarea.

—Diríjanse a la entrada principal a la izquierda —instruyó el guardia, devolviéndoles los permisos de conducir—. Aparquen en la zona señalizada para visitantes. Ahora llamaré al *monsieur* Nervi para anunciarle su llegada. Detrás de la puerta hay un timbre, llamen y alguien les abrirá desde dentro.

Lily asintió con la cabeza mientras se volvía a colocar el premiso de conducir en el bolsillo y subía la ventanilla para evitar el frío que entraba del exterior. Tosió varias veces más, porque consideraba que su timbre no había sido muy grave cuando había hablado con el guardia. Cuanto más tosía, peor se oía la tos, como si su garganta se lo estuviera tomando en serio. Ya le dolía un poco, de modo que tenía que ir con cuidado para no excederse.

Dos hombres les esperaban en la entrada. Uno era el doctor Giordano.

—El de la izquierda es el doctor —le dijo a Swain—. El otro debe ser Damone Nervi.

En realidad, se parecían mucho pero, aunque Rodrigo era un hombre muy atractivo, Damone Nervi probablemente era el hombre más bello que había visto nunca, aunque en modo alguno era afeminado. Sus facciones eran clásicas, desde su grueso pelo negro hasta su color de piel suavemente aceitunado. Era alto e iba bien arreglado, elegantemente vestido con un traje cruzado de color gris carbón que le sentaba como sólo les podía sentar a los italianos. El doctor Giordano les estaba sonriendo para darles la bienvenida, pero la expresión de Damone era distante y adusta.

—Pasa algo —murmuró Lily.

—¿Por qué? —preguntó Swain.

—Se supone que estamos aquí a petición de Damone, por lo tanto no debería mirarnos como si estuviera dando la bienvenida a una plaga.

—Un buen ejemplo —observó él—. Sí, ya veo lo que quieres decir. El doctor sonríe, Damone no. Quizás no sea de ese tipo de personas.

Quizás la explicación más sencilla fuera la mejor, pero Lily no podía evitar su incomodidad. Aparcó la furgoneta en el lugar que les habían indicado e intentó estudiar a los dos hombres sin que se notara.

Swain no esperó. Salió de la furgoneta y se dirigió hacia ellos caminando con seguridad, luego les dio la mano calurosamente. Su porte había cambiado, observó Lily, su habitual paso perezoso se había convertido en un caminar que indicaba «sal de mi camino». Todo su lenguaje corporal había cambiado sutilmente y parecía un hombre de negocios agresivo de los que no se andaban por las ramas.

Según su plan, ella salió y se fue a la parte de atrás de la furgoneta, abrió las puertas y sacó dos portapapeles, cada uno de ellos con un manojo de hojas y dos *testers* que eran totalmente inútiles para lo que iban a hacer, pero Swain pensó que así les impresionarían más. Quizás hasta probaran algún circuito, para parecer que hacían algo.

Cargada con toda su parafernalia, procurando coger todas las cosas como un hombre, en lugar de pegarse los portapapeles al pecho como suelen hacer las mujeres, se acercó a los tres hombres.

—Mi socio, Charles Fournier —dijo Swain, señalándola a ella.

—Damone Nervi, el doctor Giordano. El doctor va a guiarnos por el complejo y a mostrarnos todas las medidas de seguridad *in situ* para ahorrarnos tiempo.

El doctor Giordano seguía relajado y amable; pero la expresión de Damone era todavía más áspera, si eso era posible. El malestar de Lily aumentó proporcionalmente. ¿Por qué actuaba Damone como si esa inspección no hubiera sido idea suya desde el principio?

¡Maldita sea! ¿Podían haber organizado todo esto para atraerla a una trampa, a un edificio privado donde podía sucederle cualquier cosa y jamás se enteraría nadie? ¿Era Rodrigo más astuto de lo que ella pensaba? De ser así, sencillamente habría dejado pasar un tiempo prudencial y la había atraído a la trampa justamente por no apresurarse en capturarla. Apresarla en la calle hubiera llamado demasiado la atención y, aunque contara con el capital político para conseguir que el asunto pasara inadvertido, ¿por qué malgastarlo cuando bastaba con ser paciente y atraerla a un lugar donde nadie se enteraría de nada? Por lo que veía, el laboratorio estaba vacío y los vehículos del aparcamiento estaban sólo de fachada.

Si había cometido un error, no sólo iba a provocar su propia muerte sino también la de Swain. De pronto pensó que toda la risa y el afán de vivir se habían esfumado y se quedó helada. El mundo sería un lugar más lúgubre sin Lucas Swain. Si le pasaba algo a él por su culpa...

Ahora Damone se había girado y el doctor Giordano le estaba reprendiendo por estar tan taciturno debido a que su novia había cancelado su visita.

—Quizás deberías ir tú a visitarla —le dijo el doctor bromeando, dándole una palmadita en la espalda a Damone—. A las mujeres les gusta que vayamos hacia ellas.

—Quizás mañana —respondió Damone, encogiéndose de hombros y con una mirada bastante avergonzada.

Lily se relajó. Su imaginación había ido demasiado deprisa, Damone simplemente estaba de mal humor porque su novia no había ido a verle.

El doctor Giordano marcó una serie de números en el teclado del mando de la puerta y ésta se abrió.

—Antes teníamos una tarjeta que pasábamos por un escáner, pero la gente siempre la perdía y la empresa de seguridad consideró que un marcar un código en un teclado sería más seguro —les explicó mientras entraba y ellos le seguían.

—Eso es cierto —dijo Swain— siempre y cuando nadie dé el número secreto a personas no autorizadas. Sin embargo, llevo aquí dos minutos y ya puedo decirle que la secuencia es seis-nueve-ocho-tres-uno-cinco. Usted no tapó el teclado con su cuerpo al marcar el número. Lo que es peor, el teclado tiene tonos. También habría podido oírlo. —Sacó una pequeña grabadora digital del bolsillo—. La he activado cuando usted ha empezado a teclear, por si acaso. —Apretó el botón de reproducción y sonaron una serie de seis pitidos con tonalidades distintas—. Con esto podría haber abierto la puerta, aunque no hubiera visto los números.

El doctor Giordano parecía muy abochornado.

—Le aseguro que no suelo ser tan descuidado. No pensé que tenía que protegerme de usted.

—Ha de protegerse de todo el mundo —respondió Swain, interpretando fielmente su papel—. El teclado se ha de cambiar para que no suenen los tonos. Eso es un gran fallo.

—Sí, ya veo. —El doctor Giordano sacó una libreta de notas del bolsillo de su bata y lo anotó—. Haré que se encarguen de esto inmediatamente.

—Bien. Después de la visita, me gustaría realizar dos ejercicios, si me lo permite. Mi socio y yo colocaremos explosivos simulados en diferentes partes del complejo y comprobaremos cuánto tiempo tardan los trabajadores en divisar algo sospechoso. Si nadie ve nada, me gustaría anunciar lo que hemos hecho e invitarles a que registren y se lo notifiquen usted cuando vean algo raro. Eso despertará su estado de atención, en primer lugar al enterarse de que esas cargas se han colocado sin que se dieran cuenta y luego porque aprenderán qué es lo que tienen que buscar y dónde. Por último, me gustaría realizar un simulacro de evacuación, cronometrar cuánto tiempo tardan los empleados en abandonar el edificio, ver qué vías de acceso utilizan e identificar otras posibles rutas alternativas. El mejor momento para hacerlo habría sido cuando hubiera habido el máximo número de empleados, pero hoy era el único día del que disponíamos, así que nos las arreglaremos con lo que tenemos.

Lily estaba impresionada, Swain estaba interpretando un papelazo. No sólo eso, ni siquiera sabía que tenía esa pequeña grabadora. Debió comprarla cuando compró el resto de aparatos electrónicos.

—Por supuesto, me parece una idea genial —dijo el doctor Giordano—. ¿Sería tan amable de seguirme?

Para la consternación de Lily, Damone se había puesto a su lado, mientras Swain iba junto al doctor Giordano. Lo último que deseaba era una conversación directa con nadie. Como tenía las manos llenas, no se pudo cubrir la boca, pero giró la cabeza hacia su hombro y tosió fuerte dos veces.

Swain miró hacia atrás.

—Charles, esa tos suena cada vez peor. Deberías tomarte algo.

—Más tarde —dijo ella con voz rota y volvió a toser un buen rato.

—¿Está usted enfermo? —preguntó Damone educadamente.

—Sólo tos, *monsieur*.

—Quizás debería llevar una mascarilla. El doctor Giordano está trabajando con el virus de la gripe y las personas enfermas pueden ser especialmente vulnerables.

El doctor Giordano giró la cabeza.

—No, no vamos a entrar en ese laboratorio —dijo con preocupación.

—¿Enferman a menudo sus empleados a causa de los virus y las bacterias con los que está trabajando? —preguntó Swain.

—Sí, así es, pasa con tanta frecuencia que ni siquiera lo registramos. Pero estoy intentando crear una vacuna para una cepa especialmente virulenta y nadie que entre en ese laboratorio puede tener algún signo de enfermedad. Además he implantado estrictas medidas que requieren llevar máscaras y guantes.

Era bueno saber que el doctor se preocupaba de que su bicho no se transmitiera a la población general antes de que la vacuna estuviera lista para poder ganar millones de dólares, pensó Lily. Le miró por la espalda, su bien formada cabeza. Parecía un hombre muy agradable, pero era el causante de todo. Por él, Zia había muerto.

Últimamente —desde que conoció a Swain— había podido pensar a veces en Zia sin sentir ese dolor que le roía el cuerpo; era más bien un recuerdo dulce que triste. Pero mirando al doctor Giordano y consciente de que era la razón por la que ya no tenía a Zia, todo el odio volvía a recrudecerse con toda su fuerza. Apretó la mandíbula para evitar un gemido y quemó sus lágrimas. No quedaría bien que «Charles» empezara a llorar.

Todos estaban preocupados —ella, Averill y Tina— porque Zia parecía coger todos los virus que había sueltos. A los diez años ya había padecido neumonía dos veces. Su sistema inmunológico era débil; ya fuera debido a sus primeros años de vida o a la mala suerte, el resultado era el mismo. Cada invierno Zia enfermaba varias veces y siempre se había resfriado al menos una vez en verano, resfriado que inevitablemente se convertía en bronquitis. Ella habría sido sin duda alguna víctima propiciatoria para el virus de la gripe que el doctor Giordano intentaba liberar y ¿cuántas posibilidades habría tenido de ser una de las desafortunadas víctimas mortales?

Averill y Tina en un intento de evitar que eso sucediera pusieron en marcha una serie de acontecimientos que habían conducido a esa situación. La ironía era amarga.

De pronto le vino un sentimiento de odio tan fuerte que casi tembló. Respiró profundamente, intentando luchar contra las emociones antes de hacer alguna tontería y echarlo todo a perder.

Mientras caminaba junto a Damone, éste la miró con curiosidad. Lily se cubrió mirando hacia otro sitio y tosiendo de nuevo. Sólo esperaba que el látex que llevaba en la cara aguantara todo ese estrés. Lo que es más, esperaba que Damone no se diera cuenta de que llevaba bigote y ni la más mínima señal de una barba incipiente propia de las cinco de la tarde.

Caminaron juntos por un largo vestíbulo y giraron a la derecha.

—Éste es mi despacho —dijo el doctor Giordano, indicando una puerta con su nombre grabado en oro y otro teclado—. Está contiguo al laboratorio principal, que me gustaría enseñarle. Es donde realizo mi trabajo más importante. *Monsieur* Fournier, quizás sería mejor que se quedara fuera.

Lily asintió con la cabeza. Swain tomó uno de los cuadernos de notas y uno de los tester que llevaba Lily.

—No tardaremos.

Ella se apoyó en la pared como había visto que hacían los hombres, la imagen de la paciencia, mientras los demás entraban en el laboratorio. Se alegraba de que Damone no hubiera elegido quedarse con ella.

Salieron a los diez minutos, Swain tomaba notas. Esperaba que hubiera utilizado su pequeña grabadora para grabar los tonos del teclado cuando el doctor Giordano tecleó el código, porque esta vez se cuido bien de proteger el teclado con el cuerpo al marcar la secuencia. Tendrían que entrar en el despacho y en el laboratorio para colocar las cargas.

—Charles —dijo Swain descuidadamente—, quiero que compruebes el modulador GF en el detector 365 BS del despacho del doctor.

—Sí, señor —dijo Lily con voz ronca, escribiendo con diligencia el galimatías que le acababa de decir Swain. No tenía ni idea de lo que era un modulador GF, ni siquiera si realmente existía y el único BS* que conocía era el que salía de la boca de Swain casi cada vez que la abría. No obstante, daba el pego y era una excusa perfecta para entrar en el despacho del doctor Giordano.

De ese modo durante la visita, cada vez que «inspeccionaban» un área, Swain se remitía a su lista de objetivos y daba una serie de instrucciones destinadas a que él mismo o Lily volvieran a esa zona. No se repitió ni una sola vez, probablemente porque no podía recordar todos los números e iniciales que había usado antes. El doctor Giordano, sin duda, estaba impresionado por los conocimientos de Swain, aunque la expresión de Damone era más enigmática. Lily sospechaba que Damone era difícil de engañar en cualquier campo, lo cual ponía de manifiesto todavía más cuánto debía confiar en Georges Blanc para haber aceptado su recomendación.

---

* BS, es la abreviatura de «bullshit» en inglés, que significa «gilipolleces». (*N. de la T.*)

Por fin habían terminado y Swain sonrió brevemente.

—Creo que con esto es suficiente. Ahora, caballeros, si nos lo permiten, revisaré los puntos que le he estado diciendo a Charles y luego iremos colocando nuestros pequeños paquetes sorpresa. Probablemente, nos llevará poco más de una hora. Luego, nos divertiremos un rato con sus empleados, espero que les impresione darse cuenta del cuidado que deben tener, y por último realizaremos el simulacro de evacuación.

—Por supuesto —dijo Damone, haciendo un saludo muy continental con una pequeña reverencia—. Gracias por venir. Si no les importa, no voy a quedarme con ustedes. El doctor Giordano sabe mucho más sobre estas instalaciones que yo y es el alma de todas las investigaciones que se realizan aquí. Ha sido un placer conocerles. —Le dio la mano a Swain y luego le extendió la mano a Lily, que no tuvo más remedio que aceptar. Intentó darle la mano con fuerza y con brío, enseguida se soltó y se puso las manos en los bolsillos.

Damone la miró inquisitivamente y de modo enigmático, pero no dijo nada y se marchó. Ella se sintió algo más relajada con su ausencia. Sólo había sido educado, pero a menudo había notado su mirada curiosa como si notara algo raro en ella.

Cuando Damone se hubo marchado, Lily y Swain regresaron a la furgoneta y empezaron a repartirse las cargas. Sus notas sirvieron para saber dónde tenía que ir cada una. Swain le había enseñado a utilizar los detonadores, no tenía nada de particular. La destrucción siempre era más fácil que la construcción.

—Casi hemos terminado —dijo Swain—. ¿Estás bien? Casi pierdes el control al principio.

Él había notado que sus emociones le estaban jugando una mala pasada.

—Sí —dijo ella, con los ojos secos y las manos firmes—. Estoy lista.

—Vamos, pues. Te daría un beso de buena suerte, pero tu labio superior es un poco peludo.

—Por eso voy a llevar el bigote esta noche en la cama. —Bromear resultaba extraño, dado lo que estaban a punto de hacer, pero de algún modo el humor servía para tranquilizarla. Sólo esperaba eso, que llegada la noche, los dos todavía estuvieran vivos y juntos.

—Esa idea me aterra. —Encogió los hombros para liberar tensión. Sus ojos azules estaban muy serios cuando la miraron—. Ten cuidado. No dejes que te pase nada.

—Lo mismo digo.

Él miró su reloj.

—Bien, démonos prisa. Quiero colocar todo esto en media hora.

Volvieron a entrar en el edificio y tras mirarse largamente partieron en direcciones opuestas. No volvieron a mirarse.

Capítulo *31*

Puesto que Swain había numerado las habitaciones en el plano y marcado los cambios correspondientemente, Lily sabía qué cargas debía poner en cada sitio. Le había enseñado dónde colocarlas para conseguir el máximo efecto, pero también a esconderlas bien para que permanecieran ocultas hasta que evacuaran los edificios.

«Casi hemos terminado», ese pensamiento se repetía en su mente mientras caminaba por los pasillos del complejo, sin intentar evitar las cámaras. Casi nadie se había fijado en ella, ni nadie le había hecho preguntas. Era como si una vez dentro del complejo, ya estuviera allí por derecho propio. Los Nervi y el doctor Giordano se habían vuelto muy conscientes de las medidas de seguridad tras el primer incidente, pero para los empleados todo parecía ser igual. No había muchos trabajadores, puesto que era fin de semana. Los que se hallaban allí, probablemente estaban tan dedicados a su trabajo que no se fijaban en nada o estaban cansados y malhumorados por estar trabajando en festivo. Se acercaba el final del día y muchos empleados se dedicaban a matar el tiempo

«Casi hemos terminado». Durante cuatro largos meses había tenido un objetivo: vengarse. Pero eso se había convertido en algo más grande que una *vendetta* personal contra los Nervi, en algo más importante. Iba a terminar lo que habían comenzado Averill y Tina en honor a una jovencita que había muerto mientras todavía estaba cruzando el umbral entre la adolescencia y la juventud.

La vida de Lily había dado un extraño giro a los dieciocho años, pero ella esperaba que Zia tuviera una vida normal y feliz: que se casara y tuviera hijos, que siguiera los pasos de la mayor parte de la gente. Los que seguían la corriente, que encajaban en la masa, muchas veces no eran conscientes de la suerte que tenían. Pertenecían a alguna parte. Ella hubiera querido que Zia también hubiera pertenecido a alguna parte, que hubiera tenido cosas que ella jamás pudo tener o a las que tuvo que renunciar.

¡Qué niña tan especial había sido Zia! Como si de algún modo hubiera sabido que su vida iba a ser corta, la había vivido al máximo. Todo le asombraba y disfrutaba con las cosas más insignificantes. También había sido muy charlatana, cuando empezaba hablar no paraba hasta alcanzar un ritmo tan frenético que les hacía reír y decirle que fuera más despacio.

La misión de Lily casi había terminado. Colocó una carga contra la pared detrás de los armarios que contenían los archivos del doctor Giordano con sus experimentos y resultados y puso un detonador en el molde de Semtex. Pronto todo quedaría reducido a cenizas.

«Casi terminado», pensó mientras colocaba los explosivos en el despacho donde todos los datos se pasaban a formato informático y se guardaban. Una pequeña carga debajo de cada ordenador y otra más grande donde se almacenaban los discos. Todo tenía que volar. No podía quedar nada de la investigación del doctor Giordano.

Swain se encargaba del despacho del doctor y de los dos laboratorios donde se guardaba el virus vivo. Por desgracia, también era la zona donde se desarrollaba la vacuna.

Lily hubiera deseado que el proceso de la vacuna se hubiera salvado, porque en el plazo de un año o dos podría haber una necesidad real de la misma. No podían hacer nada, no había modo en que pudieran proteger parte de la investigación del doctor Giordano. Sólo esperaba que cuando llegara el momento otro laboratorio también hubiera estado trabajando en lo mismo y pudiera llegar a tiempo.

Lily bajó una larga y empinada escalera hacia el sótano y colocó las cargas más grandes bajo los muros de contención, para asegurarse de que la destrucción sería completa. Cuando regresó arriba, estaba sin respiración y le latía el corazón con fuerza.

Ya no estaba segura de que todavía se debiera a su recuperación. No cabía duda: cualquier esfuerzo la agotaba. No podía decir si esa falta de respiración había empeorado, pero tenía que enfrentarse a la verdad: cuando pudiera tendría que ir a visitar a un buen cardiólogo para ver qué se podía hacer con esa molesta válvula.

Gran parte de lo que haría después dependería de Rodrigo Nervi. Tendría que abandonar Francia, eso estaba claro. De hecho, tendría que marcharse de Europa. Swain no había dicho nada sobre el después, ni ella tampoco. Primero tenían que ver si había un después. Intentaba imaginarse un futuro sola y no podía. Dondequiera que se viera en esos momentos se veía con Swain.

¿Dónde sería seguro para él? Desde luego, Sudamérica no sería lo más apropiado y para ninguno de los dos era seguro regresar a los Estados Unidos. Quizás México o Canadá. Al menos estaban cerca de casa. Jamaica era otra posibilidad. A Swain no le gustaba el frío, por lo que no pensaba que eligiera Canadá, aunque ésa hubiera sido su primera elección. Quizás podrían pasar el verano en Canadá y el invierno en el sur.

Un hombre con aspecto de estar muy ocupado, que llevaba una bata de laboratorio y un grueso bloc de notas, pasó por su lado saludándola sólo con la cabeza. Al mirar por la ventana, vio que el sol se estaba poniendo, el corto día de diciembre casi había terminado. Iban bien de tiempo, a esa hora del día, todo el mundo estaba deseando irse a casa.

Las cargas ya estaban puestas, sin problemas, ni interferencias. Había sido tan fácil que casi estaba asustada.

Lily volvió al despacho del doctor Giordano. Swain ya estaba allí, sentado en un cómodo sillón tomando una taza de café. El doctor Giordano le indicó la cafetera.

—Sírvase un poco de café. Le irá bien para la garganta.

—*Merci*. —Había tosido tanto que ahora realmente le dolía la garganta. El primer sorbo de café caliente le suavizó las membranas y casi suspiró de placer.

—Realmente tiene un problema —empezó a decirle Swain al doctor—. Hemos puesto los explosivos sin que nadie nos preguntara lo que estábamos haciendo, ni se alarmara. Estar alerta es la primera arma de defensa y su gente está tan absorta en su trabajo que no piensa en nada más.

—Pero los científicos somos así —protestó el doctor Giordano, levantando las manos en un gesto típicamente italiano—. ¿Qué puedo hacer? ¿Qué no piensen en su trabajo?

Swain movió la cabeza.

—La solución evidente es tener personas dentro que *no sean* científicos, personal de seguridad entrenado, en lugar de confiar tanto en la electrónica. Me sorprende que su empresa de seguridad no se lo sugiriera.

—Lo hizo. Pero nuestro trabajo aquí es tan delicado que preferí no tener personas en el complejo que no comprendieran las medidas de seguridad que hemos de tomar con los virus.

—Entonces, es un riesgo que ha de valorar. Eso deja una gran brecha en su sistema de seguridad, pero si usted es consciente de ello... —Swain se encogió de hombros, como queriendo decir que no podía hacer nada—. Le haré un informe con mis recomendaciones. Ponga en práctica las que le plazca. Ahora, ¿están preparados sus empleados para ver si pueden encontrar los explosivos?

Ya no les queda mucho tiempo. Me temo que tendrá que ser una lección corta —dijo mirando el reloj.

—Por supuesto.

Se dirigieron a la sección de megafonía y el doctor Giordano conectó los altavoces. Se aclaró la garganta y empezó a explicarles lo que había estado sucediendo esa tarde. Lily se imaginó a los empleados mirándose entre ellos y examinando con aprensión su entorno.

El doctor Giordano volvió a mirar su reloj.

—Tienen cinco minutos para ver si pueden encontrar algunos de esos falsos explosivos. No los toquen, sólo tienen que comunicármelo.

—¿Cuántas cargas han colocado? —le preguntó a Swain, tras desconectar los altavoces.

—Quince.

Esperaron, mirando el reloj. Hubo cuatro llamadas durante los cinco minutos que les habían dado. El doctor Giordano suspiró, con mirada triste y anunció los resultados por los altavoces. Se giró para mirar a Swain con una expresión en su rostro de «¿Qué puedo hacer?».

Lily se sentó y se frotó la pierna como si le doliera. Sentía una gran tristeza ahora que había llegado el momento. Teniendo en cuenta su rabia y odio anterior, ¿por qué se sentía triste en esos momentos? Sin embargo, así era.

Estaba harta de matar. Se preguntaba si algún día terminaría eso. Rodrigo Nervi la buscaría hasta el final de sus días, tendría que mirar a todos los extraños como una posible amenaza, nunca se podría relajar en público.

Swain se levantó.

—No les ha dicho nada de la amenaza de bomba. Creo que eso está bien. Su gente ha estado considerablemente inconsciente de lo que ha estado sucediendo, veamos si puedo infundirles un poco más de acción. ¿Puedo? —Swain señaló el equipo de megafonía y el doctor Giordano levantó la mano sonriendo en señal de permiso. Swain conectó el altavoz y con su mal francés dijo alarmándoles—: ¡Los explosivos son reales! ¡Ha habido una equivocación! ¡Salgan, salgan, salgan de aquí!

Se giró y empezó a indicarle al doctor Giordano que saliera. Detrás de ellos, Lily empezaba a sacar la pistola de la bota, pero Swain miró por encima del hombro y movió con fuerza la cabeza.

—Mueve la furgoneta —le dijo.

No podía creer que no hubieran pensado en ello antes. La furgoneta estaba aparcada demasiado cerca de los edificios. Si no la movía a una distancia de seguridad, no tendrían con qué huir. Swain no podía hacerlo porque era ella quien tenía las llaves y además tenía que poner las pilas al control remoto que tenía en el bolsillo, cosa que intentaba hacer mientras evacuaban a toda máquina.

La gente se apresuraba a salir de los distintos recintos y laboratorios, con cara de confusión en sus rostros. «¿Qué es esto?, preguntó una mujer. ¿Es una broma?»

—¡No! —dijo Lily tajante—. ¡Dese prisa!

—Tengo que ir a buscar algo a la furgoneta —dijo mientras salían del despacho del doctor Giordano, y corrió hacia el vehículo.

Era evidente que había tomado su acción como algo que estaba en el plan, los empleados que habían ido en coche, corrieron hacia sus vehículos. Los guardias de la verja, al ver esa actividad inusual, salieron de su garita con las manos en las culatas de sus armas, sin desenfundarlas, pero preparados para hacerlo en cualquier momento.

Lily puso enseguida en marcha el motor y sacó la furgoneta del aparcamiento. El doctor Giordano la miró asombrado, pero Swain le dijo algo y le distrajo señalándole lo que estaban haciendo los trabajadores, a la vez que caminaba rápidamente para situarse a una distancia de seguridad haciendo que el doctor Giordano le siguiera.

Ella colocó la furgoneta entre Swain y los guardias, bloqueando su visión, pero también posicionándose de modo que pudiera protegerles de la explosión. Cuando salió de la furgoneta, oyó que Swain decía:

—¿Cree que han salido todos?

—No lo sé —respondió Giordano—. Hoy no había tanta gente trabajando, pero no sé cuántos... —contestó encogiéndose de hombros.

—Debería saberlo siempre, de lo contrario ¿cómo puede saber las bajas? —preguntó Swain con lógica y para sorpresa de Lily, se giró y le entregó el control remoto.

—Te concedo el honor —le dijo.

Ella había visto cómo revisaba el aparato y le había explicado su funcionamiento, pero ¿por qué se estaba apartando del plan? No tenía tiempo de preguntar, porque el doctor Giordano ya estaba mirando atónito. Antes de que pudiera hacer preguntas o alarmarse, ya había activado el detonador. Se vio una pequeña luz verde que indicaba que se había conectado y apretó el botón que envió la señal de radio a los detonadores.

Se produjo una especie de «bum» profundo y amortiguado, entonces todo saltó por los aires.

Unas partes del complejo saltaron hacia arriba y hacia afuera, el impacto de la onda expansiva les sacudió como un martillazo. Empezó a salir humo negro y fuego y una oscura nube de escombros cayó sobre ellos. La gente gritaba, agachándose y protegiéndose como podía. Los cristales rotos atravesaron a algunas personas como flechas. Un hombre cayó bajo un pedazo de los escombros que caían del cielo como rocas lanzadas por un gigante.

El doctor Giordano se giró hacia Swain con una expresión de horror en su rostro. Lily se agachó para sacar su arma, pero Swain ya tenía la mano en la suya. Sacó su gran H & K y, apuntando directamente al pecho del doctor Giordano, apretó dos veces el gatillo. El doctor Giordano cayó al suelo muerto.

En un rápido movimiento, Swain empujó a Lily hacia la furgoneta. Se puso al volante, pero él la siguió empujando hasta colocarla en el asiento del pasajero y situarse en el del conductor. El motor ya estaba en marcha. Dio un portazo, puso la primera y empezó a rodar mientras uno de los guardias pasaba corriendo por su lado. El otro estaba al teléfono que había en la caseta, gritando como un loco en el receptor. Todavía estaba al teléfono cuando salieron por la verja.

Damone se encontraba en el despacho de Rodrigo cuando sonó el teléfono. Rodrigo respondió y su tez aceitunada adoptó un extraño color lívido.

Damone se levantó.

—¿Qué pasa? —le preguntó a Rodrigo cuando colgó.

Rodrigo había bajado la cabeza y sus hombros se habían encorvado.

—El laboratorio ha sido destruido —dijo casi sin voz—. Explosivos, Vincenzo ha muerto. —Poco a poco fue levantando la cabeza, con el horror reflejado en sus ojos—. Fue asesinado por los expertos en seguridad que *tú* llevaste al complejo.

Damone respiró profundamente varias veces. Luego, le dijo con serenidad:

—No podía dejar que soltaras ese virus.

—¿No podías? —Rodrigo parpadeó rápidamente, intentando descubrir algún otro significado en esas palabras. Pero no vio nada y Damone permaneció allí con una expresión muy calmada.

—Tú, ¿tú sabías lo que iban a hacer?

—Les pagué para que lo hicieran.

Rodrigo sintió como si el mundo se hubiera puesto del revés, como si todo lo que él pensaba que era real no tuviera ningún sentido. En un momento de claridad, lo comprendió todo.

—Eras tú quien estaba detrás de la primera explosión. ¡*Tú* contrataste a los Joubran!

—Por desgracia, Vincenzo fue capaz de replicar su trabajo, por eso tuve que tomar medidas más drásticas.

—Por tu culpa ¡papá ha muerto! —rugió Rodrigo, poniéndose en pie y tratando de alcanzar el arma que siempre guardaba en el cajón de la mesa.

Damone fue más rápido, su arma estaba mucho más cerca. No dudó, disparó tres veces, dos en el pecho y uno de remate en la cabeza. Su hermano cayó sobre la mesa y luego al suelo, tirando la papelera.

Damone bajó la mano y las lágrimas corrieron por sus mejillas.

Había tenido que llegar a esto a raíz de los acontecimientos que había puesto en marcha en agosto. Inhaló profundamente y se secó las lágrimas. El camino hacia el infierno estaba plagado de buenas intenciones. Lo único que quería era destruir ese virus. No podía dejar que su padre siguiera adelante con sus planes de provocar una pandemia.

Giselle, su maravillosa, valiente y frágil Giselle, jamás habría sobrevivido si hubiera contraído la enfermedad. Hacía un año que le habían hecho un trasplante de riñón y tenía que tomar medicamentos que deprimían su sistema inmunológico, ni siquiera la vacuna la habría salvado. Ella no había querido aceptar su propuesta de matrimonio porque no podía darle hijos y sabía lo importante que era eso para los italianos, pero al final la había convencido. No tenía palabras para expresar cuánto la amaba, ni siquiera él lo comprendía. Por ella, él había dado todos esos pasos para destruir el virus.

Jamás pensó que su padre descubriría quién había sido el causante de la primera explosión y se quedó desolado cuando se enteró de que los Joubran y su hija habían sido ejecutados, como castigo ejemplar de lo que le sucedía a quien se atrevía a enfrentarse a Salvatore Nervi.

Pero los Joubran tenían una amiga, una tal Lily Mansfield y sus muertes habían provocado su afán de venganza y habían llevado a su padre a la tumba.

Ella había sido la elección perfecta para completar la misión de los Joubran. Con la ayuda de Georges Blanc —Damone casi se desmaya cuando ella le exigió un encuentro, pero una llamada urgente a Blanc sirvió para que éste se presentara en su lugar— él había diseñado un plan para que ambos pudieran entrar en el complejo.

Sin embargo, no se había preparado para sus sentimientos al ver a la mujer que había matado a su padre. Por un momento, quiso matarla, castigarla por su angustia de haber sido quien había provocado la muerte de su propio padre. Estaba seguro de que el tal Charles Fournier era ella disfrazada, aunque el disfraz era tan bueno que casi había dudado de que no hubiera una tercera persona implicada. Pero la había obligado deliberadamente a darle la mano y el tacto de esa mano fina y femenina le había convencido.

Bien, había cumplido la misión y le había obligado a pagarle el millón de dólares americanos. En un principio no tenía intención de hacerlo, pero ella se le había adelantado insistiéndole en que le ingresara el dinero en su cuenta.

Deseaba que ella hubiera muerto en la explosión. Quizás sí; todavía no sabía si había habido más víctimas aparte de Vincenzo. Pero si había escapado con vida, le daría una tregua. Lily Mansfield estaba a salvo de los Nervi. Ella había reaccionado a un acontecimiento que él mismo había provocado y esa bola de nieve había provocado un alud, que había desembocado en esos trágicos hechos.

Había asesinado a su hermano. Su alma quizás se hubiera condenado por ello, pero pensó que las vidas que había salvado destruyendo el virus compensarían su falta. Además había salvado a Giselle.

Damone se dirigió a la puerta. Era evidente que se habría oído el ruido de los disparos, pero no había acudido nadie. Abrió la puerta y vio a varios hombres nerviosos justo detrás de la misma, con expresiones de incertidumbre. Les miró a la cara y se dirigió a Tadeo, el hombre de Rodrigo.

—Rodrigo ha muerto —le dijo con serenidad—. Acabo de asumir el mando de todas las operaciones. Tadeo, ¿te encargarás de que mi hermano sea tratado con el debido respeto? Le llevaré a casa y le enterraré cerca de papá.

Su rostro estaba pálido, pero asintió con la cabeza. Sabía cómo funcionaban las cosas. Ahora podía convertirse en el hombre de Damone o morir.

Escogió vivir. Murmuró unas palabras en voz baja a los otros hombres y entraron en la oficina para hacerse cargo del cuerpo de Rodrigo.

Damone se fue a otra habitación y llamó por teléfono.

—Monsieur Blanc. Todo ha terminado. Ya no volveré a utilizar sus servicios.

Capítulo 32

—¿Por qué Grecia? —preguntó Lily mientras recogía rápidamente sus cosas de la habitación del hotel.

—Porque hace calor y porque era el primer vuelo para sacarnos de aquí donde había plazas libres. ¿Tienes tu pasaporte?

—Tengo varios.

Swain dejó de hacer lo que estaba haciendo y la miró con ternura.

—El que tiene tu verdadero nombre. He hecho la reserva con ese nombre.

Ella hizo un gesto de disgusto.

—Eso puede causarme problemas. —No había olvidado que todavía tenía que estar en guardia por la CIA, aunque por el momento parecía que había conseguido despistar al radar. Después de lo que había sucedido hoy, podía pasar cualquier cosa.

—Pon la televisión a ver si dicen algo en las noticias.

O no se había difundido la noticia de la explosión o ya la habían dado y no tenían tiempo de ver otros canales. En lugar de llamar a un mozo, Swain llevó él mismo el equipaje a recepción y salieron del hotel.

—Tenemos que ir a mi apartamento —dijo Lily cuando estaban en el coche. Habían dejado tirada la furgoneta a varias manzanas del hotel y se habían ido caminando.

Swain la miró incrédulo.

—¿Sabes cuánto tiempo nos llevará?

—He de recoger mis fotos de Zia. No sé cuándo volveré, ni si volveré y no quiero dejármelas. Si veo que vamos a perder el vuelo, llamaré para cancelar las reservas y haré otras para el próximo vuelo.

—Quizás lleguemos —dijo él con una mirada un tanto malévola en su rostro y Lily se abrochó el cinturón para hacer la carrera de su vida.

Llegaron de una pieza al apartamento, pero Lily cerró los ojos la mayor parte del trayecto y no los abrió por mucho que sonaran los frenos y las bocinas.

—No tardaré ni un minuto —dijo ella cuando se detuvieron.

—Voy a subir contigo.

Ella le miró incrédula mientras salía del coche y lo cerraba.

—Pero estás bloqueando la calle. ¿Qué pasará si viene alguien?

—Bueno, pueden esperar, maldita sea.

Subió con ella la escalera, con su mano izquierda en la zona lumbar de Lily y la derecha en la culata de su pistola. Lily abrió la puerta, mientras buscaba el interruptor de la luz y la encendió. Swain entró primero y barrió de derecha a izquierda la estancia apuntando con su pistola hasta que se cercioró de que no había nadie esperándolos.

Lily entró y cerró la puerta.

—Podemos dejar nuestras armas aquí. —Sacó una caja con cerradura de un armario—. Lo tengo subarrendado durante un año y todavía me quedan ocho meses.

Los dos pusieron sus armas en la caja y Lily la cerró, luego la puso de nuevo en el armario. Podían haber puesto las armas en sus equipajes, haberlas colocado en una caja con cerradura, declararlas al embarcar y quizás no hubieran tenido problemas para recogerlas a la llegada, pero ella dudaba de que las cosas fueran tan sencillas. Siempre era más fácil comprar armas al llegar al sitio que intentar llevarlas consigo. Además, tampoco querían que el personal de la compañía aérea se fijara en ellos.

Recogió las fotografías de Zia, se las puso en su bolsa de viaje y salieron del apartamento. Mientras bajaban la escalera, Swain le dijo sonriendo:

—¿Cómo está la cama que le compraste a las monjas?

—Ya estaba en el apartamento —dijo ella en tono de burla.

—Nunca me creí la historia de las monjas.

Aunque conducía como un poseso salido del infierno, era evidente que no iban a llegar tiempo al aeropuerto. Lily llamó, canceló sus reservas e hizo otras para otro vuelo. Después de eso, él sacó el pie del acelerador en algunas ocasiones, aunque ella seguía sin atreverse a mantener los ojos abiertos.

—¿Por qué le disparaste a Giordano? —le preguntó, mirando al tráfico en lugar de a él, porque le preocupaba el hecho de que se hubiera desviado del plan original. ¿Temió que pudiera errar el tiro al haber observado el momento en que le afloraron los sentimientos?

—Me preguntaba cuándo iba a salir ese tema —masculló él y suspiró—. Lo hice porque para ti era algo personal y porque no necesitabas cargar con la culpa que sé que sientes después.

—Salvatore Nervi también fue algo personal —respondió ella—. No siento el menor remordimiento por lo que hice.

—Eso fue distinto. A ti te agradaba el doctor Giordano, antes de que supieras lo que estaba haciendo. Matarle te habría herido emocionalmente.

Probablemente tuviera razón, pensó ella, recostándose sobre el reposacabezas del coche. Al preparar el golpe contra Salvatore, estaba tan inundada de dolor que eso superaba todo lo demás. Pero entre aquellos días y el presente, ella había vuelto a ver la luz del sol; matar al doctor Giordano de alguna manera la habría nublado. No lo entendía. La muerte de Giordano era justa, quizás la más justa de todas, pero se alegraba de no haberlo hecho. Esa alegría la intrigaba y entristecía a la vez. ¿Estaba perdiendo su decisión... y Swain lo había notado? ¿Era ésa la razón por la que él lo había hecho?

Swain alargó la mano y tomó la suya.

—Deja de darle vueltas. Ya está hecho.

Ya estaba hecho. Ya había acabado. Terminado. Sentía como si se hubiera cerrado una puerta trás ella, sellando el pasado. Aparte de ir a Grecia con Swain, no tenía ni la menor idea de lo que iba a hacer a continuación. Por primera vez en su vida, iba a la deriva.

Llegaron al aeropuerto y entregaron el Mercedes en la compañía de alquiler de coches, luego se dirigieron al mostrador de embarque y embarcaron. Todavía tenían un par de horas antes de que saliera su vuelo y los dos tenían hambre, así que se dirigieron a uno de los restaurantes del aeropuerto. Eligieron un sitio desde donde pudieran ver la entrada, aunque el embarque había sido totalmente normal. Nadie había intentado detenerlos, nadie había pestañeado al ver el nombre de Lily. Era desconcertante.

El restaurante tenía muchas televisiones en las paredes para que los clientes pudieran ver las noticias, los deportes y el tiempo mientras comían. Los dos miraron hacia arriba cuando oyeron el nombre de «Nervi».

«Esta noche Damone Nervi ha anunciado una sorprendente noticia, una explosión ha destruido una de las propiedades Nervi a última hora de esta tarde que se ha cobrado la vida de su hermano mayor, Rodrigo Nervi. Los hermanos perdieron a su padre, Salvatore Nervi, hace menos de un mes. Damone Nervi ha asumido la dirección de los negocios Nervi. La explosión que mató a Rodrigo Nervi se cree que fue debida a una fuga de gas. Las autoridades están investigando el asunto.»

Lily y Swain se miraron.

—Rodrigo no estaba allí —susurró ella.

—Lo sé —respondió él pensativo—. Hijo de puta. Creo que ha dado un golpe.

Lily estuvo de acuerdo. Damone había aprovechado la oportunidad para matar a Rodrigo y hacer que el asesinato pareciera un accidente. Debió haber sido un impulso, un acto sin pensar provocado por la destrucción del laboratorio. Pero Damone tenía fama de ser muy brillante, de convertir en oro todo lo que tocaba, ¿hubiera actuado por impulso, cuando el resultado podía haber sido su propia muerte?

La otra posibilidad era que la muerte de Rodrigo no hubiera sido en absoluto accidental. Y eso sólo podía ser si...

—¡Dios mío! —dijo ella—. Ha sido él quien lo ha planeado todo.

Tres semanas después, Lily se despertaba de una siesta tardía al oír a Swain en la terraza, hablando por su teléfono vía satélite, discutiendo con alguien.

—¡Maldita sea, Frank! No, no. ¡No, joder! Muy bien. He dicho que «muy bien», pero no me gusta. Me debes una y de las grandes. Sí, te he dicho que «me debes una», por lo que más te vale estar en lo cierto.

Cerró de golpe el teléfono y se dirigió hacia la barandilla, donde colocó sus manos en las caderas y se quedó mirando el azul Egeo.

Ella se levantó silenciosamente de la cama y salió a la terraza a hurtadillas, se colocó detrás de él y le pasó los brazos por la cintura. Le puso la cabeza sobre su espalda desnuda y le besó la escápula.

—¿Por fin has podido hablar con Frank?

Frank era el amigo que había tenido un accidente de coche. Hacía dos semanas que había salido de la UCI y que se encontraba en una habitación en planta, pero había sido custodiado por alguien que había cumplido a raja tabla la orden de que no le molestaran. Hacía un día que le habían trasladado a un centro de rehabilitación, pero a juzgar por el tono de Swain, su primera conversación no había sido muy agradable.

—¡Ese cabezota mal nacido! —gruñó él cogiéndole una de sus manos y colocándosela en el pecho.

—¿Qué pasa?

—Quiere que haga algo que no quiero hacer.

—¿Cómo qué?

—Un trabajo que no me gusta.

Eso no eran buenas noticias. En las tres semanas que llevaban en Grecia, en la isla de Eubea, habían caído en una perezosa rutina que era como estar en el cielo. Había muchos días nublados, pero sin duda el tiempo era más cálido que en París, con temperaturas que a menudo alcanzaban los 21°. Las noches eran frías, pero eso era una buena excusa para abrazarse en la cama. El día de hoy había sido casi perfecto, soleado y tan cálido que Swain había ido sin camisa la mayor parte del día. Ahora que se estaba poniendo el sol, la temperatura descendería de golpe, pero todavía les quedaban unos minutos de calor.

Hacían el amor, se levantaban tarde; comían cuando les apetecía y paseaban por la ciudad. Se alojaban en una casa en la ladera de una montaña desde donde se divisaba el puerto de Káristos, con una espectacular vista al mar. Lily se había enamorado de la casa, una sencilla casa blanca con postigos de color azul claro y un ambiente tranquilo. Podía haberse quedado allí para siempre, aunque sabía que el idilio terminaría algún día.

Era evidente que acabaría antes de lo que ella esperaba. Si Swain aceptaba ese trabajo que no quería hacer —y era evidente que Frank le estaba presionando para que lo hiciera— tendría que marcharse de la isla. Ella podría quedarse allí sin él, pero la cuestión era si querría hacerlo. No obstante, la pregunta más importante era si tenía la opción de ir con él. Todavía no habían hablado del futuro, el presente era tan maravilloso que se había deleitado en él, dejando que pasaran los días.

—Si aceptas el trabajo, ¿adónde tendrás que ir?

—Todavía no lo sé.

—Entonces, ¿cómo sabes que no lo quieres hacer?

—Porque no estaré aquí. —Se giró en el círculo de sus brazos y le besó la frente—. No quiero marcharme.

—Entonces, no lo hagas.

—Frank me está presionando con uno de sus «hazlo por mí».

—Es evidente que no lo puede hacer él mismo. ¿Cuánto tiempo estará en rehabilitación?

—Al menos un mes y sólo Dios sabe cuánto tardará en volver a la normalidad.

—Si aceptas el trabajo, ¿cuánto tiempo tendrás que estar fuera?

Se produjo un silencio y el corazón de Lily se hundió. Mucho tiempo.

—Podría ir contigo —dijo ella, aunque sin sentirlo realmente. Si él hubiera querido que ella fuera con él, se lo hubiera dicho. Seguro que sí, ¿verdad?

Todos los días, varias veces al día le decía «Te amo». Lo demostraba en la evidente felicidad que manifestaba en su compañía, en sus atenciones respecto a ella, en el modo en que la tocaba.

—No puedes —acabó diciendo—. Si lo acepto, eso no sería posible.

Eso es lo que ella temía.

—¿Cuándo tienes que decidirlo?

—Dentro de unos días. Desde luego, no ahora mismo. —Tomó su barbilla y le levantó la cara, estudió sus facciones a la luz del crepúsculo como si intentara memorizarlos. Sus ojos azules tenían una oscura expresión.

—No sé si podré hacerlo —susurró—. No quiero marcharme de aquí.

—Entonces, no lo hagas —respondió ella y él se rió.

—Me gustaría que fuera tan fácil. Frank... bueno, es un hueso duro de roer.

—¿Tiene algún poder sobre ti?

Swain se rió de nuevo, aunque la risa era más irónica que humorística.

—No es eso. Sólo que es una persona muy persuasiva y, aunque no soporte admitirlo, confío más en él que en ninguna otra persona. —De pronto tembló, el repentino cambio de temperatura le había robado el calor que le quedaba—. Vamos dentro. Puedo pensar en varias cosas más que preferiría hacer en lugar de pensar en un trabajo que puede que no haga.

No volvió a mencionarlo y, puesto que no lo hizo, Lily dejó aparcado el tema. Entraron en la casa para tomar una sencilla cena de patatas cocinadas con eneldo y alcaparras, queso feta en aceite de oliva, pan y vino Boutari. Habían contratado a una mujer del pueblo que se llamaba Chrisoula para que les cocinara la comida todos los días. Al principio quería prepararles grandes cenas al estilo griego, pero le habían dicho que preferían cenar más ligero. No le gustó mucho la idea, pero les hizo caso. Por otra parte, eso significaba que podía regresar antes a su casa para cenar con su familia.

No tenían televisión, ni tampoco la echaban en falta. En las tres semanas que llevaban allí, Swain sólo había comprado el periódico dos veces. La ausencia de interferencias exteriores era justo lo que necesitaban, era una oportunidad para sencillamente dedicarse a vivir, sin presiones, sin tener que guardarse las espaldas. En los días más calurosos, Lily pasaba horas sentada en la terraza, tomando el sol, dejando que se sanara su mente. Había puesto una de las fotos de Zia en la habitación en un sitio visible y un día después Swain había sacado las fotos de sus hijos de su cartera y las había puesto al lado de la de Zia. Chrisoula pensaba que los tres hijos eran suyos y ellos no hicieron nada para sacarla del engaño, lo cual tampoco habría sido tan sencillo, porque ninguno de los dos hablaba mucho griego y el inglés de Chrisoula no era mucho mejor. Al final llegaban a entenderse en la mayoría de las cosas, pero suponía un gran esfuerzo.

Esa noche, sabiendo que Swain podía marcharse pronto, Zia estaba mucho más en la mente de Lily. Algunos días eran así, los recuerdos la asediaban a cada instante, aunque ahora pasaba días sin llorar. Como ella pensaba tanto en Zia, se preguntaba si a Swain también le pasaría lo mismo con sus hijos.

—¿No les echas de menos? —le preguntó—. ¿A Chrissy y a Sam?

—Tanto que a veces me duele —respondió él—. Me temo que es lo que me merezco.

Ella sabía que él se sentía culpable respecto a sus hijos; sólo que no se había dado cuenta de que era consciente de esa culpa.

—En lugar de soportar esa tortura, ¿por qué no vas a vivir más cerca de ellos? Te has perdido la mayor parte de su infancia, pero eso no significa que también te tengas que perder su etapa de adultos. Cualquier día te harán abuelo. ¿Vas a permanecer alejado de tus nietos?

Swain no dejaba de mover su copa de vino mirándola detenidamente.

—Me encantaría verles más a menudo. Lo que no sé es si a ellos les gustaría verme más a *mí*. Cuando nos vemos, son amables, son cariñosos, pero quizás sea porque estoy en la periferia de sus vidas. Si intento meterme más... ¿quién sabe?

—Entonces, pregúntaselo.

Swain sonrió enseguida.

—Una respuesta sencilla para un problema sencillo, ¿eh? A un niño nada le importa más que sus padres estén cerca y yo no estuve. Ésa es la cruda realidad.

—Sí, así es. ¿Vas a seguir con esa cruda realidad el resto de tu vida?

Él la miró durante casi un minuto, luego se bebió el vino que le quedaba y puso la copa en la mesa.

—Quizás no. Quizás algún día tendré el valor suficiente para preguntárselo.

—Si Zia estuviera viva, no habría nada que me impidiera estar con ella.

Ésa era otra cruda realidad y en esa afirmación había otra implícita «Ella no está viva, pero tus hijos sí». No sabía por qué le estaba machacando sobre ese tema, salvo porque había estado pensando en Zia y Swain quizás ya no estuviera mucho más tiempo con ella para tener la oportunidad de decirle eso. Habían hablado una vez de ese tema, pero no parecía que hubiera hecho mucha mella en él. O bien se trataba de eso o era demasiado consciente de los errores que había cometido y se autocastigaba alejándose de sus hijos. Cuanto más le conocía, más sospechaba que se trataba de lo segundo.

—Muy bien —le dijo él con una sonrisa irónica—. Lo pensaré.

—Llevas años pensándolo. ¿Cuándo vas a hacer algo?

La sonrisa se transformó en una risotada.

—Dios mío, eres peor que el mordisco de una tortuga.

—¿Las tortugas muerden?

—El refrán dice que si una tortuga te muerde no te soltará hasta que oiga tronar.

Lily inclinó la cabeza.

—Creo que no he oído tronar desde que estamos aquí.

—Ya sé que no. Muy bien, te prometo que llamaré a mis hijos.

—¿Y...?

—Les diré que ya sé que soy un mal padre, pero ¿les preguntaré si soportarían verme más a menudo? —Concluyó la frase en pregunta, como si no estuviera seguro de que era eso lo que ella esperaba oír, pero sus ojos azules brillaban.

Ella aplaudió como si estuviera aplaudiendo la gracia de un niño.

—¡Muy bien! —Ahora él se reía a carcajada limpia, se levantó y le alargó la mano para levantarla y abrazarla—. Iba a enseñarte algo especial esta noche, pero ahora creo que va a ser lo de siempre, lo de siempre.

Si pensaba que eso iba a ser un castigo, estaba lejos de su objetivo. Lily ocultó una sonrisa mientras presionaba su rostro sobre su hombro. Le quería tanto que iba a disfrutar hasta el último minuto de su presencia, sin preocuparse si aceptaría o no ese trabajo que su amigo Frank quería que hiciese. ¿No era eso parte de lo que ella le había estado diciendo, aprovechar al máximo el tiempo con las personas que amas, porque no sabes cuánto vas a vivir?

No iba a pensar en lo desafortunada que era por amarle y perderle, sino en lo afortunada que había sido por haberle conocido en un momento en que le necesitaba tanto.

El día siguiente volvió a ser inusualmente soleado, con un ascenso de la temperatura tan rápido como el descenso por la tarde. En abril, la temperatura a horas solares sería de unos 32 grados centígrados, en julio estar por encima de los 38°, no sería nada fuera de lo habitual. Pero el tiempo a principios de enero era agradable, aunque a veces un poco lluvioso, especialmente si se comparaba con París en esa época del año.

Chrisoula les preparó una comida de albóndigas de carne, adobadas con hierbas aromáticas y fritas en aceite de oliva, acompañadas de arroz con azafrán. Comieron en la terraza, disfrutando del tiempo. Puesto que la piedra de la terraza desprendía el calor del sol, Lily se puso un vestido de gasa blanco y vaporoso que se había comprado en el pueblo, aunque tenía a mano un chal por si acaso. Le gustaba poder ponerse lo que fuera sin tener que preocuparse de esconder la pistolera del tobillo y le fascinaba la moda turista de la isla. Los lugareños posiblemente consideraran que estaba loca por llevar moda de verano en pleno invierno, pero no le importaba. Quería llevar sandalias y se había comprado una ajorca de plata que la hacía sentirse femenina y libre. Quizás se quedara en Eubea aunque Swain se marchara. Le encantaba estar allí.

—¿Quién fue el que te metió en esto? —preguntó él de pronto, indicando que sus pensamientos habían ido en una dirección muy opuesta a la tónica ociosa del día—. La persona que te metió en este negocio. ¿Cómo se llamaba?

—Señor Rogers —dijo ella sonriendo irónicamente—. Nunca me dijo su nombre. No importa, dudo de que ese fuera su verdadero apellido. ¿Por qué me lo preguntas?

—Te estaba mirando y pensaba lo joven que pareces y me preguntaba qué bastardo se acercaría a una jovencita para ofrecerle un trabajo de ese tipo.

—El que piensa que el trabajo se ha de hacer a cualquier precio.

Después de comer ella hizo una siesta en una de las tumbonas de la terraza y se despertó con el increíble placer que le proporcionaba la lengua de Swain. Le había levantado la falda hasta la cintura, le había quitado la ropa interior y había puesto su cabeza entre sus muslos. Lily jadeó, su cuerpo se arqueó mientras se le cortaba la respiración.

—Chrisoula nos va a ver...

—Se ha marchado hace unos minutos —murmuró Swain, y dulcemente le introdujo dos de sus dedos. Ella llegó deprisa al orgasmo con esa doble estimulación y todavía estaba estremeciéndose con los últimos espasmos cuando él se desnudó y la cubrió con su cuerpo. Su penetración fue suave y lenta, una compenetración perfecta después de haber hecho el amor tantas veces durante el pasado mes. Era tierno y atento, esperó hasta que ella alcanzó su segundo orgasmo, luego la penetró más y se mantuvo allí hasta que dio la última sacudida.

Hacer el amor al fresco era maravilloso, pensó ella tras haberse aseado y vestido de nuevo. El aire era como seda sobre su piel, realzando las sensaciones. Lily se estiró muy relajada y sonrió a Swain cuando trajo las copas de vino. Tomó la suya y él se sentó en la tumbona al lado de las piernas de Lily, su mano cálida se deslizó bajo su falda para acariciar tranquilamente su muslo.

—¿Por qué se ha marchado Chrisoula tan pronto? —preguntó ella mientras saboreaba el aromático vino, sin darse cuenta de que había dormido tanto. Chrisoula no había tenido tiempo de prepararles la cena.

—Quería ir al mercado a comprar algo. Eso creo. —Swain sonrió—. O era eso o que tenía un cerdo en el tejado.

—Apuesto que era lo primero. —A veces sus intentos de comunicación tenían resultados irrisorios, pero Swain lo intentaba cada vez con entusiasmo.

—Probablemente.

La mano de Swain había descendido hasta su tobillo. Jugó con su ajorca de plata, luego le levantó el pie y le besó el tobillo.

—Puede que cenemos cerdo esta noche, ya veremos lo acertada que ha estado mi traducción.

—¿Qué quieres hacer el resto de la tarde? —preguntó ella, terminándose el vino y apartando la copa. No sabía que casi no podría mover un músculo. Dos orgasmos seguidos le habían dejado los huesos como mantequilla. Pero no soportaba perder un día tan estupendo, por eso si él quería ir a Káristos, haría un esfuerzo.

Él movió la cabeza.

—Nada, quizás leer un rato. Sentarme aquí y contemplar la bahía. Contar las nubes.

Le dio una palmadita en el tobillo, se levantó y se acercó a la barandilla, allí se quedó un rato acabándose el vino. Lily le observaba, todo lo que había de femenino en ella apreciaba la anchura de sus hombros, la estrechez de su trasero, pero especialmente sus andares tranquilos y seductores que indicaban que se tomaba su tiempo en hacer las cosas. Hasta Chrisoula respondía, flirteando y sonriendo, y eso que le llevaba al menos veinte años. Por no decir que cuando flirteaba, él generalmente no tenía ni idea de lo que le estaba diciendo, aunque eso no le privaba en modo alguno de responderle a lo que creía que le había dicho. Lily tampoco tenía ni idea del significado exacto de las palabras de Chrisoula, pero por su ruborización y lenguaje corporal no cabía duda de que estaba flirteando.

De pronto sintió una gran laxitud y cerró los ojos. Estaba tan adormecida, tan relajada... no tenía que haberse tomado esa última copa de vino... estaba provocando que se quedara dormida...

Intentaba mantener los ojos abiertos cuando descubrió que Swain la estaba mirando con una expresión que no reconocía, alerta y vigilante, sin pizca de humor.

«Estúpida», le dijo una voz interior. La habían atrapado del mismo modo que ella había cazado a Salvatore Nervi.

Ahora podía sentir cómo se le paralizaba el cuerpo. Intentó levantarse, pero apenas pudo sentarse antes de volver a caer en la tumbona. ¿Qué otra cosa podía hacer? No podía sacar lo que ya se había tragado.

Swain regresó para ponerse de cuclillas al lado de la tumbona.

—No luches —le dijo con dulzura.

—¿Quién eres? —consiguió preguntarle, aunque todavía podía pensar con suficiente claridad como para imaginárselo. No era un hombre de los Nervi. Entonces, sólo quedaba otra posibilidad. Era de la CIA, ya fuera uno de sus agentes o un asesino a sueldo, al final el resultado era el mismo. Cualquiera que fuera la razón por la que la había ayudado con los Nervi, al concluir, tenía que terminar su misión. Se había quedado alucinada con su actuación en el laboratorio, pero eso debía haberle servido de advertencia al ver qué gran actor era. Sin embargo, para entonces ya era demasiado tarde, puesto que ya se había enamorado de él.

—Creo que lo sabes.

—Sí. —Sus párpados se cerraron pesadamente y la sensación de anestesia le llegó a los labios. Luchaba por conseguir algo de coherencia—. ¿Qué va a pasar ahora?

Le apartó un mechón de pelo de la cara, su tacto era suave.

—Simplemente duerme —le susurró. Su voz nunca había sonado tan tierna.

Sin dolor. Eso era bueno. No iba a morir sufriendo.

—¿Era real? ¿Algo de lo que había pasado lo era? ¿O todas las caricias y besos habían sido una mentira?

Los ojos de Swain se oscurecieron o eso le pareció a ella. Puede que le fallara la vista.

—Era real.

—Entonces... —Perdió el hilo de su pensamiento, aunque todavía luchaba por recuperarlo. ¿Qué era ella...? Sí, ahora lo recordaba—. ¿Me... —apenas podía hablar, pero en un último esfuerzo terminó la frase—. ...besarás mientras duermo?

No estaba segura, pero creyó oírle decir: «Siempre». Intentó darle la mano y mentalmente lo hizo. Su último pensamiento era que quería sentir su contacto.

Swain le acarició la mejilla y vio como la ligera brisa jugaba con su cabello. Las doradas hebras se agitaban y se levantaban, se volvían a caer y se levantaban de nuevo como si estuvieran vivas. Él se inclinó y besó sus cálidos labios, luego permaneció sentado junto a ella sosteniéndole la mano.

Las lágrimas le quemaban los ojos. ¡Maldito Frank! No escuchaba, no se desviaba de su plan inicial y si Swain no podía hacer el trabajo mandaría a otro a que lo hiciera.

Sí, bueno. De no haber sido por el pequeño asunto del topo que todavía tenía que descubrir, Swain le hubiera dicho lo que podía hacer con su jodido trabajo. Pero tenía la grabación que le había dado Blanc durante esa semana de preparación para volar el laboratorio Nervi y, cuando regresara a Washington, se ocuparía de ello. Había oído a Lily moverse en el dormitorio y no había podido decirle a Frank todo lo que estaba pasando, sólo lo esencial sobre el trabajo del doctor Giordano y una breve discusión sobre lo que Frank quería que él hiciera con Lily.

Había despedido a Chrisoula esa tarde porque quería estar una vez más con Lily, deseaba tenerla cerca y ver sus maravillosos ojos cuando llegaba al orgasmo, quería sentir sus brazos alrededor de su cuerpo.

Ahora ya había terminado.

La besó una vez más, luego hizo la llamada.

Pronto el inconfundible sonido de las hélices de un helicóptero se dejó oír sobre la ladera de la montaña. Aterrizó en un llano que había justo al lado de la terraza y salieron tres hombres y una mujer. Trabajaron en silencio, competentemente, envolviendo a Lily y preparándola para el transporte. Entonces uno de los hombres le dijo a la mujer: «Coge los pies» y Swain se lanzó furioso sobre él.

—Sus pies —dijo ferozmente—. Es una mujer, no una cosa y además es una maldita patriota. Si no la tratas con el debido respeto te rajaré las tripas.

El hombre le miró consternado.

—Tranquilo, hombre. No pretendía faltarle al respeto.

Swain apretó el puño.

—Lo sé. Sólo... sigan con su trabajo.

Unos minutos después, el helicóptero se elevó. Swain se quedó de pie observando hasta que no fue más que un pequeño punto negro. Luego se congeló su expresión y regresó a la casa.

Epílogo

Seis meses después

Lily caminaba por el vestíbulo hacia el despacho del doctor Shay con la esperanza de que fuera la última vez. Seis meses de terapia intensiva de desprogramación y asesoramiento ya habían sido suficientes. Tras su rabia inicial al despertarse y verse presa, había dado las gracias por esta segunda oportunidad y había cooperado todo lo posible, pero tenía ganas de marcharse.

Aunque los seis meses no habían sido sólo de terapia. Dos meses los pasó recuperándose de la operación para corregir el problema de la válvula del corazón y eso no sucedió de la noche a la mañana. Ahora se encontraba totalmente restablecida, pero las primeras semanas después de la cirugía fueron muy duras, aunque el cardiólogo había utilizado una técnica mínimamente invasiva. Pero había sido una operación de corazón que requería detenerlo durante un tiempo, por lo que le habían conectado una máquina de derivación corazón-pulmón mientras hacían el trabajo. Se sentía incómoda al respecto, aunque ya hubiera pasado.

El doctor Shay no era el típico loquero, en el supuesto de que existiera un ser así. Era una persona bajita, regordeta y alegre con los ojos más dulces que se pudieran imaginar. Lily habría dado su vida por él y era en parte la razón por la que todavía permanecía en la clínica.

Siempre le había preocupado la idea de ser capaz de volver a tener una vida normal, pero las terapias del doctor Shay le habían demostrado lo lejos que había estado de la misma. Hasta que no hizo los ejercicios que probaban sus impulsos, no se había dado cuenta de lo preparada que estaba para apretar el gatillo en cualquier momento, de hasta qué punto ésa era siempre su primera reacción ante una confrontación. Con los años se había vuelto muy hábil en evitar confrontaciones debido a eso, aunque sin ser consciente de ello. Había reducido el riesgo al no relacionarse con mucha gente.

Había repetido los ejercicios una y otra vez hasta controlarse y había hecho muchas sesiones con el doctor Shay hasta que su ira y sufrimiento fueron más manejables para ella. La tristeza era algo terrible, pero también lo era el aislamiento y ella había empeorado las cosas al aislarse de ese modo. Necesitaba a su familia y con el apoyo del doctor Shay había reunido el valor suficiente para llamar a su madre tan sólo unas pocas semanas antes. Ambas lloraron, pero Lily sintió un alivio tremendo al volver a conectar con esa parte de su vida.

Swain era la única parte de su vida que no había compartido con el doctor Shay.

No le habían permitido visitas ni tener ningún contacto con el mundo exterior hasta que llamara a su madre, por lo que no era de extrañar que no le hubiera visto o tenido noticias suyas desde ese día en Eubea, cuando pensó que la había asesinado. Se preguntaba si él se había planteado que fue eso lo que ella pensó.

No sabía si habría tenido problemas por el modo en que había llevado su misión, ni cuánto sabía la Agencia de eso, por eso no dijo nada de él ni tampoco lo hizo el doctor Shay.

Llamó a la puerta del despacho del doctor y respondió una voz que no reconoció.

—Adelante.

Abrió la puerta y miró al hombre que estaba sentado detrás de la mesa.

—Adelante —le repitió sonriendo.

Lily entró en el despacho y cerró la puerta. Se sentó en silencio donde solía hacerlo.

—Soy Frank Vinay —le dijo el hombre. Parecía tener unos setenta y pocos años, su rostro era agradable pero tenía la mirada más aguda que había visto jamás. Reconoció el nombre un tanto horrorizada. Era el jefe de operaciones de la Agencia.

De pronto empezó a atar cabos.

—¿El Frank de Swain?

Él asintió con la cabeza.

—Así es.

—¿Realmente tuvo ese accidente de coche?

—Sí, es cierto. No recuerdo nada de lo que pasó, pero he leído los informes. Ese hecho puso a Swain en un aprieto porque descubrió que había un topo que estaba pasando información a Rodrigo Nervi, pero no sabía quién era y yo era la única persona en la que confiaba, así que no podía llamar a nadie. Tuvo que actuar totalmente por cuenta propia, salvo por su ayuda, por supuesto. Le ruego que acepte el agradecimiento del país por lo que ha hecho.

De todo lo que esperaba oír, eso era lo último.

—Pensé que iba a ordenar que me mataran.

El rostro amable se volvió sombrío.

—¿Después de todos esos años de servicio para nuestro país? Yo no actúo de ese modo. He leído los informes, vi los signos de agotamiento, pero no te atraje del modo en que debería haberlo hecho. Cuando asesinaste a Salvatore Nervi, temía que fueras a desmantelar toda la red, pero nunca pensé en la idea de acabar contigo salvo que fuera absolutamente necesario. Ésta era mi primera opción —dijo él señalando el despacho del doctor Shay—. Pero sabía que nunca me habrías creído si te contaba el plan. Te habrías escapado, habrías matado o ambas cosas. Teníamos que traerte por la fuerza, así que envié a mi mejor cazador. Fue una elección acertada, puesto que otro oficial puede que no hubiera manejado la situación con la habilidad que lo hizo él cuando cambiaron las circunstancias.

—¿Cuándo descubrió lo del topo y yo me enteré de lo que se estaba cociendo en el laboratorio?

—Exactamente. Era una situación complicada. Cuando Damone Nervi descubrió lo que su padre y su hermano tramaban, dio los pasos necesarios para evitar que soltaran el virus contratando a Averill Joubran y a su esposa para destruir su trabajo y puso la bola de nieve en movimiento.

Un hombre guapo como una estrella de cine, así fue cómo la señora Bonet había descrito al visitante de sus amigos. Era Damone Nervi, correcto.

—De modo que siempre supo quién era yo, durante todo ese día en el laboratorio —murmuró ella—. Y sabía que había matado a su padre.

—Sí. Es un hombre sorprendente. No le habría importado que hubieras muerto en la explosión o si uno de sus guardias te hubiera disparado cuando Swain y tú huíais, pero no hizo nada que pudiera poner en peligro tu misión.

Era mejor persona que ella, admitió Lily en silencio. Ella casi pierde el control y casi ataca al doctor Giordano, pero él no. Se imaginaba cómo debía sentirse Damone Nervi. ¡Ah! No era *tan* grande, a fin de cuentas.

—La cuestión es que quizás no hayamos hecho ningún bien al mundo —dijo ella—. El virus de la gripe aviar puede mutar en cualquier momento.

—Es cierto y no hay nada que podamos hacer para evitarlo. Pero los Centros para el Control y Prevención de Enfermedades y la OMS están trabajando mucho para desarrollar un método fiable para crear una vacuna y si el virus muta antes de que eso suceda... —Levantó las manos—. Al menos nadie lo habrá liberado deliberadamente ni estará haciendo una fortuna a costa de la muerte de millones de personas. Esto me lleva a otro tema —dijo él cambiando sutilmente de asunto—. ¿Cómo te encuentras?

—Por fin me encuentro bien. La operación no fue precisamente como ir de picnic que digamos, pero lo importante es que ha funcionado.

—Me alegro. Swain estuvo presente.

Sintió que le daba un vuelco el corazón.

—¿Qué? —dijo ella con un hilo de voz.

—En tu operación. Quiso estar allí, cuando te pusieron la máquina de derivación corazón-pulmón casi se desmaya.

—¿Cómo... cómo lo sabe? —Casi no podía hablar de lo atónita que se había quedado.

—Yo también estuve allí, por supuesto. Estaba... preocupado. No era cirugía menor. Te vio en la sala de rehabilitación, pero tuvo que marcharse antes de que te despertaras.

O quizás prefirió marcharse antes de que se despertara. No sabía cómo asimilar todo eso, ni qué pensar.

—Puedes marcharte cuando gustes —prosiguió el señor Vinay—. ¿Ya sabes lo que quieres hacer?

—En primer lugar, ver a mi madre y a mi hermana. Después... No lo sé. Necesito trabajar en otra cosa —dijo con un tono seco.

—Si quieres recibir formación en algún campo... Siempre podemos contratar a alguien que tiene dedicación, recursos y que además es leal.

—Gracias por la oferta, pero tengo que pensarlo. Sinceramente, no tengo ni idea de lo que quiero hacer.

—Quizás él pueda ayudarte un poco —le dijo levantándose con cierta dificultad—. Te está esperando. ¿Quieres verlo?

No era necesario preguntar quién la esperaba. Su corazón dio un vuelco y su pulso se aceleró.

—Sí —respondió sin dudarlo.

—Me alegro. No estaba seguro de que hubieras entendido lo difícil que ha sido esta situación para él —le dijo sonriendo.

—Al principio, no —respondió ella con sinceridad—. Estaba demasiado atónita... pero luego he empezado a reflexionar.

Rodeó con problemas la mesa de despacho y le dio una palmadita en el hombro.

—Que tengas una buena vida, Liliane.

—Gracias... señor Rogers.

Frank Vinay sonrió y abandonó el despacho. Segundos después, la puerta volvió a abrirse y apareció Lucas Swain, tan atractivo como siempre, pero ahora no se reía. La expresión de sus azules ojos era casi... de miedo.

—Lily —comenzó—. Yo...

—Lo sé —le interrumpió ella y riendo se echó en sus brazos. Sus reflejos eran excelentes, abrió los brazos y la abrazó.

www.titania.org

Visite nuestro sitio web y descubra cómo ganar
premios leyendo fabulosas historias.

Además, sin salir de su casa, podrá conocer
las últimas novedades de
Susan King, Jo Beverley o Mary Jo Putney,
entre otras excelentes escritoras.

Escoja, sin compromiso y con tranquilidad,
la historia que más le seduzca
leyendo el primer capítulo de cualquier libro
de Titania.

Vote por su libro preferido y envíe su opinión
para informar a otros lectores.

Y mucho más…